U0444939

INFINITY
FANTASY

幻　想　一　切　可　能

◆

本册编委：**李广益　邹　禾　萧星寒　罗　琳　唐弋淄**

FANTASY CHONGQING

幻重庆

NO.001

重庆科普作家协会　编

重庆出版集团　重庆出版社

图书在版编目（CIP）数据

幻重庆 / 重庆科普作家协会　编. -- 重庆：重庆出版社，2024.6

ISBN 978-7-229-18267-0

Ⅰ. ①幻… Ⅱ. ①重… Ⅲ. ①幻想小说－小说集－中国－当代 Ⅳ. ①I247.7

中国国家版本馆 CIP 数据核字（2023）第 245164 号

幻重庆
HUAN CHONGQING
重庆科普作家协会　编

责任编辑：邹　禾　唐弋淄
责任校对：杨　婧
封面设计：谢颖设计工作室
封面摄影：王　祥
排版设计：徐　图

重庆出版集团 重庆出版社　出版
重庆市南岸区南滨路162号1幢　邮政编码：400061　http://www.cqph.com
重庆豪森印务有限公司　印刷
重庆出版集团图书发行有限公司　发行
E-MAIL:fxchu@cqph.com　邮购电话：023-61520646
全国新华书店经销

开本：889mm×1194mm　1/16　印张：15.75　字数：416千
2024年6月第1版　2024年6月第1次印刷
ISBN 978-7-229-18267-0

定价：88.00元

如有印装质量问题，请致电023-61520678

E伯爵

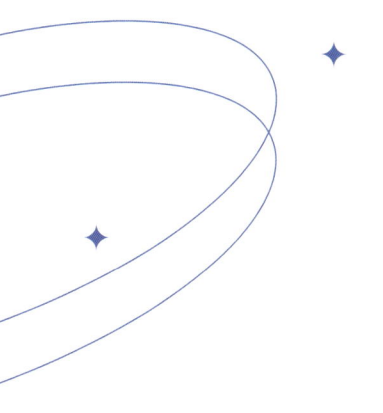

中国作协会员，中国科普作协会员，重庆科普作协副理事长，江北区作协副主席。出版小说 14 册，在杂志发表中短篇小说数十万字，曾获得第二届华文推理三等奖，长篇《异乡人》入围第二届燧石文学奖和第三届京东文学奖年度科幻图书前五强，入围首届星云奖原作大赛(原石奖)，获得 2019 年银河奖最佳原创图书奖。2021 年《重庆迷城：雾都诡事》获得第十二届华语科幻星云奖长篇小说银奖。2022 年获得第四届“金熊猫”网络文学单元写作金奖。

碎　石

重庆人，作家、编剧、世界观架构师，重庆市作协科幻文学创委会副主任。代表作《逝鸿传说》《诸神战场》等数篇，撰写《轩辕剑》《剑侠情缘三》《刺客信条》的官方小说，担任电视剧《剑侠情缘三》和《长歌行》的编剧。与拉拉共同创作《周天世界》世界观及十余部周天系列小说，并被爱奇艺千万级收购。制作并设计《王者荣耀》《捉妖记》《熊猫侠》等游戏和影视的世界观。曾获世界华人科幻星云奖、黄易武侠文学奖、年度类型小说奖等。

凌　晨

生于贵阳，路过重庆，中国科普作协理事，中国作协会员和北京市作协会员，科普与科幻小说作家。创作科幻小说多年，题材涉及航天、海洋、生物、人工智能等多种科技前沿领域，代表作有长篇小说《月球背面》，短篇小说《潜入贵阳》《天隼》等。多次获得过中国科幻银河奖、星云奖。

韩　松

重庆人，科幻作家，中国作协科幻文艺委员会副主任，世界华人科幻协会主席。

白　贲

1996年生，原重庆大学科幻协会会员，现四川省作协会员、江苏科普作家协会科幻专委会委员，曾获晨星奖、星云奖、银河奖，作品散见于《科幻世界》《银河边缘》《今古传奇·武侠版》《青年作家》等杂志，于2021年出版个人中短篇作品集《和光同尘》。

张楞次

生于淮河边，住在长江旁，最想去上海。重庆大学离科幻最远的工程造价专业生一名，科幻创作上暂无成绩，未来可期。

董仁威

中国科普作协荣誉理事，四川省科普作协名誉理事长，世界华人科幻协会与全球华语科幻星云奖联合创始人，百万钓鱼城科幻大奖中国科幻推动奖获得者，著科普科幻各类著作102部，获中国图书奖、中国优秀科普图书奖、冰心图书奖等国家及省市级奖励30余次，科幻代表作《分子手术刀》(科幻作品集)、《中国百年科幻史话》《穿越2012：中国科幻名家评传》《中国少儿科幻史话》等。

郑　军

天津人，重庆女婿，作家、未来学家，中国作协会员，中国科普作协会员，中国未来研究会第七届常务理事。1997年10月开始发表作品。迄今累计出版长篇小说30部、短篇作品集1部、评论著作8部、科普著作6部。发表中短篇小说三十余篇、评论文章四百余篇，各类科普文章四百余篇，总计千万字，并策划、主编或参与策划科幻丛书九套。

段子期

重庆人，青年科幻作家、编剧，中国作协会员，重庆移通学院教师，在《科幻世界》《银河边缘》《文艺报》《青年作家》《中国校园文学》等杂志发表大量作品，多次入选《中国年度科幻小说》选集。曾获第12届全球华语科幻星云奖年度新星金奖、最佳短篇小说银奖，第19届百花文学奖，首届冷湖科幻文学奖，首届中国校园文学年度奖等。出版作品《灵魂游舞者》《神的一亿次停留》《失语者》等。

萧星寒

重庆科普作协副理事长兼科幻专委会主任委员，重庆市作协科幻文学创委会副主任。已出版“碳铁之战”四部曲等图书 30 本，并获得或者入围过华语星云奖、原石奖、晋康奖、晨星奖、百花科幻文学奖、永生奖等奖项。其中，中篇科幻小说《红土地》由海南壹天视界开发为同名网络大电影。被评为 2023“典赞·科普中国”年度科普人物和川渝十大科普榜样。

严庆安

蓝狮战略定位咨询总经理，中国科普作协、重庆科普作协、重庆市作协、世界华人科幻协会、国际儿童科幻星云联合会会员，开创并聚焦“美食科幻”领域，以美食科幻小说传播重庆美食文化。同时是身经百战的未来战略定位专家，创作之余致力于城市科幻定位、科幻产业定位与个人科幻品牌的研究与实践。

代序：一座城市的增魅

■ 李广益

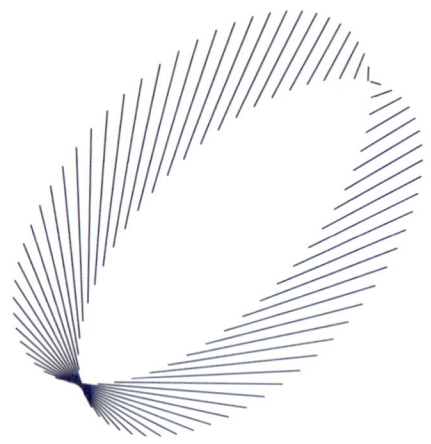

Fantasy Chongqing

p r e f a c e

我在重庆出生和长大。童年时代，我家在城乡结合部，走上几步便是青青原野，更远处是雾气苍茫的群山。如今，原野早已被川流不息的公路取代，群山也藏身鳞次栉比的楼宇之后，自然在文明的扩张面前不断退却。但是，重庆这座城市并没有被胜利的科技理性“去魅”。相反，随着城市建设的延伸，山水之城越发的光影魔幻，越发的错落有致。不仅如此，在短视频主导的新媒体时代，重庆的现代山地都市奇观被一再发现甚至塑造，吸引来为数庞大的游客，也成就了“赛博朋克之城”的美名。得益于工业的伟力，这座城市的可能性仍在持续绽放。

换言之，重庆依山傍水的先天禀赋，在城市沿着山形水势的后天生长中不断展开，渐次“增魅”。古典时代的神秘，是先民面对世间万物不能尽悉的惶恐；当今时代的神秘，更多地来自人类面对自身造物不知所由的惊异。这种神秘感及其激发的好奇心和吸引力，既催生了自媒体上的网红景象和夸张感叹，也可以滋育更具技巧和内涵的文艺创作，比如摄影和小说。收录在《幻重庆》这本书中的获奖摄影作品，捕捉到城市生活的一个又一个或瑰丽或诡奇的角度和瞬间，更以前沿软硬件乃至 AI 之能，造就了一个又一个市民似曾相识却又从未目睹的壮观场景。而这本书的主体，也就是 11 篇以重庆为背景的科幻小说，则把这座城市给人的感动，演绎为余韵悠长的生动想象。

这也正是城市魅力的两个基本来源或维度。一个是直接的感官体验，这其中又以空间性的视觉效果一马当先。两江交汇的“鸳鸯锅”、错综复杂的 8D 立交桥、轻轨凌空贯穿大楼，这都是永留心灵的画面。在此之外，重庆还通过爬坡上坎的道路、麻辣鲜香的火锅、爽朗风趣的巴渝“言子儿”等，渲染着极为独特而丰富的感觉印象。另一个是间接的理解表述，主要载体是时间性的文字。一座伟大的城市必须要有伟大的文学与之匹配，甚至可以说，“伟大”本身就是城市与其文学循环往复的产物。集结在《幻重庆》中的科幻小说，探索着重庆通向未来的道路和重庆人朝向未来的生活，而对未来的期盼、推演和诠释，正在加深重庆作为“科幻之城”的城市气质。当那些难以言表的激情和温情终于在科幻作家笔下获得自己的语言形象和思想表达，一个新的重庆也就跃然纸上。

《幻重庆》体现了第四次工业革命时代的最新动向，即以科幻为代表的文艺创作与城市发展互相赋能。经历直辖以来 27 年、新中国成立以来 75 年以及由此上溯到 19 世纪末重庆开埠以来一个多世纪的发展，我们终于能在生于斯长于斯成于斯的重庆，在这个全世界最大的城市，成渝双城经济圈、西部陆海新通道、长江流域经济带的交汇之地，真切地感受中国的未来，世界的未来，体验奔放的想象和更加奔放的现实之融会。这必将成就作为一种生活方式的科幻，一种融入城市文化血脉的人间科幻。

目录

Fantasy
Chongqing

c o n t e n t s

008 剑无痕 /E 伯爵
031 高维度渗透 / 碎石
069 巴山超快 / 凌晨
086 三峡之旅 / 韩松
098 人间烟火 / 白赍
123 雾都 / 张楞次
138 涂山迷雾 / 董仁威
151 梦境长存 / 郑军
171 重庆提喻法 / 段子期
188 红土地 / 萧星寒
232 宇宙尽头的重庆 / 严庆安

剑无痕

只见那人站直了身子，足有八尺，铁塔一样，居高临下地看着他。月光昏暗，也看不清脸，只听见低沉沙哑的声音问道：“你踢我作甚？”

文 / E 伯爵

1

梧桐秋雨夜不寐·拖刀独行客

重庆府近日一直冷雨连绵。

这是入冬前的一场鞭笞，正为了警醒世人：万物失温，天地肃杀，从此时至来年，正是阎王要收命的时节，都早早裹紧了衣服，自求多福吧。

更夫石小五在陋巷中爬坡下坎，斗笠的水滴下来，顺着蓑衣掉在地上，摔成几瓣。他拎着小锣，攥着梆子，一边打哈欠一边敲，有气无力地喊：“子时三更，平安无事……”

更深露重，寒风刺骨，他游丝般的声音高高低低地在巷子里飘散。

石小五又冷又乏，哆哆嗦嗦摸出一个小葫芦，拔下葫芦嘴儿灌了两口，拖着步子继续往前走。

这条窄巷子他走了上千遍，闭着眼睛也不会出错，然而今天却撞了邪，大约也是多喝了两口，突然一抬脚撞了个实在，身子顿时朝前飞出去，铜锣梆子“哐啷啷”掉了一地。

张道芳 / 摄
2022.5.11　苏家坝立交桥

—— 专业摄影奖 >

石小五虽然年岁不过四十，然而早被劣酒泡软了骨头，一跤下去差点没爬起来，连仅剩的一颗门牙都几乎磕掉。

他“哎哟哎哟”地起身，正要看是哪家的杂物乱扔，回头却吓得又一个趔趄坐倒在地。

方才踢到的黑影动了一动，便站起来——赫然是个人。

石小五开口要骂，顷刻间又将污言秽语吞了回去。

只见那人站直了身子，足有八尺，铁塔一样，居高临下地看着他。月光昏暗，也看不清脸，只听见低沉沙哑的声音问道:“你踢我作甚？”

石小五听他口音不是本地人，心中惊骇略消，硬着头皮道：“深更半夜，你不投客栈，干啥在这里横躺着？若没有钱，城中治平寺里有斋棚可去栖身。”

那人却摇头道：“不去。”

石小五虽是个穷酒鬼，倒也算心善，便又劝道：“你这么躺在巷道之中，总不太好，若是遇到歹人怎么办？”

“无妨。”那人抬起手来，握着一柄粗长的东西，三尺有余，用布条细细地缠着。他手指微微一弹，只听得“噌”的轻响，一道寒光自上端射出，刺得石小五一哆嗦。石小五再不多言，拎起小锣转身要走，那人忽然在背后开口：“且慢。”

石小五战战兢兢，却听那人问道：“这城里有一个瘸腿的铁匠唐老头，对修补兵刃十分在行，我正寻他帮忙，你可知道？”

石小五在这城中打更已经二十年，自然是对城中一草一木都了如指掌，然而听他问起，却摇摇头：“城中铁匠我都认识，并无一人姓唐，更无人瘸腿。”

那人静默片刻，忽然向前踏了一步：“当真？”

只这一步，那人就从屋檐下的暗处亮出了脸——

石小五看不清他蓬乱的发髻和虬髯下的模样，只觉得那双眼睛与这秋雨一般冷，看人时仿佛要射出两把刀来，一个准儿地扎进心口。衣裳似乎是褐衣，外头套了件半臂，但都脏污不堪，瞧不出本来的颜色，整个人就如同一个乞丐。

但他不是乞丐，石小五知道，这人一看就是沾过血的。

雨淋得石小五越发冷了，一开口免不了发抖：“好汉，小人可真不敢欺瞒。”

那人看了他半晌，忽然转头向巷子外走去，那布条包着的兵器不知是刀还是剑，似乎极长。那人踩过水

秦妈火锅
DEYI WORLD
KTV
盛世年华商务会所
KTV
尚宗足道
锦囊
青年酒店
IDEA JAR HOTEL
茉莉花開
星光大道
KTV
花碼頭老火鍋
乐会所
MILEHUI CLUB
RELAX ONE LOVE PARTY KTV
得亨茶
好歌汇
还想再潮
YEARS
得亨茶楼
YUMMY YUMMY YUMMY
白领 BE BLING
DE YI WORLD
圓緣園
MEGO MEDICAL BEAUTY
米格医疗美容
DE YI WORLD DE YI WORLD DE YI WORLD
醉玲珑
江二娃
ECHO CUBE
24h自助银
商银行
A MERCHANTS BANK
重庆的感觉
重庆的味道
好吃街
86号
1999

洼时便在水面上划出一串的涟漪。

石小五看着这人离去的背影，耸起的双肩方卸了劲，只感觉凄风苦雨之中，额头、背后竟然冒了一层薄汗。他嘟囔着“撞邪”，转身继续自己的活儿。但就在这个时候，不远处那人忽地站住了，陡然爆出一声怒喝：“出来！”

声如裂帛，震得石小五浑身一抖，他以为是呵斥自己呢，正愣怔，猛见巷子的阴影中无声无息地走出了四个黑衣人，各个蒙头蒙脸，手上寒光闪闪，都拿着利器。

那人冷笑道：“跟了一路，要动手为何不快一些？”

一个手执铁剑的黑衣人说：“我们一路劝你莫来，只为你能幡然醒悟。”

那人哼了一声：“休想。”

黑衣人立刻散开，呈四方包围之势。东边之人就是执剑者，另有西边一人手拿双钩，南北二人则双手各握住一对铜锤和鸳鸯钺。石小五自然是认不出这些兵器的，但那森冷的光也透着杀气，他想要逃走，又忍不住躲在屋檐下看。

那执剑者一个起手式，抬剑便向褐衣人的面门刺去，而其余三人也紧随其上，眼看是避无可避了，但那褐衣人动作奇快，身形一矮，而兵器却扬起。他臂力惊人，抡起一扫，只听一阵“铛铛”的声响，四人的兵器都被震开了。布絮混着雨水被锐器钩得四分五裂，褐衣人双手一分，只见一柄长刀出鞘，寒光在黑夜中如霹雳一般，接着就舞成一个巨大的银色花盘。

黑衣人显然不曾料到他能够突然暴起，都被逼退了一步，阵法略乱。执剑者应当是其中领头的，口中一个呼哨，四人重新回四个方位站定，接着又是一声短促的哨音，这次率先攻上去的是双钩与鸳鸯钺，一长一短，双钩交叉直取面门和颈项，而鸳鸯钺突袭腰眼。

那褐衣人提刀挡住双钩，然后一脚踢向另一人下盘。鸳鸯钺退后了两步，避开这一脚，但依然刮破了那褐衣人的衣裳。褐衣人担心他再贴身近前，长刀卡住双钩借力转身，换了半个方位，接着用力横刀下压，想要将双钩绞脱手。

然而此时背后一阵剑风，他心知不妙，随即止住力道，同时反手竖起刀鞘，护住背心。刚刚立起，就感觉剑风已经袭到，正削在了刀鞘上。那使铜锤的黑衣人见他正被夹击，立刻纵身跃起，高举铜锤向着他头顶砸下。

褐衣人情急之下，也顾不得身后的铁剑，索性就着刀鞘的格挡，施力后退，猛然将那执剑者撞了出去。

趁着这空当，褐衣人脱出了围困，迅速将长刀与刀鞘交叠在身前，做出防御的姿势来。

雨水打在每个人的兵刃上，发出“铮铮”的声音，一直敲到心底。那执剑人冷冷地开口道：“莫无难，你的追风刀再快，也难防四人，我们好歹曾为同袍，又有结义之情，你若现在罢手，我们也不伤你，你自己走吧。”

那褐衣人却笑了一声：“我若不愿走呢？告诉姓张的，他项上人头，我早晚取之。”

执剑人轻轻叹了一口气：“大义小义，孰轻孰重？”

褐衣人讥讽道：“这么多话。”

执剑人再无言语，而那用双钩的已经不耐烦，左足一踏，水花四溅，抢上几步凌厉地向他胸腹间掏去。褐衣人侧身避过，使双钩的人一击落空，应变奇快，左手一撤，用右手那支钩挂住左手单钩抡圆了一圈，狠狠地打在褐衣人侧面上。

褐衣人脚下一踉跄，使短兵刃

杨大川 / 摄
2022.3.5　得意世界

—— 专业摄影奖 <

布絮混着雨水被锐器钩得四分五裂，褐衣人双手一分，只见一柄长刀出鞘，寒光在黑夜中如霹雳一般，接着就舞成一个巨大的银色花盘。

的两人瞧准了机会也冲过来。褐衣人虽然慢了一些，但力量还在，暴喝一声，一边借势矮身用长刀削砍使钩者的双腿，那使钩者闪退得慢了两步，腿上中了一刀，鲜血四溅。只听得他惨呼一声，向后摔倒。用锤和鸳鸯钺的两人见之大惊，手下不留情，都冲着头颈的要害而来。

褐衣人不能硬接，拖着长刀转身逃了几步，那使鸳鸯钺的身法较快，眼看着已经追上，正要向着那褐衣人背心出击，却听到执剑者喝了一声："慢些！"

他知道有诈，脚下一顿，还来不及反应，褐衣人已经回转身体，借力将刀锋自下而上倒劈过去，鸳鸯钺躲闪不及，从腰腹至胸膛被拉出一个大口子，下颌也被削下一片肉来。他吃痛之下大叫，然而双手一扬，鸳鸯钺交叉着向那褐衣人脖子割去。

褐衣人用左手刀鞘击飞一只，另一只终于躲不过，但准头稍逊，栽入了他肩头肉里。褐衣人伸手拔下，丢在一旁，血水便顺着手臂流下来。

这片刻之间，四个黑衣人两人重伤，已经废了，然而褐衣人也见了血，余下则还有两名敌手。

那执剑者冲使铜锤的人递了个眼色，两人慢慢移动身形，顿时对褐衣人形成了掎角之势。

三人站在冷雨之中，浑身已经湿透，但无人再有妄动，仿佛三尊泥塑。

石小五躲在阴影中，只看得惊心动魄，大气也不敢出，一边害怕，一边又隐隐有些兴奋。这几十年古井无波的日子，忽然就变得有趣起来了。

2

鹤发童颜不老翁 · 铜钱买命

正面被划出伤口的黑衣人血流如注，然而还能行动，于是去搀扶那腿脚受伤的使钩者，两人退去一旁，包裹伤口。

执剑者与使铜锤的看也不看那两人，只盯着褐衣人。执剑者道："莫无难，你败相已露，何必硬撑。我最后说一次，你远远地走开，否则别怪我们不念往日同袍之情。"

褐衣人冷笑道："你们能跟着姓张的走，早无情义。来吧，杀个痛快。"

执剑者静静地看他，忽然一甩铁剑，雨滴在他周身画出一个半圆。他大喝一声，欺身上前，剑锋直指褐衣人眉心。

褐衣人虽然勇猛，然而毕竟带了伤，长刀舞起来比之前势头弱了许多。那执剑者剑法凌厉，招招都指向要害，仿佛是真要他性命。褐衣人与他来去十余招，都没有占到什么优势，反而是衣裳被划破了好几处，多次险遭刺中。

那使铜锤的却站在原地，并未像先前一样同时动手，仿佛在等着什么。

褐衣人血流不断，体力显然渐渐不支，三十来招过后，脚步已乱。执剑者几招刺来，他不及闪避，身上又添了几道血迹。

此刻，那使铜锤的黑衣人终于看准机会，大喝一声，双锤前冲，一下子击在褐衣人前胸。他这偷袭，虽不光彩，但攻其不备，成效斐然。那褐衣人立刻喷出一口鲜血，仰面倒地，一时间竟然爬不起来。

使铜锤的一击成功，紧接着便上来，举起一只人头大小的卧瓜锤，向褐衣人的天灵盖砸过去。然而执剑者却突然喝道："老四，且住！"

使锤者顿了一顿，还是收回了铜锤，垂手站在一旁。

执剑者上前来，叹息一声，抬手在褐衣人四肢上飞快地各划了一道。褐衣人恁地硬气，只抽搐了两下，竟然一声不吭。鲜血汩汩从伤口流出，被雨水冲淡，顺着倾斜的地势流走了。

执剑者收剑入鞘，低声道："莫无难……老七，就此别过，后会无期了。"

四名黑衣人静静地看了看躺在地上的褐衣人，最后执剑者与使锤的分别搀扶着另外受伤的两人，重新走入阴影之中，恍如鬼魂一般。

石小五旁观这一场打斗，只感觉胸中一颗心乱跳，简直要蹦出嗓子了，一面想看，一面又手心出汗，后背发凉。黑衣人相携离开，他等了一刻钟，才战战兢兢从藏身之处走了出来。

此刻雨势减弱，天上浮云略散，清冷的月光照亮了一片狼藉。石小五口中念佛，轻手轻脚地走到那褐衣人身边。只见他浑身湿透，浑身是伤，口角也流出血水，然而胸口依然微微起伏，显然还有一口气。

石小五又阿弥陀佛一声，叹道：“哎，总是我心善，愿意积德的。”

莫无难睁眼的时候发现自己赤条条地躺在一张竹床上，身上只盖了条薄被，双肩双足都露着，冰凉麻木。

他勉强起身，顿感一阵剧痛，眼前也是一黑。他略略定神，又细看周围，辨认出乃是一间简陋民居，室内只有他身下这张床，还有一条长凳，窗户糊着油纸，紧紧关着，看来已经是白天。

莫无难身上敷满金疮药，都经过了仔细包扎。床头放了一套麻布旧衣，想来应该是给他的。莫无难也不客气，拿来就要换上，然而忽觉手腕无力。他心底一凉，翻身下床，但双足刚落地，剧痛传来，竟一下子跪在地上。

此刻只听“吱呀”一声门开了，有个老者端了碗汤药走进来，见他跪在地上，“呵呵”一笑：“哎哟，这是作甚？不过救了你一条性命，要道谢也不必行此大礼。”

莫无难抬头看他，只见这老者须发皆白，但脸上皱纹不多，唯独双目耷拉着，细如一条缝。身穿小袖长衣，足穿麻布鞋，身材瘦小却精神矍铄，一时间竟然猜不出他的年纪。

那老者也不扶他起来，蹲下身平视他，将汤药直直递来：“将这药喝了。”

莫无难没接，只问道：“你是谁？这是哪里？何人送我来的？”

涛浪吹 / 摄
2022.5.6　重庆美术馆

—— 专业摄影奖　∧

天上浮云略散，
清冷的月光照亮了一片狼藉。

那老者笑道："听说你在找一个瘸腿的唐铁匠？"

莫无难道："是打更的送我来的？"

"这城里可没有姓唐的铁匠，不过我姓唐。你可唤我唐阿公，我是名郎中，此处乃是我的医庐，叫万一堂。"那老者自顾自说完，才答他的话，"是更夫石小五送你来的，他没有给钱，只留了几个铜板，不过我看你倒是有把子力气，即便是干点粗活也能还债。"

莫无难道："欠你多少药资？"

唐阿公笑道："你送来时血流得多，还剩一口气，石小五那几个铜板，只可买你不死。然而后面要保着这口气不断，如今还能动弹说话，我施针敷药费的工夫可大了。我略微算算，十两银子是少不了的。"

莫无难冷笑道："唐阿公是老糊涂了吗？在下可是能给你十两银子的人？"

老者也不恼，还是和和气气的模样："医者仁心，你给不出，我也不会强要。你后续养伤还需要些日子，我就不收钱了，折算进去，能动了再给我做五年的工，就可抵五两银子。"

"还有五两你想如何？"

唐阿公指着墙根道："那东西，可给我抵债。"

莫无难抬眼望去，只见一柄黑幽幽的长刀躺在地上，刀柄上依稀有干涸的血迹。

莫无难心头火起："你要它能做什么？"

唐阿公笑道："这长刀用得久了，我看有些地方卷口该修理修理，但刀口的钢是好东西，拿来切药材是不错的。"

莫无难冷笑道："那你不如剁我一只手，听说人肉也可入药，不是更金贵？"

唐阿公笑起来："哎呀，是舍不得吗？要我说你也是好笑，既然都败了，那兵器于你来说，也就是废了，一柄破铜废铁，不拿来抵钱，还抱着做什么？莫非你还指望用它报仇？再说了，如今你四肢经脉受损，将来能恢复到五成功夫，就已经是万幸了。"

莫无难一时间只觉得周身的伤口都要迸裂，喷出滚滚鲜血。

唐阿公却仿佛见不到他赤红的双目，端碗撑着膝盖站起来，笑道："怎的不信吗？你且试着如我这般起身。"

莫无难想要力聚双腿，肌肉却毫无动静，又伸手去撑床沿，可手掌好像一卷棉布，软软地搭着。他心头一急，再用力，竟一下向前栽倒。

唐阿公还是不伸手扶他，只端着药在旁边笑道："如何，咱可没诓你吧？"

莫无难如坠冰窟，哪里还顾得上这一点嘲弄，胸中气血翻涌，跟着喉头一热，呕出鲜血。

唐阿公叹了口气，终于将那碗药放在条凳上，自己坐在中间，对莫无难道："石小五说你以一敌四，十分英勇。如此不怕死，心中是有怨气吧？"

莫无难轻轻擦去嘴角的血迹，低声道："我有个人要杀。"

唐阿公点头道："我猜也是的。不过你现在也杀不了，就算康复，用那刀也使不出力气，不如给我。"

莫无难也不回答，只是脸色灰败。

唐阿公又指了指他的脸："我看你虽然留着满脸的胡子，但细看此处还是有黥面的痕迹，你的刀又是环首长刀，你可是出身行伍？"

莫无难点点头。

唐阿公又说："那好办了，想必是九死一生过来的，杀人一道，我是最懂的。说不准将来，我可以给你更称手的兵器。"

莫无难抬起头看了他一眼，唐阿公笑眯眯地看着他："怎么？信不

只见这老者须发皆白，但脸上皱纹不多，唯独双目耷拉着，细如一条缝。身穿小袖长衣，足穿麻布鞋，身材瘦小却精神矍铄，一时间竟然猜不出他的年纪。

过老夫？”

他撩起左腿裤腿，用手敲了敲。

莫无难定睛一看，呼吸一窒——

只见唐阿公的裤管之下是两根铮亮的铜管，在脚踝处是大小不同的铜球和半圆，各自嵌合在一起，布袜下看不见脚掌的模样，但却隐隐能看到青白色的幽光。

唐阿公提着裤腿站起身，走了两步，那铜球和铜管便伴着幽光，灵巧顺滑地转动起来。莫无难怔怔盯着，直到唐阿公将裤管放下，那腿便又跟寻常人一样了。

莫无难抬头看着唐阿公，细细打量他的模样，低声问道：“老丈……你可真的姓唐？”

唐阿公笑着点点头：“自然是真的，我以前啊，也确实是个铁匠。”

3

袖里暗箭·神鬼不测枉死人

唐门嫡三子，二十多年前就被称作唐三爷，乃是江湖上有名的暗器行家，又有个外号叫作“鬼手”。蜀中唐门有许多神鬼难防的杀器，其中有大半出自唐三爷之手。唐门子弟行走江湖，极少结仇，一来家规森严，二来江湖众人都忌惮他们身上的暗器。

不过人在江湖，又怎么可能不沾上一点血？

终于有几个子弟惹出祸事，引发唐门与峨眉派的一场大战。鬼手唐三爷虽然制作了许多暗器，然而那双手却从来没有亲自杀过人。为着这一次大战，唐三爷使出平生绝学，制作了许多古怪阴险的杀器，很多还淬过毒，见血封喉，甚至亲自来到了峨眉山下，为唐门子弟坐镇。

然而没有想到，一场恶战后峨眉派是败了，但唐三爷也败了，败在峨眉派一个名不见经传的女弟子手里。唐三爷半生醉心机关与毒物，毫无红尘杂念，但不知怎的却对那峨眉派女弟子一见钟情。然而他所制成的新暗器威力巨大，混乱之中将那女子的师傅射得血肉模糊，当场毙命。

在那之后峨眉派与唐门结下死仇，唐三爷却痴心不改，据说还偷上峨眉，去找那女子想要赔罪。不想那女子以命相搏，要为师傅报仇。唐三爷侥幸逃脱却将一条腿送在了那里。

从此以后，“鬼手”绝迹江湖，只听说他再不做暗器，改做了个寻常的铁匠。

莫无难看着唐阿公笑意盈盈的脸，仿佛有些恍惚，忍不住问道：“你是……唐门三爷？”

“唐门是什么，三爷是什么？你说的，莫不是鬼吧？”唐阿公摇头道，“死了那么多年的人，就不要再提了。”

莫无难伸手抓住他衣衫，死死盯住他：“唐三爷……你果然能让我如愿？”

老翁笑道：“唐三爷帮不了你，唐阿公才可以。不过我说了，要想如愿，不单那刀要给我，人也要留在此地给我干活，短则三五年，长则七八载，你可愿意？”

莫无难摇头：“然而我要杀的人，只怕等不了那么久。”

老翁道：“那不也很好，老天会帮你动手。”

“我不信老天，也不要他帮我做事。”

老翁叹一口气。“那你就赌一赌，看看是你等得起，还是你要杀的人等得起。”他又顿了一顿，“反正如今你也没有多少赌资了。”

莫无难脸色青了又白，红了又黑，几番变化，终于放开了唐阿公的衣裳，艰难地拖着身子挪去条凳旁，双手夹住那一碗药，一滴不剩地灌进了肚里。

唐阿公看他喝完了药，点点头：“甚好，你到底是个聪明人，聪明人就知道该怎样做。”

这个冬天，莫无难常常感觉到冷，阴雨不断，寒气入骨。唐阿公给的被衾也单薄，只勉强盖住全身，不至于冻手冻脚。汤药和针灸是不断的，唐阿公有时候也给他喝一些味道古怪的汤汁，喝完就人事不省。待一天之后醒来，只看见手足的伤口重新敷过药了，肿得老高，揭开还能看到割开的伤口与细细的缝线。莫无难完全不问唐阿公在做什么，只听他吩咐做事。

起先只能用木棍撑住身体移动，但渐渐双腿便有力气，双手也可以拿起重物了，然而要想如以前那般挥舞长刀，无论如何是不行了。莫无难原本以为自己会愤愤不平，然而看到唐阿公不紧不慢地在院中走着，偶有阳光就将药材铺开来晾晒，他便心平气和，充满了耐心。

李锋 / 摄
2019.6.5　重庆全景

—— 专业摄影奖、大众欢迎奖 ∧

冬去春来，莫无难就从来没有走出过唐阿公的万一堂，待到院中枯枝发出第一点新绿的时候，莫无难的双手双足都能行动如常。他来到唐阿公房间外，便看到自己的长刀倚靠在墙上，落满了灰。他伸手拿起，倒是可以承重，却难以挥舞，更遑论劈砍了。

莫无难就放下刀又去做活计了。

过了一段时间，唐阿公刮去莫无难脸上胡须，敷上药水，半月不到那黥面的痕迹便淡了，只留下一块印记仿佛是久远的烫伤疤痕。这样一来，莫无难终于不再避开外人，可去堂前送送药材什么的。

万一堂许多人来来去去，唐阿公以前用毒如神，没想到医术也很高明，前来求诊的人从穷到富，他都一视同仁。医馆中除了他俩，还有一个呆呆傻傻的小学徒，又聋又哑，做些杂务。

莫无难原先以为唐阿公是隐名匿姓避祸，然而对自己又如此轻易泄底，似乎并不在意被人认出。以他从前的名头之响，恩仇结了不知凡几，如此轻忽，就不怕仇人上门吗?

莫无难这念头不久之后就得到了验证。

那一日正是新月初上，月光晦暗，又兼风起，只感觉有些不祥。到了半夜，果然有人从外墙潜入，就直奔了唐阿公的房间。莫无难虽然武功尽失，然而耳目却还是灵敏的，听到异动就翻身起来，借着窗缝细看——

只见院中站着三个白衣男子，都是四五十岁的年纪，瘦高个子，披散头发，手中各自拿着黑色长剑，也不蒙面，脚下轻盈，看起来身手不凡。

眼见他们有备而来，莫无难无法阻拦，却也不想示警。他有心看一看，唐阿公将要如何化解。

那三人还未到门前，只听“吱呀”一声门开了，唐阿公出来了。他先是带上门，再笑眯眯地鞠躬行礼，问道：“林大侠，商大侠，于大侠，二十年未见，三位风采依旧。”

那三人见了他，立即止步，远远地站住了。其中打头的一个想必就是姓林的，他冷冷一笑：“鬼手唐三，果然是你，可惜你须发俱白，老迈不堪，我一时竟没有认出来。想来必然是亏心事做得多，老天不佑。”

唐阿公依旧笑容满面：“林大侠说得有理，我如今功力全无，只不过是个寻常的郎中，想来也是报应。”

他这么顺水推舟地答话，倒教三人面露诧异之色。左边那人踏上一步道：“唐三，既然你也知道自己应当有报应，还不快跪下受死。”

唐阿公看着他，又笑一笑：“商大侠见谅，我虽罪孽深重，却不能今天死。我与人有约，只能暂寄人间雪满头了。”

右边那人冷哼一声：“说来说去，还是怕死，不过今天你再多说也无用了，我师门血仇今日一定要你偿还。”

唐阿公叹了口气：“我往日虽不曾亲手杀人，但所做之物落下了许多命债，我不想再多欠几个，你们还是走吧。”

姓林的不耐烦地拔剑大喝：“示弱也晚了！”便向唐阿公直刺过去。

然而唐阿公叹了口气，只见那人一步踏出，足下忽然一顿，莫无难似乎听到了极尖厉的声音，耳心仿佛被针刺了一样剧痛。他捂住耳朵，却看见那三人突然一起倒地，无声地抽搐了两下，随即便一动不动了。

莫无难心头大震，他见唐阿公完全没有出手，三名剑客竟然立时暴毙。

唐阿公垂目看那三具尸体，似乎又轻轻叹了口气，这才转向他这边，提高声音道：“莫看了，快出来帮我收拾尸首。”

莫无难走出去，只见那三人直挺挺地躺着，双目、口鼻及双耳中都流出鲜血来，每个人都未合上眼，双目暴突，十分狰狞。

莫无难看着唐阿公问道：“你用了毒？”

唐阿公笑道：“我已有十多年不用毒了。”

“你如何杀死这些人？”

唐阿公道：“我没有动手，他们用有形之剑，却死于无形之剑，也可说是被自己的杀心所杀吧。”

莫无难心中一动，蹲下去看那林姓剑客踏步的地方，果然在地上发现了一条细细的丝线，线已断了，他牵起线头慢慢捋，来到了唐阿公门前。只见房檐之下，悬着一个铜管，这铜管打磨光滑，管壁很厚，管口却拓宽，仿佛一个小小的喇叭。铜管中似乎有些微光，仿佛蜡烛熄灭后那一瞬的模样，铜管后头接着一个环状的东西，看那铮亮的样子，应该也是铜制的。

莫无难伸手去拿，感觉管壁微微发热，他也不敢再动，收回了手问道：“这是什么暗器，是飞针吗?如不淬毒，你怎么一刹那间杀死三个人？”

唐阿公道：“我说了不用毒就不用毒，无形之物杀人更胜于有形之物。”

“这是何意？”

唐阿公笑了一笑。“老夫做了无数杀器才知道，杀人不过是最轻易的事情，不杀才难。身怀利器，能以杀止杀更难上加难，你悟了才可多问。”他挥一挥手，“先将这三人送走是正事。”

4

灯花难剪·一滴烛泪殉杜鹃

莫无难与唐阿公一起又是抬，又是搬，将那三具尸首拖到板车上，然后堆了无数药包，等了一天，便拉去江边绑上石头沉了。

从此又是平安无事。

唐阿公照常行医问诊，空了便在莫无难身上敲敲打打，缝缝补补，有时候痛得他死去活来。然而那一夜三名白衣人的死却让莫无难明白，鬼手唐三虽然在江湖上销声匿迹，但论制作暗器的技艺，只怕更加精进了，说不定真能造出杀人于无形的利器，那么无论如何也要向他求得。

然而那日唐阿公的话却让莫无难想不透：身怀利器，以杀止杀，怎样才算做到呢?

但他沉得住气，只埋头做事，竟好似完全忘记了那一夜的事情。

如此春去秋来，又过了一年，唐阿公已经不在莫无难身上动刀动针，只用古古怪怪的汤药喂他，莫无难双手双足除了留下一点浅浅的疤痕，表面上也看不出当年重伤的样子了，肌肉也有了力气，重活也干得了了。不过每当运气想要使出内劲时，到关节处便有凝滞之感，发不出应有的劲道。

唐阿公看莫无难拿起那靠在墙角的长刀，轻飘飘地劈来砍去，摇摇头，道：“如今你能拿它劈柴都是老夫的功劳，要再拿它杀人，最好是去给城隍爷多上几炷香，让他老人家提前把下辈子的本事给你。”

这话刻薄，却未能让莫无难生气。他将满是灰尘的长刀放回墙角，只问道：“你何时告诉我那三名白衣剑客怎么死的？”

唐阿公却笑了笑：“你是不是还想杀你要杀的人？”

“不然我为何还在你这里苟活？”

唐阿公摇摇头：“既然如此，那就不能告诉你。”

莫无难看了他一眼，也不多说，继续去院子里翻晒那些药材了。

转眼隆冬时节又到了，临近春节，唐阿公照例给了学徒两吊钱，放他回家去过节，自己则和莫无难留在医馆中，闭门谢客了。

他二人既非家人，又非师徒，连雇佣的关系都算不上，硬要说，不过就是过节的时候搭伴喝个热酒而已。除夕那天，白天唐阿公便做了几个大荤的烧菜，天擦黑就端进屋子里，点了火盆，把两盏油灯放在两旁，温了一壶酒，叫莫无难过来吃团年饭。

莫无难来医馆两年了，平素都是小学徒做了饭，碗中扣上满满的米饭和菜，拿着筷子一齐塞到他手中，今天跟唐阿公一桌吃饭倒是头次。

那桌上有鸡有鱼，果然是过大节才有的，莫无难也不客气，抓住一个鸡腿就大嚼起来。唐阿公连声招呼：“哎呀，寻常也不曾短过你的荤腥啊，怎的如此饿相。来来来，此酒甚好，先饮一杯。”

莫无难接过来一饮而尽，赞了一声“好酒”。

唐阿公颇为自得：“此酒我已经藏了十年，又加了好药泡进去，寻常劣货是比不上的。”

莫无难道：“十年的珍藏，为何今日取出来享用。”

唐阿公鄙夷道：“你们少年人就是不知道享受，不论什么好东西，想要吃、喝、玩，就要去吃去喝去玩，不然哪天突然横死，岂不是太亏了。”

莫无难面不改色，一边大口吃肉，一边为自己又斟满一杯：“我没杀那人，一定不会死。”

唐阿公笑道：“是什么深仇大恨，竟然消解不了。”

莫无难没有说话。

唐阿公又喝了一杯：“我看你如此在意那环首长刀，

陈钰旭 / 摄
2019.12.9　南滨路

—— 专业摄影奖　>

剑无痕

这仇莫非是在军中结下的？”

莫无难冷笑一声：“凭君莫话封侯事，一将功成万骨枯。”

唐阿公点头道：“是了，总是有人要用人命来搭梯子往上爬的。”

莫无难又灌下一杯酒，只感觉一股热气自体内直冲上脑，面皮上立刻潮红了。唐阿公笑道：“这酒后劲大，可不要喝得太急。”

莫无难忽然一笑：“要论烈酒，哪里比得上当年在守关时喝到的。当年我与弟兄们共饮，可比现在痛快，只可惜如今除我之外，都已经做了孤魂野鬼，老人家不吝惜，借酒给我以飨故人吧。”

唐阿公点头，莫无难也不客气，连倒了三杯酒，洒在地上。

唐阿公点头：“原来你要报的是三个人的仇。”

“不错，正是三人的血债，”莫无难捏住酒杯，一双眼中透出红，“明知不可为而为，这就是我死不了的原因。”

唐阿公为他斟满一杯：“我有好酒，可否买你的故事一听。”

莫无难笑了声，一饮而尽：“值当。”

原来这莫无难确是行伍出身，当年也是犯了轻罪，便投身军中效力。莫无难孑然一身，没有什么亲人，然而在军中却与同袍投契，有八个人一同结为异姓兄弟，莫无难排行老七。后蒙鞑屯兵均州，他们与其他二人共同受命前去刺探，不料遭遇敌人，莫无难与老八肖贵以及另两名军士听令去诱开蒙军，然而到了约定之地却未见援军。四人力战蒙军，最终不敌，除了莫无难侥幸逃入溪流，其他三人全部被乱刀砍死。莫无难养好伤便赶回军营，不料却得知那逃走的六个兄弟并未如约去接应他们，反而径直奔回营中，将军情呈上后获得了大封赏。

唐阿公点点头：“是了，拿你与兄弟的命换了功名富贵。”

莫无难双目泛红，盯着唐阿公：“你说这样的人，该不该杀？”

王祥 / 摄
2018.7.28

—— 专业摄影奖 <

“为何你一直对我说的是要杀一个人，而不是那六个？”

“谁拿的主意我杀谁。”

唐阿公笑一笑：“要依着我当年的脾气，哪里分这许多轻重，不是三条命？那六个人我皆杀。”

莫无难喝了口酒，冷笑：“你如今却不会了，反而要劝我连这一条命也不收。”

唐阿公又为两人满上酒，道：“你说我假慈悲吧？我不过是早已与别人约定，不会再去杀人。如今我要杀人更轻松，你应当是看见了，我却愈加不愿杀人。”

莫无难追问道：“为什么？”

唐阿公一直温和的面容突然沉静下来，变得僵硬，鹤发童颜都褪去了活气：“因为若杀错一人，便是再没有补救的机会。”

莫无难想到关于当年鬼手销声匿迹的传说，便不再多问。他双目赤红地看着唐阿公，说道：“我不管你怎样想，只管我能报仇。既然你知道我的故事，那么你到底是怎么取人性命的，总该让我晓得一二。”

唐阿公“哼”了一声，倒没回绝。只见他从怀中取出一根小小的铜管，正是那日悬挂在房檐下的那根。他双手一扭一开，折成两段。莫无难细看，只见后半截铜管内各种机窍，都做得极为细密，一些孔隙似乎只有针尖大小，也看不出用来做什么；而前半截则空空荡荡。唐阿公从后半截铜管中钩出一根金线，缠绕在两截铜管之间。

“泠泠七弦上，静听松风寒。”唐阿公道，“我平生听到最好的琴声，却是夺人性命的。”

他的指甲在这金线上一拨，那线突然弹动，仿佛一瞬间化为无形。与此同时，一种极轻却又极尖锐的声音传了出来。这声音十分古怪，音色仿佛琴音，但短促尖厉，让人十分不快。

不知道那根金线是什么质地，为何会有这样的效果。

唐阿公又将金线慢慢靠近一支烛火，在弦上一抹，莫无难只觉得声音更尖更快了，烛火便不停地晃起来。接着，阿公又猛地拨弦，他动作极快，而那金线也弹动得更快，

王祥 / 摄
2021.4.24

—— 专业摄影奖 ^

连影子都没了，仿佛化在了半空中。

莫无难只觉得耳心一痛，接着看到那烛火陡然熄了，只剩下几缕青烟。

莫无难的酒意都变作了冷汗，一下子清醒了几分。他看着唐阿公细细地将金线重新收回铜管，重新接续起来，表面上连痕迹都看不见，随即放入怀中，问道："这东西……便能杀人？"

唐阿公冷冷一笑："世间万物都可杀人，这又有什么稀奇。"

莫无难又追问："这难道是……琴弦？"

唐阿公满上酒，喝了一口："是，又不是。琴弦不杀人，杀人的乃是声音。当年一个女子，便是一边弹琴，一边来杀我，可惜那时候，她并没有这样的琴弦，只不过是藏在其中的短镖而已，我也还没炼成这样的琴弦，但她却让我知道，声音是可以杀人的。"

莫无难忍了一忍："那……你杀了她吗？"

唐阿公没有回话，却又为他斟满一杯，笑道："喝酒，喝酒。"

5

聚魂为剑，则破空无痕

一场年夜饭，却最终变成了拼酒，莫无难与唐阿公你来我往，一下子便喝光了那一罐子十年的珍藏。两人醉卧在屋里，还是外面鞭炮震天响才将莫无难闹醒。室内炭火熄灭，屋里冷起来，他便将唐阿公扶到床上躺下。

莫无难得仔细端详唐阿公的脸，倒也并非真看不出年纪，皱纹与斑点都有，加之又冻着了，脸色也不再如寻常那般红润。鬼手唐三果真已经垂垂老矣。

莫无难又看看他前襟，双手紧紧握拳，最终还是松开，拉开被子给他盖上，自己回屋去睡下了。

这年节一过，唐阿公和莫无难似乎又变回到不咸不淡的雇主与帮工的关系。唐阿公再未给他看过那管子与金线，连提也不提。莫无难也不再问，仿佛除夕夜一切都是酒后的一场酣梦。

不过交给莫无难的活儿却又有讲究了，除了打杂，还需要跟唐阿公一起打磨各种铜制的部件。莫无难这才知道为何会有铁匠的传闻——唐阿公确有一个小小的炉灶，只用于锻造些稀奇古怪的小物件。莫无难亲眼见唐阿公将烧得通红的铁水浇注在模子中，然后又琢磨成型。渐渐地，唐阿公也将这些打磨的工作交由他来做一些，自己便在旁边泡了茶来笑眯眯地看。难为莫无难手指粗壮，拿过锄头、长枪与刀剑，却没捏过豆子大小的铁疙瘩、细如发丝的铁线。

这样每个月由唐阿公领着做，倒也积累了几十个，却不知道唐阿公将这些东西用在何处，他是从来没见过，唐阿公自然也不会告诉他。

时间匆匆如城外的江水，流过春夏，淌过秋冬，再无回头，转眼间莫无难就在唐阿公这医馆中待了四年。这四年中，唐阿公偶尔有些仇家，有些负伤走了，也有些悄无声息死了，唐阿公叫莫无难捆扎实后，统统丢在江底喂鱼。

转眼又是一个深秋，正好与莫无难初到万一堂差不多的时节。他收拾完毕，正要关门，忽然听得有人敲门，打开来看，原来是更夫石小五。

要说石小五，倒真算得上莫无难的救命恩人。他胆小却心善，救了莫无难一命，却有些怕他，以往来医馆都躲他很远。不过时间长了，惧意也渐渐淡了，反而嬉皮笑脸要莫无难给他买酒，最后竟成了莫无难在城中最熟的第三个人。

今天石小五赶来，脸色不太对劲，除了常年灌酒的红鼻头，其他地方都是死白的。

“唐阿公，唐爷爷，”石小五压低声音说，“可不得了，鞑子来了！”

宝祐六年，蒙古大汗领兵来犯，灭了大理，便奔四川而来。他们凶狠残暴，恶名昭彰，于是百姓都免不了惶恐，石小五光棍一条，平日里也就跟几个街坊相熟，唐阿公算是其中一个，时不时地讨一些养肝的药来吃。如今得到了消息，就连忙来给唐阿公说。

唐阿公冷笑：“之前说在江湖上行走，杀人造孽，其实哪里比得上这些领兵打仗的？兵燹一起，就是白骨露于野，千里无鸡鸣。”

石小五眨巴着通红的眼睛，问：“唐家阿公说得是，那么咱们要躲到哪里去呢？”

唐阿公哈哈大笑：“躲什么躲？你一双脚杆，还跑得过四只蹄子？鞑子刀头砍下你不是还有这个来扛？”

他随即用手刀在石小五后颈上一劈，吓得石小五脖子一缩，只勉强说笑两句，就匆匆地告辞。唐阿公拉住他，往怀中塞了两袋补药，才送他出去。

回头看见莫无难直直地杵在那里，唐阿公又笑道：“怎么？你也怕了，想要跑吗？”

莫无难摇摇头，看着自己的手：“只恨如今我双手无力，想要砍几个鞑子脑袋，也没有办法了。”

云层遮住了满月，院子里昏暗无比，然而在唐阿公的屋檐下却挂着一盏宫灯，发出柔和的光。一位黑衣女子坐在地上，双腿上摆了一张琴，正轻轻拨弄。

唐阿公冷笑道："你虽然遗憾杀鞑子无力，却依然怀有报仇之心，真有杀意，哪里没有办法？"

莫无难一呆，竟然不知如何反驳。

唐阿公又道："再说了杀几个鞑子，能救多少人？你若杀一个领兵的，才是真有功德。不过呢……"

他忽然神色黯淡，又摇一摇头，背着手走开了，莫无难看他背脊，竟弯了许多。

这样过了几天，忽然就开始下雨。巴山夜雨涨秋池，听着淅淅沥沥的仿佛有诗意，然而湿冷起来却很难过了。莫无难受过伤的四肢隐隐作痛，只能自己找些热水，浸湿了布巾来敷一敷。他晚上也听旁边屋里唐阿公咳得厉害，似乎害病了，不过第二天倒是脸色如常。

中秋夜放了学徒回家，唐阿公和莫无难各自喝了点热酒回屋，片刻后莫无难就听见唐阿公似乎咳得更厉害了，一声声简直如同生锈的钝刀砍着破锣。他躺了一会儿，终于忍不住起身穿衣打算去看看。咳嗽声突然停了，接着便听见一阵幽幽的琴声传来。

莫无难心中一惊，立刻拉开门。

云层遮住了满月，院子里昏暗无比，然而在唐阿公的屋檐下却挂着一盏宫灯，发出柔和的光。一位黑衣女子坐在地上，双腿上摆了一张琴，正轻轻拨弄。她满头白发，也不梳妆，就披散在身后，她眇了一目，脸上也有皱纹，却依然美艳动人，难以估算出年纪。

她专心弹琴，看也不看莫无难，琴声如刀如戟，即便不懂音律的人，也能从中听出肃杀之意。

唐阿公开门出来，披了一件外衫，却拄着拐杖，一条裤管下空空荡荡，似乎将那铜腿取了下来。他一脸平静地站在门前听黑衣女子弹琴，瞧不出在想什么。

琴声越到后面越是激昂，那女子手指跃动，仿佛化为无形，最终铿锵数声，戛然而止，仿佛瞬间断刀折戟，一切终了。

唐阿公叹了一口气："阿尘，你还是来了。"

那女子转头看他："可是等得太久，以为我不会来了吗？"

唐阿公摇头："我只盼你来得早些，我等得太苦。"

那女子问道："你做到了吗？"

唐阿公从衣袋中掏出一截铜管，在宫灯的照耀下，闪着如同黄金一般的光。这铜管比莫无难在除夕夜看到的似乎又大了一些，并且增加了一段皮套，能够绑在手臂上，五根丝线牵连着五个铜环。他将那铜管绑在手臂上，手指套入铜环中，向着那女子说："你不担心我在你身上试一试吗？"

那女子摇头："你要杀我，又何必多问这句？"

唐阿公笑得难看："不错，阿尘永远是这么通透。"

他一下转身，将铜管对准院中枯树，猛地手指握拳，只见那铜管中闪过一瞬蓝光，接着便有凄厉的锐响，枯树如同被一把无形的利刃削了数十刀，变成了一堆碎片。

这一切皆在电光石火间，莫无难瞠目结舌。

唐阿公看也不看他一眼，放下手臂对那女子说："阿尘，你看，我说的向来没错吧？"

那女子原本眼中也带着一丝惊讶，听他这么说，脸上的神色就悲凉起来："不错，你是聪明的，原本不必如此。"

她话音刚落，突然将琴竖起，一手抱琴，一手拨弦，只听"铮"的一声响，唐阿公突然短促地叫了一声，坐倒在地。

莫无难这才发现，原来那女子竟然以弦为弓，将弹琴的铁甲片射入了唐阿公身体。

莫无难来不及多想，随手拿起窗台下的一只药罐，猛地扔向那女子。女子身形一动，如黑云一般轻轻飘落在院子里，而药罐则落了个空，摔得四分五裂。

女子看着莫无难，问道："你是他的徒弟吗？"

过了好一阵子，眼泪渐渐地止住了，她擦干残泪，突然起身，举起琴来狠狠砸个粉碎，而后将唐阿公尸身捆负在背上，看了莫无难一眼，什么也没说，就趁着夜色离去，隐没在黑暗之中。

这“他”显然指的是唐阿公，莫无难摇摇头：“他许我的事情还没做到，我不能让你杀了他。”

女子又笑了一声：“可惜，他答应我的事情更早一些，如今兑现了，我也要兑现我的话！”

莫无难不想跟她废话，随手抄起一支竹竿，便向她刺去。他如今关节处内劲凝滞，再不能使剑，但是长枪一类的兵器却可略作弥补。这样几招，虽然不至于伤到那个黑衣女子，却也打乱了她的步调，让她不能再分心顾及唐阿公。莫无难看她身法轻盈，显然内力不弱，但却并未对自己下杀手，只是屡次想要脱身又被阻拦后，脸上渐渐多了一些不耐烦。

如此几个来回，黑衣女子动怒，退后再次用弦射出铁甲片，连续三枚，统统打在竹竿上，那竿子裂出大缝，顿时就折了。

莫无难来不及撤手，被竹刺割伤了掌心。

趁着他这间隙，那女子转身对着唐阿公又同时射出三枚铁甲片，打中他的胸口。

莫无难心中一急，直扑向那女子的身后，却根本碰不到她的衣衫。

那女子来到唐阿公身边，回头冷冷地看了莫无难一眼，喝道：“且住，不想他现在死就莫要妄动。”

莫无难再急，也只能定在原地。

只见那女子缓缓在唐阿公身边蹲下，看见他胸前和口中都流出鲜血，剩余的一只眼睛里忽然滚落大滴大滴的泪。唐阿公却满脸欣慰之色：“阿尘，我终于还你一条命。为你所造之物，就在——”

那女子突然怒道：“住口！你我一生之痛，皆在于此，我只要你的命，别的休要再提。”

唐阿公笑了一笑：“好，好，不提……我死之后，就劳烦你将我烧作一堆灰，撒入你的苗圃之中吧。若你余生能踏足我血肉之上，也算你我相知一场。”

女子泣不成声，却点了点头。

唐阿公面如金纸，气若游丝，眼看就要不行了。他转头望向莫无难，向他招了招手。

莫无难虽然与他算不上什么知己，但蒙他救命，又相处几年，总有交心的时候，此刻不免凄然。唐阿公却道：“小子，你不要担心……这都是老夫的命数，是我所求的。我走之后，你可去房中床下取走我所留之物。若你懂我二人之前所论之事，便可知老夫从不食言。将来能否如愿，皆要看你所愿为何了。”

莫无难眼中酸涩，说不出话来，只能单膝跪地，向他抱一抱拳。

唐阿公“嗬嗬”作声，仿佛是要笑一笑，鲜血却喷涌而出，他望向那女子，颤声道：“阿尘，阿尘……走吧。”

随即头一歪，双眼就此闭上了。

6

城门下血如墨·悠悠不断一江水

那位叫阿尘的女子，见唐阿公殒命，抱住他尸身痛哭起来。过了好一阵子，眼泪渐渐地止住了，她擦干残泪，突然起身，举起琴来狠狠砸个粉碎，而后将唐阿公尸身捆负在背上，看了莫无难一眼，什么也没说，就趁着夜色离去，隐没在黑暗之中。

莫无难僵立良久，若不是头上的宫灯与脚下的碎琴，真恍如醉梦一场。他走进唐阿公的房中，从床下拖出一个藤条箱，打开来，竟然是他这些时日里亲手打造的种种物件，还有一条铮亮的铜腿，其中关节包裹之处，隐隐发出暗蓝色幽光。

莫无难细细地看那条铜腿，发现铜腿正是两截铜管拼出的，形状还隐约有些眼熟。

铜腿下压着一封厚厚的书信，打开来一看，有许多机关图纸，上面巨细靡遗地画出了每一个零件如何组装的示意图，标明种种利害。只需按图操作，便能再拼出一截圆筒，且与之前唐阿公手臂上的相比，又有一些不同。

莫无难心中惊异万分，又在最下方摸出了几张信纸，细看正是唐阿公的手迹。他读完这些信纸，终于知道了许多真相：

原来二十年前，唐阿公还是鬼手唐三的时候，早已经在某处与峨眉派女弟子易清尘相识，两人不打不相识，竟不顾门派之别互生好感。易清尘擅长七弦琴，唐三曾以琴弦为弓弦，为她打造了许多极好用的竹叶镖，并誓言要为她做一件前所未有的暗器。

后有奸人挑动唐门与峨眉派相争，两人年轻气盛，以为除掉奸人便可令事端消弭。唐三便在两派交战之际自告奋勇前往，想要趁乱诛杀奸人，不料他在混战中射出的一大片毒镖，有数枚都扎进了易清尘的师傅身上，令她当场气绝身亡。

之后唐三独上峨眉想要私下与易清尘相见赔罪，却遭遇围攻，断了一条腿。虽然二人将前后缘故和盘托出，但误杀峨眉长老的罪责却依然在。为保住唐三性命，在审问的堂上，易清尘将过错揽在自己身上，与他决裂，誓言再见面则杀之。

唐三被送下山，而易清尘则受大刑，被剜去一只眼睛，幽禁下狱。临别之时，唐三允诺，早晚将那独一无二的暗器做出来，那时就等她将自己的性命一并带走，报她这一份情谊，来生再续前缘。

“半生以杀人利器为傲，却不想也由此断送半生，‘杀’之一字，不单论一人生死。”

之后唐三隐居重庆府内，行医为生，却难忘当初与易清尘所约定的事：自二人别离之后，终其一生，他为信守给易清尘的承诺，造了一件绝无仅有的利器。

他愿此物可以杀止杀，却不再错杀。

唐阿公苦心钻研十多年，从易清尘所用之琴上得出启示。

“拨弦而动烛火，可见火焰摇曳，则有力若无形之水波；又有霹雳弹、火蒺藜，皆以无形之力伤人。若有一物，发力如弦动之轻，伤人如霹雳之剧，中的如箭镞之准，则可谓神器。”

唐三技艺高超，熟知火药激发铁弹丸的爆裂之力，他也看过渔人捕鱼的鸣榔打围，水波荡漾之后就有大鱼翻肚浮上来。但死鱼不论大小，如撒网一般全都漏不掉，如何从弦上将波动之力定向操纵，形成无形飞刃，令他思索良久。

后来唐三一面改进机关工艺，一面走遍天下寻找奇材，终于在昆仑山中寻到奇异铁石，与铜铁合炼，制出钢弦与钢球，再与纯铜打造的部件相结合，做出了他想要的“神器”。再以细微的铁石作为“拨弦”之器，丝线只要一动，铜管中的短弦就会射出无形之刃，距离近就如快刀，削皮切肉，距离远则如巨锤，有千钧之力。

“小者折骨，中者断喉，大者可于百丈之外取人性命。发动几不可辨，瞬时即中，无法可防，余谓之‘无痕剑’。”

来向他寻仇的人数次遭无痕剑杀死，江湖上渐渐也就有了传言。终于有一日传到了峨眉派，易清尘知道他神器铸成，终于下山来赴约了。

彼时唐阿公已经知道自己有了恶疾，将不久于人世。他原本也不在乎生死，唯独无痕剑乃毕生心血与精华，虽是为易清尘所做，然而她所求的并非此物，依着她的性子是不会要的，他也舍不得带入棺材。当初救回莫无难的性命，就有意将这神器留给他。但那发出微光的钢弦与钢球无法再去炼制，若耗尽则无用了，因此就算唐阿公暗中指导莫无难将诸多配件都打造好，装配起来，留下最大的一支无痕剑，至多也就能支撑一两次。

“希求此物永无可用，若有，可为不杀而杀，则如吾所愿矣。”

唐阿公最后落下这一句话，莫无难看了又看，心潮翻涌——

唐三与易清尘二人一生的悲惨都在于手持利器却错杀了人，他此时算是明白了唐阿公之前劝他的那些话。

恍惚之间，许多前尘往事纷纷在眼前涌现出来，当年结义泼洒的黄酒，燃烧的黄纸；在荒草丛中见义兄们转身上马，他记得最清楚的便是大哥回头的一挥手；他也记得在乱刀中被砍得支离破碎的老八，还有另外两名弟兄，血喷他一头一脸；他落入河中，冷水没过了头，冲走了伤口的热血，口鼻中全是泥沙的味道；大营之外，他远看着义兄们铠甲铮亮，策马而过……

往日里噩梦之中，这些都是折磨他的酷刑，然而此时此刻，却仿佛冷眼旁观他人的故事了。

莫无难轻轻抚过那冰冷的铜管，按照唐阿公所说，此物大小可用，都不过两次，已经足够他杀掉自己想杀的人。无痕剑，让杀人变得更加容易，莫无难心中却似有千斤重，感到更难了。

他站立良久，反反复复看着唐阿公信上最后一句，最后将信小心叠好，揣进怀中，然后合上藤条箱，提着走出卧房。

一出门，莫无难稍一侧目，就看见自己那柄环首长刀还倚靠在墙边，他略略一站，终于没有伸手去拿，大踏步地离开了。

刘庆丰 / 摄
2015.11.15

—— 专业摄影奖 >

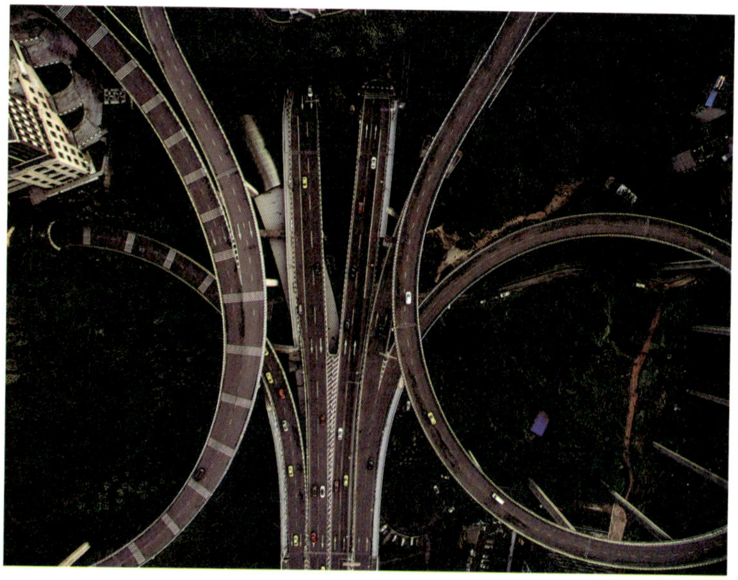

开庆元年夏的某夜，合州下了一场雨。

蜀地夏季来的雨，若势头太小，与白日里散不去的暑气合在一起，仿佛一阵绵绵的水汽，只会让人更加难受。衣衫浸湿之后全无凉意，只如一层湿泥裹在身上，难受至极。

莫无难站在山坡上，此间树木稀疏，周围都是被砍伐过后的大树，只留下一些还在生长的树苗，还有一些被搬运敲碎的石料。似乎能用之物，都已经被取尽了，早无人过来。莫无难知道这小小一方城池内，各处皆如此。若不是一路被追逐，有意往这人迹稀少的地方跑，莫无难也不知道此地居然正朝向一座城门。站在这里他远远地可看见城门与营地的篝火，星星点点的极为密集，虽然经历数月反复大战，但军民一心，倒依然坚守。今夜下雨，外面的人少一些，如萤火一般游走的人也少了，喧哗声更是几乎没有，四周除了淅淅沥沥的雨声，只剩三人的呼吸。莫无难的呼吸声平稳，他只着单衣站在原地，他右边前臂上捆着一截铜管，丝线连着五个铜圈套在指头上，背后则背着一个布袋，里面是更大的一根铜管。他双手空空，没有拿任何东西，垂在身侧。

而他对面的两个人，一人呼吸急促，另一人气若游丝。

这两人做军士打扮，但都没有头盔，身上铠甲也不周全。一人只剩护臂与胫甲，一人只剩披膊和护心镜。左边一人牢牢地握紧一把长剑，上头有些暗色痕迹，如同干涸后未曾及时清理的血迹，沉沉地压在上头；右边那人则一手拿着铁钩，另一只手拿着一把铜锤。

两人都脸色煞白，嘴角挂血，显然受了极重的内伤。

执剑者原本方正的脸已经瘦削了许多，双目凹陷，看来十分憔悴，他盯住莫无难手臂上的铜管，问道：“你伤了我和老五的东西是什么？”

“无痕剑。”

执剑者皱眉道：“是暗器？”

莫无难回答道：“是我的剑。”

“所以你是用它来杀我们？”

莫无难摇头：“你知道我要杀谁。”

执剑者道：“你也知道我二人不会让你如愿。”

莫无难低头：“可是你们拦不

住。我仅仅这样一支便能重伤你二人，若我再发一‘剑’，你们都会立刻死去。”

执剑者惨然一笑：“不错，老七，万万没想到你还能找来。原本以为废你武功可以保全你与大哥两人。”

莫无难看着他，四肢上早已愈合的伤口忽然隐隐作痛，原本心中毫无波澜，此刻却讥笑道：“这话说得太无耻。”

执剑者道：“老七，当年之事确实是大哥与我们几个负了你和老八。但若当时我们转去接应你们，则来不及回到大营。鞑子的消息不能尽快上报，于军情必有大碍。弃你等不顾，乃是权衡之下不得已而为之。大哥自知负你，对你报仇之事从不回避，只说你若前来，他束手就死，拦阻你是我们几个做的，他并不知情。”

莫无难听他这么说，并未像从前那样腾起一股怒火，仿佛无喜无悲，只是听人说事，并不与自己相关。

见他脸上平静，执剑者反而更急：“老七，大哥是全城安危之所系。他日日都在城门上守着，如今蒙鞑正在门外建设望楼，有大将要来督战，之后战事更为惨烈！他若有差池，鞑子须臾便可攻陷全城，屠尽全城军民，更可突进四川，杀入中原腹地。之后兵燹万里，山河沦陷，你可愿意见到这样的情景？”

莫无难却不理他，只问另外一人：“老五，你为何拿着老四的铜锤，老三在何处？”

老五面如金纸，呼呼地喘气，却笑了一笑：“三哥和四哥已经为国捐躯，如今与这青山同体，你足踏之处，尽是他二人英魂所在。我手上这铜锤，乃四哥所留，有此物在，你必不能如愿。”

莫无难心中震动，微微皱眉。

见他没有开口，老五愈发暴躁，开口吼道：“莫无难，几年前我们废你武功，二哥终究不忍，留下你的性命，如今你连剑都没有了，单靠这古怪暗器，就想要闯入阵中杀人吗——”他气血翻涌，话还未说完，一口鲜血就“哇”的一声喷出来。执剑者连忙扶了他一把，两人对望一眼，都从对方眼中看出了决绝。

执剑者扶着老五向莫无难走了几步，自己才近到他跟前单膝跪下，将剑插入身旁土中，抱拳道：“老七，如今你若非要人偿命，取我首级便可，却万万不可加害大哥！”

说罢深深地拜下去，莫无难还未来得及开口，猛然发觉老五此刻已经悄无声息地微微挪动了几寸，正面对他站着，用尽全身之力将手中的铜锤投掷过来，如数年前的雨夜一样。而此刻执剑者弹起，左手抓住莫无难的左脚腕，而右手中竟然握着一把短小的匕首，直刺莫无难的小腹。

原来他二人早已经心有灵犀，都知道自己油尽灯枯，只求趁莫无难不备，一招击杀，最后搏一次。

莫无难手足无力，再不可能接住老五扔出的铜锤，但身法还是灵活。往后急退发现脚部受控，连忙全身向左侧一弯。好在老五伤重无力，铜锤即便砸中了莫无难右臂，也只是皮肉青了一块，未伤骨头。然而两处不能兼顾，虽躲过了铜锤，但执剑者的匕首依然在他侧腹上拉出一条长长的伤口。

莫无难吃痛下右手回防，五指一紧，只听得一阵尖锐的声音响过，邻近树枝纷纷掉落，而执剑者胸腹间爆出一簇血花，仰面倒下。老

他若有差池，鞑子须臾便可攻陷全城，屠尽全城军民，更可突进四川，杀入中原腹地。

五一见，猛然发出凄厉的惨叫，从后面接住他，跟着自己也吐出血来。两人这一下子是都不能动弹了，而执剑者更说不出话来，只是手上还握着匕首，紧紧盯住莫无难，眼见不能活了。

莫无难右手按在伤口上，只感觉热血一阵阵地沾染在掌心之中。

他看了一眼地上的两人，突然解下右手上的那支无痕剑，丢在地上，半晌不语。老五一面吐血一面笑道："老七……看来……你这劳什子……也不顶用了，甚好……甚好……"

声音渐渐消散，再也听不到了。

此刻雨停了，月光初露，几条暗红色的水流夹着泥土在地上蜿蜒。莫无难看着眼前两具尸首，如泥塑般静默了良久。最终他还是腾出手来，撕破自己的外衫缠好伤口，然后将尸首上的衣物、铠甲都剥下来穿在身上，又将布袋背好。他未曾将最后一支无痕剑亮出来，老二与老五自然也以为他的无痕剑只有右手上的那一支，虽然二人一击不中，但以为自己耗尽了他的"攻势"，也算是临死前得到了安慰。

莫无难一步步向着城门走去。他一身打扮与城中兵卒无二，很快就来到了城门之上。此刻天已经微微发白，东方一轮红日向着城门内外投出万道金光。莫无难只感觉脸上一阵发热，他探头出去，城门外一片狼藉，人马踏尽了草木，血火染墨了山石。而远远地有一座木制望楼，正对着城门处，上面隐隐有人在走动，想来正是敌军在观望这边。

莫无难收回目光，转头就见许多值夜军士还站在原处，脸上有疲态。他猛然记起自己仿佛许多年前也做过同样的事情，只不过那时候城门之外还没有如此多的蒙鞑，他们都还在千里之外。恍惚间，只见更多兵卒来来去去，似乎正将投石机等推动位置，又有许多弓箭手匆匆就位，许多传令兵卒来回喊，莫无难听懂原来斥候报说有大将上望楼观战。就在这一团穿梭的人群中，莫无难似乎见到了一个熟悉的身影一晃而过。那人走得极快，身边兵卒不得不一溜小跑才跟上，口里还一直呼喊"张将军"，莫无难看他一身铠甲虽然旧了，但依然严整，正如多年前一样。

那一年，莫无难与其他三人蹲在草丛中，与他抱拳作别，眼见他转身上马，只回头一招手，就不曾回来。

莫无难忽然想起唐阿公所留给他的信中那句话：

"杀"之一字，不单论一人生死。

开庆元年（公元1259年）夏，元宪宗蒙哥在率军攻打合州钓鱼城时，登望楼遭宋军"炮风所震，因成疾"[①]，不久便病逝。无人知晓那"炮风"何来，只知声似闷雷，如霹雳从城中发向望楼，瞬间即至，如无形之剑。

此刻雨停了，月光初露，几条暗红色的水流夹着泥土在地上蜿蜒。

① 引自《万历合州志·钓鱼城》。

刘真 / 摄
2022.7.14 江北长安厂旧厂房

—— 专业摄影奖 ^

高维度渗透

是个好的开始，夏后对自己说。他擦干净了脸，把长到鼻尖的头发往后梳，梳得一丝不乱。穿上衬衣，穿上外套，最后一次照了照镜子。

文 / 碎石

“见鬼！”

“怎么了？”

“目标体！目标体的偏离预测值突然非线性增长！”

“什么？”

“三号监测位报告！偏离值超过可接受范围的百分之二百三，已经突破第一道警戒线，约三百三十秒后突破第二道警戒线！”

“前方A组报告，他们已经失去了目标体！GOCE（地球重力场和海洋环流探测卫星）发出引力波异常警告，引力变化尺度在过去四十秒内达到十亿分之十三！”

“哦……真是见鬼！”

那天，夏后一点钟就爬起来。用冷水洗脸的时候，他抑制不住地把头伸到龙头下，让水稀里哗啦地冲了三分钟。天气预报说气温不到十度，他觉得水冷得像冰，真爽。

夏后抬起头，看着镜子里的自己，看着那张消瘦惨白的脸，那张绝望痛苦的脸，那张已经失去人性、失去人格、失去生命的脸。看着看着，眼泪又怔怔地下来了。

他没有阻止眼泪往下流。

三个多月了，这是他第一次看见眼泪，很好，说明抑郁症已经有所起色了。从行尸走肉，看一切迷迷茫茫的状态，走到了半死不活，看世界一片哀号的状态。

是个好的开始，夏后对自己说。他擦干净了脸，把长到鼻尖的头发往后梳，梳得一丝不乱。穿上衬衣，穿上外套，最后一次照了照镜子。

他的目标是嘉悦大桥。选择这座桥有三方面的原因：一是不太著名。这是外环路上一座横跨嘉陵江的斜拉桥，距离市区很远。二是其下方专门有游人通道，但因地处偏僻，基本上没有人。三是，足够高。距离江面超过七十米，如果心理素质差一点，在接触水面前就已经昏厥，痛苦能减少到最低限度。即使没昏，死是肯定的，断不至于摔个高位瘫痪，卧床数十载，死得臭气熏天惨不忍睹。

心理学家贝克曾说，抑郁症患者最危险的时刻，不在抑郁的谷底，而在康复到有力气走出家门的时候。那时候，抑郁症患者才打得起精神来寻死。他说得真他妈的对。

夏后把一个黑色笔记本放在桌子最显眼的地方。上面记录着这几个月的研究所得。这些稀奇古怪的研究尽管对他不再有意义，对他的导师也许会有帮助。

他出了门，在门口静待了片刻。在屋内他止不住眼泪，等到门关上，却霎时心中一片平静。手机是早已停机了，他把钥匙、钱包、身份证扔进垃圾桶，只拿了一百元，招了辆出租车。

一百七十千米上空，近地轨道，通勤四号卫星正同时启动两组伺服电机，将两组高敏电磁探头同时指向地球某一坐标。显然，事态达到最高预警级别，通勤四号卫星自动启动了关联网络。

在它下方二百六十千米，本应对东亚海域某国军事演习进行辅助监视的通勤三号卫星，临时中断了所有应用，把目标指向通勤四号提示的位置。更高的二百二十千米轨道上，飞驰者一号天链卫星也打破静默命令，同时链接三大洲的十四个点位，将通勤系列卫星、欧洲航天局的 GOCE 卫星，以及 NASA 的两颗磁场观测卫星接收到的信息，以每秒 2.8G 的高速向地面发送。

“第一波电磁屏障在三十六秒前生成！”三号抬起头大声宣布，“地点在 E2330、D7607 与 E2401、H4400 之间，地壳产生的能量偏移还未消除，还无法准确定位。与预测位置相距二十六千米左右！”

“预计第二波电磁屏障将在七十秒后达到可观测强度！”四号说道，“通勤四号观测到的第一波热辐射已抵达平流层下部，高空磁场扰乱现象明显！”

“目标体完成态已经达到百分之七十六点三七七，能量反馈误差在百分之三以内，符合量子谐振子第三波函数特性，生成形态完整！”二号紧紧盯着屏幕，“误差值继续缩小，各指数进一步收缩于标准形态！”

“目标体作用范围？”泛所有项特别执行委员会执行官问。

“计算……”一号回答道，“完成了！范围比预期略高，覆盖范围超过二点三平方千米，可观测体约五十平方米，持续增长中，可能属于第二种接触模式……二号，预计最终形态会达到几级？”

“达到五级标准的概率升高到百分之四十一。”

一号皱起眉头：“概率相当高了……这一次为何会偏离预测位置这么远？”

“形态开始变化！”二号突然说，“两侧似乎受到干扰，大量热辐射向中间挤压！”

“是工业区？”

“不能确定……形态呈流体变化，现在正高速突破地面，可观测范围正在急剧增长，首次波涌已提前至一千六百二十秒后！根据目前的能量阈值，波涌持续时间大约十六纳秒！”

“时间不算长。”执行官喃喃自语，“如果地域情况不复杂，也许不会造成太大影响……”

“有可能是江，”一号说，“目标区域的地质条件不可能出现大规模的地下水系，如果流体变化过大，很可能是因为接触到了江河下方的渗透带。三号，区域还没有确定下来吗？”

“等等……出来了，通勤三号卫星连续收到规律反射信号，基本确定该目标体突出部。”

“投射出来。”执行官命令。

大厅中央巨大的显示屏上，高解析的地图正显示出来，地面以绿色模板表示，江面是蓝色，在这两者下方，一个巨大的红色气泡正高速接近地面。许多数据围绕着它，其中最关键的经纬度、体积、与地面的距离等字形最突出。气泡在半分钟内，从一个完美的球形，迅速演变成一根长长的圆柱体，其顶端稍稍探出地表，长约一百米左右。不过尚未能突破江水范畴。受到江岸和水流的共同影响，探出地面的可观测体收缩到江面宽度，其表面呈现出非常明显的流体效应。

“是江……至少远离居民区。”一号明显松了口气。

“首次波涌将在一千二百秒后形成！”二号再次宣布，“能量反馈将在一千一百七十秒后达到首次峰值，预计波涌时间——十六纳秒！”

“行动小组情况如何？”

一直没动静的五号焦头烂额地说：“由于跟预期值相差过大……呃……最近距离的三个地面小组到达观测点至少需要十分钟……不过当地警方在十分钟前，已封锁了通向目标区域的道路。”

“但我们的人必须赶在波涌前确定该区域！空中支援单位呢？”

“两个空中单位离得更远……”五号一头大汗地拼命寻找，忽然眼睛一亮，“有一个单位离目标只有三分钟距离！哦……是后备支援部的一架备用直升机……”

“命令该单位顶上去，确认区域是否干净是最核心任务！”执行官站起身，环视四周，厉声下令，“所有单位必须在规定时间内抵达目标区域，切断一切交通，

地面以绿色模板表示，江面是蓝色，在这两者下方，一个巨大的红色气泡正高速接近地面。许多数据围绕着它，其中最关键的经纬度、体积、与地面的距离等字形最突出。

王柏惟 / 摄
2022.7.9　南岸区宁静小区

—— 专业摄影奖、大众欢迎奖　>

屏蔽无线电信号。本系统只允许保持激光单链通信。通知警察，出动所有当值特警支援，以目标体为原点，封锁范围扩大至十千米。在目标体消失前，本系统自动提升至最高级别，拥有特别执行权，所有与本行动相违背之行为将视为非法。行动、行动、行动！”

夏后在离嘉悦大桥两百米时下了车，把一百元都给了司机，等出租车彻底消失在视线之外，才迈步向桥走去。

天气很怪异。高空一片澄清，只有西方极远处有些微云层。它们属于高空云系，被半弦月照亮了，散发出一种暧昧的暖色。天穹是藏青色，愈接近地平线愈淡，直至完全化为城市的灯光漫射。

夏后仰头看天，一直走到桥上，想起此行的目的，转而向下看。见鬼……哦，不、不，是好事。

大雾正从桥下滚滚涌过。目力所及的江面全被大雾笼罩。雾气浓密，活像真的凝成了雾之水。雾的厚度至少有三四十米，因为大雾的顶部离桥不到三十米了。江风凛冽，

罗翌熙 / 摄
2020.6.7

—— 大众欢迎奖 ∧

吹得人骨头发寒，更将大雾顶端切割得非常平整。雾气在寒风中散发出一种诡异的青色辉光，让人觉得一旦掉进去，立即就要变成冰碴，继而被永无休止翻滚着的雾之江水直接冲入幽冥黄泉。

非常好，在雾中看不见江面，死亡的沉重又轻了三分。夏后这样想着，小跑着下了阶梯，跑进大桥的观光通道。

这座大桥两侧下方，专门修建有供行人经过的通道。不过因地处偏僻，平时只有车经过此桥，行人非常之少。栏杆是普通的不锈钢栏，脚下就是江水，翻越太容易了。夏后一口气跑到桥中央，才扶着栏杆。他在那个位置站了很久……很久很久。

一小时后……也许两小时，也许更久。时间对他来说已经不重要了。他闻到有股微酸的味道，便往下看。

桥下的雾气更加浓重，颜色变成灰黑，活像桥下有什么东西正在燃烧，浓烟融入了雾里。不过并没有什么烟味，倒是那微酸的味道越来越浓烈。

就在他脚底正下方，从江面升起的水汽与被桥面阻挡、转而向下的一股乱风较劲，雾气便翻卷着形成一个旋涡，旋涡中心混沌一片，偶尔有什么青白色的东西一闪。是江面吗？夏后不知道。只是看旋涡久了，禁不住地头晕目眩，好像要被它一口吞没。

其实该想的都想了，能做的都做了。为了治疗抑郁症，这一年来他翻遍了所有心理学著作，但没用就是没用。抑郁让他完全无法入睡，胃溃疡、肠道痉挛、无法进食、耳鸣、头痛、恶心、尿血……已经没任何可以留恋的了。夏后慢慢脱下外套。

这个时候，他听到了声音。轰轰轰……当头压下来的狂风吹得他连退两步。

“大桥两侧快速通道已经封闭，十分钟内没有车辆进出通道记录。卫星显示，封锁区域内没有车辆滞留！

特警已成功封锁十六处人行通道。”

“大桥两侧可观察到目标体的居民楼已被封锁，警方已将所有人员带至两千米以外，正进一步撤离！”

“A组已经成功推进到离目标体六千米处，接近滨江公路，预计在四分钟后抵达观测点！B组离大桥约三千米……”

“飞驰者一号传回第一批高解析图像，已经观测到可观测体！”三号叫道。

所有人都抬头看中央屏幕。卫星地图显示，一大团灰褐色的雾正盘踞在江面之上，并有向两侧扩散的迹象。地图迅速拉近，经过多层、多频段曝光的图片很清晰，可以看见桥面上干净得连一条狗都没有。

“非常好，”执行官看表，“现在是凌晨三点，应该没有什么人。它扰起的雾气掩盖了自己，之后的新闻封锁就好做了。”

众人都松了口气。这次行动经过数月精心准备，临到头才发现预测错了几十千米，已经惨败，只求能平平安安过去。只要没有人在目标区域内就出不了大事，回头向上级汇报时，责任就要小得多。

执行官想起一事："那个后备空中小组在什么地方？”

“空中小组已到达嘉悦大桥上方，离目标体约一百米。大桥范围内没有发现车辆，亦没有人行通道。电磁干扰越来越强，小组请求进一步指示。”

“波涌的最终时间确定没有？”执行官回头问。

“三百七十七秒后，误差约二十毫秒。约三百六十秒后，可观测体就将达到桥面高度。”

“命令空中小组，暂时撤离到岸边，关闭系统，等待命令。”

“明白。”

“是……第二后备支援小组明白，我们将在北岸着陆，等待进一步……见鬼！”

强烈的电磁干扰让频道瞬间只剩下背景噪音，这意味着波涌即将到达，必须立即远离此地。机长关闭了通信，扳动操纵杆，直升机略转了半圈，向左侧倾斜，快速掠过桥面，向北岸靠拢。就在机身刚下降到与桥身的高度相同时，副驾驶座上的泛所有项特别执行委员会第三期见习生齐姜突然尖叫一声。

“有人！”

“什么？”

机长吓得一哆嗦，直升机向前猛冲一段，又拼命拉起。从桥下刮上来的风吹得直升机左右摇摆，电磁干扰又使仪表们不受控制地乱动起来，这对飞行来说异常危险。但是目标区域一旦出现人，那可是最重大事故，机长拼老命稳住机身，齐姜伸长了脖子仔细看。

“真是一个人！哦，真见鬼！人行通道在桥下方！拉上去，快拉上去！”

咄咄咄……螺旋桨劈开厚重的雾气，艰难地重新升到与桥面齐平的高度。现在看得更清楚了，那家伙呆呆地站在栏杆后，大概没有料到突然有直升机出现。下方翻滚的雾气几乎就要漫到他的脚了！

“这里是……嘶嘶……总部，请求指示！这里是……完全不行！”机长转头看齐姜，“通信中断了！波涌要开始了！”

“那怎么办？”

“我们必须撤离！”机长握着操纵杆的手抖个不停。

“不行！”齐姜大吼。

“……”机长也知道不行。事态太严重了，严重到他不敢想象……机舱内温度只有十几度，他们两人却同时汗透了衣服。

只犹豫了几秒钟，机长就下了个决心。“好，我下去……”

从江面升起的水汽与被桥面阻挡、转而向下的一股乱风较劲，雾气便翻卷着形成一个旋涡，旋涡中心混沌一片，偶尔有什么青白色的东西一闪。

“不！”齐姜截断他，“我通过了资格考试，我下去！”

“你疯了！你只是个见习生，根本没签那份协议，选择离开一点责任都没有！”

齐姜看着他的眼睛，一字一句地说：“放我下去。”

直升机迅速爬升到大桥上方，顶着狂风朝人行通道入口处降落。齐姜摘下头盔，解开安全带，直升机还没有停稳，她就咕咚一声跳了下去。风吹得她站立不稳，她不得不紧紧抓住栏杆。

“齐姜！”机长叫住她，“你知道标准程序吗？”

“我知道！”

“我……我是说……最后的标准程序？”

齐姜做了一个手势。

“妈的……坚持住！”机长挥舞手臂，朝她狂喊，“他妈的一定要坚持到最后，懂吗！”

齐姜点点头，猫着腰一路小跑着下了通道。直升机机头翘起，想要拉升起来。但所有的仪表都在疯狂旋转，警报声震耳欲聋。尾部螺旋桨液压失衡，带着飞机横着向左侧撞去，哗啦一下撞断护栏。直升机往前一口气拉断了十几米长的护栏，才勉强升起。但是护栏却钩住了滑橇式起落架，它在离桥不到十米的高度盘旋着，周围能见度降到不足十米，已彻底失去了规避的方位和时机。

金色、红色的闪电开始频繁闪现。这些高能粒子流如同一条条游龙在浓雾里穿梭，任何一束都能轻易把直升机打成废铁。机长摘下头盔扔到一边，抹去脸上的汗水，啪啪啪打开几个按钮。他看着疯狂翻涌的黑雾背后，那团越来越明亮的紫色光团，喃喃地说：“他妈的，来真的了吗？”

夏后全身都在颤抖。

刚才直升机上升的时候，他看到了机身上有个显眼的标志——是警察？这么快就被发现了？他这么想着，抓住栏杆，一步跨了上去。

哦，桥下那是雾吗？简直是一团扭动的墨色怪物。什么时候雾气已扑上来了？夏后仓惶四顾，才发现整个桥都已笼罩在了雾中，看不出十米远。酸味更加浓烈，他的皮肤刺痛难忍。不时从浓雾深处传来闪光，静电导致所有的毛发都竖立起来，让他一时恍如跌入了夏季可怕的积雨云内，雷暴正形成。

咚咚咚！突然，通道里脚步声急，有人急切地叫道：“不要跳！不要跳下去！”

夏后回头看，只见一个纤细的身影正朝自己全力冲刺。那人一身黑色警服……是了！他们来阻止我了！

夏后大吼一声，猛地往下跳去。腰间一紧，那人竟然跟着跳出栏杆，一把抱住了自己！

风骤然狂暴起来，夹杂着开天辟地般的巨响。夏后觉得身体瞬间被撕扯，被扭曲，被抽打，被击穿，被粉碎，被……

被不可思议的虚空融解、吞噬。

他最后的意识，是看到高空之上，一团红色的火球掠过。

屏幕剧烈地闪烁了两次，跟着不到一秒钟时间，大厅内瞬间一片漆黑。几秒钟后，备份电池才紧急启动，所有的屏幕都自动进入了检查程序。有个抑扬顿挫的女声在大厅内回荡道：“第一次波涌于四点七三三秒前爆发，爆发等级：五级。爆发持续时间：十六纳秒。爆发形式：观测范围内呈现的标准形式……系统正在重新启动中……六十秒后开始接触监测网。重复，六十秒后开始接触监测网……”

所有人都呆呆地盯着漆黑的主屏幕不动。

第一次是波涌的正常反应，极高能量电磁爆发，导致周围空气被击穿产生的闪光。在第二次波涌来之前，本应该陷入沉寂，然而可观测体再一次闪烁，就只能意味着一件事——有超过标准值的信息体穿越了屏障，穿透到了更高维度。

换句话说，至少有一个混蛋他妈的掉进去了！

沉寂了一分钟，三号的系统最先恢复，飞驰者一号的数据正源源不绝地掠过。他看到了一行代码，禁不住叫出声来：“直升机发射确认信号，两……两发！”

人群又是一阵骚动——进去了两个人！

执行官深深吸了几口气，拍手大声喊道：“好！好了！第二次波涌时间？”

二号的脸几乎凑到了屏幕上。“第一次波涌的伽马辐射强度还在统计中，江水吸收及反射模型还没构建出来……根据以往模型的计算结果，预计第二次波涌将在二十三小时四十分四十秒之后形成。”

“第一次波涌对水体的辐射不可能影响第二次波

涌。”一号面色惨白地说，“我们只有二十三小时了。”

“好……好。”执行官揉揉太阳穴，重新打开耳麦，向所有单位下令，“都听好了，事态为四级，并有可能向五级扩散。从即刻起本系统维持最高级别不变，自动转入引导程序。都给我打起精神，把那些家伙弄出来！”

“喂……醒来……喂……”

“喂……快醒醒……”

夏后竖起耳朵，觉得这声音很是陌生。是谁？他想看，但似乎怎么也睁不开眼皮。身体好像消失了，意识空空荡荡地飘浮在空空荡荡的宇宙间……有星光……到处都是星光……这……这是死去后的世界？

“醒来……我们必须……快……”

声音催促得更加焦急，忽大忽小，蒙蒙憧憧。突然之间，仿佛红巨星内部终于生成了铁元素，引力骤然间超越聚变产生的能量，不可思议的质量以光速向内塌陷，所有的感觉一下涌回了身体。

“啊！”夏后翻身坐起，只觉全身皮肤无一处不火辣辣地疼，像刚从火焰中钻出来，头更是像要裂开一般。周围的一切都在高速旋转，

张宇南 / 摄
2022.1.18　重庆市

—— 大众欢迎奖

夏天 / 摄
2022.7 WFC- 会仙楼观景台

—— 大众欢迎奖 <

什么也看不清楚。他腹内翻涌，四肢不受控制地抽搐，刚坐起身，又扑倒，哇地一下吐了出来。

有人拍打他的背，压低声音说：“好了，好了……吐出来就好。快点，我们必须走了！”

夏后吐了半天，除了胃液再也吐不出什么，才勉强止住。眩晕感稍有减弱，他回头看，见扶着自己的是个年轻女孩。

女孩眉目极深刻，双目如漆，皮肤白得发亮，长发垂到胸前，遮住了胸前风光。她虽然扶着自己，脖子却伸长了，不住张望四周，眉头皱成一团，神色颇为紧张。忽而一阵风刮上来，吹得女孩的头发上下翻飞，周围窸窸窣窣地响。他这才发现自己趴在一簇荒草丛中，而荒草丛则处在两座山头之间的坳口。

两侧山头上都长满粗大的柏树，柏树林又密又高，枝蔓遮天蔽日。天空中浓云密布，云层非常低，沉甸甸地压在山头之上。风从左侧山头刮来，哗啦啦地刮得荒草漫天飞舞，纷纷扬扬地飞到右侧林子里去了。

“呃……”

女孩见他缓过劲，忙把他扶正坐好，仍然压低声音说：“快走，快！”

“这是……哪里？我……我死了？”

女孩脸上露出恼怒的神情，狠狠把他一拉。“死不了，也不能死在这里！快跟我走，他们要搜上来了！”

“谁？什么？哦！”

女孩用力一拉，夏后竟被她拉起来。他身高一米八，几个月没好好吃一顿，瘦得像根竹竿。他一眼望见山下方有座宏伟的古代城池，而且似乎正冒着滚滚浓烟，被吓了一跳。

啪！女孩一巴掌把他打得弯下腰，叫道：“你想找死啊！跟着我！”猫着腰，拂开荒草，向左边山头树林里摸去。

嗯……有什么地方不对劲。但夏后脑子此刻仍然混沌一片，懵懵懂懂地跟着那女孩走。林子前长满了低矮的灌木，女孩身体纤细，几下就钻了过去。夏后侧身钻入灌木，被灌木刮得通体疼痛。他低头往下看，突然明白哪里奇怪了——他与那女孩竟然浑身赤裸！

再看仔细点，赤裸的肌肤隐隐散发出一层暗红色的辉光，特别是四肢，活像刚从蒸笼里端上桌的大闸蟹。夏后忍不住举起手闻闻，真的有股烘烤过的味道。

“我……”

“来啊！”女孩那同样泛着红润光泽的身影一晃就消失在灌木后。夏后头晕目眩地站了片刻，忽听不远处传来草丛的唰唰声，有人大声吆喝，似乎正带着大队人上来查看。

夏后浑身一激灵，猫下腰就跑。他一口气跑过灌木，爬过一片岩石，茂密的柏树林就在眼前。越靠近林子，地面越不平坦，东一个坑西一道沟。这些凹陷处被草甸覆盖，又刚下过雨，潮湿冰冷。夏后深一脚浅一脚地跑着，淤泥、草叶沾得满脚满腿都是，身上到处是被锋利的叶片拉出的小口子，这辈子还没如此狼狈过。但生死事小，失节事大，要是被人看见他捂了二十几年的赤裸身体，真比死了还惨。

眼看就要跑到石墙，夏后深吸一口气，发力猛冲。突然斜刺里跳出一人，从后面死死抱住了他的腰，两人一起向前扑去，哗啦一声跌入草丛深处的坑里。

这个坑至少有一米深，虽然坑底铺着厚厚一层草垫，但夏后面朝下直摔下来，仍然摔得眼前发黑。那人的身体从上面压下来，冲击力压得他一声都发不出来。那人继续紧抱住他，一手捂着他的嘴，在

茂密的柏树林就在眼前。越靠近林子，地面越不平坦，东一个坑西一道沟。这些凹陷处被草甸覆盖，又刚下过雨，潮湿冰冷。

他耳边说道："嘘……他们追上来了！"正是那女孩。

坑上的草丛反弹回去，自然而然遮住了坑口。夏后不知来的是谁，但第一，自己的状况极不自然；第二，这女孩似乎也不像坏人，那么必然追上来的人就有问题；第三，背上传来炙热的肌肤赤裸相贴的感觉，让他还能说什么呢？他点点头，表示自己不会出声，女孩才慢慢收回手，不过仍然趴在他身上不动。

坑里草木被水浸透了，有股泥腥和腐败的味道，偏偏鼻子边却隐隐有股少女的香味，夏后一时如在梦中。

那女孩却一直竖着耳朵听。山坡上的风吹得蔓草窸窸窣窣地起伏不定，柏树林方向却少有声音。须臾，传来嚓嚓嚓的脚步声，偶尔有兵刃相交的叮当声。这些人小心地散开，大概正以一个扇状队形向前摸索。有人咕噜着什么，女孩既听不清，更听不懂。她身下的夏后却颤抖了一下。她无声地低下头，把耳朵凑到夏后嘴边，听他低声说："他们要刺草丛……"

戳……戳……果然传来长枪刺穿草丛的声音，偶尔还有人骂骂咧咧地用刀乱砍灌木，一路清扫过来。夏后觉得那女孩的心怦怦乱跳，一下一下撞在自己背上。这感觉真是怪异，在极度迷惑、茫然与恐惧之中，他居然有个念头，想就此过一辈子也不错。

女孩垂下来的头发搔得他鼻子发痒，张嘴就要打喷嚏，他慌忙用手拚命捂住。女孩从他身上悄无声息地滑下来，指指对面，自己慢慢往后靠。她退到坑边，又俯下身，侧身贴着坑壁。

夏后立即明白她的意思。坑深一米，如果对方枪够长，就能刺到坑底。但有近两米宽，两个人分开贴紧坑壁，才有可能躲开对方的试探。他也学女孩的模样靠着坑壁侧躺，只觉得坑壁冰冷潮湿，浑身止不住微微颤抖起来。

覆盖在坑口的草大半已枯黄，光透过来，变成一种暧昧的暖黄色。对面的女孩侧身躺着，光投射在她身上，泛起一层乳黄色的光辉。她那深刻的脸部线条突出于灰暗凝重的背景之上，柔美和刚毅这两种截然相反的神情同时浮现出来，让她看上去既美艳，又诡异。夏后只觉得口干舌燥，不敢多看，抬头盯着头顶的草盖。

嚓嚓……唰唰唰……搜索逐渐接近泥坑。夏后的心又开始狂跳，用手捂着口鼻，身体用力往下压。刚才还嫌坑底的腐草肮脏，这会儿恨不得整个人钻进去。对面的女孩腾出一只手，无声地把草叶往身体上盖。

唰！一柄枪头刺进草盖，刺入他们刚才趴的地方。那人用力刺了几下，喃喃地说："恁么大的坑？"语调极怪异，有点像闽南语，又有点客家方言的味道。

枪头扯上去，等到再次刺下，却换成了一柄长刀。长刀在坑内横着划了几道，似乎想要探寻泥坑的边缘。最后一刀从女孩肩头掠过，噗地砍在坑壁上。夏后爆出层冷汗，因为那人确定了一侧的边缘，又朝自己的方向划来。他惊慌之下，身体忍不住收缩，啪咔一声压断了一根枯枝。

上面那人立即喝道："谁！"

夏后全身的血都冲上脑门，见那女孩眼中瞬间露出恐惧的神色，心想："不能连累她，反正我都要寻死！"手一撑就要站起来。忽听外面有人朗声说："阿弥陀佛。"

刹那间，只听抽刀出鞘之声不绝，脚步声纷乱，都向那发声的人跑去，将他团团围住。有带头的喝道："和尚！你于此作甚？大人前日已下令，方圆三十里所有人等，须立即远离，不得逗留！感业寺、感恩寺、圣天寺诸僧与皇觉庵群尼皆已散去，尔何敢抗命不遵？来呀，为我擒下此人，带回营前处斩！"

和尚平淡地说："阿弥陀佛。贫僧元空，乃奉大行皇帝敕命于此修行，非诏不得下山。阿弥陀佛。"

那领头的还要说，另一人惊讶地说："元空？元空大师？大人，此、此人乃大行皇帝之弟，先皇之十三子，奉命于此出家，为皇陵祈福。如此……似乎……"

众人顿时哗然，惊讶中更带着某种异样的情绪，交头接耳，议论纷纷。领头的迟疑片刻，方道："既是奉诏，身不由己，姑且饶恕。但当今天下，唐室暗衰，气数已尽，尔……尔还是速速下山为好。若执意不去，切记，数月之内都不得往前山，否则为他人所擒，恐……性命不保。尔自珍重罢！"

他说着招呼一声，众人收了兵刃，开始撤离。还听见许多人上前向那和尚跪拜。有人暗自抽泣，有人轻声道："皇室暗弱，子嗣不存，

罗烜 / 摄
2021　大渡口

—— 大众欢迎奖 <

长刀在坑内横着划了几道，似乎想要探寻泥坑的边缘。最后一刀从女孩肩头掠过，噗地砍在坑壁上。

先生何不还俗……”

领头的厉声道：“荒唐，还不快走！”于是再无人说话。草丛窸窸窣窣地响，这群人迅速去远了。

直到最后的脚步声都消失不见，夏后才长出口气，过度的惊吓加上寒冷，只觉身体酸软，再也撑不住，一下匍匐在腐草中，牙关咯咯作响。

哗啦一声，对面的女孩也翻倒下来。她接连滚了两圈才停下，双眼紧闭，面色白里发青，右边肩头鲜血淋漓——原来那一刀真的劈中了她，她居然忍痛不发一声。但这会儿再也支持不住，已然昏厥过去。

夏后刚要爬过去，忽然头顶一亮，有人扒开草盖，扔了两件衣服下来，说道：“阿弥陀佛，施主且上来吧。”

“头儿！已经确认那人了！”

从耳麦里传来的直升机的轰鸣声震耳欲聋，五号尽量提高声音喊道：“目前有十三组摄像头拍下了那人的行踪，他从早上一点左右就进入大桥下方的人行通道，一直没有离开！警方已经确认了该目标身份，夏后，男，二十六岁，本地户口，没有前科！目前正在追查他的住址！”

“知道了，继续与警方合作。立即签发搜查所需手续，一旦确认地址就开展搜索工作。记住，进入搜索程序后，要求警方回避，所有物件均需置于保密状态，明白吗？完毕！”

这个时候，直升机上下颠簸了两下，在桥上着陆了。执行官摘下耳机，刚跳下飞机，B 组组长七号就顶着风迎了上来。

“情况怎么样？”

“很糟糕，刚与医院联系过，说他生命体征很弱，肺部的伤势尤其严重。”七号一脸阴郁，“他在紧急规避距离内发射的确认信号，根本没有时间着陆。万幸的是直升机没有起火。我们赶到时他还保持着意识，通报了

‘渗透’的基本情况。”

他一边说，一边领着执行官走向那架坠毁在桥面上的直升机。消防车已经撤离，机身和桥面到处是消防泡沫。一群穿着防护服的人正指挥吊车上前，准备吊上拖车。从破碎的桥面、被撞断的栏杆来看，直升机当时在旋翼的带动下翻滚了很长一段距离。

一名工作人员递上防护服和头盔，执行官铁青着脸推开，大步跨过直升机残骸，走到桥边。这一片栏杆都被撞断，江风刮得呜呜作响，他却毫不在意，钻出临时警戒线，半边身体都探出桥面，向下俯瞰。

几十分钟前，这里爆发了一次第四等级的波涌，瞬时能量甚至超过了一次太阳风暴的总和。但能量几乎全集中在高维度爆发，所以此时此刻，雾气早已散尽。在几架探照灯照耀下，黑色的江水奔流如常。除了桥面上这片混乱，那场超越时空的剧烈爆发没有留下任何痕迹。

波涌的程度和变数都超出预期太多，非人力所能驾驭啊。执行官问七号：“确认那是一名见习生吗？”

“是。第三期见习生齐姜，非常优秀的学员。毕业于国际关系学院，是同期生中最年轻的一位。”

“在你那里见习多久了？”

“三个月，”七号说，“两期测试她都是第一名，所以被提前派来做后备任务。”

执行官叹了口气。

“光优秀不行的，”他叹息着说，“光优秀不行。这种情况，不是优秀，就能做出符合规则的……的……决断。”

“机长说，她是自愿下去的。我相信，她自己很清楚这意味着什么。”

执行官摇摇头，没有再说话。

咄咄咄……在一名地面指挥人员的指挥下，另一架标有“DFHD”的直升机降落了。一名全副武装的人员不等飞机停稳就跳下来，跑到执行官身边喊道：“头儿！特执会通报会，十五分钟后开始，快！还有关于事态等级提升的命令等待签署。”

他把一个PAD递到执行官面前，执行官在上面飞快签名，一面头也不抬地说：“命令所有单位做好出发准备，天英号、天琴号和巨爵号飞机在机场热机待命。七号，你和A组准备完毕后就立即分乘天英号和天琴号起飞。你们……”

他看了一下表：“距离第二次波涌还有二十二小时十五分，你们起飞后，与本部保持四百千米的距离，在空中等待进一步指示。空军的预警机应该在半小时内就位，通信和具体的部署将交由它来控制，去吧！”

他们匆匆跑回直升机。进入舱门之前，执行官略停了一下，回头看去。几十辆大大小小的警车将桥头围得水泄不通，警灯不停闪烁，但没有鸣笛。四辆应急照明车把桥面照得雪亮。两辆吊车和一辆拖车围绕在坠毁的直升机旁，正进行回收操作。三辆巨型房车顶着七八具各型雷达，停在靠近桥中心的位置，收集已经非常细微的残余辐射。七号的轻型直升机在轰鸣声中拔地而起，低空掠过大桥东侧，急速朝机场飞去。应急灯光照亮了飞旋的螺旋桨，活像一团跳跃的光圈。

特执会通报会……责任、特别执行权、非线性后果、危机处理……又是一场硬战。执行官一边想着，弯腰钻入机舱。直升机立即翘起屁股往前冲了一段，地面指挥人员猛挥荧光棒，指挥它向左侧倾斜，迅速拔高，朝着离此最近的一个军事基地飞去。

嘎……嘎嘎……

几十只黑鸦嘎嘎叫着，一飞冲天。它们排成松散的队列，在高高的柏树上空盘桓了一阵，又一起掉头，嗖嗖嗖地快速掠过佛堂顶端。

天空中浓云密布，但此刻应该已过了中午，西方的天空却比东边还要黯淡。事实上，东面天空的云层更像是着了火。十几里之外的地方一定有个巨大的光源，照亮了低矮的云层。

“此非云霞也，乃玄武门与献殿之火。”

“嗯？”齐姜回头，见元空和尚扛着柴火，正艰难走上庙宇前的阶梯。他见到齐姜迷茫的神色，指着东方的云霞说：“温纵部劫掠，焚玄武门、青龙门、献殿，已三日矣。”

“哦。”

元空走上阶梯，回头也眺望东方的天空，半晌，才淡淡地说：“下宫或亦不免。四门俱毁，宫阙次第焚燃，而至于天相异变。二百余年之皇皇盛世，终俱成过往云烟。宗室毁坏，子嗣断绝，天乎？运乎？阿弥陀佛。”

齐姜还是不说话。虽然在进入特执会时的各国古语学习中，她名列第一，然而真正听到这样似曾相识又全然不同的音调、词句，还是觉得怪异之极。回答的话在喉咙里转来转去，却一个字也吐不出来，只好继续装傻。

衣服是麻质的，又薄，在这深秋时节，虽然她两手紧紧抓着衣角裹紧，仍觉得刺骨寒冷。但是刚才她已在庙堂内寻了一遍，简直空空如也，连两侧侍立的菩萨身上挂的布都被人扯走了。她赤脚蹲在庙门的石狮子旁，冷得全身哆嗦。抬头看天，才意识到这不是梦，自己是真的"渗透"进来了。

她醒过来时，肩头的伤被人草草包扎，血已经止住，已不甚疼痛。她记得伤口不深，却很长，若不能及时消炎，恐怕会感染。好在到目前为止，所有的"渗透"最长不会超过二十四小时，这点时间还能撑过去。如果第二次波涌时，引导小组不能准确定位自己，那也用不着消炎处理了。

在这紧急关头，自己竟然从早昏睡到现在，耽误太多了！想到这里，齐姜十根脚趾抓紧地面，颤抖着把衣服裹得更紧。不过，从另一个角度讲，自己昏睡着，其实也最大限度地减少了熵值增加。

元空坐在阶梯上歇息片刻，拖着柴火向后院走去。忽听脚步声急，有人飞快跑上阶梯。他一眼看见齐姜坐在庙门，顿时松了口气，跑到她面前坐下，大口喘气。

齐姜等他喘得差不多了，才问："你叫什么名字？"

"我……我叫夏后。你呢？"

"齐姜。"

夏后回头看她："你是警察？"

"……比你想的要怪得多……"

夏后跑得一身大汗，没留意齐姜的话。他抹着脸，四处看看："那个和尚呢？"

"后面去了。"

夏后一跃而起，走到齐姜身后，低声而神秘地说："我，我发现一件事！很可怕、很怪异的事！说了你可能不相信！"

齐姜斜眼看他。见他整个人都绷紧了，说："但是你要相信我，真的！我说什么，你都别大声喊出来，听我解释行不行？"

齐姜点点头。

"我……我们……"夏后把嘴巴凑到齐姜耳朵边，极轻微地说，"可能……穿越了！"

"嗯。那你刚才是出去打探情况了？"

"是！你知道这是哪里吗？"夏后激动得颤抖不止，"这里是梁山的山阴！我的天！你瞧那边的云霞，你瞧见了吗？通红的天空，知道是为什么？哦！你一定不敢相信！"

"真幸运，"齐姜拍拍身边残缺不全的石狮，"我们至少还在中国境内。你怎么了？"

"你……你不吃惊？"夏后眼珠子几乎蹦出眼眶，"你……你当我开玩笑是吧！"

"不，"齐姜叹口气，"等你知道我要说的话，才会以为我是在开玩笑呢。继续说吧，你打听到此刻的年代了吗？"

眼前这纤弱女子镇定从容，夏后顿时觉得自己太失态了，搔着脑壳重新坐下。他把刚才得到的消息迅速汇总，沉吟着说："如果这个和尚说的是真的，那么现在应该是大唐末年，公元八百九十年……不，应是九百年前后的深秋。那片火焰……我去看了那片火焰……太大了，真的一直烧到天上去了——那

几架探照灯照耀下，黑色的江水奔流如常。除了桥面上这片混乱，那场超越时空的剧烈爆发没有留下任何痕迹。

是崇州节度使温韬正在纵火焚烧乾陵的地面宫殿！”

他回头看，想从齐姜的脸上见到惊恐或是茫然的神情，却大大吃了一惊——齐姜双眼幽幽地发出光芒。待注意到他在看自己，齐姜嘴角往上翘，对他嫣然一笑。夏后的心突然怦然乱跳。

“你怎么知道是在哪一年？”她问，“和尚告诉你的？”

“我推测的。”夏后不自然地转过头，“温韬镇辖关中地区，大约是在八百年末至九百一十年之间。这期间他大肆发掘皇室陵寝，唐朝的十几座皇陵皆被发掘。若外面燃烧的真是乾陵外围宫殿城池，那一定在这个时间范围内。”

“你是学历史的？”齐姜眨巴着眼睛问。

“我是考古专业研究生。”

“哦……”齐姜用手支着下巴，若有所思地望着远方的云霞。西边天空已经彻底陷入黑暗，来自东边的红光隐隐照亮了她的脸。她那深刻的眉眼和鼻梁被光勾勒出来，随着光芒忽明忽暗，有种不真实的美。

夏后呆呆地看着，想到几个小时前她那散发出乳白色光芒的赤裸的身体，觉得心中没有一丝邪念……呃，真见鬼，真的一点邪念都没有，是被这寺庙感染了？

“你在想什么？”

“我……我想……我觉得奇怪，为什么你一点都不紧张，或者怀疑？”

齐姜刚要说，忽听元空的声音说：“阿弥陀佛，二位施主请用斋饭。”她立即闭嘴。等夏后走到她身边时，

有人放声大哭，有人怒骂呵斥，有人朝街上扔花盆。枪声响了，橡皮子弹打得啪啪作响，人们开始陷入彻底的慌乱中。

罗烜 / 摄
2021　渝中区

—— 大众欢迎奖　∧

她偷偷抓住他的手，低声问："你没有向他透露任何我们那时代的事吧？"

"没有。"夏后稍有犹豫，立时觉得被齐姜抓住的手腕要折断般疼痛，忙说："真、真的！就算说了，他懂计算机、飞机是什么吗？我可不傻！"

"很好，千万别说。一个字都别提。"齐姜口气变得冰冷，"否则我会立即杀了你。"

那名队员回头看一号，见他点头，便用力将撞门器向前撞去，大门应声而开。三十几名队员立即一拥而进。

搜查令还在等待签发，不过这一过程基本已可以略过。因为就在外面的街道上，五十几辆客车正往下倾倒四百多名全副武装的特警。八辆轻型装甲车和一百多辆警车封住与此相通的四个街口，三架直升机在空中盘旋。特警掩护着宣传车边走边喊："通告，通告！特别通告！鉴于食品安全方面的原因，本街区从即刻起将逐家逐户进行安全检查。居民们，请不要惊慌，没有危险，重复一遍，没有危险！请准备好您的身份证明，跟随我们的安全人员到安全的地方。你们可能将接受必要的身体检查，请保持冷静……"

无数人惊慌失措地叫起来。特警开始排成队列，沿着街道把人群往中间驱赶，跟在他们后面的特警则将一栋栋楼房控制，等待更多增援到来时，往上逐户清理。有人放声大哭，有人怒骂呵斥，有人朝街上扔花盆。枪声响了，橡皮子弹打得啪啪作响，人们开始陷入彻底的慌乱中。

砸这点门算什么？

一号一面往里走，一面大声喊着："所有的物品：照片、证件、笔记、医疗记录、资料、衣服、头发、皮肤组织、摆设、日用品……所有你们看得到的，统统带走！直系亲属、朋友、老师、同学、同事、邻居、情人、仇人……每个人建立独立档案，立即追查！该目标的行为模式必须在一个小时内得出初步结论！快、快、快！"

队员们在他的咆哮声中，疯狂抓取看见的每一件物品，塞进箱子里，打包，运到外面标有 DFHD 标志的集装箱车内。两名队员将四台便携电脑同时联上夏后的电脑，攫取里面的每一个字节。行为模式小组的成员用放大镜观看房间内各处细节。有人趴在床上搜寻皮肤组织，有人从马桶里取样，有人翻捡垃圾桶内用过的纸巾……

突然有个人叫道："报告！"

"什么？"

那人一脸绝望地看着手里翻到的一张照片，结结巴巴地说："我、我发现，曾经跟他、他同一个中学……"

"带出去。"一号简洁地下令。

队员们无限同情地看他被几个人蒙上头罩，飞也似的拽出房间——这家伙现在荣登"渗透者关联体"榜单，在波涌未结束前，将接受最为严厉的监管。当然，最坏的结果是——因为渗透者的"异动"而骤然消失……

一号在屋里转了一圈，走到书桌前，颇有些意外。桌上放着放大镜、扫描仪、镊子、胶带、笔记本。除此之外便全是书。有《古籍考辨》《北魏拓文考》《隋唐文字考》《西周断代编年体系论》……密密麻麻，有一些一号连名字都认不出来。甚至有四本古书，装在密封袋里，上面贴着陕西博物馆的外借凭证。一号眉毛不由得跳了几下——信息量非常之多，代表此人的熵值也将出奇地大。

"报、报告！"

"又怎么了？"一号正拿起书桌最上面的一本笔记本，头也不回地问。

联络员关闭耳塞，说："特执会公告，截至五分钟前，共有相关联的七十五人消失，目前其余关联人员还在统计中。特执会已准备在半小时后发布进一步提升危机等级的消息！"

队员们都努力学习并深切理解关于波涌和渗透的灾难性后果，但是第一次面对如此活生生血淋淋的状况，还是一个个面如死色。谁也不知那家伙渗透到了哪个时间点，更不知道自己的几百代祖先是否与此关联。理论上讲，两次波涌之间的几十个小时内，全世界七十亿人中，任何一个都可能在下一秒消失，甚至是人类大灭绝，而且没有任何办法阻止……

"都他妈给我接着干！"一号怒吼。他顺手翻开笔记本，一页纸从里面掉了出来。

一号盯着那张缓缓飘落的纸，突然间太阳穴突突乱跳。

啪——咔——

厚重的门关上了，房间立即陷入一片漆黑。只有角落里隐隐发出低沉的嗡嗡声，那是量子通信设备正在预热。执行官摸到沙发坐下,松开领带,艰难地咽了几口气，又赶紧系紧。

名义上，即将到来的是通报会，其实已经是特执会联盟最高级别的会议了。因渗透事件将影响整个人类历史进程，所以特执会联盟最基本的一条原则，就是审核每一次波涌，并根据评估判断警戒级别。如果警戒级别提升到最高的红色，六大特执会将无条件联合行动扑灭真相。这后果执行官连想都不敢想。

超过四级的波涌不是没有，不过绝大多数都是在人迹罕至的荒漠，几乎没有引发超过同等级别的渗透事件。一九九〇年美国落基山脉一次四级波涌引发的五级渗透事件，他那时刚好以观察员身份在场，觉得非常险恶。现在才知道，渗透这种事没有最严重，只有更严重。

此次渗透事件是整个亚洲地区历史上的第一次五级渗透，又处在对亚洲历史起决定作用的中央帝国，后续如何发展，谁也无法预料。而且与渗透者同时进入的是名见习生，她是否能够应付，甚至为此牺牲，实在没有把握……

他正焦头烂额地想着，正前方忽然闪了几下光，一个巨大的矩形屏幕慢慢亮了起来。

屏幕被大致分成六个部分，其中五个是一样大小的矩形，最左侧是两个小矩形排列在一起。所有的矩形框内都出现一个人影，人的脸被刻意模糊，只有每个人身后的国旗看得清楚。安理会于一九五二年秘密成立的“泛所有项特别执行委员会”，五大国各占一席。一九八五年和一九九六年，日本和德国以观察员身份先后加入。

执行官先看看最右侧的中国代表，他朝自己微微点了点头，又摇摇头，意思是五大国内部已经有所沟通，但分歧仍在，要自己从容应对。

根本不是分歧，一定是有人要趁机追责。十年前亚洲特执会行动部队刚组建时，还只是特执会联盟中最小的一个，而且差点让日本抢了先，现在单论规模，已发展到第二的位置。执行官一面觉得自豪，一面又有些悲哀——这十年，在亚洲区发生的波涌事件呈几何级数增长，指不定什么时候一次巨大波涌，大家彻底玩完。

“执行官，报告情况。”最中间的美国代表说。同声翻译非常流畅。

“关于之前的状况，我已经在报告内写得非常详尽。”执行官稳住情绪，不紧不慢地说，“此次波涌的偏转率远远超过预期，我们已经设立了十千米范围，并提前疏散了十一万人，但偏转距离最终达到二十六千米，超出了第二道警戒线。”

“我们需要知道现在的情况，以及你们的应对，以此得出评估,看是否需要更改指挥权。”英国代表打断他，“时间太短，不容细谈。”

“大西洋特执会已在路上，最快三小时后能协助调查。”法国代表补充道，“如有必要，美洲特执会也能在五小时后提供协助。”

“第一次波涌的预测偏得太离谱了，”日本代表咕噜着，“让整个事态陷入被动。”

“让他报告下去！”中国代表不耐烦地用两根手指敲桌面，“时间太短，已不容临时更换。而且预测值是由六大特执会论证通过的，现在说这些有什么用？你继续报告目前的应对方案，执行官。”

“是。”执行官面前的屏幕亮了，他用手指放大里面显示的地图——几名代表都低头看桌面上同样的屏幕显示。

“根据前方测得的波涌爆发的辐射量，通勤三号、四号卫星绘制的磁暴波形分布图，NASA 半小时前提供的地球磁场的变化数据，以及 GOCE 卫星观测到的地球引力波变化曲线，我们初步估测出第二次波涌的范围——以本地为中心，直径约六百千米。也就是东至岳阳，西到川西，南至百色，北面不超过银川，涉及大中城市二十六个，中小城镇约一千四百五十七个，人口，一亿三千万。”

几名代表都不同程度地吸了口冷气。日本代表喃喃地说：“够呛。”

执行官硬着头皮继续说：“这个数据和预测值已提交特执会指派的四个独立小组，最终预测结果将在四个小时后出来。波涌前我们已经调集十四个小组，并有两千两百名警察协助外围，现在我们已要求军方支持。三小时内，将会在各城市及重要设施周围部署超过十万名

王丁 / 摄
2022.8.21　江北区北滨路和嘉华大桥

—— 大众欢迎奖　∧

军警，协助布控。”

“十万人……恐怕还不够。”英国代表说，“即使出现在一个村落，都将引发严重事态。”

执行官没有丝毫犹豫。“如有必要，八小时内应该能动员超过四十万人。空军有四个师，三架预警机参与行动，我们规划了一下，基本能完全覆盖整个可能的范围。”

法国和英国代表对看了一眼。一亿三千万人口、四十万军警。两个人一时不知该说是中国人太多了，还是中国人真厉害……

“引导程序呢？”特别执行长官问。

“嗯，我们有一名队员与渗透者同时同地点渗透……”

“哦，一名见习生！”英国代表更正说，“这就是你们的应付能力？”

“波涌偏差率达到史上最大，整整偏离了二十六千米，但我们仍然成功地将一名熟知波涌本质的人送入时空隙，恰恰证明我们的能力是足够应付的。”

俄罗斯和中国代表同时点头，德国代表说：“同意。”

“但她不是正式成员。理论上讲，她应该算是第二名渗透者！”法国代表比出两根指头，“两名渗透者！此次事件已经与落基山脉渗透事件同级，我建议联盟立即宣布将警戒等级提升到红色！”

“她是一名经验丰富的见习生，并且意志坚定！”执行官不由自主提高声音，“我必须提醒你注意，她是在知道后果的情况下，自愿发生渗透的。她必将完成所有的标准程序，将后果缩减至最低程度。如果我没有记错，落基山脉事件中，那位牺牲者甚至不是特执会成员。人类的自我牺牲精神是在面对族群威胁时最自然的表现，这是本特执联盟得以建立、特执会得以成功应对渗透的最核心基础，相信你不会忘记。所以，请尊重我的队员，代表先生！”

法国代表张了张嘴，似乎想到了什么，身体缩回椅子里，不再说话。房间里沉默了片刻。

“如果她是自愿，并且熟知渗透本质，那么我认为她已经具备了特别执行队员的资格。”一直没说话的俄罗斯代表开口了，声音低沉，“每一名特别执行队员都是人类共同的英雄，我建议联盟准备起草向她致意的文件。同时，我认为到目前为止，亚洲特执会的措施无可置疑。在这资讯太过发达的时代，为保持稳定性，以便更好地准备第二次波涌，我建议继续维持橙红色警戒级别。”

德国代表首先举手：“我同意。”

“我表示谨慎的同意。”法国人说。

“到目前为止仍在标准程序内……同意。”日本人说。

“同意。希望她能完成任务。”英国代表说。

“同意。”特别执行官点点头，“本联盟委员会要求每半小时得到最新进展报告，并根据报告制订决定是否提高警戒等级，同时要求其余特执会行动部队继续向目标区推进，于规定地点待命。一旦发布红色警报，根据一九五四年签订的《维也纳特别框架协议》和一九九六年达成的《大阪强制议定书》，所有特执会行动部队将自动获得特别执行权，进行全方位清洗措施。祝你好运，执行官。”

最后一个字刚说完，画面骤然变黑，除了中国代表外，所有的窗口都关闭了，房间顿时黯淡不少。执行官艰难地咽了口唾沫，发现不知何时出了一身的汗。

“步骤要再快、再果断一点，”屏幕上的人说，“控制事态为第一要务。”

“明白。”

“我已签发特别执行权，放手去干吧。”

“是！”

等执行官从屋子里走出来，一名队员立即把耳麦递给他。“头儿，一号在线上等你！”

执行官戴上耳麦，先点了根烟，靠在墙上狠狠嘬了两口，才接通频道。“怎样？”

“我们找到了一个线索！”一号在那一头大喊，“这家伙早上是在桥上准备自杀！他留了一封信给他的导师，大概在一点左右就出了门！”

“信上提到什么？”

“除了告知他要自杀外，其余全是考古研究，石刻、碑文什么的，”一号说，“其中几项的出土位置很可能就在第二次波涌范围内！”

“找到他的导师。”执行官一字一句地说。

“我们正在路上！”

执行官关掉耳麦，继续靠在墙上休息了片刻，才往通道外走。一名队员迎上说：“已经有人观察到异常，在微博上发布了，怎么……”

执行官终于勃然大怒：“怎么办？删帖！封 ID！关论坛！立即逮捕那混蛋，无限期关押至事态平息！除此外还能怎么办？”

那队员狼狈地说：“是、是！同时安排一些花边八卦新闻捅出去，吸引注意力，我、我立即去办！”

篝火熊熊燃烧，柴火偶尔发出一两声爆响，除此之外，四周一片寂静，连一声虫鸣、一声鸟叫都没有。现在应该还是下午，但也许是云层太厚的原因，头顶的天空已然漆黑，整个梁山都已沉沉睡去。

东面天空中那团暗红色的云压得更低，几乎直接压到了山头之上。云团无声无息地翻滚着，旋转着，时而挤成一堆高高的云山，时而散成无数倒立的乳锥形状。只有

最后一个字刚说完，画面骤然变黑，除了中国代表外，所有的窗口都关闭了，房间顿时黯淡不少。

那暗红的颜色永恒不变。仰望云团久了，有种奇特的错觉，仿佛天地倒转，那是遥不可及的地域深处的烈火，而自己却正从高天之上向下坠落，不知什么时候才会坠入烈火之中。

寺庙的后半殿已经塌了，厨房也只剩下一个空灶，两只破碗。看情形很久以来这里都只有元空一个人。元空就在后院一个小池塘边燃起篝火，用只破瓦罐煮了一锅菜粥。说是粥，其实只是不知从哪里弄的野菜，和着糙米一起熬成，苦涩难咽。夏后只吃了几口就放下，齐姜却连喝两碗，一副明天就没得吃的模样。

他俩吃完，元空收了瓦罐，朝两人合十行礼，转身进去收拾。齐姜看着他的背影，轻声说："我俩好像出来旅游的。"

"可不是旅游吗？穿越了一千多年呢。"夏后叹息着，"而且看上去没有回程票。真是不知道该怎么办了。"他看了看齐姜，低声说。"连累你了……"

"连累？"

"如果……如果你不救我，就不会失手被我带进来……"夏后惭愧地搔着头皮，"真是对不起，我当时已经跳在空中，没注意到你拉我……"

"你完全错了。"

"嗯？"

夏后抬头看齐姜，被她眸子里冷冷的光射得一凛。她说："我不是失手落足，被你带进来的。恰恰相反，我是自愿跟你一起参与'渗透'，当然罪魁祸首仍然是你。"

"自愿？渗透？我不是太明白……"

"这事解释起来太困难了。"齐姜叹口气，"特别是你们这些文科生，要跟你们讲多维宇宙、弦、时间、熵，真是怎么也说不清。"她丢了块柴火进火堆里，沮丧地说，"总之，你必须听我的话，你也不能伤害任何人，但也绝对不能让任何人伤害到你，别碰任何事物，最好是连话都别跟人说。唉，我们逃脱追捕、与人交谈，还吃了别人的饭，熵不知道已增长了多少了！只有挨过这十几个小时，再想办法，看能不能把熵值降到最低。"

夏后爬到她身边，央求道："拜托，给我讲吧！我从来不相信真有穿越这种事情，到现在我都完全茫然，像做梦一样！你告诉我怎么回事，求求你！"

齐姜咬着牙不回答。夏后说："如果我不清楚事情的真相，我肯定不可能遵守许多规定，你也不可能事事都提醒我，是不是？万一我做了什么坏了你的计划，让那什么……什么熵又增加，让我们回去更麻烦了，怎么办？"

"唉！你说的也有道理。虽然回去的希望微乎其微，但也绝对不能让熵值再增加。"齐姜挪动身体，离篝火更近一些。

风开始大起来了，四周的密林发出索拉拉的声响，林涛从山的这一头打到另一头，又折返回来，周而复始。篝火也不时跟着跳跃不定。齐姜裹紧了衣服，低声说："先说我的身份吧。我是泛所有项特别执行联盟亚洲特别执行委员会第三期，呃，成员。"

"什么特别，什么会？啊，等等！"夏后毛骨悚然地站起来，"难道我发生穿越，是你们干的？"

"别傻了。如果人类能做到自由返回过去，这世界早乱了。你坐下来，耐心听我说嘛。"齐姜的脸被火烤得有些干，这里可没有补水精华露。

她转身面朝池塘，背对着篝火，拍拍身边的枯草。夏后不由自主地坐在她身边。火光从背后照亮了她的头发，一根一根如同金丝一般，

四周一片寂静，连一个虫鸣、一声鸟叫都没有。

普通
000216
© PAARTHURNAX MORO 2021

池塘里的反光又照亮了她的脸，随着池水微微荡漾，光就在她脸上跳跃不定。

齐姜说："事实上，我们特执会的工作，就是当发生时空紊乱时，阻止历史被更改。为什么会发生紊乱？其实我们也不知道。到目前为止最合理的解释是一九九七年，由剑桥大学的保罗·汤森德教授提出——他是从数学角度发现存在十一维度的第一人，也是目前特执联盟的首席技术顾问。他证明，如果有一根宇宙尺度的'弦'，处于第五至第九维度之间，当它快速振动时，将对第九维以下所有的维度产生'波震'①效果。在其他维度，波震将无限、永恒地扩散下去，变成一种普通的能量的形式。但我们这个三维度世界波震却略有不同。因为我们的世界是'闭合'的……你听得懂吗？"

"啊，是，听得懂！三维空间嘛，中学时就学过。"夏后装作听懂了，连连点头，"你接着说！"

"从我们人类现在掌握的知识来看，三维是十一维度里唯一完全闭合的空间。超过了这个维度，空间就变得分外复杂……复杂到我们无法理解，甚至无法想象。但正因为完全闭合，所以波震的能量没有办法无限扩散。就像往一个闭合的池塘扔块石头，泛起的波澜向外扩散，却必将在某一个空间、某一个时间点，各种反射的波形会相互叠加，形成波峰。这就是'波涌'。"

"波涌？"

"对。同时，高维的波震在低维世界里，是无法消散或被吸收的。波震持续扩散着，但无论如何都无法突破三维的闭合态，将能量宣泄出去。于是，某个看似与十一维度不相干的、独立的一维，终于被击穿了。你猜那是什么？"

夏后呆呆地想了片刻，忽然一激灵。"时间！"

齐姜点点头："正是时间。时间是独立于十一维度，却又是所有维里最原始、最核心、最根本的组成部分。我们不知道在其他维，时间是多相的、闭合的、循环的？但恰恰在我们这个闭合的维度，时间只有一个方向，永远直线前进，永远无法回头。"

夏后环绕四周："那，那我们在哪里？如果照你所说，时间永远向前，那么我们究竟在哪里？"

齐姜叹口气。"你显然没有仔细听我说。"

"每一个字我都听进去了！"他站起身来，激动地不停跺脚，叫道，"看看这四周，这庙宇，看看那边烧到天上去的熊熊大火！你能告诉我消防车在哪里？还有那些追赶我们的人，你，你肩头的伤，这都是骗人的？如果时间无法回头，那我们这是见鬼了？"

"你没听我说的这个词吗？"齐姜慢慢地说，"击穿。"

窗外闪了一下，不久又是一下。

几十千米之外正在雷鸣电闪，只是距离太远，声音传不过来。只有闪电沉默地照亮天空中浓重的云层，照亮了蜿蜒起伏的山脊，又沉默地隐去。有一根银色的根状闪电击穿了厚重潮湿的空气，击打在山脊之上。如果那下面有座三代之前的大墓，里面的酸碱度是否会发生微妙的变化？

已经是十一月中旬，还出现这样黑云遮天蔽日、雷鸣电闪的天气，真是古怪。古人说十月打雷，老牛死光，难道明年又是大灾之年？

考古学家、古代文字及符号学

段美佳 / 摄
2021.2　轨道海棠溪
—— 大众欢迎奖 <

池塘里的反光又照亮了她的脸，随着池水微微荡漾，光就在她脸上跳跃不定。

① 波震，作者虚构的专有术语。指一种高维时空结构的异常振动现象。

教授郎云望着窗外，胡思乱想着。他的车被堵在了G70虎山高速路的洩湖服务区附近。此刻才刚到下午三点，天却已经黑尽。往前看去，茫茫一片红色的车尾灯，往后看，是更多更加刺目的车大灯。二十分钟之前，他们被卡在这里，根本动不了分毫。是出了什么重大事故？

让他揪心的还有件事。昨天他接到了夏后——他最有天赋的学生——打来的电话。电话里，夏后语句通顺、逻辑严密地告诉自己，他，不想再跟抑郁症纠缠下去了。当时他正在开一个研讨会，还以为他已经走出了抑郁状态，急匆匆应付了几句就挂了。现在想想，这句话同样也有彻底放弃的意思。

他忍不住问开车的秘书："夏后还没联系上？"

秘书拨打电话，片刻后放下来说："还是处于关机状态。郎老，你别担心了，现在这些孩子呀，一个比一个任性，哪像我们当年。但真敢去死的还是少数。不过是些孩子气的话罢了。"

郎云叹口气："也许吧，希望如此。奇怪，为什么我们这边堵得水泄不通，对面通道上却一辆车都没有？"

"一定是特大交通事故，"秘书胸有成竹地说，"大货车，集装箱车或是客车连环相撞，撞到对面通道上，导致整条高速路封闭。唉，看样子起码要堵到晚上十点了。"

郎云无可奈何，拿出一份发掘报告，就着车灯看。不一会儿，只听车顶上噼噼啪啪地响，下雨了。雨声很快就从噼啪声，变成了轰然之声。在这深秋时节，竟然下起了瓢泼大雨。

郎云有些茫然地看窗外，忽然，一道强烈而奇怪的光照亮了隔离带——光是从头顶上投射下来的！巨大的光斑在地上晃动，又投射到前面的车顶。

郎云吓了一跳，想歪着脑袋看，那道光骤然划过窗户，照得他两眼刺痛。等他从天旋地转中回过神来，秘书惊讶地叫道："直升机？"

两架直升机顶着大雨强行降落在了对面通道上，风吹得隔离带的植物纷纷倒伏。几名黑色装束的人跳下飞机，径直翻过隔离带，跑到这边道路上。其中一个人大喊着什么，指挥其余人手持电筒分散开，仔细打量每辆车的牌照。

"他们在找人？"秘书紧张地问，"警察？缉毒还是走私？"

郎云摇头。忽见有人指着自己的车大喊着，立即有几道电筒光照射过来，照得车内雪亮。郎云本能地一缩头，问："他们要找你？"

秘书结结巴巴地说："不……我……我想……这可不是什么好玩的事……"

"砰！砰砰！"那群人围了上来，领头的人猛拍窗户。郎云哆哆嗦嗦地摇下窗户，秘书立即尖叫："不要！"他吓得又赶紧把车窗往上升，那人戴着黑色手套的手不顾一切地伸进来，阻挡窗户升上去。

"郎云教授吗？"他用手电照着郎云，大声问，"陕西博物馆的郎云教授？"

"啊……"

"征召令！"他掏出一张纸啪地拍在窗户上。纸已被雨水浸湿，光线又暗，根本看不清上面的字迹。不过下面一连串的红印章倒是让人触目惊心。

"什么？"

"特别征召令！郎云教授！"

"别回答他！"秘书尖叫，"他们不是警察！等、等我打110。"

另一人用手枪敲敲秘书的窗户，冷冷地说："放下来。"秘书立即丢了手机，屁滚尿流地放下了所有窗户。狂风和粗大的雨点立即劈头盖脸地向郎云砸去。

领头的半边身体都探进窗户，

纸已被雨水浸湿，光线又暗，根本看不清上面的字迹。不过下面一连串的红印章倒是让人触目惊心。

把瘫软的郎云扯起来，将纸塞到他手里，朝他喊："你有一个学生叫夏后，是不是？"

"啊？是……是……"

"跟我们走，我们需要你帮忙，教授！你被特别征召了，而且同时你也将因为特别关联体而限制行动！"那人哗地拉开车门，另两人连架带扯，将郎云抬着过了隔离带，朝直升机跑去。那人又揪着秘书的领子，把他上半身拽出车窗，说："帮我一个忙，好吗？"

"什……什么……"

"等会在下一个出口下道，到离这儿最近的警局报到，告诉他们你是'特别关联体'，然后到他们的牢子里蹲好，什么都别问。不然等我找到了，打得你妈都认不出来，明不明白？"

秘书哭喊着拼命点头。"明白，明白！"

那人翻回隔离带，钻进直升机。直升机立即起飞，沿着高速路走了一段，才转向西南方向，同时迅速拉高。

那人全身都被雨淋湿了，他脱下风衣，露出一身同样黑不溜秋的西装，胸前有个银色的造型奇怪的标志，下面有 DFHD 四个字母。他把一副耳机戴到已然僵硬的郎云头上，帮他开了耳麦，自己也戴了一副，才向他伸出大手。"你好，老爷子！请叫我一号。接下来的时间请跟我们通力合作，好吗？很好，谢谢你。"

"怎么合作？"郎云颤抖着问。

"不要问不该问的，不要看不该看的，不要想不该想的，但是要做必须做的，好吗？"

"……"

"好吗？"一号一脸诚挚地问。

"好……"

"谢谢你。"一号勉力笑笑，重新沉下脸，切换了一个频道，"头儿，一切顺利，我们已经找到他了！最迟十分钟后就能开始鉴别和遴选，完毕！"

"击穿？"

"击穿。"

夏后看看齐姜，又看看自己，再看四周。风更加大了，从密林间穿过，呜啦啦地响。篝火在风的助威下猛地拔高了几尺，柴火堆仿佛承受不住火焰的重量似的，噼噼啪啪地塌了半边。齐姜用手按住翻飞的头发，在寒风中缩紧了脖子。

"你说……时间被击穿，才导致我们到了这，这，乱七八糟的唐末时代？"夏后转了几圈，脑子里一片混乱，重新坐倒。他顿了片刻，忽然说："不对！如果……如果时间被击穿了，断裂了，那我们的时代呢？我们的时代难道进行不下去，彻底的……世界末日？"

"不。"齐姜捡起一枚小石子，丢进池塘。咕咚一声，一些气泡冒了起来。她看着那些被火光照亮的气泡在水面漂浮，转瞬消失不见，轻声说："我说过，时间在所有维度上都是最核心、最基本的构成，如果时间真的断裂，整个物质世界都会烟消云散。波涌的能量虽大，但也只能在极短时间内干扰时间的轴线，使其在某个空间、某个时间点产生奇点。瞧，石子击破水面，水面瞬间便复原了，却产生了气泡。所以有些人也把'渗透'称为时间泡，虽然其本质是时间隙。掉进时间隙的人，就被称为渗透者。"

夏后想了半天，还是摇头。"我……我还是不明白。"

齐姜顺手扯了一根长长的狗尾巴草，把它中间一段弯曲成圈。"再形象一点说吧，就当这根草是时间线，现在一个时间泡产生了，使已经或尚未到来的一段与当前的时间重叠。"

"那……那可不可以说，时空隙是某种……嗯……异次元空间？"

"可以这么说，但也不全面。你

篝火在风的助威下猛地拔高了几尺，柴火堆仿佛承受不住火焰的重量似的，噼噼啪啪地塌了半边。

涛浪吹 / 摄
2022.5.6　洪崖洞

—— 大众欢迎奖　∧

这里没有窗户，只在两丈高之上，屋梁下方有一排风窗隐隐透进光亮。

也可以想象成一条时空的缝隙，将两个不同时间点联结了起来。”齐姜使劲拍拍自己的脑袋，“其实说到底，没有人能真正完全明白这一现象。单纯的数学模型倒可以解释，但那是以假设我们身处高维度空间为前提的。”

风猎猎地吹着，潮湿冰冷，但让夏后衣服湿透的却是他的汗。齐姜说的他根本无法理解，只喃喃地说：“我们……再也回不去了，是吗？”

“不。有，且仅有一次机会，能让我们重返自己的世界——第二次波涌！”

夏后张大了嘴。“还有一次？”

“你忘了波震的本质，”齐姜说，“波震绝大部分发生在高维度，在那些空间里，波震可以无限制扩散。但在我们这个闭合世界，波击穿时空，产生时空泡。维持这个违反时间本质的时空泡需要极高的能量，所以波震一定会在某个时间反向振荡回来，将此时空泡彻底泯灭，达到能量上的平衡。理论计算显示，一次时空泡的产生与泯灭，需要的能量大约在十的二十八次方焦耳，但这也许仅仅是那根宇宙尺度的弦的最轻微振动而已。我们人类在这样巨大的能量面前，实在太过渺小了。”

“十的……呃……”

“大致相当于一次特大太阳耀斑所发出能量的一百倍，”齐姜看这个文科生还在抓后脑勺，只得继续解释，“也就是超过一万亿颗百万吨级原子弹爆炸释放的能量。”

“那泯灭的时候，如果我们没能出去，就会死，是吗？”

“比那还糟糕。我们将从此真正地活在过去，从而产生高得不可思议的熵值，使我们原本的世界完全天翻地覆。”

夏后举起双手。“我彻底迷糊了，真的！你不是说这是一个异次元世界，为什么跟我们那世界有关系？什么是熵值？啊，我突然想起来了，你说你是自愿进来的，为什么？如果时空泡泯灭，我死或者活在了过去，值得你也跟进来吗？”

齐姜把脑袋埋进手臂里，呻吟着说：“唉……我就知道说不清楚！唉！所以我讨厌文科生！”

夏后还要再说，忽听有人说：“阿弥陀佛。风寒露重，施主请入内就寝罢。”

齐姜跳起身，一把捂住夏后的嘴，低声说：“记住，一个字都别乱说！”

他俩跟着元空进了庙内。庙宇大半都已破败不堪，只有大殿两侧有两间小偏房。元空安排两人一人一间，夏后刚要进去，齐姜却一把抓住他。“我……我怕……”

夏后忙说：“此，吾妻也，性柔弱，尤惧黑，望大师行个方便。”

元空一言不发，合十而退，自去大殿中央打坐。齐姜拉着夏后进了房间，闩上门，附在夏后耳边轻声说：“你说，他晚上不会来偷听吧？”

“你以为这时代的和尚，都跟我们那里一样是花和尚啊？那些追杀我们的人曾说，他似乎是皇室末嗣。像他这样的人甘愿在此苦修，境界一定非常高了。修行都还嫌时间不够呢，还有闲心来偷听我们？”

齐姜这才安心。房间太小了，进门两步就是一张冰冷的榻，榻上一个竹枕，一床破席，除此外再无一物。两人坐在榻上。这里没有窗户，只在两丈高之上，屋梁下方有一排风窗隐隐透进光亮。夏后还在想着时间泡啊渗透啊波震啊……背上忽地一暖，齐姜靠了上来，低声说：“好冷，真冷，早知道我们就在外面继续烤火呢。”

夏后感到她柔软的身体挤着自己，虽然不及上午两人赤裸的肌肤相贴那样强烈，但那时正在逃命，又冷又怕，不比此刻黑灯瞎火，两人独处一室。

“喂，你又在想什么？”

“啊……没有。我在想……呃……想你为什么要跟进来。”

齐姜想了半天，叹气说：“如果说道理，你肯定还是听不懂。我给你讲讲特执会的历史，大概还能明白一点。一九四七年六月，美国军方做了一次实验，在驱逐舰埃尔德里奇号装上大功率磁力产生器及四组巨大的线圈。实验开始三分钟后，军舰从雷达上消失。但是五分钟之后，整艘军舰从人们视线里消失，仿佛从未存在。”

“啊，我看过电影，《费城实验》是不是？”

“是。不过确切的实验位置根本不在费城，而在诺福克的海军基地。美国人当时很快从慌乱中镇定下来，他们相信是电磁实验导致军舰消失，因此在搜寻无果的情况下，反向吸收电磁辐射，大约二十四小时之后，军舰才重新出现。船体损坏严重，一百七十名参与实验者中，只有三十七人活了下来。军方随即封锁消息，并在谣言扩散开后，谨慎地承认进行了实验。但事实上，那是人类观测史上第一次渗透事件。”

“难道是军方实验击穿了时间？”

“怎么可能？”齐姜用一副“真是服了文科生”的口气说，“目前整个人类社会一年产生的能量，都不可能击穿时空。我们估计那次波涌地点离测试地点很近，被军舰产生的极高频电磁辐射所吸引，才使军舰整个陷入时空隙。”

“不过也许是埃尔德里奇号本身质量的原因，它及其上面的船员只回到一个星期前，而且地点维持不变。同时该事件展示给我们，如何才能从时空隙里回来，那就是电磁效应能产生引导作用。”

“之后几年，美洲和非洲又观测到几次波涌，联合国安理会为应付这一严重威胁人类进程的现象，终于在一九五四年抛弃偏见，组建了泛所有项特别执行委员会联盟，并赋予其超越国家和意识形态的特权。甚至在冷战最为紧张的六七十年代，当贝加尔湖和阿拉斯加发生波涌时，苏美两国的特执会也携手合作，成功地将事态影响降至最低。到目前为止，美国落基山脉渗透事件，是对人类影响最大的一次。我们这一次渗透，也光荣地与那次级别相当了，唉。”

夏后沉思片刻。“我就不明白了，即使你说的是真的，像我们这样渗透到时空隙里，哪怕不能回去，跟人类社会有什么关系啊？这也太胡扯了吧？”

“你看过霍金的《时间简史》吗？算了，一定连名字都没听过。”齐姜蹲坐在榻上，抱紧了双腿，“霍金认为，如果时间倒转，也即回到过去的话，哪怕打个喷嚏这样一丁点儿的小事，都将使熵值急剧增加，并最终导致现实社会发生重大变化。”

“哈！我才不信呢。”

“你们这些文科生真是死脑筋，仔细想想啊！比如一个人回到北宋时代，打个喷嚏，使另一个人感染上了……”

夏后立即打断她：“难道那人就这么死了？”

齐姜严肃地说：“那个人也许不至于死，但因为感冒而没出门，他本该被强人一刀砍了，却就此躲过一劫。而后他那本不应该出生的后代出现了，长大，刻苦读书，官至丞相。为了抵御北方的威胁，他一改宋朝由赵普开创的文臣时代，以庞大的国力支撑，开疆扩土，灭了金、夏、辽等国，从此再没有靖康之耻。成吉思汗也根本冒不出头，于是欧洲继续陶醉在骑士和城堡的时代，没有伟大的航海，文艺复兴，工业革命……”

“等等，你说的这是穿越小说啊！”

“何尝不是呢？”齐姜不知想到了什么，神色黯淡下去，颓然说，“你看我们俩渗透进来后，好像没怎么跟人接触。但说不定追杀我们的那群人失去了原来的目标。那个目标存活下来，已经开始深刻地改变我们的时代了……就在此刻，一些不该存在的人出现，一些原本是你熟悉的人凭空消失。也许根本没有苹果这个公司，也许乔布斯供职于微软，一八九八年西班牙人在马尼拉湾打败了英国，国境更改，伦理变化，政治混乱……什么事都可能发生！一只蝴蝶扇动翅膀，尚且能引发太平洋对岸的风暴，更遑论几百、几千年呢？左右这个宇宙的是四种力，左右我们人类的却是时间。再小的一个因子，也会被它无限放大。即使我们能回去，理论上讲，那已经是另一个世界，另一个时代了……”

她疲惫地把头埋进双臂中，不再说话。夏后跳起来，在狭小的房间里无头苍蝇一样转来转去，脑子里混沌一片，有个声音对他狂喊：“她在骗你！这不可能！一定有个地方不对。啊，是了！”

眼前忽然闪烁了几下，风窗透进闪电的光芒，但也许离得还远，还没有听到雷声。

他颤抖着说：“不对，你说的不对。如果我们真的能引发世界改变，那按道理，一千年之后也不应该有我们啊？即使有我俩存在吧，但肯定也会因为世界不同而发生完全不同的事，拥有完全不同的人生，很可能根本不会有渗透的事发生——既然没有渗透发生，我们又怎能回到过去，改变历史？”

“你能这样想，倒也不错，”齐姜说，“可惜这只是常人的逻辑推理，是在能看见的、完全无法更改的时间线上得出的逻辑。但若站在更高的维度看，就会发现这很正常。我们渗透了，而后改变历史，而若真的改变历史，导致一千年后我俩再次渗透的概率为零，那么我们就真的不会再次渗透。世界就会继续按照更改后的模式往前。这一千多年的时间的确是混乱的，然而恰恰由于混乱导致我们无法第二次渗透，因此在更大的尺度上，时间仍然保持了直线前进，而世界也保持了完整性，你明白吗？我们，就是熵，永远不会回头地改变着世界……”

夏后愣了好久，才说：“意思是，无论渗透与否，回去与否，我们的命运仍然是唯一的、决定了的、无法更改的？”

“是。”

夏后失魂落魄地重新坐下，又想起一事，忙问：“那你说，波涌反弹回来的时候，我们还有一次机会，是什么意思？”

一道电光，照得小屋通亮，跟着啪啦啦一声惊雷，就在头顶响起。大殿稀里哗啦一阵响，好像不堪雷电的冲击，就要崩塌一般。夏后吓得一跳，但光最亮的时候，他却分明看见齐姜眉头也不皱一下。

她左手的手臂不知什么时候袒露出来，在闪光照耀下白得几乎透明。同样白皙的右手从灰黑的衣服后伸出，摸到左边手臂上。雷声从头顶轰然滚过，她说：“引导。”

一道厚重的门在眼前打开了，炫目的光刺得郎云根本睁不开眼。两人一左一右架着他，跟在一号后面一路小跑向前。后面还有二十几号人，每人抱一口塞得满满的纸箱跟着。一号大声咆哮，赶走任何挡道的人，用他那授权级别高得吓死人的身份卡，刷开一道道紧闭的门，直至进入一间足有三百平米的巨大房间。

这房间刚被特执会征用，本是一个被闲置的会议室。许多人正来来往往，埋设线路，架设大功率灯光，建立网络，安装防火墙……

房间正中是个巨大的会议桌。一号手一挥，身后的人将箱子里的东西稀里哗啦倒在桌上，全是从夏后屋里抄出来的书、笔记本、稿纸……工作人员同时放置了五台电脑，分析从他的电脑内获得的信息。

郎云到此时总算镇定下来，因为这样的排场，的确只有政府公务员才搞得出来。他兼任陕西博物馆招标专家组的组长，对保密法也是研究过的，当即只问：“究竟要我做什么？”

“老爷子，事情非常紧急，我也不方便跟你多解释，”一号凑近他，极诚恳地说，“你只需知道这件事关系重大，非常非常重大，关系到国家……世界的前途。”

“你不必说了，”郎云一个劲点头，“我明白的，组织安排我做什么，我就做什么，其余的一概不问。”

“好。”一号指指桌子，又特别拍了拍一堆笔记本，“这都是你的学生夏后的东西，这些应该是他做的笔记。我望你能尽快从这里面挑选出‘不同寻常’的东西来。”

“不同寻常？”

“就是……嗯……怎么说呢？”一号顺手拿起一本笔记本，“就是异常的、不同于常识性的，甚至不应该出现在历史中的一些标示、记号、物品、字句……总之是这方面的信息。您是考古专家，又是夏后的导师，您应该清楚他平时都研究些什么。在这些资料里，一定会有不大对劲的信息，请尽可能快地找出来！”

“好吧。”郎云擦了擦眼镜，“尽快是多久？”

一号看了看表。“您最多还有十个小时。”

“我有助手吗？”

一号打个响指，围着桌子的二十几个人同时抬起头。“这些人全部听您的。相信我，他们熟悉统计学、古文字、鉴别学、分类学，对于历史的认识也不少，一定能帮上忙的，请您尽管吩咐！”

通信器响了，他走出会议室才接通信号。那一头的执行官急匆匆地问：“怎样？”

“开始鉴别了。范围呢？”

“把引力波偏转曲线精确到十亿分之一，经过三次校正，我们大致否决了西、南、东三个方向，把范围收缩到天水市、银川市、南阳市与汉中市这一片地带。”

“还是太大……”一号叹息。

“熵值进一步增长了，”执行官加重语气，“现在接到异常失踪报告的国家已增至十六个，消失人口一千二百六十二人。五十七个公司正在异常消亡。各特执会到处灭火，事态已接近失控的边缘，我要通知你，警戒等级正式提升到红色。从现在起，所有事项都必须通报到特执联盟，你准备好配合进入国境的其他特执会吧。”

不用看，也知道执行官此刻一

一道电光，照得小屋通亮，跟着啪啦啦一声惊雷，就在头顶响起。

夏天 / 摄
2022.7　大渡口

—— 入围奖　<

脸死相。这次渗透的影响正逐渐显现——人口失踪，组织、公司消亡，再下去就是国家分裂、社会动荡……也许再过许多年都无法完全统计出这次影响的结果，只能听天由命。一号看着已精神抖擞忙碌起来的郎云的身影，低声说：“有结果了我会立即联络你，完毕。”

“引导？”

“嘘”齐姜轻脚轻手走到门口，推开一道缝往外看。大殿内漆黑一片，不过不时闪动的电光照亮了元空和尚。他在业已塌了一半的香案前端坐不动，如同一尊泥塑。

“怎么办？他醒着，我不好做事啊！”

“你要做什么？”

“听着，这事你得帮我，”齐姜说，“我必须在这庙里留下信息！”

夏后脑子转得飞快，脱口说：“引导？你要留下信息，让千年之后的人知道你的位置？”

“这次你倒不傻了，”齐姜指指他，又指着自己的胸口，“别忘了，我们俩是渗透的主体，也就是畸形能量的中心，因此无论我们身在哪里，第二次波涌一定会作用在我们身上。但特执会无法确定第二次波涌的位置，只有一个大致范围，从几十千米到几百千米，甚至上千千米都有可能。而波涌发生的时间又极其短暂。若光靠猜，我们能被高频电磁发现，并成功接收回去的可能性几乎为零。”

“所以说……必须留下信息，让他们精确定位我们的位置？”

“是，这就是我跟你一起渗透的原因。如果能精确定位，特执会就能通过吸收电磁辐射的方式，把我们引导回去。”齐姜又朝门缝里看，“我估摸着，在佛像背后留下些什么，也许有用。”

“嗤。”

“你笑什么？”

“这座庙宇根本不可能保留到千年以后！”夏后说，“梁山这一片我在几年前就踏遍了，根本没有这座庙宇，它早就湮没在战乱之中了！你睁大眼睛瞧瞧，这梁、这柱、这山墙，别说千年，今年冬天第一场雪下来，只怕就要塌了！”

齐姜愣了片刻。“但……总有地基会留下吧？”

“留下跟被找到是两回事。”

“什么？”

“要留传下来，并且是有价值、能被文物考古者发现，还要拓片、保存、发表，才能最终被你们那什么特执会搜索到，是不是？”夏后冷静地说，“相信我，中国历史太浩瀚、太庞大，即使是重要文物，被发现、被整理、被解读的概率也低得你不敢想象。故宫博物院里一百多万件文物，件件都是国宝，但别说展出，到现在还有绝大部分根本没人仔细看过，只能简单地编码注册，就放进保险箱束之高阁，等一代接一代的研究员们慢慢翻来。你要在这地基上随便留点东西，即使过一千年它没被掩埋、被磨损，被发现的可能也小到可以忽略不计。”

又一阵雷从头顶隆隆滚过，震得大殿上方的瓦片啪啪乱响。齐姜一脸惨白，茫然地看着夏后。

“只有一个办法减少熵了……”

“我有一个想法。”

半晌，两个人同时开口，都是一怔。夏后问：“什么办法？”齐姜立即拼命摆手说：“不、不，没什么……说说你的想法吧！”

夏后凑近齐姜，低声说：“这里是乾陵后山，你懂吗？”

齐姜摇摇头。

夏后一字一顿地说：“唐朝十几个皇陵，就只有乾陵地宫从未被人发掘。它，穿越千年，保留下来了。”

银色的闪电撕破西方的天空，他们朝着红彤彤的东方跑。云层愈低，天际便愈红。火光经过漫反射和吸收后昏暗了不少，使云层看上去活像某种野兽的胃部。这场面对于在重庆生活了几十年的夏后来说太熟悉了，恍然间仿佛回到了原来的时代。红云标示了目标，而闪电照亮了脚下的路。

“我们还有多久？”闷着头跑了一个小时后，夏后问。

“大概六七个小时，”齐姜回答，“每一次波涌的间隔都是二十三小时四十五分十秒十二毫秒。”

“这么精确？谁确定的啊？”

“宇宙！”齐姜说，“我们人类没有任何办法阻止、干扰或是破坏，哪怕一毫秒都无法影响。这是宇宙尺度的力量。”

“那你们特执会究竟做什么？”

“我们……”齐姜在夏后的帮助下爬上一块岩石，又反身将他拉上来。两人一起躺在岩石上喘气。齐姜说：“除了尽可能地观察和预测外，我们最大的任务其实是善后。”

“也就是说，历史发生偏差，人

类社会急剧改变的时候，你们要负责隐瞒，隐瞒不了就解释，解释不了就动用一切手段平息？”

“对。”

“如果，我是说如果有些人发现了异常，你们会……关押他们，甚至是秘密处决吗？”

“任何事态都必须被平息。”齐姜坚定地说，“我们的信念是：现在就是最好的。永远不要去猜测世界是否会变好变坏，因为人类社会经过几千年磨合而成，一旦有任何一丁点儿不同寻常的改变，都将是灾难性的，是绝对不能接受的。与整个世界相比，个人太微小了，太微小了啊！”

她转向夏后，口气轻了许多。“别说其他人，就是你我的亲人、朋友，因为与我们关联最为紧密，现在已经处于完全隔离状态下了。我希望无论发生什么，他们都能平静接受，那才是最好的结局。你……你能明白吗？”

夏后的脸隐藏在阴影之中，看不清楚。他点点头，又颓然摇摇头。

“我还是不明白，难道渗透是从一九四七年才开始的？难道之前就没有？你又怎么保证几百几千年后，没有特执会了，发生渗透到我们之前的历史的事件？”

齐姜摇头。“我也不知道。根本没人知道。但你忽略了一个事实：地球并非永远在同一个地方。虽然它绕行太阳的轨迹是大致恒定的，但太阳系却在以每小时九十万千米的速度前行。我们只能这样假设：一九四七年开始，太阳系的轨迹切入了某个高维度宇宙弦的振动范围，才导致渗透开始发生。当然，也根本无人知道什么时候太阳会带着我们离开这区域。也许在那之前，人类早就因各种渗透事件而彻底灭亡了。”

夏后深吸了一口气。

“你害怕了？”她问。

“是你疯了。”夏后回答，“如果不是，那一定是这世界疯了。”

他俩都不再说话。片刻，两人同时站起来，继续赶路。前面已经没有道路，齐姜燃起一根火柴，带头向林子里钻去。好在这里是皇家陵园，经过两百多年开拓维护，大型野生兽类已销声匿迹，只偶尔有狐狸或是野猪一类的动物出没。

没有鞋子，两人的脚早就破了。单薄的衣服既不能御寒，也挡不住尖锐的灌木、树叶等物。夏后被一簇灌木划破了手，正要叫痛，却见前面齐姜的手臂和大腿被划得鲜血淋漓，她哼都不哼一声继续往前跑。

那一瞬间，他突然想到了一件事，霎时明白了齐姜的真正使命。他脚下连着绊了几下，险些跌倒。

齐姜回头问：“怎样？”

夏后咬牙忍住脚踝的疼痛。“没事，走！”

会议室的门开了，一号丢了烟头焦急地问：“查到了吗？”

郎云摘下眼镜，沉重地叹口气。“没有。一点违背历史常识的都没有。他所作的笔记全是基于已知历史的阐述，看不出有异常的地方。”

一号呆了片刻，见郎云要走，他一把拉住了，恳切地说：“教授，请您再审视一次。”

“我已经全部看完了。”

“不、不，你不明白。”一号深深看进他的眼睛，“现在还剩下三小时二十七分，请您继续审视。”

郎云跟他对视了几秒钟，勉强说：“好吧，那我再看一次。”

“不，不是一次，您还是没明白。在时间没有结束之前，请您一直审视下去。”一号说，“这是关于全人类的事，教授。”

郎云重新戴上眼镜，没有说话，转身回到了会议室。一号刚长出口气，通信器响了。“熵值进一步增加！异常失踪报告已增至五千四百份，涉及四十七国！十六个组织和公司已经完全消亡，涉及人数约十六万人！特别执行权现在下放到AAA级，拥有此级别的单位将自动获得无限制拘押、审查、隔离，及其他符合标准程序的权力，所有与之相违背之法律将自动更改，所有不予合作举动将视为特别严重违法行为，必须在事态扩散前予以处理……具体名单已传送至各授权单位……国际足联今日宣布2011年度最佳球队，中国名列亚洲第一，世界第三……”

“神啊，”绝望的一号单膝跪下祈祷，“请饶恕我们吧！”

罗翌熙 / 摄
2020.6.7

—— 入围奖 ∧

他俩都不再说话。片刻，两人同时站起来，继续赶路。

“等……等等……我……实在走不动了……哎呀！”

齐姜停下脚，只听哗啦一阵响，夏后失足从斜坡上滚下来，撞在齐姜腿上。齐姜本摆好姿势要顶住他，没想到自己体力也严重透支，双腿一软，两人一起往下滚。好在斜坡不长，又长满草甸，两人抱着滚了十几米，摔进一道沟里。

虽然没有受伤，头却滚晕了。两人也顾不上头顶着头、腿缠着腿的奇怪姿势，因为彼此都只剩下喘气的力了。

喘了老半天，夏后突然听不到

齐姜的喘息声了。他有些奇怪，屏住呼吸听——她在刻意压低呼吸。有人？不……四周一片寂静……

也不是真的寂静。怦！怦！她的心跳得好快，怦！怦！心脏透过她的肌肤，一下一下撞在自己胸前。

“如果，”齐姜的嘴几乎贴在夏后脸上，轻声说，“如果现在就要死了，你能不能抱紧我？”

夏后刚刚有些清醒的脑子，立即因血液过度涌入，又有些犯晕。他双手自然一收，抱紧了齐姜，忽然脸上一凉，接着又是一下。他诧异地抬起头，只听不远处的林子像被什么重物砸到，轰然作响。这响声刹那间扑到了自己身上——暴雨终于下来了。

豆大的雨点打在身上，倾泻在山林间。须臾，他们躺的沟里便有水哗哗地流淌。山洪！夏后想，这么大的雨，也许不到一刻钟，这条沟就要被淹没了。

他刚要动，齐姜反过来抱紧了他，喃喃地说：“别杀人，别被人杀死。”

“什么？”夏后挣扎着要起身，“起来，小心山洪暴发。”

“要降低熵值。”齐姜整个人都钻进夏后怀里，继续收紧手臂，双腿也缠住夏后的双腿，“你后不后悔遇到这种事？我们人类啊，始终还是太弱小，太弱小了……”

不知哪里来的力气突然涌入夏后身体，他猛然挣脱开齐姜，跳起身，又一把将齐姜拉起来，顶着大雨对她吼道：“走！继续走！”

“我们走不了了！”齐姜哭出声来，“被引导的概率太低了，你不明白！如果我们不在三十平方米内被感应到，根本就无法反向渗透！我们完了！”

“我有办法！”

“你根本不懂！”齐姜用手指着东边，“大雨马上就要浇灭火焰了，我们往哪里走？而且温韬正在挖掘乾陵，他们焚烧了宫殿，焚烧了城门，封锁了方圆十几里，我们怎么留下痕迹啊！”

她神经质地摸到夏后的咽喉处，低声而急促地说：“别再与人接触，别增加熵值了！为你的亲人朋友想想，为我们的世界想想！时间马上就要到了，我们根本来不及引开那些人，再留下印记！想想啊，好好想想！你也说过，文物太多了，也许根本就不可能有人发现那些印记，也许……”

她的手慢慢收紧，收紧……夏后突然一动，她双手本能地一下掐紧他脖子。但他却只是伸出手摸到她的脸上，挤出一口气说：“你……试着相信文科生一次……”

齐姜的眼泪哗啦啦和着雨水往下淌。她想加劲，但冰冷的雨在带走体温的同时，似乎把力量也带走了。夏后并没有反抗，她的手却怎么也掐不紧，甚至于渐渐地手臂酸软，腰背酸软，全身酸软。

她软软地倒下，却被夏后抱住。夏后凑到她耳边大喊：“我相信你受过特别的训练，一定坚持得下去！跟我走，快跟我走！”

轰轰，雨越下越大。夏后死拽着齐姜，把她拉上一座小丘。站在小丘上，眼前骤然开阔。

小丘下一马平川，几里之外，与长安玄武门建制完全一致的乾陵玄武门城楼，已经在大火和暴雨的连番打击下坍塌，同时坍塌的还有它身后的几座宫殿。这些建筑太大、太华丽，燃烧了几天几夜，此刻还未被大雨完全浇灭。残留的火焰把倾泻下来的雨都渲染成了红色，如同血雨。

银灰色的闪电在其后高大的山体上方，在两位伟大皇帝合葬的陵墓上空盘桓。有一段时间，天空连续闪烁了几分钟，照得整个大地一片雪亮，雷声却寥寥，仿佛正在云端观看的天人也陷入了沉默。

不知是累、是冷、是痛，还是目睹了中国历史上最为辉煌伟大的陵墓宫殿最后的时刻，夏后抑制不住地颤抖。齐姜抱紧他的手臂，喃喃地说：“他们烧完了，他们一定已经进山，准备挖掘地宫了。我们要靠近吗？”

夏后摇摇头。“温韬没有找到地宫。他挖掘了十几天都未能找到地宫，由此还留下了一道四十几米长的深沟。真正的地宫在一九五八年，几个农民炸石取材才无意间发现。温韬挖遍了唐室的陵墓，唯独这一次却没有得手！”

“那我们怎么办？”

“来呀！”夏后拉着她飞也似的跑下小丘。半小时后，他们靠近了玄武门。城楼烧毁了，宫殿崩塌了，只有高高的宫墙仍然屹立。贯穿宫门的道路泥泞，车辙印又深又多，到处都是珠宝、绸缎，甚至是整箱的物品陷在泥中。也有散乱的车辆，倒毙的马匹。

显然，地面宫殿几天前就被洗劫一空。宫门前后一个人影都看不到，大概所有人都已加入到挖掘地宫的行动中去了。毕竟，大唐王室已倾，天下大乱，谁也不会再来管死人的闲事。

两人从坍塌的城门一侧钻进去，夏后始终紧紧抓住齐姜的手，带着她一路往南走。走了一段，身后轰的一声，两人一起回头，只见城楼下方的石墙迸裂，导致整个城楼向前倾覆，轰然倒下。大雨倾盆，城楼方向的火一会儿就将彻底熄灭。

这里离内城还远，火光微弱，天空中也好久没有雷电。好在城墙内的土曾经被仔细平整过，一百多年了，仍然比较平坦。两人摸黑前进，不知走了多久，他们走上了一片整齐的青石铺就的地面。齐姜忽然说："我觉得……"

就在此时，一道闪电打在一百米之外的城墙上，两人眼前大亮，齐姜立即毛骨悚然地尖叫起来——几十个人就站在他们面前，最近的一人离他们不到两米！

夏后一把捂住她的嘴，说道："别喊！仔细看，来，仔细看看！"他强拉着齐姜的手摸到那人身上。齐姜一惊："石头？"

"是则天皇后建造的六十一藩臣石俑，"夏后长出了一口气，"它们至今仍矗立在这个位置，矗立在朱雀门外，守护着大圣皇帝和则天皇后的灵柩，一刻也未曾离开。我相信它们也能把我们的印记传到千年以后。"

齐姜激动地回身抱住夏后。"你一开始就想到了，是不是？"

"当然，所以说文科生还是有点用的。来吧，让我们来想想刻点什么呢？"

他俩在石俑身后蹲下，齐姜从腰间取出庙里找到的唯一的一把柴刀递给夏后。"我们刻下我们的名字，这样最直接，也最引人注目。"

"不好。"夏后沉吟道，"你显然不大了解古人。我问你，乾陵最著名的是什么？"

齐姜想了想："武则天的无字碑。"

"对。但其实碑上是有文字的。大概在宋以后，许多游历到此的文人都在碑上留下了诗词，这证明即使在古代，这里也是旅游胜地。但古人最重碑文题字，根据我们的考察，许多石碑都曾被后人修改、更正。只要是有误的、有悖当世之正理的、有伤物化的，甚至词句不佳、文字不同、有违避讳的，后世之人见了，就忍不住铲去谬误，重新题写。还有，自宋开始，中国再也不复大唐的盛况，所以文人骚客皆对唐推崇备至。宋的开国重臣赵普就曾出千金购得李世民的头盖骨，重新隆葬。我们大笔一挥，写下'齐姜与夏后到此一游'，只怕还不必等到宋代，就被人铲得干干净净了。"

齐姜彻底说不出话来。她在特执会学习成绩一直优秀，曾经踌躇满志，一定要大展手脚。没想到真正渗透到了古代，竟是寸步难行。她沮丧地说："那怎么办？唉，都已经到这里了，却还是……"

夏后摸着光溜溜的下巴，沉吟道："既要写得不让人怀疑，却又必须被现代的人怀疑。对了，你说，我们的亲人、朋友都已经被严密看管起来了，是吗？"

"嗯。因为跟我们有关的，是最有可能得到我们从古代传回去信息的关联体，所以要严密排查。"

夏后眼睛一亮。"那就是说，我们的房间早就已经被抄了个底朝天？让我想想。"他绕着石俑转圈，转啊转啊。齐姜蹲坐在一旁，看得头都昏了，忍不住说："随便刻点什么吧，只要不是太怪异，不至于被铲去就好。"

夏后突然猛一拍巴掌。"我想到了！"当即拿起柴刀，就在石俑身后用力凿起来。

会议室内突然起了一阵骚动，一号一惊，却不敢上前询问。只听数不清的脚步声朝门奔来，砰的一声撞开了门。郎云手里紧紧攥着一页纸，难掩激动地说："找到了！"

"在哪里？"一号双腿发软，几乎跪下，结结巴巴地说，"地、地点你能确认吗？"

"大的能确认，在西安乾陵，但是更进一步的地点，我必须亲自到场。"郎云说，"这件事我能参与吗？"

"当然！"一号几乎喜极而泣，对着耳麦大吼，"通知机场，立即准备起飞。头儿、头儿！是咸阳乾陵，我和教授马上就到！"

"所有引导单位立即向目标方位推进！"执行官也在频道里大喊，"通知西安咸阳国际机场，实行军事管制，等待一号的到达。A 组，你们距离目标有多远？"

"头儿，这里是 A 组，我们在西北关村，距离目标约二十三千米，十五分钟内赶到！从西安到咸阳的高速路已经封闭，军事管理组和设备组大概在二十分钟后抵达！”

“通知特质联盟，我们正式进入引导标准程序。距离第二次波涌还有五十七分四十三秒，行动行动！”

在四架预警机作为先导通信，十二架歼击机的护航下，六架大型运输机从四个方向朝西安飞去。与此同时，特执会特别行动A组和四个军事管理组，在地面从三个方向朝乾陵推进。超过二十三颗卫星将自己的监测面转向西安方向。GOCE卫星为此第二次调整姿态，准备捕获最细微的地球引力波变化。全球特执会的目光都集中在这里，所有人屏息静气，等待前方传来的消息。

与最近单位空间距离不到二十千米，时间上却相差一千一百年的夏后，正凿得一头大汗。这些石俑的材质非常坚硬，柴刀又钝，砍在上面只留下浅浅一道印。印记必须深到能抵抗千年风雨才行。他凿一会儿，齐姜凿一会儿，两人轮流凿了三十几分钟，才勉强凿出七个字。

“歇会儿，唉，这可真是力气活。”两人一起靠着石俑坐下。几秒钟后，两人同时对望一眼，发现对方正紧紧靠着自己。两人又立即回头，不过谁也没挪开。风雨小了一些，但还未停止，头发湿漉漉地耷在脸上，衣服冷得像冰。寒冷使体力消耗得更快，他们快要撑不下去了。

夏后顺手捧起一捧水喝，剩余的抹到脸上。很冷，比今天早上的还要冷。他心中却暖意渐浓。

“你当时为什么要跳下去？”齐姜把头靠在他肩头问。

“抑郁症。”夏后老老实实地说，“很严重的抑郁症，折磨我一年多了。我策划了几个月，以为跳下去只有七十米，没想到足足有一千年，哈。”

“抑郁症不是可以治疗吗？你没看医生？”

“当然看过，可惜没有成功。也许是我想太多了，”夏后摸着后脑勺，“我拒绝药物治疗，以为这纯粹是心理方面的问题，可以完全凭自我意识抵抗。唉，现在想想，实在太蠢了。把你……连累了你……”

齐姜笑笑。“别说了。虽然危险，可是，该怎么说呢？每个女孩子都梦想着能穿越时空呢。”她瞧着远处仍在燃烧的宫殿，柔声说，“我加入特执会，就想着有一天能亲眼瞧瞧，自己究竟能到哪里，能走多远……”

她的手背一阵温暖，被夏后握住。她心中泛起难以遏制的柔情，转头眨巴着眼睛问夏后：“那你回去后还跳不跳？”

“谁知道？也许……”

他说不下去，因为齐姜温柔的嘴唇紧紧贴了上来。十秒后，也许一千年后，她离开他的唇，却又将额头顶在他的额头上，双手捧起他的脸，眼睛里有种不可思议的光芒。她轻声说：“如果能回去，别这么傻了。”

“好。”夏后简单地回答。

他凝视着齐姜的眼睛，过了一会又说：“好。”转身继续一刀一刀地凿起来。

十几辆车直接驶进跑道，他们刚坐好，还没来得及系上安全带，引擎声就骤然拔高，飞机迫不及待地向前滑行。一号看着郎云手中的纸。“哪里有问题？”

郎云把纸递给他，上面是不知从哪里拓来的十个字：“王祀于天室降天亡于王”。他看了半天，摇头表示不懂。

“这十个字是这么念的，”郎云戴上老花眼镜，“王祀于天室，降，天亡于王。天室是周朝前期对于明堂的称谓，这是周代最重要的建筑之一，周天子在此祭天，是以为天室。降，指的是天降，而这个亡并非后

风雨小了一些，但还未停止，头发湿漉漉地耷在脸上，衣服冷得像冰。

夏天 / 摄
2022.7
国泰艺术中心

—— 入围奖 >

世的亡，在周代这是佑的意思。意思是天子于明堂祭天，天降佑于王。”

“这，这段文字出现在哪里？”

“乾陵地面宫殿有内外两城，外城早已被毁，但内城保存完好。内城朱雀门遗址旁，有一片六十一藩臣石俑群，是武则天所立。根据夏后笔记上的记载，这段字出现在其中一具的背后。真是很惭愧，这些资料我第一次翻阅居然没有发现。”

“那不要紧，”一号赶紧说，“可这也没问题啊？也许是后人无聊，在石俑身上刻的？”

“从字迹的磨损程度来看，至少在明代以前，甚至两宋之前了，”郎云脸上露出一个微笑，“然而这不可能。”

“为什么？”

“因为这是大丰簋里的铭文。大丰簋的确是武王时代为祭祀而制造的铜器，有铭文七十七字，高二十四厘米，口径二十一厘米，座边长十八点五厘米。”郎云如数家珍地说，“它最早是在道光年间，于陕西岐山出土，保存完好。即使是现在，也只有研究西周历史的人才会读这段铭文，唐人是不可能知道的。”

一号死死盯着这张草草写就的纸，不敢置信地说：“真是对神奇的师徒。”

“好了！”夏后扔了柴刀，后退两步，仔细打量石俑身上的字。齐姜轻轻念道：“王祀于天室降天亡于王，是什么意思？”

“周武王祭祀所用的一句话，相信我，如果它能留存到后世的话，一定会出现在我的笔记本里。”夏后揉着酸痛的手臂，“我这两年收集了整个唐代皇陵的所有铭文和石刻记录。如果你们的组织足够聪明，拿这些东西去找我的导师，他就能看出其中的问题来。现在……”

他突然往前一扑，把齐姜紧紧压在石俑背后。齐姜一惊，随即从他眼睛里看出了恐惧，立即把已经涌到嘴边的话生生吞进肚里。

只听夏后用极低极低的声音说：“他们过来了。”

下了飞机，又立即登上直升机，他们在夜幕中快速前进。左侧遥远的地方灯火通明，那是咸阳市区。

二十分钟后，他们直接降落在乾陵园区内，离石俑群落不到两百米。郎云走下直升机，抽了口冷气。整个乾陵园区亮如白昼，在十几台军用发电车辆强力的支持下，十六组二十米高的巨型灯组被竖立起来。远远近近全是警车、军车，以及两辆明显经过改装的大型集装箱货车，四辆救护车，四辆消防车。架设有雷达天线的通信车在最里面，各种电缆、通信线路拖得满地都是。头顶上隆隆声响个不停，六架直升机在空中盘旋，探照灯光始终指向包围圈的最中心——六十一藩臣石俑群落。

五十名全副武装的特警持枪守在石俑旁，一号带着郎云跑过去，执行官已在那里等待。他简单地跟郎云交谈了两句，手一挥，十几名副手立即散开搜寻。不到半分钟，就有人大喊道：“这里！”

郎云凑上前看，石俑上的字迹已经模糊，但用手还是能清楚地摸出字迹。他在众人的注视下摸了两次，肯定地说：“是它，字迹的笔画完全一致！”

“谢谢你教授，请退到安全位置。引导组！”

马达声响起，四辆巨型吊车在队员的引导下缓缓驶近石俑。每台吊车的吊臂伸到四十米高的空中，吊臂下各有一根钢缆，吊着正中一个奇怪的东西。

那东西约有二十平方米，呈深蓝色，材质非常奇怪，这么多强力的灯光照在上面，却完全没有反光。它被吊到离目标石俑顶上十米的位置，队员们一拥而上，给吊臂加上各种固定装置，务必要让它纹丝不动。装备完后，有人大声呼喊，队员们有秩序地撤退。

郎云被客气地带到了直升机旁，刚要登机，有人喊道：“时间不

即使是现在，也只有研究西周历史的人才会读这段铭文，唐人是不可能知道的。

允许了，立即关闭发动机！”

他回头看，所有人都在往后撤，活像石俑里有炸弹似的。忽然，一声尖厉的警报声响起，所有车辆同时关闭了发动机，连供电车都停止发电。现场顿时陷入一片黑暗。空中直升机的声音迅速远离，撤退到更远的地方去了。

郎云的心禁不住怦怦乱跳起来，手心里全是冷汗。他悄悄往前走了几步，站在人群后方往里看，没人在管他，因为也实在看不到什么。整个现场鸦雀无声，直到有人大声喊道：“第二次波涌——一百八十秒！波涌强度——三点六个标准值！波涌预计持续时间——十六纳秒！”

郎云毛骨悚然地往上看，天空不知什么时候亮了起来，活像有人在云层后打开了灯光。他正在找寻光的源头，忽然一滴、两滴……一瞬间，暴雨毫无征兆地倾泻而下。

闪电又开始频繁，雷声滚滚，大雨倾盆而下。两人紧紧贴在石头上，侧耳聆听。在雷暴的间隙、风雨声中，十几个，或许几十人，正向这边走来。

夏后偷偷往前看去。一道闪电几乎横贯了整个天际，光从头顶正上方照下来，照亮了几十个模糊的身影。不知是被开天辟地般的巨大雷声震撼，还是故意隐藏身形，所有人都没有动，一时间竟无法把他们与周遭的石俑分别开来。

夏后心提到了嗓子眼。他急中生智，眯着眼睛，并不把焦点放在某个固定位置。几秒钟后，又一道闪电，他的眼中同时有几十个光点闪了起来，隐隐形成一个包围圈——那是兵刃的反光。

他缩回去，迎上了齐姜的眼睛。

“至少有二十人。”

“一、一定是听到我们凿石头的声音。”齐姜全身僵硬，死拽着夏后的手，“我们、我们分开跑？”

“这可不是你的本意。”

“嗯？”

夏后看定了她，低声说：“我记得你曾说过一句话：只有一个办法降低熵值……我们就是熵，是不是？你还说，不能杀人，也不能让人杀死。你以为我不明白，其实我懂了——渗透者杀人，将严重改变历史，但被人杀，也将产生先人杀后人的悖论，从而导致更严重的事态，是不是？”

齐姜身体一下软了。她无力地埋进夏后怀中，点了点头。

“你说，你的任务是跟进来定位。其实定位的概率太小，根本无法跟你所引起的熵值相比。所以，你最重要的任务其实是使熵值降至最低——杀了渗透者，而后自杀。如此一来，我们两个同时代的只能算是死在了另一个地方，对时间的冲击最小。我，说得对吗？”

“……对……”齐姜叹息一声，捂住了脸。忽然夏后拉过她的手，把一件冰冷的事物塞进她手里。齐姜剧烈颤抖着，但还是把柴刀握紧了。

“真奇怪，”夏后笑笑，“二十四个小时之前，我可以毫无惧色地跳下大桥，现在却怕得腿肚子哆嗦，哈哈，哈哈哈！”事一旦定下来，他也不怕对方听见了，仰天哈哈大笑。

石俑后的脚步声更大了，有人大声呵斥，开始全力冲刺。

“你很勇敢。”齐姜说，“很……”

夏后在她唇上笨拙地一吻，阻止她说话。他说：“才不是。勇敢的是你，我只是个胆小的逃避者而已。”

齐姜抬头看他，闪电照亮了她的脸，她眼中满是柔情。她举起柴刀，在夏后的脖子上比了比，说：“这次至少不会孤独，是吗？”

夏后闭上眼睛，点点头。“是。”

柴刀直直地劈了下来。

一瞬间，“是——”这个声音像狂奔的火车冲向夏后，而后又急速远离，声音因多普勒效应而急剧变化。他在声音的洪流中突然重新睁开眼，顿时被强光刺得双目剧痛。

郎云毛骨悚然地往上看，天空不知什么时候亮了起来，活像有人在云层后打开了灯光。

他不能呼吸，不能听，感觉不到身体的任何部位，只觉得似乎有无数人跑来跑去。渐渐地，触感开始恢复，有好几只手同时抓住他，抓得那样紧，像要把他从石头缝里拽出去一般。

嘶……听到声音了……离他最近的一个人喊着："心率过缓……血压四十……输入一百五十毫升……快……"

"呼吸机……"另一个人喊，"他不能自主呼吸，肺部未收缩……同时注射二十毫升……防止心跳骤停……准备开胸手术……"

还有另外的声音。

算了，这些都不重要了。夏后，二十六岁，考古专业研究生，宅男，严重抑郁症患者，亚洲历史上第一位五级渗透者，不能呼吸，没有心跳，全身麻痹，却不知哪里来的力气，偏转脑袋，四处搜寻着。直到看见另一堆忙碌的人群中，有双明亮的眼睛正一眨不眨地看着自己，他才心中一宽，全身放松，彻底昏了过去。

滴滴，滴滴滴，滴滴。

"喂。"

"是夏后先生吗？"

"是的。"

"这个通信器符合安全标准，并且已根据十分钟前的编码，切换到保密编码状态了吗？"

"是的。"

"你是否已通过泛所有项特别执行联盟、亚洲特执会指定的所有测试，并已获得特别授权编码？"

"是的。授权编码：YZ050113。"

"你是否认可并将以下这句话视为信条，并终生遵守？请听：现在的就是最好的。"

"现在的就是最好的。我认可并将其视为信条，发誓终生遵守。"

"你是否认同并将随时准备遵守以下条款：必将尽全力甚至生命，将由渗透引发的熵值降至最低？"

"我认同并将随时准备遵守：必将尽全力甚至生命，将由渗透引发的熵值降至最低。"

"很好。现在根据特执会半小时前颁布的亚洲区第十四次波涌警告，特别征召你作为此次行动队员。请立即出门，夏后先生，你的搭档在等着。"

夏后关了通信器。他看着镜子里的自己，看着那张依然消瘦，但却不再惨白的脸，那张努力把嘴角往上翘，却还是不怎么像笑容的脸。

没有关系，有人会笑，而且笑得很好看，好看得他都快忘记抑郁症了。

他将一张白纸郑重地放在桌子上——也许十几个小时后，这上面会布满穿越时空的痕迹也说不定——穿上外套，把手机、钱包放进抽屉，开门走了出去。

五十米之外，一架直升机正徐徐降落。舱门打开了，齐姜把通信器挂在一边，摘下头盔。夏日的阳光投射在她的脸上，她一手按着翻飞的头发，一手扶住舱门，向夏后嫣然而笑。

巴山超快

自秦岭发源的嘉陵江水，经过崇山峻岭，进入重庆北碚地区的温塘峡。峡谷宽阔，湍急的江水渐渐安稳，从容奔往下游。

文 / 凌晨

罗翌熙 / 摄
2021.5.15

—— 入围奖 >

老骥伏枥，志在千里。烈士暮年，壮心不已。

——曹操《龟虽寿》

自秦岭发源的嘉陵江水，经过崇山峻岭，进入重庆北碚地区的温塘峡。峡谷宽阔，湍急的江水渐渐安稳，从容奔往下游。从这里到观音峡，立起了两座相距十五公里的北碚嘉陵江大桥——东侧靠观音峡的桥为碚东大桥；靠温塘峡的桥属于G75高速的一部分，就称为北碚高速桥。天气晴朗的时候，青山夹碧水，大桥遥相望，是可以上明信片引人赞叹的美丽风景。

但现在沈樱什么风景也看不到，碚东大桥上的路灯照不出宽阔的江面，只能将陆续上桥的人照清楚。这些人都是工作人员，穿着颜色各异的短袖T恤衫，却都在背后印着同样的字样：未来飞行器表演大会。

沈樱穿紫色T恤，表明是大会的志愿者。T恤领口已经被汗水打湿，贴在肌肤上，沈樱不得不扯扯衣服，擦拭脖颈上的汗水。这个月重庆连续高温，又创下一周白天平均气温超过41°C的新记录，就连清凉的嘉陵江也仿佛成了重庆火锅滚烫的汤底，随时可以用来涮菜。

这种天气，真该离开重庆，可既然留下没走，沈樱就不抱怨，反而故作轻松地朝腮边的麦克风说："碚东大桥现在只有32°C。果然凌晨四点的气温是全天最低的，气象台没有说错。"

麦克风那边连着的人是梁枫，他正开车前往北碚高速桥，声音有些不高兴："老天爷真是个木脑壳，不晓得歇几天，给点凉风！"

沈樱笑："我们发起的活动，总不好因为天气热就取消啊。"

梁枫说："我们是发起者可不是组织者。楞个[①]早逗[②]楞个热，梁叔公他们能参加逗不容易，不得奖没得关系。"

梁见新铜钟般的声音插进对话，震得沈樱耳膜嗡嗡作响："逗是冲奖切[③]的，你个娃唧个楞个勒个[④]，勒时候给老子拆台？"

梁枫委屈："我哪里拆台，我一直都是挺你们的哈。"

"是啊，梁阿公，梁枫一直都在给'超快'跑腿。"沈樱赶紧解释，"他是担心天气太热，对你们不好。"

梁见新嚷嚷："老子在重庆生活了五十年，啥子热没经历过！逗没怕过热。你龟儿子是怕'超快'抵不住热，飞不好是不是？"

其实这种担心沈樱也有，毕竟"超快"轻型多地形飞行器试飞次数有限，碚东大桥到北碚高速桥这十五公里的表演距离，"超快"更是只飞过一次。

"叔公，"梁枫认真起来，"我要怕也不会现在开车送你们和'超快'了，但我觉得还是应该以展示表演为主，不要真的参加比赛。"

"都报名比赛了，没得退路。"老周的声音，带着金属般的冰冷和坚固感，"'超快'能飞，没得问题。"

沈樱能想象得出梁枫的表情，他被夹在梁见新和老周两个倔老头之间无可奈何的样子。她只好转移话题："那车子还有多久到高速桥的展演区？"

"二十分钟内必达。"梁枫立刻回答，自信满满。

清晨五点半，全天温度最低的时候，"未来飞行器表演大会"就将开幕。所有参加表演的飞行器必须在太阳跃出江面时同时升空，展现各自的风采，然后依次从高……越江面，落到碚东大桥这边的展演区，再飞回……，水不深，江面上的碚石……航。三十公里的折返飞行距……个拿到表演大会参赛资格，但因为配件的问题耽误了进度，直到昨天，最后一遍油漆都还没有干透。难怪梁枫会担心。

沈樱看表，欣然道："那五点前能到了，还有时间

① 重庆话，这么。
② 重庆话，就。
③ 重庆话，去。
④ 重庆话，怎么这个样子。

检查。”一抬头，看到姑婆沈益民驾驶智能座椅轻盈而来，便笑迎，“姑婆您咋现在就过来？您车上再多睡会儿。”

沈益民说：“睡不着。樱子，让小梁开视频，我看看‘超快’。”

梁枫打开货车车厢中的摄像头。裹在一层绿色包装泡沫中的“超快”，像是藏在绿叶中的白色珍珠，小巧别致。

“漆出来好看得很。”老周挤进画面，冲沈益民招手，得意道，“亮得赛过太阳。我亲手漆，亲手包，年轻人哈戳戳的老子不放心。”

“他还要亲自飞。”梁枫撇嘴。

沈益民微笑：“那你还担心啥子！我在这边接‘超快’。你周伯飞，没得问题！”

没得问题！沈益民声音中的自信溢出脸庞，在路灯下如骄傲的蝴蝶，飞进夜色。沈樱被她的信心感染，情绪放松了一些，刚才心头随着高温的躁动竟然也平缓了许多。

沈樱看着眼前满头白发却没有丝毫倦意的老人，敬意满满，仿佛看到不久后的比赛场景，信心十足地说：“姑婆，‘超快’试飞很好的，这一段比赛距离也不会有问题！”

沈益民点头，拍拍沈樱的手：“樱子，多亏了你。要是九个月前你不来，‘超快’还在纸上躺着，不晓得啥时候变成真的。”

“我才来了重庆没几次。”沈樱惶恐，“我真没做什么。”

1

九个月前，沈樱的日子过得很是焦虑，因为她将要三十岁了。她觉得自个儿就是一躺平 90 号——90 号就是 90 后的意思，对 1990 到 2000 年出生的一代人的称呼——每天安安静静无声无息的只做三件事：工作、吃饭、睡觉。她怕社交，没爱好，交不上男朋友，臊眉耷眼地活着。

这样不好。沈樱知道，但也说不出哪儿不好。工作嘛，汉文学的研究生到科技馆策展活动部也不是不对口，可好像也没多大发展空间。工资当然买不起房，但和父母住在一起也不需要买房。而且父母做饭洗衣打扫屋子很勤快，她帮不上，洗个碗还会被妈妈挑剔洗不干净。

老话说三十而立，沈樱立不起来，不由得眉头紧锁满面忧愁。

“年假你出门去远地方走走，老待在家里人都发霉了。”沈樱妈妈就出主意，“你不是喜欢吃辣吗？就去姑婆那边住几天吧。”

姑婆名沈益民，是沈樱爸爸的四姑妈，住在重庆。逢年过节沈樱一家电话问候她时，她必然会说一句：“得闲来重庆耍！”

沈樱不记得去过重庆，这座城市听上去简直就像是在火星上。她问：“姑婆家在重庆哪里？”

“北碚区歇马镇奋进村。”沈樱爸爸说，特别提醒：“离市中心的距离大概相当于门头沟到天安门，四十公里。可没有城里的热闹方便。”

“哦，有外卖就成。”沈樱随口说，看看双亲的脸色，连忙改口：“我去姑婆家帮她做饭，陪她老人家出去玩儿。这可行？”

“你姑婆可不简单，当年三线建设自己要求去的重庆。苏州好好的工作，好好的房子都不要了。现在一个人了，儿女在国外想接她去养老，她也不愿意去。”沈樱爸爸说，“你们年轻人理解不了。”

沈樱就像小学生领作业那样小心翼翼地问：“那我就理解理解？”

沈樱妈妈笑：“去吧，别让姑婆嫌弃你就成。”

于是沈樱就站在了重庆江北机场。重庆给她的第一印象是人头攒动的出站大厅比菜市场还热闹。第二印象是网约车司机的江湖气，这位胡子拉碴，眉眼凶悍，一身运动服的壮汉举着手机走向沈樱时，刹那间她以为遇到了黑社会杀手。

壮汉突然将一张工作牌递到她眼前，一板一眼地用普通话说：“我叫梁枫，工作证的照片已经发到你手机上了。现在我就是你的专车司机，我将竭诚为你在重庆的出行提供服务。”

梁枫的这番介绍日后常常被沈樱讥笑，说这是僵硬版普通话，简称僵普。

“你呢？你一路上像见外星球的表情，可不像大城市来的！”梁枫反驳。

沈樱顿时无语，从机场到姑婆家一个半小时的车程，她不聊天是会晕车的。聊啥？当然只能花式夸赞重庆了。可惜对重庆的印象只有炎热的气温和热辣的火锅，和梁枫才谈几句就尴尬了。

那时坐在梁枫的黑色 W5 里，沈樱的没话找话实在进行不下去，她只好专注窗外逐渐清晰又飞速掠走的街景。街上的建筑高矮起伏，随山势而行，自身又变成水泥砖石的山丘，支撑起新的建筑。城市就这样如水银般浸润开去，向高空向地下向东南西北四面八方生长，将每个走近的人吞入其中，隐匿进它蜿蜒曲折、千回百转的街道里。高速公路和城市快速路或交叉或并行，一层一层叠加镶嵌，如同城市的血管，时刻输送着滋养城市的养分，最终将城市哺育成一座高山。城既成了山，山也变成了城，山与城融合在一起，重庆“山城”的称号便由此而生，名副其实。

沈樱眼前的山城令她头晕目眩，她赶紧转移注意力，憋出一个话题问：“那个，那个奋进村 47 号你熟吗？”

“哪个？”梁枫反问。

“我姑婆住那里。重庆奋进机械加工厂宿舍 36 栋 4-1，好找吗？”

梁枫笑了，这笑声粗糙而率直，从沈樱的耳朵一直震到了胃部，她竟然有了想吃火锅的冲动。梁枫的声音软糯了许多：“好找好找。不逗是奋进厂职工宿舍嘛。36 栋一天得跑三四回。沈阿婆是你姑婆？那我可太熟了。”

沈樱还没反应过来，有点蒙。梁枫那边已经打开了话匣子：“沈阿婆腿痛，关节骨刺，外出行走不便，连菜都是我买了送上门。”

“你还送外卖？”沈樱惊讶。

梁枫眼角余光扫到沈樱的表情，声音高亢得像要唱歌：“我跑物流的，快递、外卖、代购都干。奋进厂一半的物流都是我做的。”

怪不得接我的单。沈樱恍然大悟，点头的同时又有了新的感悟：“所以你和奋进厂熟啊。”

梁枫说：“熟得很。我爸妈都是奋进厂的，我逗是在奋进厂长大的。”

说话间，车前的道路出现无数分岔，有的盘旋着掠过头顶，有的俯冲下车底，有的直直插进远方的云朵。沈樱的视野之中，如水般的车流突然被这些道路截断，车辆变成了水滴，一滴滴在不同方向的道路上滚动。两辆轨道列车在车道上空相向而行，似乎就要碰撞，却又在擦肩之后安然无恙继续疾驰。

沈樱看呆了，忽然觉得自己如直轨般的生活将在重庆被截断拆散，再和这座城市拧在一起，拧成不能切碎的麻花卷。她神游天外，情绪恍惚，梁枫的话如清风过耳不知所云，只记得他快到目的地时说的那一句。

梁枫说：“奋进厂好些厂房是我爷爷设计的，他从盘锦来！勒都好多年了，厂房还都在，结实得很！”

“梁枫不错的。”沈益民的声音打断了沈樱的回忆。她瞅瞅姑婆，不太确定老人家这话的指向。

沈益民笑：“你们都不错。‘超快’要不是遇到你们这些年轻人，就只得是我们一帮老家伙的梦想。”

“你们的梦想，那也是很了不起！”沈樱由衷赞叹。

2

在见到沈益民之前，沈樱对她的构想，是一个孤独执拗，抱残守旧的老太太，眷恋着充满亡夫气息的老屋和青春回忆的老厂房，试图用拒绝抗衡岁月的脚步。沈樱觉得沈益民大概率不可理喻无法亲近，大约只要不尴尬就算和她相处成功。但一路上通过梁枫的碎嘴，沈樱了解到沈益民不仅吃得量足且品种丰富，各种网络直播宣传的网红用品也买了不少，似乎还挺开放时尚。

沈樱正想着这种开放或许也是沈益民对抗时间的一种方式，汽车就驶入了奋进村 47 号奋进厂的大门。这座藏在乡村中的工厂曾经有五千多人工作，家属区有上万人生活。世事变迁，此处工厂已被废弃。一一映入沈樱眼帘的，是外表陈旧墙面挂满爬山虎的厂房，是还挂着“节约粮食，备战备荒”标语的食堂，台阶上杂草丛生的礼堂，还有篮筐只剩下铁圈的篮球场。沈樱就觉得没有什么能和时间抗衡，沈益民也是如此，被时间侵蚀最后消失是必然的，那她沈樱的躺平似乎还能为国家节省些资源。

罗翌熙 / 摄
2021.5.15

—— 入围奖 ∧

沈樱沉浸在对自我的抚慰之中，乃至真实的沈益民走到面前时，她还有些走神。沈益民个子不高，肤白体胖，眉目和沈樱爸爸相似，银色眼镜链子拴着银色细框眼镜，精神很好。

“樱子，”沈益民亲切地称呼，“你可是好多年没来啰。你种的炮仗花已经长大啰。”

“啊？”沈樱想不起来种花的经历，沈益民就把她拉到花前，却是所居楼房一楼的院子。那些花金黄得耀眼，在楼角上空开放着，又从空中垂到地上，层层铺叠，围成灿烂的帷幕。将院子遮盖了，就连居室的窗户也被密密麻麻的花朵遮挡了阳光。房间很凉爽。空气中的炎热被绿叶过滤，只有甜丝丝的自然芳香，顺着窗棂的缝隙渗透进来。花朵的灿烂和新鲜，花朵的芬芳和娇艳，映衬得沈益民似乎也年轻有生气了很多。

吸引沈樱的不仅仅是花朵，还有书架上数不胜数的飞机模型。一架，两架，三架……大小不一，形状各异，从书架一直爬到了天花板，其间则塞满了图书、画册、档案文件袋和奖状奖杯。

“里面都是老王——你姑公的东西。书、奖状、笔记。我舍不得扔。还有这些飞机，”沈益民笑，皱纹里都是喜悦和骄傲，“都是老王带着我一起做的，我们都好喜欢。”

一架 C919 映入沈樱眼帘。作为科技中心策展活动部的职员，她参与过 C919 的专题展览，还按比例用泡沫塑料和彩钢板制作了 C919 模型。好多日子，C919 就放在她的床头，睁眼便能看到。对那逝去的姑公老王，沈樱顿时觉得十分亲切。

“老……老王爷爷，”沈樱没法对爷爷辈的人直呼其名，建议道，“他的这些飞机和图书可以捐赠的。”

沈益民眼睛一亮，光芒闪动。

沈樱顺着自己的职业思路又想

了想，说道："您可以考虑捐给图书馆或者科技馆，对少年儿童有科普意义。"

"科普？"沈益民微微皱眉，顺手拿起一个飞机模型，铁皮制的，油漆已经斑驳脱落，颜色陈旧，"老王的本职工作是造锅炉，可业余时间都在折腾飞机。他说要造个飞机带我飞出这山旮旯去。"

沈樱直愣愣地说："不造也可以飞啊，机场也才四十公里远。"眼前飘过从机场来时一路的弯弯绕绕上坡下坎，赶紧改口道："当然，那是直线距离。"

沈益民将那模型放在沈樱手上，注视着这个年轻的姑娘，慢慢说："老王的梦想是能在这里造飞机，直接飞，想飞就飞。他去世前还申请了一个飞机的专利。"

沈樱注视着沈益民，她的白发和皱纹在悠长的声音中消散，只有闪亮的双眸和悠长的梦想，似乎是一种魔咒，让沈樱着迷。沈樱竟然用重庆话腔调说道："那就造飞机呗。姑婆。没得问题。"

"乖乖，你的话就像阳光一下子穿过浓雾照进我心里。"沈益民说，"我怎么就从没想到自己去做呢。"

"姑婆您的行动力也是我没想到的。"沈樱诚挚地说，"我还以为您会说我乱想，白日做梦。"

"我其实一直坐在屋子里回忆，要不得啊，人越回忆就越容易衰老，得行动，得向前看。"沈益民笑，"乖乖，你说得对，不用想太多，干就对了。"

梁枫的声音又在耳机里响起："雾起来了。天气预报不是说没得雾的嘛！"

"你开车小心啊。"沈樱叮嘱，不由得皱眉，"有雾就不好了。"

沈益民却不紧张："'超快'不怕雾的，乖乖别担心。"

重庆话喜欢叫年轻人"乖乖"，尤其是沈益民说这个词，格外地柔和好听。那种语言的魔力，沈樱觉得只有"粑"这个字可以形容。一听到这个词，沈樱就拒绝不起来。

沈益民也对梁枫说："乖乖，阿婆想造飞机，你来帮我嘛。"

梁枫来沈家送货外加蹭饭，对"乖乖"这个词有免疫力，头摇得像拨浪鼓，还责怪沈樱："造飞机？不得行！你哪个给阿婆出馊主意。"

沈益民反驳："这是好主意啊！樱子主意出得好。"

"好？"梁枫不客气，怼沈樱："要造真的可以飞的飞机，得有钱，有人，有工厂，还得有个仓库存放，这些你都有没得？"

"没得。"沈樱老老实实回答，指指书架上摆放的模型，桌上摊开的图纸，"只得这些。"

"那你凭啥子觉得能造真飞机？"梁枫冷笑。

"我就是觉得能造。"沈益民固执，"梁枫你叔公老梁是老王同事。他们两个，一个设计锅炉，一个焊接锅炉，你们猜老王的工作是画设计图还是搞焊接？"

"焊接！"沈樱抢答，手工打造铁皮飞机模型，这技术当然该属于一双灵巧有力的做焊接的手。

"错了，老王是画图的那个。"沈益民笑，"飞机模型可都是老梁给他做的。老梁也想造飞机。"

梁枫愣住，过了一会儿才说："我叔公要真有勒想法，哪个不和我提？"

沈益民说："他不提你不晓得问吗。"

梁枫说："那我有空问问他。"

沈益民笑："现在你不就空着？走，一起去问他。"

"然后，您就带我和梁枫去了东辰养老院，见到了梁见新阿公、周阿公还有好多人。那时我也和梁枫

她的白发和皱纹在悠长的声音中消散，只有闪亮的双眸和悠长的梦想，似乎是一种魔咒，让沈樱着迷。

一样心里打鼓，对造飞机真没底。可没想到，您真能说服他们。”沈樱感慨。

3

那天的情景，沈樱始终记忆犹新。东辰养老院是由奋进厂的职工俱乐部改造的，住养老院的也都是奋进厂的老职工。梁枫的车子在厂区里拐弯转了好一会儿，才到达养老院。没有修剪的树木疯长成密林，如绿色墙壁，将养老院封闭其中，仿佛是封存住了一段时间。养老院中的各种陈设也停留在上个世纪，保留着工厂仍在的气息。只有陆续走到沈益民身边的老人们，白发、皱纹与佝偻说明着时间仍然在流逝。

老人们步履蹒跚，神情平淡，眼神空洞，鱼贯穿过狭长的走廊，走进兼作餐厅弥漫着辣椒呛鼻味道的活动室。他们聚集到沈益民周围，懒散地随便找椅子坐下，不发一言。

雾气正在窗外聚集，渐渐地遮盖了不多的日光。房间一点点昏暗下去，老人们的面孔也昏暗了。沈樱不由得扣紧衣服，仿佛自己也会被昏暗吞没，丢失掉青春的朝气。

梁见新，梁枫的叔公，第一个开口：“沈工，啥子事情嘛？”

沈益民说：“老梁、老周、大秦、郑工、吴姐——”她絮絮叨叨念了一圈名字，每个被她点名的老人都习惯性地挺背抬头，答应一声。她等所有人都答应完了，停顿片刻，这才继续说道：“我们奋进厂上个世纪选在这乡旮头修建，是为了响应国家三线建设的号召，支持国防事业。这大山里头安全是有啰，可交通生活样样都不方便，气候又潮湿闷热，好多北方过来的人都不适应，但是为了国家，大家都咬牙坚持下来，做出了很多成绩。那时候的日子虽然苦，可大家有心气儿，有干劲儿，把苦日子也过得有滋有味。小梁，把灯打开。”

房间中突然明亮了，拥挤到窗边的雾气再也挤不进来。老人们的眼睛里也有了一丝光芒。

沈益民的声音并不高亢，舒缓平常：“大家都知道老王喜欢飞机。可是老天爷要他做锅炉。做锅炉也很重要，因为关系着千家万户能不能用上电。但老王啊，还是喜欢飞机。尤其在山里下大雨，发山洪、泥石流的时候，他想着要是厂里能有架飞机，那送伤病员出去、运抗洪物资进来得有多方便。厂子里也觉得老王的想法有道理，可这飞机不是一架飞机的事情，还要有飞机场，是一整套系统。厂子里觉得搞不了。老王说他来解决，他要设计一种低空飞机，不用机场，操作简单，可以很方便地在峡谷山林里飞行。可他还没设计出来，形势变了，厂子不用再躲躲藏藏，外迁了，飞机使不上。但老王没放弃飞机的设计，他研究了好多年，设计图纸都堆到天花板啰。临到死，他都在琢磨飞机，还搞了一个专利。这好多年了，他留下的图纸都发黄了。”

老周插嘴：“沈工，您就直说，找我们干什么吧。”

沈益民回答：“想请大家一起造飞机！把老王的设计变成真的！”

沈樱以为众人会像梁枫那样惊愕，然后断然拒绝。但老人们并没有惊骇的表情，都陷入了沉默中。好几分钟后，还是梁见新第一个开口表态：“没得搞。造飞机要钱，要人，要工厂，你有没得？没得就没得搞，不好要。”

“我以前也是这么想。可是我侄孙女来了。她在科技馆工作。她告诉我，可以搞，现在和以前不一样了，现在科技发展，很多零配件都市场化了，DIY 正流行！”沈益民便将沈樱拉到身边，“我们是年纪大身体老了，可脑子还年轻着呢！这儿是

老人们步履蹒跚，神情平淡，眼神空洞，鱼贯穿过狭长的走廊，走进兼作餐厅弥漫着辣椒呛鼻味道的活动室。

罗烜 / 摄
2017　观音桥环道步行街

—— 入围奖　∧

这种新飞机的关键是电磁力场发动机，依靠这个发动机产生的推力升空飞行。

重庆，抗战时候能造木头飞机的重庆！那现在怎么就不能造个飞机？”

“能的，能的，当然能！”沈樱赶紧说，“国内外自己组装轻型飞机的可多了。”

“老王设计的可不是那些组装货。”梁见新解释，“那是个全新概念的飞行器。专门为了重庆勒个地形地势设计的。”

沈益民点头：“对，要不是老王突然就走了，老梁你和他把样机都造出来了。重庆这地方，山城啊，到哪里都有台阶、坡道、高度差。小梁、樱子，你们年轻人觉得重庆魔幻、立体，8D城市，很酷很炫。可对我们老年人来说，出行真是太困难了。就算有车，很多地方车也开不到，只能两条腿。像我这腿脚出了毛病的，那就真只能待家里了。所以老王想给重庆，给我们老年人，制造专门的飞机！”

“那，那真是要造飞机？”沈樱龇牙咧嘴，这才意识到自己误会了。老人家们的梦想比她的更多，“这造新飞机可是很辛苦的。你们都年纪大了，还要搞研发，太累太辛苦了！在这儿待着颐养天年不好吗？”

老人们都笑起来，七嘴八舌回答：“待到逗是看电视、打麻将，没得意思！”“成天闲坐看天气，脑壳都发霉啰。”“我婆娘要是腿不疼了，我也拉她参加。有点事情做，好巴适！”……

沈樱完全不知道该怎么回答，一时间手足无措。

沈益民这才提高声音，号召道：“那同意和我一起造飞机的人举个手。”她先举起手。

一只手，两只手，三只手……房间里的所有老人都举起了手。

沈樱和梁枫面面相觑。

梁枫做个鬼脸，使劲儿举起了手。

沈樱不由得挠头，梁枫就牵住她的胳膊，把她的手也举起来。

桥头的雾气越来越大。刚刚有些曙色的天空又是一团漆黑。沈樱问梁枫：“你那边怎样？”

“路况可以，能看见。”梁枫回答。突然通信中断了。几分钟后，通信恢复，梁枫的声音有些焦急：“前面路堵了。好像有交通事故。我下车看看，等下告诉你。”

沈樱的表情不由得也跟着紧张起来，一低头，对上沈益民关切的眼睛。

“好像有交通事故。梁枫去了解了。”

“嗯。我们还有时间。”沈益民说，“赶得及。”

老人家的声音安稳平静，稳定沈樱的情绪。她往沈益民身边靠了靠，遮挡雾气带来的潮湿。

造飞机的事情就在一片举起的手中确定下来。

“我们都七老八十的人了，一只脚脚都快进坟墓啰。为了飞机拼一次，这辈子莫得遗憾啰。”

“梁工，你以前就是总工程师，你说嘛，要我们哪个干，我们干逗是了嘛。”

“是的啊，数字车床我也开过，要啥新技术学逗是了。”

“厂子里头的车间要是不得行，外头找。肯定能找到合用的。”

……

老人们纷纷发言，激情迸发，情绪热烈，这令沈樱深感意外。看着他们脸上焕发的青春，沈樱觉得只能无条件支持他们，跟上他们的梦想。

“团结就是力量，人有了梦想，就有了行动力。”沈益民欣然，“人尽其力，物尽其用。”

“但造飞机，大概率很难，也许你们特别努力尽力了，也造不出来。”沈樱还是要泼冷水。

沈益民笑道：“那我们就享受造飞机的过程！”

角落里有人问：“这个飞机有没得名字？”

“有的。老王希望它轻便快捷，叫它‘超快’。”沈益民回答。

“要得，勒个[1]名字好！”人们异口同声赞许。

沈益民一锤定音：“那我们这个造飞机的计划，就叫超快计划！”

4

“沈阿婆，是交通事故，有两辆车子大雾里碰撞了。有一个重伤员！”梁枫打开手机视频，现场一片凌乱，“等救护车来不及了！我们要用‘超快’送他！”

“可是‘超快’能行吗？”沈樱问。

“最近的三甲医院十六公里，‘超快’飞行五分钟就能到，准备时间三分钟。周伯已经在拆飞机包装了。”梁枫说。

沈益民拨通了老周的电话。

“沈工，来不及和你商量，老周我就拍板了。救人要紧。”

“雾大，小心！”沈益民叮嘱，挂了电话。

沈樱问：“就让他们去送人了？要是赶不回来，表演可就误了。”

“樱子，‘超快’的作用就是满足人的需求。救人是最重要的需求。”沈益民说，“而且大雾完全不影响它的导航系统，‘超快’的灵活性和机动性正好派上了用场！”

沈樱想想：“那我和组委会说一声？”

沈益民拦住：“不用不用，能赶回来就参加，赶不回来也没关系。我们别给组委会增添麻烦。”

超快计划说干就真干起来了。老人们按照专业特长分出总体设计组、自动化电子控制组，焊接制造组等等，甚至还分出了资金筹备组和后勤保障组。

总体设计组由沈益民负责。她找出老王封存已久的专利设计图纸，他的专利是一种轻型飞机的外观设计——鸡蛋般流畅的外形，与大家熟悉的轻型飞机或者直升机都完全不同。这种新飞机的关键是电磁力场发动机，依靠这个发动机产生的推力升空飞行。发动机连带飞机的内部结构细节，老王都绘制了图纸，但都还没有做出实物来验证。

“他总是有那么多奇思妙想。”沈益民感叹，“我的孩子们都说他在编造科幻小说。”

老周鼓励：“勒个发动机是‘超快’的心脏，关键！沈工，搞得出来勒个飞机逗成啰。”

梁见新的手摩挲着图纸上的飞机，激动地说：“老王的好些设计当时没得条件做，现在不同啰。工艺和材料，沈工你需要啥子，我都能找到加工厂噻。超导材料、碳纤维、

① 重庆话，这个。

记忆金属、石墨烯都能找到，树脂我都要腻了。对了，锂电池方面有新产品，给‘超快’用正好！”

沈益民就打起精神，重新研究老王的设计。沈樱以为会有繁重的计算和繁琐的试验，却不料沈益民在住宅中腾出一个房间，采购了高性能的计算机和机械设计软件，而且还添加了3D打印机。看到电脑屏幕上程序制作出的“超快”发动机结构图，沈樱承认低估了沈益民对现代工业科技的了解程度。

“我们既然活到了现在，当然就要应用现在的科学技术来解决问题。”沈益民对沈樱的惊讶不以为然，“网络可是个大资源库，能找到很多愿意帮我们的专家。”

沈樱佩服得五体投地。这时她的年假用完了，不得不告别姑婆。临行前她反复叮嘱沈益民有任何进展都告诉她，如果需要她帮忙随时说，并强调：“我可是加入了超快计划的哦！精神股东！”

回到家的沈樱迎来了三十岁生日，她请父母大餐，郑重向他们宣布了超快计划。

“姑妈他们真了不起。”沈樱爸爸说，“搞得我都想和他们一起干了。等我退休，我就去重庆！”

沈樱妈妈点头：“有梦想的人都了不起。我们可以在这边帮他们！樱樱，姑婆那边有什么需求随时提啊。”

嘉陵江上的雾浓重了，翻滚上桥，包围了沈樱和沈益民。沈樱靠紧沈益民，建议道：“我们回车上去吧。梁枫他们估计得忙完了才能和我们联络。”

“也好。”沈益民赞同，“你回车上去睡会儿。这两天睡太少了。”

“那是我兴奋，睡不着。”沈樱笑，“姑婆，您改变了我对生活的态度，让我感受到人生得有个目标，但不是物质的目标。把车房这种物质当做目标，只会越来越深陷入对钱的需求中，最终变成了一个挣钱机器，失去了自身的价值标尺。”

沈益民摇头：“不是我改变了你，而是你自己内心做出的调整。你的内心不甘于躺平，超快计划才会吸引你，我们这些白发人的工作才能感染你。樱子，永远只有自己才能改变自己。”

沈樱若有所思。这时沈益民的智能座椅掉头，向桥头停车场移动。沈樱疾步跟上。一团团浓雾被她甩在了身后。

5

沈樱离开重庆前，参加了超快计划组织的一次团建。团建地点就是重庆抗战时期修飞机的海孔洞。这是隐藏在群山之间的一个硕大的山洞，距离奋进厂有一百五十多公里路程。抗战期间，为了安全起见，人们把飞机厂搬进了洞里，并且真的研制出了中国第一架运输机“中运1号”，简称“中运一”。虽然飞机本身并不算是当时先进的机型，但它从研发到制作全部都由中国科技人员自己解决，而且仅仅只用了两年就制造并试飞成功！这令科研人员备受鼓舞，先后又研制出了“中运二”和“中运三”运输机！

回家后，沈樱特意跑去中国航空博物馆看“中运一”复制品。由于战争造成的铝材匮乏，这架飞机的机身和机翼结构都是木头的，外面蒙上三层木板，再包布蒙皮。尾翼也是木质的，只有副翼和襟翼是铝合金打造。就是这样简陋的飞机，却一样凶猛地冲入蓝天，驱逐侵略者。

站在“中运一”面前，沈樱脑海中浮现那天参观海孔洞的情景。老人们并没有因为长途跋涉疲惫，反而兴奋地一起挤在洞口合影，一起比画大拇指做赞扬手势，一起使劲喊：“中国工程师，雄起！”

沈樱打开手机相册，翻出这张合影，越看越觉振奋。她就和“中运一”合照一张，立刻发给沈益民，并留言：“中运一”都能上天，“超快”一定也可以！没有什么事情能难倒中国工程师！

回到车上，沈樱找出了那张照片，给沈益民看。沈益民说：“坚韧不拔、永不言弃、艰苦奋斗！这是重庆人，是中国人的特质！重庆人，还有一种码头工人的义气，特别侠义。”

“所以‘超快’要救人，姑婆您就爽快答应了。”沈樱似有所悟。

沈益民点头：“我听到交通事故那几个字时，就想‘超快’能不能帮上忙。老周他们的反应和我是一样的。我们这个年龄的人，大部分都会这样想。”

沈樱说：“是总会为他人着想吗？”

刘庆丰 / 摄
2016.7.29

—— 入围奖 ∧

沈益民想了想："对，说严肃点就是有大局观。我们这代人受的教育，化在骨子里的道理，就是要有大局观，要为国家和人民做有益的事情。我，这个字是渺小的，只有放在人民之中去，才有意义。"

沈樱再来重庆时，恰逢大雨。烟雨笼罩的北碚寸步难行。沈益民给沈樱讲了"超快"的进展后，给她看老王的相册。册子里的老王从黑白青涩腼腆的少年，渐渐演化成彩色老成稳重的中年，最终以满头稀疏白发的老年结束一生。不管容颜如何改变，他那双眼睛始终闪闪发亮，从相纸上凝视着遥远的空间。

沈樱后来才明白这样的眼睛叫梦想的眼睛，永远闪动着星星，给人鼓舞与希望。而梁枫也有一双这样的眼睛。

"那年我从苏州和工厂一起坐船到这里，老王来接的船。"沈益民说，嘴角的笑容羞涩，"他是北方人，高高大大地站在码头上。阳光一照，特别帅气。第一眼，我就喜欢他。"

从苏州来的沈益民女士和从沈阳来的王国贤先生就此认识。他们被分在两个不同的车间，住在相距着整个厂区的两个集体宿舍。食堂在女工宿舍附近。早上，王先生和沈女士在食堂碰头，吃了早饭后一起步行去车间。王先生的车间先走到，但他会陪沈女士走到她的车间，再返回。午饭，王先生会给沈女士打饭送到车间。晚上下班了，王先生就来接沈女士一起去食堂吃饭，吃完饭他们会在小树林里走一会儿，再去图书馆看书，图书馆九点钟关门后，王先生就把沈女士送回宿舍。

“这就是你们的恋爱故事？”沈樱诧异，“就这样？连工厂都没有出过？”

“就这样啊！”沈益民捂嘴笑，“工作没完没了，哪儿有功夫出厂。我到重庆两年了，才有时间去市中心解放碑那里转转。”

解放碑下，沈女士和王先生合影一张。那个时代还是黑白照片，建筑轮廓分明，人物五官立体。男人白衬衫深色裤子，女人深色连衣裙，靠得很近，却没靠在一起，手轻轻碰着，唇微微咧开，没有大笑，眼角眉梢却都流淌着喜悦。

镶嵌在镜框中的合影足足有十二寸。沈樱看了良久。难道她至今单身是因为家附近没有图书馆，还是说找不到一个人坐在她对面，安安静静看书，偶尔会抬起头来看她？

“我以为姑婆会和我讲老王是如何奋斗，或者他们三线建设怎么辛苦。”沈樱再次向梁枫抱怨，“但却吃了一嘴‘狗粮’。”

“那沈阿婆给你讲老王给她买电脑的事情没得？”梁枫问。

“买电脑得是90年代的事情了吧？还没有呢，目前刚讲到结婚。”沈樱不由得一脸羡慕，“姑婆说拍合照的时候是照相馆的师傅给拉到解放碑照的，她和老王还不好意思牵手呢。”

“那你这‘狗粮’要吃很久。”梁枫笑，“知道沈阿婆为啥子不肯搬走了吧？”

是的，为什么要搬走？坐在客厅里，看着窗外满满的金黄花朵，就仿佛看着那些逝去的金色年华，轻轻摘下一朵，手上便留余香。

窗外是回忆，窗里是几十年柴米油盐积攒下来的烟火，是老王生老病死辗转一生的呼吸和思想，在家具和器物上弥漫。还有一书架飞翔的梦想，正在餐桌上展开的图纸上闪光。

天气终于晴朗了。久违的阳光穿过金黄花朵，在客厅中跳起了舞。沈益民换上酒红色的风衣，挽住沈樱的手，声音兴奋：“走，去看看老梁他们干得怎样了！”

梁枫开着W5载着这两个女人，驶出工厂。沈益民拉着沈樱指指点点，将路过的各种建筑的用处、典故，一一讲给她听。沈樱听着，看沈益民的目光已没有了初来时的茫然懵懂。

那时的沈益民，是爸爸妈妈言语中的一个符号，代表着亲情和父系这边的责任。但真实进入到沈益民的生活后，符号变成了和蔼可亲的老太太，腿脚不好却还爱做饭喜欢收拾院子的老太太，失去丈夫多年却依然享受着爱情的老太太……初来时，沈樱想当然觉得沈益民可能是太爱丈夫所以活在过去，后来发现人家自个儿就是厂里第一批评定的工程师，比老王早两年拿到高工职称。拿现在的话来说，老王是学霸，沈益民是学神，她不愿意去养老院，是觉得自个儿一个人过日子挺好。而且事实上，她也真是把日子过成了花。

“孩子出国的时候，别人都说我把他们放出去，以后可能就回不来了。回不来就算了呗。到了哪里合适了就落地生根。我和老王不都这样？”W5在曲折的乡间公路上行进，沈益民的话语就像车窗外闪过的风景，轻快得不真实。

“后来孩子们叫我去外国，玩儿可以，定居没可能。没重庆小面、油糊糊、烤锅盔怎么过日子？”沈益民说，“我们厂做电厂锅炉，没了锅炉，电厂怎么发电？我可不为外国人发电去。我们来的时候这地方什么都没有，修了厂房修宿舍，还得修路，修学校、医院、食堂、菜园子。对了，我们还修了猪圈，养猪。那年我们养的是乌克兰大白猪，那猪肉腌的腊肉味道才香呢。”

沈益民的话匣子一打开就收不住，沈樱想问油糊糊、烤锅盔是什么食物，愣是没有插嘴的机会。听她絮絮叨叨拉扯往事，看着窗外不变的风景，沈樱竟然有些朦胧的睡意，仿佛坐在苏州河的拱桥上。对了，姑婆偶尔也会提起在苏州的生活。她才知道沈是苏州的大姓，最古老的姓氏之一，出过不少名人。比如沈寿，她可是为清朝的慈禧太后绣过凤袍的人。姑婆谈起苏州菜场门口老奶奶炸的萝卜丝饼、小馄饨和鲜肉汤圆，也如说起重庆小吃那样眉飞色舞。但在那些零散不成篇章的记忆中，最鲜明和生动的，还是工厂的生活，工厂的锅炉，以及老王。

W5经过的路旁，出现一座废弃的工厂。许多建筑已经坍塌，到处残垣断壁，看上去像另一个星球的景象。

“这个厂子是20世纪90年代搬迁的。”沈益民有点小得意，“他们光景最好的时候有将近一万五千名职工。他们还想挖我过去。我没走。”

一万五千人的工厂，那是个热闹繁华的小城市了。沈樱不由得神思天外，扑进时空隧道，返回六十年前，却发现对这个工厂一无所知，想象不出任何生产细节。

沈樱就问：“什么厂子要那么多人？”

“军火厂。”沈益民将手指放在嘴唇上，默默念出三个字。她淘气的动作仿佛第一次说出这三个字。“我们那时候，问这个问题都是不可以的。这里是保密单位，有解放军站岗呢。”

沈樱的瞌睡虫顿时灰飞烟灭，她立刻仔细看向窗外，指望能发现些当年的蛛丝马迹。

“早就搬走了。他家会经营，先是分了一个部门去渝中区做消防安全产品，赚钱后把军工部分也搬走了。”沈益民说，“看到那条路没？进去就是火炮总装车间和靶场，打火炮的靶场。”

“现在那边车间出租给搞烟花的人了。”梁枫说，“隔三岔五逗开新品放映大会。沈樱你要感兴趣，到时候我带你去看。”

听到梁枫叫自己名字，沈樱不由得挑动眉毛，一股奇特的神经电瞬间传遍全身。

“那个山沟中的房子是火炮总装车间。樱子，你能想到吗？就在那里，工人们造出了几百门重型火炮！”沈益民激动地说，“自卫反击战的老山轮战，用的就是这儿生产的122毫米榴弹炮！”

姑婆的情绪影响了沈樱，她也不禁情绪亢奋，手舞足蹈。

梁枫笑道：“勒你逗觉得了不起了？你要看到我叔公他们干的活儿，那才叫绝！”

6

“超快”的研制基地就在火炮总装车间附近，竟然是在一处隐秘的山洞中。山洞中曾经有兵工厂的车间，所以水电等基础设施都在，加上地方宽敞，凉快僻静，就成了“超快”研制基地的上佳之选。

沈樱记得梁枫和她视频，看到这个山洞时的惊讶心情，现在更确定了：“这里好像海孔洞啊！”

“是吧，你也这样想。沈阿婆他们也楞个想的。”梁枫哈哈大笑，“勒简直就是天赐神洞啊！‘超快’一定能做出来。我们现在都管勒个洞叫海二洞。”

网络中的重庆给沈樱的印象是像一个玩世不恭的放浪青年，变着法儿地吃喝玩乐，但又有魔法点石成房，把城市变幻成曲折的立体迷宫，还有过江的索道、穿楼的轻轨、百米深的滚梯……这放浪青年有无数面目，但就是没个正形，好让沈樱心生仰慕，钟情于斯。但这所谓的网红重庆印象，在她到过北碚的乡间，进过遗弃的工厂，和退休的老三线人吃过饭后，便化为乌有。奋进镇磨滩河畔的那些三线工厂，奋进、东风还有保密的军工单位等等，才是重庆这首交响乐的第一乐章，奏出了交响乐雄浑的核心主题。真正的重庆，是隐藏在那些沉默扶担的挑夫中，在朝天门码头扬帆的水手身上，在背朝蓝天面向嘉陵江水的纤夫的汗水里……真的重庆是仪表堂堂的汉子，双肩承担风雨，双足稳步前行。

重庆在沈樱面前卸下了花与蜜制成的面具，露出钢筋水泥的骨骼。

沈樱一时间心驰神往。站在海二洞深处，她竟然热泪盈眶。

海二洞的洞口很大，一条土路通往洞中深处。沿途有些三线时期兵工厂修的二三层房子，现在只剩墙了。车子继续行驶了五六分钟后，突然停下。

沈樱花了几秒钟适应环境。然后，她看到一块平坦的场地，足足有一个足球场那么大。场地上有许多机器和装置，一些年逾花甲的老人正在其中走动。

梁枫按了按车喇叭。很快，一个老人便回应了他，声如洪钟：“娃娃，你终于来了？你再不来送货老子逗要断粮啰！”

沈樱听出是梁见新的声音，很是亲切。

梁枫嚷嚷：“带了带了，还有沈工和她侄孙女！”

“啊呀，勒里黑黢黢的地都不平，沈工你来干啥子！”声音越来越近，梁见新胡子拉碴地就出现在车前，“你在屋头等到我们汇报逗是了嘛！”

“来看看啊。”沈益民跳下车子，沈樱赶紧扶她，老人家不在意，嚷嚷：

梁枫的表情和梁见新的白发，还有姑婆手中老王的飞机模型，叠加成一张生动的图片，在沈樱眼前晃动。

刘庆丰 / 摄
2022.7.6 盘龙立交

—— 入围奖 ^

“在家太无聊了，没得和你们在一起来劲。”

梁见新不高兴，命令梁枫：“勒洞里头要建个通信基站才得有信号，梁枫你再给我催一哈，赶忙把通信问题解决了。”

梁枫说：“勒两天大雨，做基站的耽误啰。我刚刚已经给他们打了电话，明天逗来装。”

“那逗好，沈工可以视频看勒边工作，不用来回跑了。”梁见新其实也有七十八岁了，但腰板笔直，说话底气十足。

“梁爷爷您这精气神，像个小伙子。”沈樱由衷赞叹。

“咱们工人有力量！”梁见新笑道，“一想到在造飞机，我心情逗特别好！”

说话间，他们走近了那些机器。忙碌的老人们纷纷放下手中的工作，过来和沈益民打招呼。老人们腿脚矫健，神情兴奋，如果不是蓝色条纹棉服上的“东辰养老院”字样，没人想得到他们都是年过六十的老人。

老周笑：“沈工来得正巧，一号样机才组装好！”

尽管看过很多次图纸，也看到过一些零部件的图片，但沈樱还是勾勒不出“超快”实物的样子。所以眼前的“超快”带给她一种实在的质感，她甚至可以敲打它。

“钛钢的。”梁枫提醒她，“莫给敲坏了。勒壳子是最贵的！”

沈樱赶紧缩手。她忽然明白怎么形容“超快”了，笑道：“它就像神舟飞船返回舱的透明瘦身版，没旋翼，没尾舵。”

梁枫说：“勒样它才能在狭小的地形垂直起降，随意飞行，而且稳当。最重要的是得能适合老年人开。”

“那现在样机能飞了吗？”沈樱问。

“还有好多工作要做。要真到能实用飞起来，还有好多手续。我很怕最后原型机进博物馆，利老方案变成抽屉里的文件。而让老年人改善出行条件的想法最终还是梦想。沈樱，你能想想办法不？”梁枫认真地问。

梁枫的表情和梁见新的白发，还有姑婆手中老王的飞机模型，叠加成一张生动的图片，在沈樱眼前晃动。沈樱心潮澎湃。

沈樱就想啊想啊使劲儿想，忽然，有主意了：“我们搞个未来飞行器表演大会！做概念机和原型机。吸引关注就有可能吸引资本！而且还能取得政府的资助。”

梁见新和沈益民在一旁听着，沈益民故意说：“这太难了。造飞机我们还有点想法，这表演大会完全没概念啊，搞不得搞不得。”

梁见新不高兴，驳斥：“沈工你啷个泄气了啊！上个世纪的北碚，卢作孚先生要兴办实业，难不难？一无所有的乡村要搞现代化建设，难不难？晏阳初、梁漱溟、陶行知三位大家要办教育，难不难？但他们不都克服困难做起来了！梁漱溟在金刚碑创办勉仁书院，陶行知在北温泉创办的育才学校也开班，歇马镇现在还有晏阳初创办的中国乡村建设学院遗址！”

沈益民说：“可我们什么都没有。厂子都破产了。这个原型机能不能飞还不好说。”

“我们有智慧的头脑！有双灵巧的手。还有楞个多年生活工作积累下来的人脉！”梁见新嚷嚷，“沈工，我们还有沈樱、梁枫勒样聪慧能干的年轻人，只要想干，哪个可能干不起来！”

梁枫问沈樱：“你真要搞表演大会？”

沈樱环顾四周，围拢来的老人们双眼熠熠发光，她挤对梁枫：“干啊，不是你要我想主意吗？你要打退堂鼓？”

梁枫跺脚，大喝一声：“好！那我们逗来干。沈樱，如果我搞得成，那你逗留下来，留在北碚吧。”

沈樱脸红，心跳都快了几拍，不知道这话怎么接，却听梁枫继续说：“那勒个表演大会逗能做成事业了，不比你在啥子科技馆写展品说明强？”

沈樱才明白自个儿想偏了，恢复镇定：“好，说干就干！我们开个策划会议吧。”眼光扫到沈益民身上，老人家对她竖起了大拇指。

7

“各参加表演大会的团队注意，由于大雾影响，第一次点名将推迟三十分钟。”手机上出现了表演大会的官方通知，沈樱顿时松了口气。

“太好了。这样‘超快’就不会耽误比赛了。组委会反应及时，不错。”沈樱心头一块石头落地，语气都轻快了不少。

沈益民笑：“最想把大会办好的就是组委会啊。樱子，组委会还是你联络筹备的呢。”

沈樱永远记得那些制造“超快”的日子，那些策划表演大会的日子。极少有人相信姑婆这些老人可以造出飞机，老人们的儿女为了哄他们开心，帮他们从全世界搜集材料，募集资金。个人造飞机虽然不再是天方夜谭，但要打造一个未来飞行器表演大会，需要足够多有创新的飞行器，能找到这些飞行器并说服它们的制造者报名吗？

东辰养老院的院长负责办理表演大会需要的手续。梁枫找到大学的师兄拉投资。沈樱才知道梁枫其实是个斜杠青年，在歇马镇做物流服务人员完全是个偶然。梁枫还没有找到他的人生道路，一开始支持老人们做飞机制造，只是不安分的灵魂的兴趣之举，他需要走出舒适圈，挑战自己的能力，让自己的人生更进一步。老人们让他看到，在自我实现的道路上，只有心态的差别，没有年龄的约束。

市区领导不太理解表演大会的意义，院长把领导带到海二洞，沈樱和梁枫也一起陪同。洞里的建筑残骸已经清理干净，墙上重新刷了“争分夺秒，向时间要效率”的大红色标语，场地上的电缆和网线数量加倍了，老人们用修理好的老车床手动加工零件。沈益民亲自给领导讲解“超快”的工作原理。“超快”试机发出刺耳的噪声，却让在场的所有人都兴奋。置身其中，任谁都会被老人们的情绪感染，仿佛看见昔日工厂中上万工人匆忙的身影，听见机器运转的轰鸣，以及激情高亢的广播歌曲。一切都变得振奋起来，甚至连洞外树上的蝉鸣声，也仿佛是在起劲喊着“加油”！

“你们都是爷爷辈的人啦，还楞个努力！我们小辈哪儿有理由不支持啊！”领导连声说，“有你们勒股子精气神带着，大会肯定能成功！”

大会的报名海报一经网络传播，竟然成了热点。民间航空爱好者奔走相告，报名的团队遍布世界各地。最后经过组委会筛选审核，居然有二十七架飞行器满足创新和实用的条件，取得了参赛资格。这些飞行器中，有装了折叠机翼可以从汽车变成飞机的飞车，有用镁合金与钛合金制造流线型机身的双旋翼飞机，有轻巧的旋翼固定翼复合式飞行器，还有飞艇、磁悬浮飞板、具有多条机械臂的球形飞行器……很多参赛作品看上去不怎么符合飞行原理，却都奇迹般地成功飞行出大会需要的飞行距离。

在准备比赛的过程中，沈益民不由得感慨，现在的人们真有钱啊，也就是在中国，工业体系发达，才能顺利找到发动机，找到各种需要的零配件。

沈樱电话铃声响起，听筒里梁枫的声音平静了许多：“伤员进急诊室了。我们现在飞回来。还要十五分钟。来得及不？”

“来得及来得及。”沈樱赶紧说，“大会时间推迟了，要等雾散呢。”

“要得，那我们直接飞会场。”手机中换了老周的声音，“等哈儿你们逗看好吧。”

“别得意。慢点。”沈益民提醒。

“要得。‘超快’真是给力，操纵起来安逸得很！”老周说，“比试飞时候表现又上了个台阶。”

“回头我们好好总结下。专利申请通过，就可以考虑量产了。”沈益民说。

沈樱看到，沈益民的面孔生动明亮，宛如青年。

七点钟，浓雾不仅随着太阳的升起消散，还带走了炎热。江风吹来一阵小雨。雨后青山绿水，凉爽清澈。沈樱陪着沈益民回到桥上，找到观众区中的座位，刚刚坐下，表演大会就开幕了。

第一个出场的是一架轻型空中汽车，可以陆行也可以飞行。汽车从对面高速桥下起飞，掠过江面，稳稳落到碚东大桥上。汽车收起机翼行驶了二十米，又展开机翼飞回高速桥。这番操作引起观众雷鸣般的掌声。

一架又一架飞机飞过来。沈樱看着它们，想到自己几次三番到重庆来，竟然一直待在北碚，没有去千厮门大桥上看过洪崖洞绚烂的夜景，没有去坐穿过李子坝高楼的轻轨，没有去云端之眼俯瞰一江半城的风景，没有坐索道横跨长江感受天险魅力……就只上过碚东大桥的螺旋引桥，只吹过嘉陵江的风，只

听见机器运转的轰鸣，以及激情高亢的广播歌曲。一切都变得振奋起来。

无数次在乌漆麻黑的夜里坐车穿过乡村，去海二洞“超快”基地。就只在“超快”的历史中掺和了一下。

对的，“超快”一定会成为轻型飞行器中的佼佼者，会改变人类飞行的方向，成为历史的书写者！

沈樱心里给自己叫声好！

这时沈益民将手机递给沈樱，她父母正在屏幕里面笑。

“我们都在看直播。”沈樱妈妈说，“你上次回来拉赞助，哈哈，我们终于投资对了一次！”

沈樱爸爸夸赞：“这场面真好看！闺女，你了不起！”

沈樱脸红，赶紧把手机还给沈益民，真挚地说：“姑婆，您实现了姑公的梦想，您才真了不起！”

“我们都了不起！”沈益民笑起来，像个娇俏的少女，“樱子，不管‘超快’以后怎么样，我都会和梁见新他们一起，继续发明创造。我们也要像你们年轻人一样，搞一个创新公司！”

姑婆羞涩而自信的笑容非常有感染力。沈樱也笑起来，撒娇道：“姑婆，我为了‘超快’都还没看过解放碑，您得带我去看。”

“姑婆腿脚不好，让梁枫带你去。”

“那姑婆您请我吃饭！我要吃土灶砂锅米线、三溪口豆腐鱼、幺妹猪脚面、松针老蒸饺、豆花饭，对了对了，还有九宫格老火锅！”

“姑婆老了，可吃不了这么多，让梁枫带你去吃吧。”

沈樱还想再说什么，沈益民跺脚叫：“‘超快’！‘超快’起飞了！”

“超快”飞过来了。它已经由原型机的粗糙丑陋汉子变成了流线型的娇小姑娘，漂亮得像一颗珍珠，迎着灿烂的阳光轻盈地飞出准备区，飞过高速大桥，飞到嘉陵江上。“超快”忽然接近江面，稳稳悬停了两分钟，才飞到碚东大桥上。珍珠表面滑开，露出两个舒适的座位。梁见新和老周坐在里面，银装白发，意气风发。桥两旁的观众以及线上看直播的人们都沸腾了，欢呼声鼓掌声此起彼伏。

沈樱拍红了手掌。手机中梁枫闪现，他笑道：“我叔公和老周今天要做网红！”

“肯定做得成！”沈樱一边笑一边感慨，“我姑婆，你叔公，还有养老院的老人们，只要他们自己不放弃，就能站上C位！”

“那你呢？”梁枫问。

“我？我早就不‘躺平’了。”沈樱激动地说，“我要把姑婆他们的故事，他们的创造告诉每一个有梦想的人。有梦想的人了不起，把梦想实现的人更了不起！”

“那你还回去吗？”

沈樱抿嘴一笑。

浓雾不仅随着太阳的升起消散，还带走了炎热。江风吹来一阵小雨。

三峡之旅

的确我曾在川江上遇到了各种各样的人。他们大部分像逝去的流星一样，不再与我相遇。他们的面容也如远看的江峰，不再清晰。

文 / 韩松

罗翌熙 / 摄
2020.6.4

—— 入围奖

一九九六年夏，我和妻子在重庆上船，准备顺流而下游览长江三峡。

明年，因为三峡大坝施工，大江就要截流了。而再过不久，整个三峡也将陷入一座漫长的水库之中。

我们难以遏止一睹三峡逝去前它真实面目的欲望，这也是许多游客共同的想法。在这种情况下，长江上形成了“告别三峡”旅游热，传播媒体对此也予以广泛报道。

其实，我本人倒多次途经三峡，只是我的妻子却一次未去。因此，这次出行多少是为了满足她的愿望，也是为了我蓄念已久的告别。

这天清晨，我们在朝天门码头上船。从沙嘴看去，四周的山城笼罩在紫烟之中，像是要蒸腾而上的仙境。

人实在是多，跳板晃得很凶。偶尔低头，见木板缝隙下疾奔的江水太黄，勾起儿时坐轮渡的记忆。

我本人是重庆人。记得小时候，这段长江上是没有大桥的，要到南岸舅舅家去，唯一的交通工具便是轮渡。

乘坐轮渡是我每年最兴高采烈的事，因为船到江心，我可以和弟弟比赛朝水中扔鹅卵石。

而今，这一切童趣已不能复得了。

正走神，手上的行李不小心被擦身而过的人碰掉了。这时，后边有人帮忙拾起来，递到我手中。

我看到一张脸，吓了一跳，因为这张脸有半边是被火烧过的。

我心一颤，心情犹如晴天听到一个响雷，并在这动人的长江边闻到了电线焦煳的气息。

这个汉子，三四十岁年纪，朝我和妻子笑笑，抱了抱拳，大步超过我们上了船。

此后我们在餐厅里还见他来着。他和一帮重庆汉子喝酒划拳。妻子是北方人，没有见过这样的人，有些害怕。

我说，出门在外，尤其是川江之上，能遇见各种各样的人。

的确我曾在川江上遇到过各种各样的人。他们大部分像逝去的流星一样，不再与我相遇。他们的面容也如远看的江峰，不再清晰。

其中，有的是姐姐的熟人。在过去很长一段时间里，在我要单独乘船旅行时，她就托他们照顾我。

姐姐长得很漂亮，而我外公在长航工作，他们认识很多跑水路的人。

船员们也都看她面子。我曾经以为他们中的一个将成为我未来的姐夫，但末了却不是。

姐姐最终找了一个知识分子，可见她早有心计。然而我正是从这些船员的身上初初领略了世间的人情世故。

这些梦想着娶姐姐的水手为我殷勤地送来船员伙食。他们从船上的图书室中借书给我看。他们帮助我逃票。有时，还给我讲他们的故事和经历。

比如，有一位告诉我：船靠岸时是最危险的时刻。因为那水流在船与趸船之间改变了速度。

这几乎成了我一生中处世的警句。

然而这位有惊人之语的青年与其他船员一样，都没能被有惊人之美的姐姐看中。我现在想他们仅仅是被姐姐利用。而我早记不清他们的长相了。

姐姐脸上也出现了皱纹，变得十分难看。

这时，我便对姐姐泛起一种复杂的心情。许久，不是姐姐，而是我，仍有一种亏欠水手们的感觉。

但姐姐和她现在的丈夫的确是在船上认识的。当时，那人讨好我，跟我说话的次数，远远多于跟姐姐。比如，他在船上悄悄问我：“你有没有看到过姐姐跟别的男人在一块？”

我记得，当时，船正从壮美的瞿塘峡口驶出。而他，却问了这样的事。

姐姐成了这个男人的老婆，使我好长一段时间闷闷不乐，若有所失。

我正是怀着这些回忆去三峡的。

我已结婚三年，懂得了什么是往事如烟。

不一会儿，船离开了重庆港，两江汇合处的半岛像一只锚一样被割断了，这把我的心又一下荡回到了童年。

我想起了金竹寺的故事，那些居住在水底的神秘和尚。然而，这时一个粗哑的声音打断了我的思绪。

“劳驾，有火吗？”

那张火烧的脸又在一旁浮现。

我忍住惊惧，借火给他。

他给了我一支劣质香烟。他说他是重庆第七棉纺厂的工人。他和他的同伴要到长江中游的城市去找工作。他们的工厂已经破产……

破产是今年很流行的名词。

这时我们身处川江。水面犹如上坡。这其实是一种我独有的视觉错误，始于少年时代。

“文革”时期的标语仍然在光秃的山壁上隐约可见。一些用马达驱动的木船在客轮边上驶来驶去，喧闹不已。

川江使妻子在甲板上跳跃。这个在北方平原长大的姑娘从没乘过江船。豪爽的她亦因此变得如我们家乡姑娘般温柔贤惠，一刻也不敢离开我。

而对于我来说，这久违的景色，多少引起了我的伤感。

少年时代，我曾经多次梦想过在这梦幻般的长江上航行时，身边有一位红颜知己。这直到今天才成为现实。

然而，我也感到，如今并没有当初设想的那种强烈兴味。

这使我觉得自己不再年少了。

我是在长江上情窦初开的。读中学的时候，我在长江上航行，对于自己的衣着已开始注意。我总希望在甲板上遇上一个能与我终身相伴的女孩，这正如书中的浪漫故事。

据说有位著名诗人便是在旅程中巧结良缘的。

高中一年级时，我乘船从武汉回重庆。同舱有两个女孩，长得健康活泼。一位十八岁，一位二十三岁。

“你是否去上大学？”其中一个问我。

我非常惭愧，也非常悔恨。

“看他的样子，将来一定会被老婆管得很严吧？”她们窃笑着悄悄耳语。

船靠巫山，我们一道下船进城。她们硬要在这小县城中购买什么衣服。等我们回到码头时，船已经鸣笛启航了。我跑得快，从船尾处跃上了甲板，而她们则落在了巫山。

我默默地站在船尾听着她们呼唤我的名字。往后的一段时间里，我悉心照看着她们的行李，想象着她们留在床上的气息。我让熟识的船员帮忙把行李送到她们要去的万县。

我在行李中留了一封信，倾吐了我的思念。而我也分不清是针对谁了。她们在我心中，幻化成了一个人。

不料十天后，她们竟找到重庆我的家来了。她们对我照看了她们的行李感激不尽。后来我和其中一位通了半年的信。她们是湖北人。

“还交上了一位女朋友！”外公用嘲笑的口吻对我说。

但她没多少文化。当意识到这种想法和行为的幼稚时，我脸红了。

我拼命考上了大学。在大学中，我交上了正式的女友，是我的同乡。

那年社会很乱。我帮她买了船票，把她送上回家的船。我则准备留在校中，因为校方并没有宣布放假。

“真想跟你一道回去。”送别时，她说，用一块小手绢揩去我脸上的汗水。

“你先回吧。我随后来找你。”

但这一去，她便投入了别人的怀抱。

现在回想起与她的结交，我羞愧难当。

我最近一次航行三峡是在一九九二年夏天。当时我和一位男同事暗恋着两位女同事。然而她们均已结婚。

我和这位男同事撺掇她们一块去旅游。她们竟痛快地答应了。这出乎我们的意料。

然而真正人在旅途时，我们却胆小起来。除了把她们照顾得无微不至外，关键的，却不敢表白。

我们在甲板上观赏风景，在船舱里打扑克，嘻嘻哈哈便把时间度过了。

但她们到底出自什么考虑，要和我们一道旅行呢？这至今不得而知。

“哇，看这张牌，是谁要交桃花运了！”一次，她们中的一个——我喜欢的那个——指着打出的一张皇后说。现在想起来，是不是有一些挑逗的意味？

还有一次，当夜色降临后，在栏杆边上，她谈到了寂寞。

“我经常一个人在家里。我把所有的电器都打开……”

我的心蹦跳起来，却畏惧地没有顺她的话往下说。

这时，她的同伴孤单地站在甲板另一边。她便说：“她真可怜。让她过来跟我们在一起吧。”然后我又把那个男同事叫了出来。我们又嘻嘻哈哈起来。

船过三峡了。她们很失望，吵嚷着景色不过如此。我和同事默默坐着。

那次是我唯一一次在宜昌下的船。然后我们去了神农架。我们玩得开心和劳累，忘了其他。回到北京后才又感到失落。

一年后，她与她丈夫将去美国。当我知道这个消息时，便有意避开她了。在最后一次遇上她时，她说：“你这段时间怎么不给我打电话？”

她走后，我与她的那位同伴倒是经常相遇。我们没有再谈到三峡。只是在今年，正当我和妻子筹划去三峡时，我在地铁口碰上她，她说：“某某明年初就要回来……”

这就是天意吗？

那个火烧脸，他的老婆会是什么样的人呢？我突然好奇地想到。

而在长江上，事件和情感是会有终了的吗？

江面浑黄，船似乎在泥水中跋涉，有时也犁开造纸厂排出的大片白色泡沫。

妻子开始显露惊异，称她以为长江比之黄河，应是如何如何。

我告诉她，每年洪水都带来大量的泥沙，使长江呈现出这种凝重的色彩。认为长江至清，那是大谬。

然而正是这种厚积薄发，使长江成为一条让人猝不及防的江。

我告诉妻子，有一年涨大水，在葛洲坝船闸中，浮着一层层尸体。于是有关部门派人打捞。打捞工站得高高的，围观者如一尊尊神像，背对太阳而面目模糊。

捞一具尸体的报酬是十元钱。这吸引了当地很多民工。

然而，听了我的讲述，妻子像婴孩一样睁大眼睛，一点也不害怕的样子。

我接着讲，还有一次，江上浮着一具绿色的尸体，像商店里卖的玩具娃娃一样，就在左舷，一刹那就过去了。

谁也没想到尸体的流速竟然那么快，像是死掉的人受到附体灵魂的支配。

听到惊叫声走出舱来看的人，都失望没能看到这具浮尸。

长江的凶险可见一斑。而今年的洪水据说很大，之前我们还在报上看见如下的消息：

近日受长江流域部分地区连续大到暴雨的影响，长江支流沅江、资水发生大洪水；洞庭湖、鄱阳湖水位持续上涨；长江中下游干流普遍超过警戒水位。据湖南省提供的情况，从7月8日至15日，全省共有12个地市56个县（市）受灾。

为支援湖南抗洪救灾，国家防总已紧急调运500条橡皮舟、3000件救生衣、2000只救生圈等抢险救灾物资到湖南。总参派出6架飞机支援地方抗洪救灾。

“不会出什么事吧？”较少出门的妻子担心地问我。

“不会。”我肯定地说。

重庆城在船尾消失了。江面对于一般人来讲变得索然无味。我们便往船舱走回去。

在经过一个舱室时，见火烧脸和他的同伴在打扑克，这时正抬起头来，朝我咧嘴一笑。

回到舱中，妻子说：“这个人真让人难受。”

“他不过受了伤。他已经够不幸了。”

“不。我是说他眼中有一道凶光。”

“这我倒没注意。不过，现在的人，谁的眼中没有一点凶光呢。”

“你就没有。你这人太老实。”

妻子怜爱地摸了一下我的脸。

我们住的是三等舱。同屋还有两位客人，是去宜昌出差的。我们和他们不太多说话。他们看我们是夫妻，也不来打搅。

刚过忠县，江面起了对面不见人的大雾。

这样的情形我只遇到过一次。那次是走上水。大概距重庆还有半天路途，突然长江上降下大雾，船开始减速。

舱里的旅客都沉默下来，坚持着打扑克。突然有孩子尖叫了一声。

暴雨便倾泻了下来。

打捞工站得高高的，围观者如一尊尊神像，背对太阳而面目模糊。

我冲上甲板，已看不见江面。船再一次减速，但仍在行进。

不久，便听见了自下而上的撞击声。船身一震。我心想，触礁了。

船停了下来。不一时，江面上泛出油渍。人们都涌到甲板上观看。船上的喇叭广播说，希望旅客不要集中在左舷，因为船倾斜了。

大家才回到舱里。我们开始找放救生衣的箱子。但一会后，船又行进了。

大人们又咬着牙开始一圈圈地打牌。

我们的船晚了十个小时才到重庆。岸上的灯火犹如一只只伤风的眼睛。我像来到了一个专供宇宙飞船系泊的港湾。

故乡，我已不认识了。

此时的大雾使我害怕暴雨重来。但竟然没有来。雾中似乎有一些光亮物，看不清楚。

客人们站在甲板上议论纷纷。

我坐在舱中，忧虑着客船出事。

外公曾给我讲过长江上海损的故事。

20 世纪 70 年代，一艘大客船在峡谷中触礁。月黑风高，孤立无援。船长决定弃船。船员们放下了救生艇。

一个女船员快上艇了，突然想到钱包还在舱里，便回去拿钱。

她拿了钱出来，长头发却被门卡住，急切中挣扯不开。她就这么眼睁睁看着水漫上来，漫上来，漫上来……

外公的语调已经随神色而低沉，使我真的看到黑黑的漩涡和深潭。而女人，那时还没有占据我心灵。

海损的恐怖与正常情况下的峡光山色形成鲜明的对比。

在大多数情况下，我们飞舟掠过三峡时，看到神女峰的玉容，并不能与垂死女人因绝望而难看的脸庞相联系，而实际上骨骸就在我们足下几百米处。

长大一些后，读到了宋玉笔下将自然风景与女人的交融，那么一种文中的自慰，是否消解了对行舟的恐惧呢？

但流传下来的总是宋玉的文笔。

我们等待雾散去，期待着神女峰（她也与死亡有关）在次日能够如约出现。但雾老不散。一阵撼人心腑的长长响声传来。下锚了。

雾中，我听见了甲板上跑动的脚步声。

“出了什么事？”妻子不安地挨紧着我。

我安慰她：“不要怕，雾散后，就会开船的。”

脚步声来来往往，像天堂里的神祇，在云中走动。我试图开房门去看。房门却打不开。有人从外面把它锁住了。

“怎么回事！谁开玩笑？”我有点气恼地叫道。没有人搭理。是小孩子恶作剧吧？可是，他哪来的钥匙呢？

我打开窗户。外面的脚步声大了起来。但雾气太大，我只能隐隐地看见人影。

我朝他们大叫：“喂，帮帮忙叫船员。我们的房门不知怎么被反锁了！”

没有人理我。一种出事的恐惧袭击着我。船出了故障，大家都在逃命。

我觉得不能再犹豫了。我想到罗马尼亚影片《爆炸》。70 年代的人是怀着神秘的态度去观看这部内部影片的。那艘大船陷入的灾难，非常真实。

我和同舱的人开始撞门。它很快被撞开了。浓雾滚涌进来，充满了房间，像是毒气。我与妻子互不能见。

我拉着她的手，走上甲板。我记得救生船在舷尾。我们便朝那边走去。我们同一些走动的身影交错。他们是旅客吗？还是水手？

我拉住一个身影，大声问道：“这是干吗？”

他答非所问：“快去占领轮机房！”

“为什么？出了什么事？”

“你是谁？”他反问。语气中有一种警惕。

另一个身影过来：“磨蹭什么，快点啊。”

两个身影顾不得我，都跑走了。

妻子说：“我害怕。咱们还是回去吧。”

我没了主意。

这时喇叭响了起来：“旅客请注意。旅客请注意。现在广播通知。船上发生了紧急事态。为保障大家的安全，请不要随便离开你们的舱室。”

妻子说：“回去吧。”

我说：“我想看看，出了什么事。是不是需要弃船。”

然而她却坚持。我们便摸索着回到了舱室。那两个客人也回来了。

刘庆丰 / 摄
2015.12.5 长安福特生产线

—— 入围奖 ∧

外公的语调已经随神色而低沉，使我真的看到黑黑的漩涡和深潭。

“到底出了什么事？”

“好像是旅客和水手发生了争执。打得非常厉害。船长和大副都被关到底舱去了。旅客占领了这艘船。”

“不是海损吗？”

“不是。”

“我还没听说过有这种事情。”

“这是确切的消息。”

“那我们怎么办呢？”妻子问。

“等等吧。看事情怎么发展。只要不是海损，一切都好办。”

自然界的毁灭那才是真正无法抗拒的。但仅仅是人与人之间的打斗，便是小事一桩了。我稍稍放下心来。

在等待中，我通过讲我在长江上的经历来安慰受惊的妻子。

我原来乘船，一般都坐四等舱。但好奇的我常到底舱去巡视。

底舱是穷人坐的。在地上简单地铺一床篾席，一家几口便挤在上面。有的人连底舱也没住进去，便只好整日待在甲板上了。他们大都是川东的农民。

这些农民几千年来到处闯荡。四川人以天下为家，在我看来与浙江人的闯荡在趣味上有一种说不出的不同，也许是这浑厚的长江和夹岸高峰造成的吧。

少年的我在长江上旅行时，常常清晨五时便自动醒来，来到甲板上观望江景。黑色的山峰一层层往后退去，令人非常吃惊，甚至慌乱。心里着急地寻找词句来形容，但就是找不到。这时便要崇拜起刘白羽来。

同时，我也暗骂在甲板上呼呼大睡的农民。

中国人真是素质太低啊，在这伟大的造化面前，怎么能不起来观看呢。

今天，却为当初有这种想法感到羞耻，并感到刘白羽的迂腐、幼稚和好笑。

夏日炎炎，整个是洪水的世界。当船儿顺着这股水流御风而下时，两岸有多少人流离失所，背井离乡。死亡紧追着他们。

从底舱，最能真切地感到这江水的流速。说这水流像箭一样往后飞射，像脱缰野马一样往后狂奔，是非常恰当的。

千里江陵一日还，便是一种近在咫尺的感受了，并且那样的惊心动魄，宛如挟裹着无数血泪。

段美佳 / 摄
2021.2 慈云寺和来福士同框

—— 入围奖 V

然而，远方的岸仍然是走得好像一动不动。采石工裸着闪亮的上身，一锤锤地敲打着巨大的石材。

船经过时，他们便直起身来，停下活计，漠然地投来目光。

我常常避开这样的目光。

这种感觉，在进入大学后，形成了对宇宙、时空和人生的一种不可思议感。对相对论的迷恋也产生了。正是在我读书的武汉大学（位于长江中游），成立了中国第一个不明飞行物联谊会。

楚人的故园中，有着一种什么样的神秘背景呢？

我一边向妻子讲述以上事实，一边希望找个人了解正发生的事情。但我看不见少年时熟悉的水手。难道所有的人都被关入底舱？

于是我又记起了少年时与水手们相处的情形。

他们围着我，拿我开心。

"一看逗是个书生。会不会打牌？"

"打牌都不会。你二天哪个找婆娘哟。"

"别个大学生还愁找不到。像你个龟儿，天天在船上搓麻将，一趟水上岸，回屋看到婆娘跟别个睡到一起。"

"老子捶死你个狗日的！"

"莫乱来莫乱来。看把读书人骇倒了。"

"二天来找你，你认不认得我们？"

我说，当然认得。

"打胡乱说。你还会认得我们！"

……

这么多年后，他们都上岸了吗？进了工厂吗？工厂如今破产了吗？他们还打麻将吗？90年代的水手又谈论什么话题？

我感到隔膜带来的恐惧和忧伤，突然觉得这船这江都不再熟悉。

我像一个老人一样过早地沉湎在回忆中。这是死亡的前兆。

我看身边的妻子，想象她年老时的样子，头上生出丝丝白发，心里一阵恶心。

我于是期盼着船儿快些起锚。也许不定什么时候船就走了呢。

"这就像在万县的时候。"

"万县？"

"我们在万县也遇到过雾。但后来还是及时赶到了瞿塘峡口。"

我们的船总是停在万县过夜。天热极了。早上，人们仍在甲板上睡觉。把他们扔进长江里面都不会醒来。

这艘船会突然行进吗？在这雾中？——或许，它现在实际上正在行进，只是已脱离了长江！它在做星际旅行！

我突然泛起了这种诡异的想法。但我没有把它告诉妻子。

我想起了清晨船离开万县的情形。船后面往往悬着一轮黄铜镜子般的明月，像飞碟一样紧紧跟着大船。两旁的山峰越来越高，仿佛一簇簇模糊不清的凝重雾气。水面不断地裂开和徘徊。

正是这种超自然之震撼，使我刹那间感到船已不再是船。

……

门突然打开了。

"你们在谈论什么？"

声音很熟悉，但不知是谁。我们四人不再作声。

"不要传谣信谣。已经广播了，出了一点事。不过很快会好的。你们不要到甲板上去。那里危险。"

"你是谁？"我壮着胆子问。

"我是一名普通旅客。"我想他便是与水手们发生冲突的人。我想再问他几个问题，但他已走出了舱门，消失在雾中。

就在这时，我感到了一种动静。我敏感地说："起锚了。船似乎又走了。它在慢慢地摸索着前进。"

"不是说船长和大副都被关起来了吗？那么，是谁在驾驶这艘船呢？"

对此，我不能回答，但感到了毛骨悚然。

我对长江的感觉刹那间被扭曲了。我所期盼的屈原祠、张飞庙、白帝城和孔明碑，顿然失去了诗词中受到歌咏的容貌。我看到它们的台阶上一片血淋淋。或许这才是本相吧？

船上的喇叭又响了起来。

"旅客同志们请注意。旅客同志们请注意。现在广播一个通知。请所有旅客到轮船尾部餐厅开会。请所有旅客到轮船尾部餐厅开会。再广播一遍……"

我们便去了船尾餐厅。这儿已然是人头簇拥。厅中的雾气要淡许多。几台摇头电扇在起劲地吹着。我一眼看见火烧脸坐在桌后。他身边是一位戴眼镜的文弱青年。那些一块打扑克的工人抄着手站在四周。

会议开始了。是文弱青年在主

持。但无疑火烧脸才是主人。

“我们遇到了一起神秘事件，”青年说，“我们进入了长江上的百慕大三角。这样的航行，普通的水手已经不能胜任了。因此，我们代表旅客把他们关押了起来。现在，可以说，轮船已被我们旅客自己接管。向各位通报这个情况的目的，是希望得到大家的配合。我们将随时准备战斗，以对付出现的不测。”

大家一阵交头接耳。有个老头低声说：“什么百慕大。他们疯了。”

“你说什么？”

火烧脸站起来，走到这人面前。

“你们不应该关押水手。他们不能驾驶，你们难道能驾驶这船？”那个老头说。

“你是什么人？哪个单位的？”

“你有什么权力审问我？”

“这不是审问。但为了保证全船的安全，我必须了解情况。”

“你没有权力。”

“那我要让你懂事一些。这可以了吧？”

“我怎么不懂事了呢？”

火烧脸转过头，朝他的手下说：“这人不懂事，应该怎么办呢？”

文弱青年念书一般说：“现在发布轮船临时委员会一号令。这个人串通船员，无票乘船。现在，由委员会对他实行收审。”

几个工人站起来，逼近那人身边，把嗷嗷叫的老头绑了起来，拉了出去。其他的工人都鼓起掌来。

大家默默看着这突变，却没有一人敢出来阻止。

“现在，分发武器。我们可能会进入星际旅行。可能会遇到与我们不同的生物。因此，大家要作好战斗的准备。这艘船将被建成一个战斗堡垒。”

文弱青年严肃地说。有人开始分发武器。都是船上的消防斧、菜刀一类。我得到了一根钢管。

“散会。”

大家像木偶一样散去。一到甲板，便议论纷纷。这时响了一枪。是火烧脸拿着一把手枪。

“不许谈论！不许谈论！听到没有？”

“我们的船已被劫持。”

回到舱里，同舱的人脸色煞白地说。

“但不知道他们是什么目的。他们或许真的疯了。”我说。

“不会是这世界真的出了什么问题吧？”妻子担心地看着银河一样稠的雾气。

“他们怎么会知道什么百慕大三角呢。奇怪。”

“在长江上，据说真的有百慕大三角存在。”

那是在鄱阳湖。船只不明原因地失踪。没有残骸和尸体。

“我们需要让外界知道发生了什么事。”

“怎么能呢？”

“我有个办法。”

我写了一张纸条，把它装进一个可乐瓶子，把盖子拧紧。我悄悄走到甲板上，准备把它投入水中。

不料身边一个声音说：“你干什么？”

我听出是火烧脸，转身便要离去，心跳得慌。他从后面抓住我的衣领。

“你是知识分子吧？你怎么能干这种事呢？”

“你不会把我也收审吧？”

“把它给我。”

我摇了摇头。

他从我手中抢去瓶子。这时噗的一声。是另一个瓶子入水的声音。这声音从船头传来。火烧脸震了一下，匆忙朝那边奔去，不再管我。

我回到舱中。妻子担心地说：“你没事吧？”

我利用长江与外界联系的计划破产了。但也许别人完成了。那人是谁呢？是一个对长江有很深了解的人吗？

长江是一条通信的江。我在武

几个工人站起来，逼近那人身边，把嗷嗷叫的老头绑了起来，拉了出去。

汉大学的七年中，一直保持着与父母的信件来往。即便在我参加工作后，从武汉还不断寄来一些函件。有希望我捐钱修校门的，有叫我回去参加建系十周年庆典的，有邮寄通讯录的，还有关于某某老师病故的讣告。

这些信件大都用火车经京广线送来，也有用飞机的。但我仍能闻见信件中江水的潮湿气息。

这一晚，甲板上嘈杂一片。后来听见有人在惨叫。是拷打什么人的声音。同舱的出去看了看，回来说："一名旅客违反了规定，发表了解释大雾的言论。他怎么解释呢？他说这不过是气象原因！"

我说，应该去劝劝他们，叫他们不要打人。但谁也不敢去。

"这么下去，恐怕会轮到我们自己呢。"同舱的人忧虑地说。

"要不，您去一趟？"

"还是再看看吧。"

夜色漆黑。我开始感到极端害怕。船上有一种发生骚乱的前奏。到了夜深时，我睡不着。我听见妻子也在翻腾。倒是同舱的，发出了鼾声。

我透过窗户，听出空中有声音。有明亮的色彩在跃动，仿佛是极光。它映出一些山形。山在动。船的确在走。然而，的确有异常事件发生。我没有见过这样奇异的色彩。

但我想起了刘白羽的散文。在《长江三日》中，他叙述道，他在这样的夜中读罗莎·卢森堡的书，看到船舱外出现了奇异的玫瑰色云彩。

我以为我看到的，便是刘白羽看到过的幽魂。

这时，我强烈地觉得，也许到天亮我也不能入睡，而明日一早，我便会成为一具大睁着眼的僵尸。

妻子轻轻叫："我冷。"

我说："很快会天亮的。"

她说："你下来吧。"

"有人呢。"

"我想跟你在一块。"

我只好从上铺爬下来，坐在她床沿。我捉住她的手。她把我的手放在她的脸上。不一会，我感到越来越寒冷。船儿似乎驶入了一个冰窖。她把我拉进被窝。我没有拒绝。

"谁知道明天会怎样呢？"

"先不要管明天吧。"

我感到她在颤抖着微笑。这多么奇怪啊。

"记得我们第一次见面时的情形吗？"她说，"你也好意思，就请我吃了一碗牛肉面。"

"我当时刚到北京，又没钱。"

"告诉你一个秘密。也就是因为这碗牛肉面，我才喜欢上你的。因为我觉得你那么朴实可爱。"

"当真？"

"这个时候了，我还会骗你？不过，当初要是你请我去什么高档的饭店啊，那我们反倒走不到一起了。"

"我第一次听你这么说啊。"

我出了一身冷汗。随后，我们都静了下来，慢慢地咂味。一会后，我悲哀地说："但是，再要好的人，不过相处几十年，随后，谁也不认识谁了。就像这船上的旅客一样。"

"瞎说，变成小狗狗，还认得的。"

她认真地说。我搂住她。我觉得时间正像蓝色的静脉血一样在我们身上缓慢流淌。心脏却越跳越缓慢。渐渐地，供血开始不足了。我感到头脑迟钝起来。

最后的屠杀就要开始。这的确是世界末日啊。我并不十分相信，到了另一个世界，我还能认出她。

我曾经设想过，长江应是我埋骨之处。人生皆苦，一旦自杀，便选取长江。难道真如人所说，过多的思虑，会转变成现实？这种说法，我在美国旅行时，也听说过。

我遂与妻子做爱，却也不顾还有同舱的人在一边。

完事后，我们竟然安稳地入睡了。

第二天早晨，我发现雾散了。

仿佛这是一件极简单的事情，

山在动。船的确在走。然而，的确有异常事件发生。

一切又恢复了正常，好像什么事也不曾发生。

是不是一场梦呢？我有这种感觉。是一场梦。大家都做同样的梦吗？

船上的喇叭广播，早餐供应开始了。我才感到真的腹饥无比。

“咱们去吃点东西吧。”我对妻子说。这时，我看清了她的脸，好像过了十年时间。

“我也这么想呢。”

去餐厅的人真多，队伍排到了甲板上。大家也都是饥饿的神情。吃饭成了此时的第一大事。

我看见了火烧脸，他排在我和妻子前面。他显得若无其事。我想问他一点什么，但他一副不认识我的样子，我便吞回了话。

我想到，雾毕竟跟他们无关。

有几个水手在甲板上走动。听同舱的人说，船长的职务也恢复了。然而水手们似乎也忘掉了一切。我想制造骚动的人应该受到惩处，但谁也没提这事，好像根本没有出过什么事。

“借个火？”突然，火烧脸转向我。他好像没认出我。

我客气地借给他。我犹豫了一下，问：“昨晚你们闹得有结果吗？”

他说：“哪有这种事情。别乱说。”

“雾怎么就散了呢？真怪。”我自言自语。

船的汽笛低沉地鸣叫起来。我转眼看去，发现我面对的长江，仍旧是我熟悉的，我的泪一下涌了出来。

火烧脸奇怪地看着我。“你没事吧？”

我不好意思地说，我就怕这早晨长江上的风。

大江波涛依旧。但我们似乎早已在那浓雾笼罩时驶过了长江三峡。

妻子神情沮丧。我猛然觉得，肯定已是在荆江了。到傍晚果然看见了沙市的万家灯火。船没有泊沙市港，继续驶入苍莽的旷野。

航标灯左红右绿。星光灿烂得不能直视，江面和夜空的辽阔使我想大哭一场。我想，这正是三国的古战场。

然而第二天一早，一切明亮极了。所有人都看见了左舷跃出的红日。

当我们经过江汉平原，看到船儿激起的波浪冲击着两岸的大堤，看到年轻的农民骑着自行车载着他们的孩子和女人在堤上疾驰，以及稻粟千里，牛羊成群，心情也重新翻起波澜。

我记得，当年我作为布衣学生来武汉求学，每到这时，便几小时几小时地站在甲板上痴望。这是我心中永远的长江。

我对妻子说：“会有两根电线杆子。像高塔。它们是过江电缆。你期望武汉快到时，就先期盼它们。看到它们，武汉就到了。那里有龟蛇二山，有黄鹤楼和东湖。不比三峡差啊。”

这种欺骗使来自北国的妻子竟然破涕为笑，小鸟依人般偎在我身旁。我绕过手来，把她的身子往我这边再拢了拢。

我们便沿着这种理想顺流而下，终于到了汉口。

船泊武汉关时，我看到新闻记者都等在趸船上。他们脸上露出惊异和激动的表情。

在走下跳板时，我看见一群公安人员铐走了那个火烧脸的工人和他的同伴。他们在挣扎和大嚷。

难道某位不知名的旅客扔下的“报信瓶”竟然真被下游的人截获了吗？

离开码头，我们住进了晴川饭店。服务员送来了当天的晚报。我们看见了如下的标题：

十年前消失的客轮又重现！

我和妻子隐姓埋名，在武汉稍住，重新买了船票逆水而上准备游览长江三峡。我们看到的已是高峡平湖！

段美佳 / 摄
2021.2 龙门浩老街
—— 入围奖 >

人间烟火

无数的祝福和欢笑伴着千万颗氢气球飘向天空，旋转成彩色的风暴。与此同时，以夜空为银幕，投射出无数绚烂的虚拟烟火，夜放花千树。

文 / 白贲

1

那一天，在解放碑跨年的十万群众，都目击了一位老人从天而降。

你从白色飞行器中跳下，哨兵机器人抱着你在半空中打开了降落伞。

新年的钟声骤然敲响，拥挤的人群中爆发出欢快的喧闹。无数的祝福和欢笑伴着千万颗氢气球飘向天空，旋转成彩色的风暴。与此同时，以夜空为银幕，投射出无数绚烂的虚拟烟火，夜放花千树。

你跳下后，飞行器轰然炸成烟花，夹杂在一道道五彩斑斓的虚拟花火之中，真假难辨。

钟声渐渐停息，碎落的烟花影像划落天际，映红了你凌乱的白发。你也落在了解放碑前拥挤的人群之中，惊起阵阵尖叫：

“天呐！他竟然是个活人！”

“他不是陆良吗！Epoch 集团的总经理！”

你穿过无数人的身体、穿过无数拥挤的全息影像。那时候虚拟现实技术已经很发达了，每个人可以实名注册一个虚拟分身。植入体内的芯片通过数据接触模拟五感，虚拟分身无论在哪里，本体都能同步一切所见所感。这样一来，人与人之间的社交也基本可以用分身来代替。拥挤在解放碑四周的十万人，皆是虚拟投影。

你穿过十万虚拟的分身，如同行走在鬼魅之间。

影像到此停止，二十年来，这段过去我已经用 VR 体验了无数遍。

二十年后，我才终于还原了当初发生的一切，从互联网的各个角落、从监控系统的残留数据，甚至从当初上传到网络的手持摄像里拼凑出了这段视频，拼凑出了前因后果。因为那时候，年幼的我与你仍有一江之隔，还未相遇。

“又在看啊？”姐姐控制轮椅挪到我身边，伸手揉了揉我的头发，一个大盒子静静躺在她的腿上。

“是啊，这不知不觉都二十年了。”我看着姐姐垂下的双鬓，她依旧美丽，但确实不年轻了。

“看不出来你还是个怀旧的孩子。”姐姐吃吃地笑着，眼角皱起调皮的鱼尾纹。

“得了吧，你都认识我二十年了，还不知道我是什么样的人吗？”我打起火，点上她叼起的烟，“况且我也不是孩子了。”

姐姐喷出一口淡淡的烟雾，透过烟气眯着眼睛看着我。“孩子！你就是孩子，永远都是！二十年过去了，你一点儿都没变，除了普通话好了一点儿。”

“得，得。”我举双手投降。

“休息一下，吃点水果吧。”她抽了几口，便将烟掐灭了。烟是她瘫痪后染上的，后来心态放宽了就一直说要戒，虽然这一戒十多年也没见成效。

“今晚最后一遍了。”我又一次按下了重播。

2

那时候陆良刚从江北中心逃出，蹒跚地跑到了江畔的沙洲，向对岸望去。

江的对岸是灯火通明的渝中半岛，大雨初霁，升腾起的雾气萦绕着高低错落的建筑群，灯红酒绿洇在水雾中，化而不散。他抬眼正要细看，便对上了一双冰冷的眼睛——如果那也能被称为眼睛的话。

那是一对浮在半空中的眼球。眼球上迅速蔓延出完整的神经网络和大脑，紧接着浮现出渐趋完整的骨骼，条条肌肉将其包裹起来，血管穿插其间，衣物紧随皮肤覆盖了全身——瞬息间一个完整的人凭空出现，一个妙龄女子。

“还是被你们找到了。”陆良叹了口气，闭上了眼睛，片刻后又睁开，看着眼前的人，以及她身后鬼魅一样聚集在江面之上的十四个影子。

“陆老先生，您是逃不掉的，监控早已遍布整个城市的每一个角落，虽然您的虚拟分身还在公司，但您的真身到哪儿都会被发现。最新一代的监控系统是您主导开发的，您不会不清楚吧。更何况您跟大家一样都植入了芯片，芯片本身就有定位功能……”

“我知道。”老人挥手，毫无阻碍地穿过了来人的头颅。面前的一群人都是全息投影而非实体，芯片让他不得不看到这些。这种投影看得见摸不着、有身体没影子，因此被称为“鬼”。

全息投影当然挡不住他，但既然全息已经找上门来，说明眼前这个叫洪文景的安保队长跟她手下的哨兵，很快就会到了。

老人却不作回应，反而在江边

找了块大石头坐下，像松了口气，掏出一张特殊的纸折了起来。

“陆老先生，您别妄想逃跑了吧，我们很快就会追上你。”洪文景的“鬼”这样说着，又指了指夜色中暗涌的嘉陵江，“更何况，你一个人没法过江。”

老人没有理会，尽管她说得没错。这里是嘉陵江与长江的交汇之处，从前有两座大桥把渝中半岛与两边的江北嘴和南岸区连接起来，如今已不复存在。对于我们这种平民，大江成了天然的阻隔。但对于赛博区的新人类，则多的是交通工具让他们可以上天入地——比如正在驶来的无人机 Drone。

Drone 引擎的低吼声越来越近，但老人仍未起身，榉木般干瘪的手指不紧不慢地动着，手中的纸渐渐成型。

“我们来了。”话音刚落，队长与她身后的队伍都消散在夜雾中。

白色的 Drone 划破夜色，在老人身后悬停，带起的气流缭乱了他不甚浓密的白发。舱门打开，真实的队长缓缓走下，机器人们迅速蹿出，列队一圈将两人围在其中。机器人身着黑色兜袍，与之前江上的鬼影一般无二——那是 Epoch 集团开发出的新一代安保机器人：哨兵。

“陆先生，跟我们回去吧？”队长对着老人的背影说道。

老人折好了一只小船，放上一支点燃的蜡烛，轻轻搁在了江面上，徐徐起身，看着小船远去，这才点了点头，与队长一同上了 Drone。

“我不明白，陆先生为何要逃？”队长递来一杯热巧克力，“当然，以我的身份，没资格问您这些，但您肯定要给公司一个交代。”

“没资格就别问。”老人自顾自地在舱内的暖气里舒展着冰冷的手指。

队长自讨没趣，放下热巧克力，便回身走到驾驶台前。

然后她吃了一惊。“Drone 这是在往哪儿开？！”

她在震惊中回头，却见老人一脸漠然，根本不打算解释。她在驾驶台上拨弄几番，却发现没有操作权限。Drone 就这样缓缓向江对岸的灯火中驶去。

舱内的显示屏一闪，出现了一张苍老但健朗的面庞，一头银发梳得整整齐齐，淡金色的领针压住酒红色的领带，领口内衬着真丝方巾，西装的戗驳领上别着一朵暗红的干花——Epoch 集团董事长，张丛原。

张丛原慵懒地抬眼。“陆经理，你随便入侵城市交通系统，这不对。”

陆良冷哼一声，没作回答。

队长这才明白过来，陆良是城市监控系统和交通系统的总设计师，操控公司的 Drone 路线简直轻而易举。她发现办公室里的是分身后，想当然地认为那只是个障眼法，转头就开始搜寻本人，却忽略了虚拟分身本就拥有公司内网的权限代码，以此进入公司系统后陆良可以远程操作。

她早该想到，既然陆良主导了城市监控系统的设计，怎么会没办法屏蔽监控呢？老人当然不能独身渡江，所以引来了她。

老人起身走了一圈，将一个个磁卡插入 Drone 配备的十四个哨兵胸口。队长下意识准备阻止，却见董事长没有任何举措，一时间也不好妄动。

张丛原又问：“但我不明白，从监控上看，你电脑里载入交通系统的病毒还有五分钟才完成，为什么现在就已经执行了？”

陆良头都没回：“附一层全息就行，这种真真假假的事你不是最擅长吗？”

张丛原温文尔雅地哦了一声，又问：“陆良，你逃什么？”

陆良忽然转身指着屏幕：“张丛原，你还装什么啊？把我克隆出来用了这么多年，有劲吗？”

队长大骇，我也无比震惊。二十年后我才知道，那个改变了一切的老人，那个位于 Epoch 顶端三十年的陆良总经理，居然是个克隆人。

张丛原并不诧异。“唔，原来你知道了啊。”

陆良话里有些冷笑的意味。“六十多年前，你父亲张郁青克隆出我，用我的内脏为体弱的你治病，完了不就该把我处理掉吗？你偏说我作为克隆体有着跟你一样的智力，用机械身体补全了我，留下来为你办事，还赋予了我你自己的记忆，那时候你就该想到有这么一天。”

“能告诉我你是怎么发现的吗？”张丛原道。

段美佳 / 摄
2020.12　李子坝

—— 入围奖　∧

“我被克隆出来的时候你十四岁，你给我植入的记忆当然跟真实时间有十四年的差距。你别小瞧了我的，不，你的智力。”陆良想了想，忽然苦笑，“这世上，每个人都有一个全息分身，但也规定了只能拥有一个。你不一样，呵呵，我不过也只是你的分身而已。我的名字陆良，只是一个地名罢了。”

“当年的档案应该销毁了啊。”张丛原若有所思。

“你父亲用的可全是公司资源，克隆记录和义肢手术的记录自然没有，但资源的使用记录或多或少保留了，从这些还原出真相是什么难事吗？”

张丛原挑了挑眉：“真相有什么意义？你拥有着多少人梦寐以求的地位？不值得放弃。既然我们是一样的，你应该也明白这个道理。”

“你们把这人间变成了鬼域，公

朱朝健 / 摄
2021.9.22　渝中鹅岭公园

—— 入围奖 V

司营造的这一切不过是虚假的繁荣，我只想还他们一个真实。”

“真实？什么是真实？”张丛原几乎笑出声来，“消费者们乐意为这些你口中的‘虚假’买单，公司乐得为他们服务，有什么不对？”

“消费者们愿意花钱进入虚拟的世界，这没有问题。现实产业受到冷落，发展迟缓，这也是产业变迁必经的阵痛。但公司下一步的计划，是犯罪，重罪。”

张丛原眼中闪过一丝狠戾：“你都知道了？”

“事实上你们一直都在犯罪。”

“那又如何呢，”张丛原整理了一下袖扣，“你又能做什么呢？”

“我是你的克隆体，别小瞧了你自己。”陆良话中带着挑衅，“你猜不到我要做什么吗？”

张丛原没有言语，苍老的脸庞上笑意渐浓。

“让我来猜猜，你用显示屏来跟我对话，那你的虚拟分身现在在哪里呢？”陆良伸手遥指张丛原，似乎要透过屏幕指到他本人脸上。

“你的分身在哪里，我的就在哪里。”张丛原一脸从容。

陆良却像是忽然岔开了话题：“我们刚刚聊了有没有五分钟？”

“你说什么？”

老人闭上眼又睁开：“还有十秒钟，就是整整五分钟。”

张丛原终于露出了愠怒的表情。“你电脑上的倒计时，不是载入交通系统的病毒！那到底是什么？！”

“都说了嘛，这种真真假假的事你不是最擅长了吗？”陆良从容地走向一个哨兵，“当然，我也一样。”

Drone 的舱门忽然打开，陆良走到队长身边，端起已是半温的巧克力，轻声说：“多谢款待。”

陆良怜悯地看了一眼还在震惊之中的她：“不好意思了洪队长，你知道了这么多，张董应该不会放你活下去了。”

队长在惊恐中抬头，只见哨兵从后抱住了老人的肩膀，跳出了舱门，其余十二个哨兵也紧随其后。洪文景猛然转向显示屏，而其早已黑暗一片。

哨兵抱着你在半空之中打开了降落伞，解放碑四面的天空中投射着巨大的虚拟屏幕来直播春节联欢晚会。你一饮而尽杯中的巧克力，随手将纸杯团起扔了下去。

你落地的一瞬，影像也戛然而止。

我看着画面停在了无数虚拟身体的欢呼与尖叫之时，心中久久不能平静。虚拟分身之间的信息是通过数据传递，植入芯片的人可以借此与分身们进行交流，他自然也能听到人群的呐喊和欢呼。

但若是二十年前的我——没有芯片的平民经过这里，能看到的只有空无一人的解放碑广场，和天空中投射着的四面巨大虚拟屏幕，直播着春节联欢晚会。

那是分身的狂欢，与我们无关。

3

监控残留的数据只有这么多。十万分身，无疑是监控系统的高热运算点，临近崩溃的边缘。你的出现，显然给高热的运算区域丢下了最后一根稻草，系统瞬间崩溃。落入十万虚拟数据的瞬间，你的存在从网络上暂时消失了。我知道，你当然也知道，你抓住这个时机，沿着邹容路向前奔跑而去。

好在之后我便与你相遇了，我的记忆可以弥补这片空白。

我与你相遇在渝中岛上。

那天晚上，岛上的居民都在庆祝新年的到来，家家户户欢声笑语，敲锣打鼓。因为岛的地基荷载有限，修不了高层建筑，所以这里没有燃放烟花爆竹的禁令，岛上弥漫着淡淡的硫黄味——年味。

我见到你的时候，你刚飞过长江的支流，正坐在屋边，从哨兵机器人身上拆卸下零部件修理着自己的义肢。准确说，最先看到你的不是我，而是我从垃圾堆里捡来的老款家用机器人……的脑袋。

它的脑袋滚到你的脚边，脖子处还留着数根电缆线暴露在外，一张一合的嘴里咿咿呀呀着古老的电子音：

“新年…新……新年…新……”

模糊的吐词里还夹杂着电流的爆破音。

“我没抱稳，它脑壳滚落喽，不好意思哈爷爷。”我走到你面前。

“没得事，”你捡起那颗头，又看了看我怀里抱着的机器人的身体，特地换上了重庆话，“勒[1]是你的唛？”

我害羞地笑了笑：“不是，我在垃圾堆堆头捡的。”

“儿娃子，你叫啥子，”你问道，“啷个不跟妈老汉[2]在屋头欸？”

“出来耍嘛，我叫小冬。”那时候，我的注意力全在你的机械义肢和你身旁高大的哨兵身上，年幼的我哪里见过如此精密崭新的机械！

“我叫陆良。”

“爷爷，勒东西修得好不嘛？”

你摸了摸我的头：“我要看一哈才晓得。”

接过机器人的头颅和身体，你仔细检查了一番，便打开便携工具箱，修理起它的线路板和关节部位。之后你想了想，看了眼一旁已经被拆掉双腿的哨兵，叹了口气，开始着手拆卸它的能源系统。

我问：“爷爷，你要把它的心脏给小新唛？”

“小新？”你回头，“勒个机器人叫小新唛？”

我点点头。“是噻，他一直新啊新地唱，有点点儿哈[3]，我就喊他小新。对喽，你的机器人叫啥子欸，爷爷？”

想必你从没想过这个问题吧，我看到你愣了一会儿，便掏出能源核心给小新安上：“就叫小年吧。”

哨兵双眼的光芒迅速暗了下去，变成一堆毫无生气的铁。但我的视线还停留在它身上，也许机甲是每个男孩都憧憬的浪漫吧。

你拍了拍它，有些抱歉道：“不好意思啊老伙计。”

拥有了新能源的小新开始连贯地唱起歌来：“新年好啊，新年好啊，祝福大家新年好……”

我好开心，我走到已经熄灭的哨兵面前，抱了抱这个高大的铁家伙：“谢谢你小年，把生命给了小新。”

“你觉得他们也有生命唛？”你肯定觉得我的行为很幼稚吧。

“是噻，他们可以动，会说话，啷个不是生命嘛。”我回答道。

你哑然失笑，又从哨兵身上拆下一些能用的部件，把小新修得焕然一新，顺便把哨兵的喷射器也安到了小新身上。

“爷爷，你从哪里来的嘛？看样子不是岛上的哦。”

“我从对岸来。”

“对面的渝中商圈唛？”我指了

哨兵双眼的光芒迅速暗了下去，变成一堆毫无生气的铁。但我的视线还停留在它身上。

---

① 重庆话，这。
② 重庆话，父亲。
③ 重庆话，傻。

指对岸，隔了一条江，对于我来说简直是另一个世界。Epoch集团的虚拟分身系统吸引了大量拥有购买力的人群加入，成为所谓的“赛博新人类”。实体消费被严重挤压，只能费尽心机拥抱分身系统及其周边产业。直到许多年后我才知道，建立虚拟系统的计划是带着明确目的性的，从Epoch集团创立之初就定下了，是一个巨大的资金蓄水池，经过数十年的积累，扼住了几乎整个城市的资金流。这一切都是为了最后的计划。

你摇了摇头：“还要再对岸。”

“江北科技园嗦？”我羡慕极了，“老爷爷，你是科学家哇？”

“科学家？算不上哦。”你这样说着，也向江北看去。江北区竖立着无数高耸塔楼，其中最高的江北中心在雨后的雾天甚至看不到顶。

“你既然出来耍，想不想到对面耍一哈[①]？”你指了指对面的渝中区。

“想啥子想？解放碑的热闹是他们的，我们跑过去啥子都看不到。我想去南岸，他们说百鬼街才好耍。”

“我也要去勒点，一起去嘛。”你对我说。

“真的唛？”我喜出望外。

“你妈老汉不担心你晚上在外头唛？”

“没得事，他们放心得很，我转哈子[②]就回去。”

你忽然想起了什么，拆下哨兵身上一个发光的盒子挂到我脖子后面，又摘下哨兵的双眼当作目视镜给我戴上。

“楞个[③]的话你也可以看得到我们的世界喽。”你说。

“真的唛？”我将信将疑。

“去了你逗[④]晓得了嘛。”

我向屋角的哨兵道了别，便抱着小新跟上了你的步伐。小新一路仍唱着：“新年好啊，新年好啊，祝福大家新年好……”

我推着姐姐的轮椅上了天台，如今我们的脚下就是当年的江北中心。这个城市的夜晚从来就是不眠的，层层灯火中的城市夜景尽收眼底。这就是你说的“参差十万人家”吧，二十年后的今天，我站在了你的位置上，终于体会到你眼中的风景，眼中的世界。

“姐姐，你说爷爷还会醒来吗？”我看着远处，问道。

姐姐跟我一样向远方眺望：“我也不知道啊，都二十年了。”

我低下头，梳理着姐姐绸缎般的长发，挑了一根出来。“姐姐，你有白头发了。”

“别拔，拔一根长三根呢。”姐姐喃喃地说。

远处放起了电子烟花，是啊，很晚了，马上就要零点了。

“你喜欢过年吗？”姐姐忽然问。

“还好，小时候很喜欢过年，现在也就马马虎虎吧。”

“嗯。”姐姐应了一声，往后也就没了话。

我看着岛旁的长江，二十年前我也是这样看着那宽阔的长江，问你：“爷爷，咱们哪个过去？”

你只淡淡笑道：“等着看吧。”

话音刚落，从两江交汇处转来一艘小纸船，纸船闪着零星的火焰从黑暗中驶出，是一盏河灯。我觉得那江中的灯火真好看，可惜只有一盏，若是再多上几盏、几十盏甚至上百盏，星火集聚地点燃江面，会是多美啊。

长大以后，我一直很爱一部叫《呼兰河传》的小说，作者是许多许多年前的一位女作家。因为小说还原了我当时的想象，长长的呼兰河，承载了千百漂泊的灯火。

“河灯是你放的唛？”我看着你。

你点点头。

“我老汉说，河灯一般是怀缅去世的亲人的，是吗？”

一个巨大的资金蓄水池，经过数十年的积累，扼住了几乎整个城市的资金流。

① 重庆话，玩一下。
② 重庆话，转一会儿。
③ 重庆话，这样。
④ 重庆话，就。

"对，还有对未来美好生活的向往。"

河灯不紧不慢地荡到我们面前，烛光扑闪，倏忽地灭了。船纸却发着光拆散开来，在江面上摊作一张，似是浸了江水泡发开来一般，越来越大。

"走，我们上去。"你说着便往纸上一踏。

我被眼前的画面震惊了，半晌才叫道："爷爷，你斗是科学家，你还说不是。我老汉说了，江北那些科学家都是无所不能的，上天下地哪儿都去得。"

你只是笑道："上来嘛。"

我抱着小新小心翼翼地踏上了江面上薄薄的一张纸，纸载着我们向江对岸缓缓航行而去。我一直蹲着，反复看着那张神奇的纸，光晕像水体在纸面上荡漾流淌。你带来的一切，都像神话中才有的宝物。

快抵达对岸时，纸面渐渐显出要沉没的态势。我吓了一跳："爷爷，它哪个看到起像要沉欸？"

"看来你虽然个子小，但还是加了斤两。"

纸面吃水越来越深，我佯装镇定："没得事，我水性好得很，真的沉了，我拉到你游过去！"

你看着我，当时你肯定觉得我傻得可爱吧，你逗我说："要是拉不动我，你就一个人游，莫管我，两个拉到起，两个都跑不脱。"

"不得！你相信我嘛！"说话间，纸面下沉的速度越来越快，我紧紧抱着小新，一只手便拽上了你的袖子。

纸面彻底沉入水底，可江水太过冰冷，我左脚忽然抽筋，使不上劲来。

"啊！"我疼得大叫。

4

黑夜中忽然伸出一双手，分别抓住了我俩的衣领，将我们提出水面。你回头一看，笑道："是你啊。"

"没错，是我。"一个貌美的大姐姐对我们笑着，飞行在夜空中的哨兵抱着她的纤腰，将三人带到了岸上。那时我还不知道，她就是 Epoch 集团安保总队的队长，洪文景。

"还要谢谢陆先生留下最后一台哨兵，救了我一命。你在 Drone 上那么说，是为了让张董以为我真的死了吧。"洪文景道。

"他很快就会知道你还活着了。"陆良在岸边抖了抖身上的水。

"陆先生，你下一步准备怎么办？"洪文景一边逗弄着我怀里咿咿呀呀的小新，一边问道，"现在我有资格问了吗？"

你讪讪一笑："还惦记这茬儿呢？"

"我知道，陆先生是故意装作疏离我的样子吧。"洪文景一阵莞尔。

"没有下一步了，我要做的事都已经做好了，"你轻叹一声，"现在我只想去百鬼街看看。"

"做好了？"洪文景有些不敢相信。

"我像是那种什么都不准备、撒腿就往外跑的人吗？"你苦笑道，"先往上走吧，边走咱们边说。"

我们上了山，南岸傍着山体修建了许多高差各异的房子，与渝中江北参差的高楼不同，这里多是居民自己搭建的。堆叠的楼宇各抱地势，勾心斗角。庞杂乖异的建筑群间，一道灯市蜿蜒而上，便是百鬼夜行街了。

你告诉我，这百鬼街是在原来老街的旧址上修建的，各地的游客们都热衷于用虚拟分身前去游玩，一年到头热闹非凡。但老街翻新的时候，老一辈的居民们安土重迁，不愿搬走，一直住了下去。他们跟我一样没有分身和芯片，老街上常年来来往往的虚拟人群，他们看不到。只有偶尔分身大量汇集时，人们会听到轻微的噪波和电

李锋 / 摄
2022.7.25　重庆

—— 入围奖　>

流声，如同鬼域。再加上老街旧时的称呼早被忘怀，所以人们都习惯称之为“百鬼夜行街”。

春节期间，附近居民也常逛街，真人与分身同乐。

沿着山路拾级而上，很快便走进了久负盛名的百鬼街，我也终于明白了百鬼街其名的另一层含义，走在这条街上，可以回溯时光。

街两旁有各式各样的店面，都是我从没见过的。檐牙高啄，廊腰缦回，这边管弦呕哑唱罢，那里笙箫歌吹登场。琴瑟凤鸣，箜篌婉转，都是演义小说里才有的画面，我从未想过它们能以这样真实的样貌重现。溯洄从之，这一弯是江南烟柳；溯游从之，那一弯是大漠孤雁。

你们的世界，果然是另一个世界啊！

街上有真实的周围居民，但更多的还是各地慕名而来的虚拟游客。他们携家带口，各自的机器随从也跟在一旁。不从服饰看，我也分辨不出他们谁是真人、谁是分身。

这是我第一次看到你们的世界，没有一丝一毫是我能够想象的。

可惜哨兵的传感器只能让我看到虚拟的世界，听觉和嗅觉是同步不了的。乱花渐欲迷人眼之下，我能听到的只有偶尔路过的真实行人的脚步声和方言的交谈。这一整条长街的盛大和繁华，闻起来却尽是雨后的青砖和苔藓味。

借来的视野，让百鬼街的华丽显得尤为蹩脚，跟海市蜃楼一样，只是虚浮，虚假的繁荣。

“陆先生，您电脑上的倒计时究竟是什么？”洪文景还是忍不住问你。

“你知道公司准备把监控系统、交通系统、虚拟分身系统等所有现行的城市系统统一到一个大体系之下吗？”你问道。

“啊，”文景愣了一下，“听过传闻。”

“系统的统一早就开始运行了，并且准备在新年过后正式完成且发布出来。”你意味深长地看了洪文景一眼。

“所以，”文景思忖片刻，“你是准备在系统合并的时候有所行动？”

“你现在还能感觉到你的虚拟分身吗？”你却反问道。

洪文景一愣：“不能，被注销了吧。”

“对，我的也被注销了，出事之后我俩的分身肯定第一时间被注销。每个人只能实名认证注册一个分身，去世之后就自动注销。但有一个人，即使他去世了，他的分身依然会被留存。”

“你是说……”

“张郁青，”你的眼神明亮，“他是公司的创始人，也是对城市系统理解最深的人之一。当他去世的时候，他的分身会被作为遗产留存起来。”

“更何况，”你继续说道，“如今的技术条件下，一个人的分身拥有本人所有的社会身份、权限和知识体系。结合公司最新的卷积神经网络的技术水平，高层的分身甚至可以拥有本人的思维。”

“这样一来……”文景姐震惊地捂住嘴，半晌才道，“张老爷子岂不是……永生？”

“永生其实算不上，只不过张老爷子的分身会介入城市系统的合并，从而数据转化成为超级程序，利用他的知识和思维协调合并之后建立大统一体系。”

“然后呢？”

“然后圈钱。”

“圈钱？”

“公司推行数字货币系统已经很多年了，数字货币去中心化的特点使得他们可以绕过监管机构。只要获得50%以上的计算力——尽管这并不容易，就能影响整个市场。公司掌握的计算力已经很高了，因为虚拟分身这个寡头产业的后台都是属于公司的，借由这次大统一体系的建立，还能进一步提高算力。而超级程序一旦介入，就会变成市场经济中那只‘看得见的手’，加剧整个城市的资源向公司倾斜。更何况公司这么多年来已经积累下了难以想象的庞大资金，利用这个资金杠杆，可以撬动整个城市的业态。”

“也就是说这是一场，金融欺诈？！”洪文景惊道。

“可以这么理解。”

“张郁青融入了大统一体系，几乎等同于控制了整个城市。其实话说回来，也只有他有这个能力。”

洪文景立刻反应过来：“不，还有两个人也有这个能力，一个是张丛原，还有一个就是……”

文景姐话还没说完，就看到你噤声的手势。紧接着她就从嘈杂的人声中分辨出屋顶上的脚步声。

“来给我收尸的。”你轻声道。

文景姐姐招呼哨兵翻上了屋顶。

姐姐回来的时候，我们正站在一家卖孔明灯的铺子前。

“唔，小冬，你喜欢孔明灯唛？马上元宵了，要不要去买一个？”你问。

“用不到，我家斗是卖孔明灯的，我只是觉得这家的灯很乖。”

“喜欢斗进去看嘛。”

你刚说完，我就开开心心地跑进铺子里。店里的孔明灯不是我家卖的那些能比的，它们材质特殊、造型别致，每一盏都像在讲一段故事。

我出来的时候，却看到虚弱的你倒在姐姐怀里。我问你怎么了，你只说没事。后来文景姐才告诉我，在你逃出之后，张丛原就已经给你的心脏起搏器发出了指令，起搏器早就慢慢失效了。

但当时的你只是服下一颗药丸，便对我说：“小冬啊，你拿到勒个钱，买个孔明灯放给我看嘛。元宵节我就不在喽，我想提前看到。”

我当时又哪里想得到那么多，只知道按你的话去做，再次跑进了铺子里。

我们渐渐走到百鬼街的尽头，也是老街的最高处，回身看这一路走过来的唐宋元明清。远眺，透过南岸落拓的民居看远处的江北、渝中、渝中岛。

“参差十万人家。十万人家十万窗，窗外一清平，窗内百家事，”你轻声念叨，“过个年都得分出彼此，这年过得就没劲了。”

“老爷爷你说啥子？”我没听清你说的话。

“啊，没得啥子。”你舒展开眉头，笑着摸了摸我的脑袋。

空中飘落片片红色的枫叶，翻飞间化作鞭炮噼啪炸开，炸裂出两条龙灯翩飞夭矫。我跳着去抓那虚拟的龙舞，自然抓不到它。跳了几下，我闻到一缕飘来的香气，肚子里就传出咕咕的响声。

“唧个？饿了哇？”你笑问道。

“饿惨喽！”我直叫苦。

“那就吃饭噻。”这是第一次看到你笑得那么放松，我们说笑着走进街边一家小吃店。百鬼街虽是为虚拟游客开放，大多是玩乐的店铺，但毕竟周围有居民，饭馆虽少还是有的。

一说要吃饭，我就习惯性摘下了目视镜，一路繁华随之不见。老街像被剥开了华丽的伪装，露出了真实的样貌，沿街的铺子少去了大半，眼前的这一家馆子就显得尤为难得。街上赶集的人不算少，但跟刚刚相比难免稍显寂寥。

“三碗酸辣粉，”你笑着看了看我，“再加三个煎蛋。”

“要得！”店家嘹亮地应了一声，揭开店门前的铁皮桶锅，用力把芡好的红薯粉从铝瓢的孔洞间捶打进锅里。锅里沸煮着高汤，蒸腾的水汽扑了出来，直把门前挂着的几盏灯笼都卷在了里头，点染出橙红的光晕。我卖力地抽了抽鼻子，贪婪地吸入醇香的水汽，嘿，这才是人世间该有的烟火气嘛。

师傅把上半身从乳白色的热气里探出来，问：“刚出炉的锅盔，几位老师要不要来两个嘛？”

“要得。”你点点头。锅盔盛在缺了口的白瓷盘子里先端了上来，炸得金黄的面皮底下汪了一盘子的油。店面不大，水泥的地面依然泛着潮，塑料的凳子坐上去吱呀作响，跟灯市相比只能用简陋来形容。可我真的喜欢。

一会儿，酸辣粉也端了上来，烫好的红苕粉搁凉水里一汆，沥水

街两旁有各式各样的店面，都是我从没见过的。檐牙高啄，廊腰缦回，这边管弦呕哑唱罢，那里笙箫歌吹登场。

周怡辰 / 摄
2021.1　交通茶馆

—— 入围奖 < >

过油后淋上酥黄豆、大头菜和肉末的浇头。我狼吞虎咽地吃了起来。

墙角老旧的电视机里正在放新闻：

"著名企业家张郁青老先生昨夜逝世。"

很多年后，我才能把这则新闻跟你放入江中的河灯联系起来。

电视里又匆匆插播了数条新闻：

"Epoch 集团前任董事长张郁青涉嫌使用人体克隆技术，属于严重违法行为，相关部门目前已介入调查。

Epoch 总经理陆良携巨额公司财产出逃，款项现仍下落不明。"

我愣了半晌，忽然明白了一切。

我再转头看向你，才发现你已经趴在桌上睡着了，身前的粉没怎么动。我伸手探了探你的鼻息，确实只是睡着了。

看着熟睡的你，我做了一个这辈子最正确的决定，然后抱着小新出门，飞向属于我的渝中岛。

我回来的时候，看到了店门口正在寻找我的你，睡醒的你像忽然老了许多，由文景姐姐搀扶着走出门，浑身散发着垂垂暮矣的气息。

终于，你看到了空中的我，我缓缓降落在对面店铺的歇山顶上，松开手中的孔明灯，灯孤单地飘向空中。那一刻，你苍老的脸上露出无比的欣慰，我又向老街那头指了指，你顺着我的指向看去——

长江的彼岸，黑黢黢的渝中岛上升起了一盏又一盏的孔明灯，几盏，几十盏，上百盏，上千盏。成百上千的孔明灯陆续升上快要破晓的天空，如同千百漂泊的河灯不再顺流而下，而是扶摇直上，撕裂了浓稠的夜色，变成橙红色的群星，照亮早已黯淡多年的深邃夜空。

我看到你站在原地，老泪纵横。

半晌你才回过神，向我走来，被门槛绊了一跤，一个趔趄坐倒在了路牙上。

你再也没有起来。

文景姐姐周身的衣物连同皮肤一起如蛇蜕皮般褪去，露出了里头的机械外壳——人类的身体变成了一台拟人程度更高的新型哨兵，在夜色中泛着森然的银光。哨兵猛然伸出右手，变作锋利的钩爪，从背后刺入你的胸口，又快速拔出！你的鲜血缓缓流了出来，原来你的心脏一直在不断衰竭。周围的行人在惊叫中四散逃开，而更多的则是分身，在一闪之后消失，只留下数据的残影。

哨兵站在原地，变回原形的手指间捏着一枚沾血的芯片。你是克隆人，芯片是在肉体成型过程中植入的，没办法分离，只能以这种方式取出。

我的惊叫声被悲痛哽咽在喉头发不出来，泪水还没来得及流出，就看到哨兵通红的复眼转向了我。我根本来不及细想突发的这一切，慌忙启动小新的飞行功能，向渝中岛飞去。

采用旧版推进系统的小新显然飞不过全新型号的哨兵，急智中，我看准时机关闭了小新的飞行器，身体抱成一团落在胡乱搭建的窝棚上。我撞破了好几层帷帐，缓冲掉了下坠的动能后滚落在地上。

我知道我的膝盖和手肘磕破了，但我根本顾不上。我在岛上交杂的巷道中连滚带爬地穿梭着、逃窜着。Epoch 集团的快速发展挤压着实业的生存空间，岛上低廉的地价把实体经营和作坊式的小厂房都吸引到了这里，但毫无规划可言。我唯一的优势就是地利，这是我从小玩到大的城堡，每一条错杂如毛细血管的小路对于我来说都像掌纹一样熟悉。但如果从未到过这里，渝中岛对他们来说就是一个迷宫。

岛上的居民们还在庆贺着新年，周围爆竹和锣鼓的噪声喧闹着，我的存在完全被隐去了。我在这毫无监控设施的盲区里奔跑，那是二十年后的现在无法重温的自由。

奔跑中，我忽然踢到了一个柔软的肢体，紧接着一个女声的呻吟把我拉回现实——路边是重伤的文景姐。我急刹在路边，从逃跑的慌乱中惊醒。停下脚步、恢复思考之后，迟来的冷汗才瞬间湿透了衣背。体力和精神都受到了极大的损耗，回过神来的我趴在地上剧烈呕吐起来。

“小冬……”文景姐缓缓睁开眼，声音依旧虚弱。

我抬起头，手脚并用地爬到文景姐身边，不知所措地看着她身上的伤口：“文景姐，你哪个了嘛？”

“公司派来了全新型号的哨兵，

我根本不是对手。”文景姐好容易才缓过气，从旁边已经瘫痪的旧式哨兵身上取下兜帽，草草擦去身上的血，借助身后的短墙勉强直起身子。

“陆先生呢？”

“爷爷…老爷爷他走了……”我泣不成声。

文景姐轻轻招手，把我喊到身边替我擦去了满脸的泪水，却不顾自己的漂亮脸颊上已全是血污。

“为了尽量把他们引开，我选择逃向了渝中岛，但还是在战斗中受了伤，”文景姐捂着自己受伤的腰部，“陆先生的尸体现在怎么样了？”

“老爷爷心脏里头的芯片遭挖出来了，尸体摆在百鬼街上。”我把最后发生的事情都告诉了文景姐，但实在不忍心说出，哨兵是伪装成她的样子断送了老爷爷最后的生命。

说到这里，我忽然想起：“文景姐，刚刚你说‘他们’，到底来了好多哨兵？”

“五六台吧，都是最新型号。我拼尽全力、结合地势打游击才毁掉一台。”

“哪个只有一台来追我们了呢？”我有些想不通。

文景姐苦笑：“小冬啊，你懂过陆先生吗？”

我茫然地摇摇头。

“那你相信陆先生吗？”

我用力地点点头。

“那我们就去找出这个答案，去追回陆先生的芯片！一旦芯片落到公司手里，被他们知道了老先生的计划和个中细节，先生的努力就付之东流了。”文景姐挣扎着想要起身，伤口的血却流了一地。疼痛扭曲了她的脸，她伸手拆下旧式哨兵身上的喷射器，咬着一块碎布，忍痛射出一阵短促的火焰烧结了自己腰上的伤口。

我闻到一股肉体烧焦的气味，姐姐也疼得几乎晕了过去。我慌张地爬向姐姐，当初我没有考虑到，姐姐仅仅止住了表面的伤口，内脏的创伤还在，不处理很容易感染。如果当时我坚持把姐姐送到医院，或许她就不会在轮椅上度过后半生了吧。

姐姐捂着腰，颤颤巍巍地站了起来，从哨兵的工具包中找出一支肾上腺素打进血管里。

在文景姐的要求下，我带着她横穿过拥挤的厂房，来到了江边——我与老爷爷初遇的地方。在那里，被遗弃的哨兵“小年”还静静地躺着。姐姐走到小年身前，伸手探进它被打开的胸膛里，掏出了一个枪形的仪器。

“勒是啥子？”我问。

“EMP，”姐姐面露喜色，“电磁脉冲武器，一旦发动，所有的电子设备都会失灵。”

“哪个会在勒点？”

“陆先生肯定知道会有追兵过来，所以在这里设下了埋伏。一旦公司的追兵来到这里，就会触发EMP。”姐姐又从小年体内掏出一个GPS信号发射器，还有节奏地闪着莹莹蓝光，“这是当时在Drone上陆先生插进去的磁卡，应该是当作诱饵，粗略地仿制了陆先生的定位信息。只可惜公司新型哨兵的识别能力提升了，忽略了这个埋伏，直奔陆先生而去。”

“你是哪个晓得的？”

“我不晓得啊，”姐姐笑着，“我只是相信陆先生神机妙算，总会直接或间接给我们留下点儿遗产。果然陆先生从不让咱们失望。”

“那接下来哪个办？我们要潜入江北中心吗？”我有些惴惴不安，“就我们俩？手无寸铁？”

“你不能去。”

“哪个不能去？姐姐不要小瞧我嘛！”我一下急了起来。

“那里很危险的！”姐姐一脸严肃。

“那这里就不危险了唛？”我一下拉住她的手，“你把我丢在勒里我才害怕哦！”

文景姐看上去无所顾忌，其实心里也没底。江北中心的确凶险，但仍有哨兵追击在后，而且它们已经捕获了我的影像，把我带在身边其实她更放心。

“那好吧，但你必须听我的！”她按住我的肩膀，认真道。

“要得！我们要准备啥子？”

“没时间准备。不过我曾是安保队长，对于那里的安保系统了如指掌。”文景姐突然换成一副轻松的样子，“更何况我们还有EMP！”

“你会带我从系统的漏洞入侵吗？”我感觉浑身的血都热了起来，起了一身鸡皮疙瘩。

“我会带你爬下水管道！”文景姐也是一脸斗志昂扬。

5

姐姐拿起了放在腿上的大盒

罗烜 / 摄
2021　渝北区

—— 入围奖　∧

我只是相信陆先生神机妙算，总会直接或间接给我们留下点儿遗产。果然陆先生从不让咱们失望。

子，转过头来递给我："喏，给你的新年礼物。"

我有些诧异地接过来，那是一个硬纸盒子，入手挺沉。"怎么忽然想起来给我准备新年礼物了？很反常啊。"

姐姐皱起鼻子佯怒道："你什么意思，姐姐对你不好吗？快，低头把耳朵给我拧拧！"

我笑嘻嘻地低下头："姐姐对我当然好啦，没有姐姐我早就死掉了。可这二十年来你也从没给我准备过新年礼物啊。"

姐姐倒没有真的拧我耳朵，只是轻轻点了点我的鼻尖："相信我，这可是你梦寐以求的礼物。"

罗烜 / 摄
2020　渝中区

—— 入围奖　^

梦寐以求？以我现在的身份，能称得上是“梦寐以求”的东西还真不多，至少我一时间想不到。我半信半疑地拆开包装，打开盒子，然后愣在了当场。盒子打开的一瞬间，扑面而来是浓郁的水土腥气杂糅着铁锈的甜腥味，里面静静躺着我的小新，那款老爷爷你亲手修好的机器人。小新的躯体锈蚀得很厉害，拿出来的时候伴随着铁锈簌簌掉落。它下半身的外壳完全剥离，只剩下没有胶皮的电线和液压管跟锈涩的轴承纠结在一起。暗绿的苔藓和水草从它身体的每一处缝隙里溢了出来，这具熄灭了二十年的老式家用机器人里，长出了崭新的生命。

“姐姐你是从哪儿找到它的？它不是丢了二十年吗？”我惊叹。

“姐姐厉害吧，”姐姐露出与她年纪不符的娇笑，像是在邀宠，“这些年里我一直雇人在嘉陵江里打捞它，最后在一堆哨兵里找到了它。要不是这样，以它这么小的个头，早就被江水冲到下游去了。”

我轻轻抚摸着小新孱弱的躯壳，真没想到二十年后我还有机会找到它，对我来说这真是最好的新年礼物了。毕竟除了目视镜外，小新是你给过我的唯一东西了。你的东西对我来说无比珍贵，要不是迫不得已，我也并不想弄丢小新。

毕竟当时，我都已经自身难保了。

当时我跟着文景姐，避开了很多哨兵巡查的密集区，一路来到了嘉陵江边。

“还是飞过切？”我问。

“小新还坚持得住吗？”文景看向我。刚刚小新已经拽着我们俩飞过了渝中岛前的长江支流，实在不敢保证飞行器还有足够的动力带我们飞过更宽阔的嘉陵江。

“晓不得。”

“这个时候也只能一试了。”文景姐说着抱起我，背上小新便启动了飞行系统。我们贴着江面低空滑翔，一路划破了江面上凝固的夜色。眼看就要抵达对岸了，巨大的江北中心忽然亮了起来，建筑外立面的泛光照明浮现出张丛原倨傲的姿态。

我跟文景姐都同时暗骂一声，紧接着就听到从四面八方传来的蜂鸣，上百台飞行哨兵如蝗虫般将我们包围。我心想完了，一台哨兵就已经够带劲儿的了，这老家伙居然这么大方叫来了上百台。虽然哨兵的初始程序里规定无法直接杀人，但这时候只要让我们受伤，然后掉进江水里，保准没命。

“文景姐你不是说你对安保系统了如指掌的嘛！”我哭喊道。

“给老娘闭嘴！抱紧我！”

我忙伸出双手双脚像考拉一样紧紧缠住了她。文景姐得隙腾出双手，掏出腰后的双枪便是一番扫射。我挂在文景姐身上，被枪支频繁的后坐力震得像个上了发条的铁皮青蛙。弹雨逼退了几台靠近的哨兵，但几乎伤不得它们分毫。

忽然，周围的哨兵向后退开一圈，我还没来得及高兴，就听到一连串机括运作的咔哒声。哨兵们身上射出无数点鱼鳞般的银光，我勉强能看到每点银光之间流淌出若隐若现的丝线向我们拢来。

“不好，是‘天罗’，”姐姐的声音里透着一股寒气，“哨兵队的抓捕网。”

我打了个激灵，这丝线这么细，收拢起来可以毫无滞涩地割破我们的皮肤甚至肌肉。江上的风大了起来，我刚喊出口“啷个办！”就被吹散了。

“没办法了，”姐姐低吼一声，“屏住呼吸！”

我一下子脑筋没转过弯来：“啥子？”

“屏气！”文景姐一声大喊，紧接着我背上就是一空。

我放弃思考，深吸一口气屏住。下一秒我就感到一阵失重，跟文景姐一起向下坠落。周围上百台哨兵同时失去了动力，坠入滔滔江水中。落水前的一瞬，我看到江北中心大楼上张丛原的投影扑闪了几下，熄灭了，像是被掐断了电源。

原来文景姐在危急关头拿下了我背上的EMP，屏蔽了所有的电子设备，包括抱着我们飞行的小新。水流湍急，文景姐拉着我向前游去。水流被我的目视镜阻隔在外，能看到姐姐曼妙的身姿在水中夭矫，像一条柔美的人鱼。

我很快熟悉了水势，手脚并用向前游去，减轻了姐姐的负担。

老爷爷，我没骗你吧，我的水性真的很好。

我跟着姐姐游向岸边，刚换上一口气，就被文景姐拽着向下潜去。继续游了几米，前面的岩石上出现了扑朔的光圈。水下隐约的光亮都来源于此，游近一看，才发现那是精钢铸成的巨大水轮机——这就是姐姐说要爬的下水道。

向前，水流开始形成一个漩涡汇入水轮机中，机械运作如雷鸣般轰响。数层锋利的精钢桨叶高速旋转，不断切碎浑浊的水体和水上漂浮物。身体忽然不受控制，被水体裹挟着绞向水轮机，这个该死的排水口现在居然在吸水！

我觉得自己又要死了，而且死法还颇为凄惨。但紧接着我就看见文景姐纤细的腰肢一拧，用力扬起右手。我眯缝着眼睛看去，原来姐姐的手里攥着极细的丝线，隐约反射着水下昏暗的光。丝线的另一端串着数十台哨兵，虽然它们及时松开了天罗，但数量太多，还是有些彼此纠缠在了一起，在姐姐用力的拉扯下率先进入了漩涡的虹吸范围，飞速卷向水轮机。

那一串哨兵很快就被卷入桨叶里，桨叶固然锋利，但哨兵的合金装甲同样坚硬。哨兵群顺着水流涌入水轮机中，水轮机的几层螺旋桨是错频旋转的，这样才能形成无缝隙的切割过滤面。受挤压变形的哨兵很快就绞了进去，卡在层层桨叶之间，水轮机硬生生被逼停了。

姐姐游过来抱住我，顺着水流钻进了水轮机的间隙，被管道里的水压拉扯着，我感觉自己像进了一个巨大的抽水马桶。

6

醒来的时候，我已经躺在了地面上，姐姐正在一边包扎着手掌，即使戴着手套，她的手还是被天罗割破了。我坐起身，看到旁边是一个巨大的水池，水面上零星漂着几台哨兵的残躯。看来我们被水流吸到了这个集水井里，姐姐带着我爬出了水面。

“这是江北中心的下水管道吗？”我吐出一口浑浊的水，抬头望着看不到尽头的巨大管井。巨型的机械臂清理着管道中的泥沙和残污，清洁机器人沿着管壁上的凹槽滑动，收集着一些细小的漂浮物。也正是这些小型机器人带来的光照亮了整个下水道。

“好大哦。”我说。

“江北中心的下水道跟整个城市的下水道相连，公司占据了其中一个入江排水口。”姐姐揉着自己的肩头，刚刚水下那次剧烈发力几乎让她脱臼。

“明明是排水口，哪个又开始吸水了欸？”我想起水下噩梦一样的经历。

“整个江北中心巨大的能耗只有压水反应堆才能提供，核能转化为电能都是需要水作为介质的。”

“就是……”我想了想，“烧水？”

“对，就是烧水。”姐姐咯咯地笑着，湿漉漉的头发粘在她的脸上，她笑得可真好看。姐姐又继续说：“更何况还需要水来作为中子慢化剂，反应炉跟超级计算机的冷却也需要大量的水。这一系列过程中蒸发掉的水量很大，需要定时补充。公司每个月都会有一次从嘉陵江里抽取活水，我们正好赶上了。”

“又要排水又要抽水，莫法屯起来用吗？”我想起了那道一边放水一边排水的智障数学题。

“孩子话，需要用水跟需要排水的时候能是一样的吗？这么多水搁哪儿啊，反正就靠着江，随用随取呗。”文景姐伸手点了一下我的鼻尖。

“我本来斗是娃儿嘛。”我吐了吐舌头。

“好啦好啦，你是孩子，”文景姐说着朝我眨了眨眼睛，“怎么样，刚刚姐姐厉不厉害？”

“好霸道哦，”我想了想，“可姐姐你哪个晓得我们会被哨兵围攻呢，还晓得借用哨兵卡住螺旋桨？”

“我不知道啊，我本来的计划是打算用 EMP 停止水轮机的，但没想到遭遇了哨兵，被迫先用了。EMP 可以蓄能，但是到下一次使用还需要很久，我只能急中生智喽，谁让那群傻东西自己串在一起了呢。”

“哇，姐姐你可真棒！”

文景姐笑着摸了摸我的脑袋：“小冬啊，你不只要相信陆老爷爷，也要相信姐姐我呀。”

“下面做啥子？开始爬下水道吗？”

“休息好了吗？休息好了就起来吧。”文景姐伸出手。

我拉着文景姐的手起身，背上了放在地上的 EMP。这时我才注意到，自己昏迷的那段时间里，文景姐已经从哨兵身上卸下了所有能用的枪械和武器，武装了全身。哨兵的设计很特别，同我的目视镜一样，它们身上几乎每一个有功能的设备都能被拆卸下来单独使用。我跟着姐姐爬上了混凝土管壁上的水手梯，小而不断的水流落下来，淋着我们。文景姐一边攀爬，一边还时不时抬手点射打落我们周围的清洁机器人。

“这些机器人的清理线路是预设好的，一旦周围忽然出现影响它们行程的东西——比如我们，信息就会传到监控中心。”姐姐说。

“然后喃？”

“然后就会有大家伙过来了。”她话音刚落，我们就听到管井上方传来了机械撞击的声音和异样的嗡嗡声。仰起头，虽然能看到的只有管井顶部的无尽黑暗，但是毫无疑问，有什么东西过来了。

“说来就来！是‘Spider’！”姐姐加快了爬行的速度。我紧跟着文景姐，只听得上方的嗡嗡声越来越大，而且靠近得越来越快。

“上面！”文景姐发现了水手梯上方的涵洞，一个翻身滑了进去，伸手把我也拉了上来。这是一条排水廊道，底部有一些积水，但不影响我们前进。文景姐拉着我的手跑了起来，她说Spider是一款大型修理机器人，因形似蜘蛛而得名。它们是装备精良的管道清道夫，游走在各种水电管井中负责设备的维修。Spider在管道内移动的速度非常快，而且转向灵活、神出鬼没，在这种封闭空间里它们比哨兵还要难缠。

“说好的修理型机器人喃！”我大喊。

罗烜 / 摄
2021　渝中区

—— 入围奖　<

水流开始形成一个旋涡汇入水轮机中，机械运作如雷鸣般轰响。数层锋利的精钢桨叶高速旋转，不断切碎浑浊的水体和水上漂浮物。

罗烜 / 摄
2022　南岸区

—— 入围奖　∧

“修理我们啊，也没什么问题。”文景姐显然已经意识到我的小短腿拖累了她的步伐，索性拎起我扛在了肩上。

“姐姐……你……顶到我……我的肺喽……”颠簸中我被她身上的枪械硌得七荤八素。

“给老娘闭嘴！”文景姐火气很旺。

我闭上了眼睛，刚刚的和蔼可亲呢……

背后空气一窒，Spider 已经爬进廊道里了！我睁开眼，看到一团黑影堵住了洞口，紧接着黑暗中亮起了无数红色的眼睛。

“它们来喽！”我哭喊。

“没事，老娘有分寸，你别尿了就行。”文景姐说着转进了一个廊道的分支。这时她已经跑进了完全的黑暗里，但她反而冷静下来，在逼仄的空间里驾轻就熟地左拐右拐，显然是对这个庞大的地下网络了如指掌。

文景姐跑着，Spider 的脚步声

越来越远，渐渐听不到了。我安下心来，看来她没有骗我，果然是深谙安保系统的好手。

“妈的！”文景姐忽然站定，我在急刹中飞了出去，又被她凌空抓住，随手提在身侧。

“我迷路了，地下水道的结构在改变。”她说。

“搞啥子哟？！”我手舞足蹈地骂道。

“我从来没听说过这些管道是可以移动的，但现在看来真的是这样。”

“那嘟个办欸！”这时候那些远去的嗡嗡声好像又清晰起来，而且变得更加密集，似乎从四面八方压了过来。

“我也不知道。”文景姐又把我丢回肩膀上，双手拔出枪械攥紧。

“我……我好像晓得。”我眼前忽然一亮，目视镜上由深浅两种蓝色勾勒出了整个地下排水网络的三维模型，一条红色的路线穿行其中，在曲折中向上。红线的起始有一个正在闪烁的红点，应该就是我们所在的地方。我不知道这条红线通向何方，但这目视镜是老爷爷你给我的，它忽然亮了起来，似乎只有一种解释……

“你晓得？”文景姐吃了一惊。

我把我见到的讲给她听了，她沉思良久，说：“就按这条路线走吧，你想到的那种可能几乎是不可能，但没有别的办法了。”

“但如果勒个地图是张丛原发来诱骗我们的喃？”我想到另一种可能。

“这的确是最合理的解释，要真是这样，那就干他娘的！反正被它们抓也是抓，自己送上门去反而痛快，”文景姐咬了咬牙，“快，小冬导航竭诚为我服务！”

在一片压抑的嗡嗡声中，我们循着导航奔跑。视镜中红色的线路在不断变化，蓝色的管道也在时不时地重组。这种变动非常小，如果不是整体看真的发现不了。我产生了一种奇怪但清晰的感觉，如果这个地图真是张丛原发来诓我们的，地下管网实在没有必要一直改变。

“小冬正在重新为您规划路线。”我看见目视镜里的路线再次改变，板起了一本正经的普通话。

“路线又改了？管网结构又变动了？”文景姐很不耐烦。

“没有。”我看着毫无改变的蓝线。话音刚落，我就又听到窸窸窣窣的金属步伐声从各个方向飘了过来，越来越清晰。

“我们被发现了！”文景姐显然也听到了，加快了脚步。我们按目视镜更新的路线行进，一会儿，那种令人烦躁的窸窣声又远去了。

“看来路线修改是为了避开它们。”话说到这里，我忽然心下一跳。

文景姐显然也想到了这一点：“应该可以肯定这个地图不是张丛原发过来的了，不然这老王八蛋可也太无聊了。”

说话间，我们已经按着路线转过了好几个弯，避开了几次 Spider 的围剿，周围的环境也渐渐变得干燥起来。

“既然不是张丛原发的，那斗是……”我喜形于色。

文景姐很快打断了我：“别高兴得太早，我们的位置已经暴露了。现在我们还躲得开是因为还没有形成包围圈，但也快了。”

话还没讲完，文景姐已经举起了右手的枪。紧接着就是一阵尖锐细碎的蜂鸣，右侧的黑暗里忽然跃出一簇发着红光的眼睛，浓烈的机油味扑面而来。枪口立刻射出明亮的火焰，将那只 Spider 钉死在墙角。

这只是个开始，大量 Spider 从黑暗的角落里不断冲出来，突袭变得越来越密集，姐姐打空了好几把枪，随手丢弃。我们都不做声，在黑暗的甬道里，能依赖的只有听力。我明显感到姐姐出了一身汗。

无数红色的眼睛出现在前方，文景姐忙刹住脚步。下一秒，红眼从四面八方冲了出来，将我们围在中间，包围圈在刹那间完成。

文景姐深吸了一口气，从肩上抓起我缓缓放下，站直，拔出一根冷焰火擦亮，轻轻抛出。条状的冷光源在空中翻转，映亮了周围的空间。我们借着光看清了拥挤在巷道里、挂满在管线上的 Spider，它们一拥而上。文景姐有意识地朝一个方向集中火力，打空两把枪后，逐渐清空出一处墙角。枪战中，冷焰火一次次地掉落下来，又被一次次踢向半空。

但这一次，文景姐把焰火踢向了我。

“抓住它，靠到墙角去！”她大喊。

我颤颤巍巍地接在手里，跑向那个安全的角落，文景姐也靠了过来。不得不说，姐姐在临战时的急智是超群的，不到一分钟，她就解除了腹背受敌的窘境。润滑油箱或

罗烜 / 摄
2020　南岸区　南山

—— 入围奖　∧

在虚拟分身技术的基础上，设计出了加持卷积算法的电子脑，同步了自己的意识，并植入一台公司正式生产的机器人中。

油泵中枪的Spider燃烧起来，火光照亮了整个廊道，更加触目惊心。廊道被密密麻麻的机器人挤满了，根本看不到边际。

文景姐打空了身上所有的枪，Spider立刻扑了上来，靠火力压制勉强维持的扇形防线瞬间瓦解。文景姐把最后两支枪甩在眼前一只Spider的“脸”上，抽出绑在后腰的两根银色短棍。我这才看清那是哨兵的两根胫骨，姐姐不但把哨兵装备的枪械打包带走，还把人家的腿也给撅了！她抡起钢骨就朝蜘蛛的关节砸。构成哨兵躯体的合金强度极高，不是这群修理用清道夫可以相比的。柱状的金属骨骼适合这种钢铁相交的战斗，不会因为剧烈的碰撞而卷刃甚至崩口。看来姐姐在一开始就考虑到兵刃相见的情况。

源源不断的Spider如潮水般涌上，姐姐的身上和脸上被偶尔凑近的钢爪和迸溅的碎片带出了一道道口子。更要命的是，姐姐换气的间隙变得越来越短，显然漫长的战斗已经透支了她的体力。她手中的钢骨也不堪重负，毕竟不是设计作武器用，这时已经磕出了无数细小的缺口，被砸到变形。

终于，两根钢骨同时崩断，姐姐也单膝跪地，大口地喘气。武器断掉的瞬间，她紧绷的神经也断开了。其实姐姐早已耗尽了体力，只是靠着毅力强撑。眼看这群令人作呕的机器人就要扑到姐姐身上，我哭喊着跳了出来，拔出背上的EMP往前一送。

跃到半空中的Spider同时掉了下来，周围的大群也都瘫痪了。这条机械长河如同一石激起了千层浪，涟漪所到之处，红色的眼睛都熄灭下去。

姐姐震惊地回头看着我，却因为喘气说不出话。廊道又暗了下来，被丢在一边的冷焰火扑闪着，照亮了我布满泪水和汗水的脸。我跟姐姐茫然地对视着，谁都不知道发生了什么。

好一会儿，文景姐才缓过气来，问："你启动了 EMP？"

"我、我没有哦，"我说得断断续续，"EMP 的能量还没充满的嘛。"

我跟姐姐面面相觑，都想到了同一个可能。

目视镜又再次亮起来，里面浮现出一个慈祥的笑脸。

你对我说："小冬，好久不见。"

7

"我们一厢情愿地去找陆先生的芯片，其实反而是错的，"文景姐说，"陆先生的计划原本万无一失，唯一的漏洞反而是我们造成的。"

"那有什么办法呢？"我推着文景姐来到了解放碑，远远地看着碑前熙熙攘攘拥挤的人群，那都是真实的个体。随着 Epoch 被推翻，虚拟分身系统也受到了冲击。二十年来，人们也重新习惯了采用真实的身体去生活、去交际，再不是当初的"人鬼殊途"了。

又有几拨跨年的人群从我身后的街角走出来，好多都端着吃食，有酸辣粉，有糍粑，有冰粉，也有锅盔。我甚至能闻到从他们手中飘来的酸辣和甜香，在湿漉漉的空气中，显得尤为动人。这才是过年的感觉啊。

是你，把大家从缥缈的海市蜃楼拽回了满是烟火气的人间，这才是人间。

"不过还好，虽然计划没能执行到最后，但老爷爷的心愿还算是完成了。"

轮椅上的文景姐点点头，没有说话。

新年的钟声即将敲响，夜空已经被绚烂的电子烟火布满。远处的人群喧闹而欢快，他们都抬起头，我知道，他们在等待你。

从那一天起，每一年的春节，都会有一个老人的虚拟影像从空中跳下，为了庆贺新春，更为了纪念那个二十年前的老者，为了纪念你。

你的虚拟影像，是后人复原出的数据分身。但由于本体已死，分身没有任何思维，只是一具全息投影罢了，落下之后，就会消失。就如那时在地下管网里，救了我们之后，你仅仅是在目视镜里打了个招呼，就不见了。可你的计划，远不该仅仅如此啊。

芯片被抢也是你计划中的一环，可惜我们后来才知道。

二十年前，Epoch 集团准备把所有的城市系统统一到一个大体系之下，以数字货币为引子，控制整个城市的经济。

但你逐一破译了大量节点的数据库，并植入了自己的算法，你一逃离江北中心，这些算法就开始运转，公司的数字货币体系受到掣肘。公司不得不投入大量计算力来清除这些障碍，也因此暴露出了巨大的运算薄弱面。

你的分身从你出逃的那一刻就被严密监控起来，后来也被注销掉了。但规则其实有一个漏洞，那就是除了人类之外，正规出厂的机器人也可以注册分身，比如哨兵。你在虚拟分身技术的基础上，设计出了加持卷积算法的电子脑，同步了自己的意识，并植入一台公司正式生产的机器人中，也为它注册了分身。它就成为了你，它的分身一直隐藏在公司系统的内部，等待时机。

既然我们能在饭馆里看到新闻报道，说明公司的行为已经暴露。克隆人类是严重违法行为，这种极其负面的消息都被报道出来，公司想要掩盖，就得花费更多的精力。相关部门正式介入调查，再加上巨大的运算薄弱面，公司的系统对你来说门户大开。

那五分钟的倒计时，是电子脑的分身融入系统的进程。当公司开始利用系统解码你的芯片时，隐藏在系统中的电子脑分身便会接收到芯片所有的数据，成为真正的，你的意识。与此同时，你预先准备好的远程服务器也利用数字货币体系的去中心化，进行庞大的运算博弈，门户大开的系统不是你的对手。从江北中心上张从原的影像被强行中断，到给目视镜传送整个地下管网的地图导航，都是系统博弈的结果。

可正是因为电子脑的分身同步了你的芯片，你的意识中有了关于我跟文景姐的记忆，你选择救我们。

我们想去追回你的芯片，反倒给原本天衣无缝的计划带来了一丝裂痕。

十二台哨兵原来的使命是在各处游走，干扰公司的注意。可为了救我们，其中的一部分又折返了回来。你唯一没有料到的是公司派遣了新款哨兵，两败俱伤之后仍有一台追上了我。

这还不是症结所在，当你的意识终于连接上我的目视镜时，我们已经潜入了江北中心的地下管网，陷入了 Spider 的围剿之中。你不得不分出计算力来营救我们，使得公司的系统有机可乘。最终，你熄灭了公司所有能够自由活动的机器人，但代价就是被系统彻底绞杀。思维矩阵崩溃，你的意识破碎成一段段残缺的代码，散落在系统中，浮浮沉沉二十年。

“是我杀了陆先生。我跟你说要相信他，可自己都没有做到，”文景姐不知何时又点起了烟，“如果我们真的相信他，就不该去做那些多余的事。”

“别胡说。”我一把抢过她手中的烟掐了。我当然知道，文景姐一度染上很重的烟瘾，真正原因并不是神经感染导致的下半身瘫痪，而是获悉事实后觉得是她杀了你，是她害得你计划失败。虽然 Epoch 最终还是受到了制裁，但是你好不容易在系统中重生的意识，却为了救我们而湮灭了。当初是她提出要找回你的芯片，这二十年来她一直归咎于己，苛责自己。

“如果陆先生的计划真的完成了，我们的生活肯定会更好吧？”姐姐没有回头，只是淡淡地问我。

这个问题她问了我很多遍，但没有人能回答啊。你的意识破碎之后，公司的系统也受到重创。相关部门的调查因此得以深入，发现 Epoch 集团这么多年来一直用公共服务和基础建设的名头遮掩着腌臜的行径，光鲜健全的公共运营策略之下，是计划长远的阴谋。公司因此被取缔，张丛原入狱。经过二十年的整改，公司阴谋导致的资源倾斜已经得到了恢复。难得地，人们也渐渐找到了科学技术、城市运营与生活气息的平衡，城市面貌焕然一新，被科技发展推着前行的人们终于找回了失去已久的烟火气。但谁都会觉得生活还能更好，我们也不例外。

“机器人最大的优点就是可以自我复制，这个道理我都懂，老爷爷会不懂吗？”我岔开了话题，“姐姐你说老爷爷会不会还有后手？他这么算无遗策的人，真的会没有备份方案吗？”

还没等姐姐回答，新年的钟声就敲响了。漫天烟火之中，你的影像从天而降，落入人群之中。人群中响起了震天的欢呼和呐喊，他们手中彩色的氢气球在同一时刻放开，旋转着升空，让我想起了那年成群的孔明灯。

我蹲下身,贴在姐姐耳边说:“新年快乐。”

“新年快乐。”姐姐说。

我们看着你的影像从空中落下，不觉间眼角还是有了泪。

老爷爷，我们真的好想你啊。

姐姐怀中的小新忽然亮了起来，锈蚀的喉头颤动了几下，能听到窸窸窣窣铁屑掉落的声音。短暂的嗡嗡声过后，它开口了，电流的爆破音很响，像一小束一小束的烟花在它小小的身躯里绽放。但我们还是听到在电子噪声之下，有一个苍老的嗓音在低声哼唱：

“新年好啊 / 新年好啊 / 祝福大家新年好 ~

我们唱歌 / 我们跳舞 / 祝福大家新年好 ~”

我跟文景姐猛地看向彼此，都在对方的眼睛里看到了无以复加的震惊。

那是你的声音!

雾都

文 / 张楞次

王祥 / 摄
2022.8.26

—— 入围奖 ∧

从早上睁眼的那一刻我就已经知道，我们已经驶入了那片被浓雾和谜团重重笼罩的隐秘之地，一个深不可测的世界的大门已经向我打开。

罗烜 / 摄
2021　南岸区

—— 入围奖　∧

在我背井离乡到京城上大学、工作的那段日子里，几乎所有美好的记忆都与李君家那栋两室一厅的小公寓有关。

现在是早上九点二十八分，但窗外依然看不到任何景物，只有一片厚重的白色，仿佛火车正在厚厚的云彩中行驶，肉眼和镜头的视野都被阻断，看来只有 X 光线才能穿透这白茫茫的一片。

从早上醒来到现在，我已经对着窗外看了一个多小时。旁边的工作人员轻轻提醒我："张老师，雾都快到了。"但从早上睁眼的那一刻我就知道，我们已经驶入了那片被浓雾和谜团重重笼罩的隐秘之地，一个深不可测的世界的大门已经向我打开。

火车的车头可能已经进了站，我感到火车正在减速。过了一会儿我隐约看到了站台的轮廓，一些模糊的黑影也呈映在窗户玻璃上。列车停住了，我最后深吸了一口车上的空气，背上自己小小的挎包，走进了车门外深不见底的浓雾中。

在报社工作人员的引领下，我很快看到一个熟悉的身影由浅变深，快速朝我而来。高到头顶的发际线，微胖的脸庞，和善的小眼睛，略微发福的身体，稳健有力的步伐，那正是我在政府内相识多年的好友李君，也是我这趟雾都之行中官方派来的接待人员。

我握着李君温暖有力的大手，往日的回忆如洪水般溢满八年来干涸的记忆河道，炽热的眼泪撑满了眼眶。

李君是我上大学时当上兼职记者后采访的第一个政府官员，没想到我们一见如故，一段奇妙的忘年交就此开始。他比我大二十岁，但总喜欢和我以平辈相称。他为人忠实又正直不阿，这倒是与我的个性一拍即合。他经常给我提供点小道消息，让我总能有独家新闻；我偶尔也会帮他写点歌功颂德的文章，算是给他积累声望。

过去在京城，我还经常到他的家里采访，到了后来干脆就成了他家的常客。我至今还清楚地记得李夫人和蔼可亲的样子；记得她温柔地给我们开门、接外套；记得她总是拿出最好的茶水点心来招待我，尽管这个家庭并不富裕；记得她辛勤地给我们端茶倒水却从没有露出过不耐烦的情绪；记得在他们家那个不大但总是阳光明媚的客厅里，李君端着报纸坐在对面抽烟，我看着茶水冒出的热气里灰尘上下翻飞度过的一个个下午。

还有李君那个活泼可爱的小儿子小旭，整天一口一个"大哥哥"地叫我，说起来其实也只比我小了三岁，他哥哥小时候因病夭折了，他就被李君当作家里的独苗宠爱地照顾长大，想法也总是充满了天真，不过身上倒没有那股娇生惯养的恶心气息。在我的印象里，无论什么时候小旭总是开心地笑着，露出洁白的牙齿，大大的眼睛里闪烁着求知的光芒，每次我去李君家里，他都要拉着我这个比他高一头的大学生进到他小而整洁的卧室，肩并肩坐在床上对着几本摊开的书问东问西，问着问着就开始跟我讲班里同学和他爸的坏话，当然也不忘一直跟我强调他的梦想是考上我所在那所全国最牛的大学，然后也成为一名记者，用相机记录下这世间美好的一切。接着就要抢我那台笨重的大相机玩，好几次都险些被他搞坏。至于他的问题，大部分时候我都会尽量用通俗的语言认认真真给他解答，不过难免会碰上一些令人哭笑不得的问题，这种时候我只好摆出大人的样子，学着权威的口吻恐吓他说“大人的东西你还不必搞得太明白”。

回想起来，在我背井离乡到京城上大学、工作的那段日子里，几乎所有美好的记忆都与李君家那套两室一厅的小公寓有关。而这样的日子本可以一直持续下去，但突然爆发的战争打断了这一切。

我们上次见面已经是八年前，在炮火连天、狼烟四起的京城，当时我和同事们正在从报社总部的废墟中抢救资料，拼尽全力与贪婪的火苗赛跑。

敌人的针对性很强，轰炸大学城时用的是高性能油式燃爆弹，而且与敌军一直以来的精打细算相比，这次轰炸对炸弹的使用称得上毫不吝啬：火焰如瀑布一般从钟楼的顶层倾泻而下，昔日辉煌庄严的国立图书馆在烈火的沐浴中缓缓倒地，其他高度超过十米的建筑全都遭遇了相似的命运，更低的建筑则被如洪水般袭来的火焰掏成了空壳。大火肆虐了两天两夜才退回到废墟之中，我们这些因碰巧外出采访而幸免于难的人抱着试一试的希望冲到了报社的废墟之上。

李君是最后一批撤离京城的政府职员之一，由于车辆的紧缺，他不得不与其他二十多人挤在一辆狭小的皮卡上。车队经过报社时，李君不顾一切地从车上跳下来，跑到我面前：“家里人都撤离了吗？你撤离的路找好了吗？”

当时，悲痛填满了我的胸腔，浓烟也几乎让我喘不过气，我想回答却没法发出声音，只能用力地点了点头。

他握住我的手，道了一声“保重”便飞奔回去重新跳上了卡车的护栏。我都没来得及问他的家人是否安好。

一声炸弹的尖啸给我们的相见画上了句号。

在后来艰苦流离的战争岁月里，我和李君只有过几回断断续续的书信联系，不少关于他的信息我还是从报纸上同事写的报道里看来的。他先是去了洛城，然后辗转到了汉州，六年前随政府一起迁入了双喜。

双喜，这个深处国家西南腹地的小城，连名字都透露出满满的乡野气息，却在战争期间因为地处崇山峻岭之中，森林茂密、雾气深重，又有便利的水路交通、易守难攻的自然条件而一跃成为国家的战时首都。

但真正给双喜笼罩上传奇色彩的是它的雾。从迁都的第二年起，双喜城的雾一反自然规律，一年比一年浓厚，甚至在本应晴朗的夏季也没有丝毫消散。这让敌人的战机伤透了脑筋，对双喜城的轰炸在连续几次的得不偿失后逐渐停止。陆路交通被山川阻断，水路又有上游的天险可守，结果就是水陆空三路竟都无法撼动这座西南小城的一丝一毫。双喜就这样在战争最艰难绝望的时间里屹立不倒，直到敌人在同盟联军的猛攻下落荒而逃。

双喜因为它的雾在全世界出了名，但它的原名实在难登大雅之堂，于是上至官方文件下至百姓聊天都称它为“雾都”。虽然没有正式改名，但“雾都”已然是个半官方的名称。

战争期间雾都与外界的交流始终处于半封闭状态，所有的信息只能通过官方的无线电频道和邮路传递。而且除非持有官方签发的许可证，否则没人能离开雾都。所有拥入雾都的难民、士兵、官员全都只进不出。官方声称这是为了保证雾都的安全，但这也让雾都的一切笼罩在一片谜团之中，而它的雾更是成了谜团中的谜团。

这个谜团始终没有解开，惹得众说纷纭。全国乃至全世界的人都想找出一个合理的解释。普通的百姓相信这是上天赐予的奇迹，一些气象学家认为这是罕见的自然现象，一些化学家认为军方通过某种化学手段大量制造了雾气。最后一种说法流传最广，还衍生出许多变体并逐步发展为阴谋论，许多人还坚信这种技术后面隐藏着不可告人的黑幕……

我是战后第一个被允许进入雾都采访的记者，解开雾都的谜团，正是我这次采访的目的。而解开双喜匪夷所思的雾之谜，自然是我重点中的重点。

我的思绪逐渐回到了面前的李君身上，据说他到雾都后仕途突然变得异常顺利，在战争期间节节高升，现在已是政府高层的关键人物之一，甚至有传言说他正是军方人造雾技术的最高负责人。这些传言都有一定的道理，但是我全都不屑一顾。任何人都可以对李君妄加揣测，但我不行，因为我太熟悉他了，不论他在做的是什么事，都一定有他的理由，而我也只会相信自己探索到的事实。此刻，即使隔着浓雾，我也能看见他眼角闪烁着晶莹的泪花。我知道我也是。

“好久不见。”他说。

“好久不见。”我回答。

满腔思绪之余，我心里也宽慰不少：李君没有戴防毒面具，空气里也没有异样的气味，雾都的雾果然不是什么生化武器。

他牵着我的手，领着我走上了一条盲道。我仔细感受着脚下的凸起，小心翼翼地跟着李君向前走。

“雾都的雾总是这么大吗？”我用另一只手擦了擦眼泪，满腔的思绪终于平复了一点。

“这倒不是。今天的雾对雾都来说也很不寻常。一般雾都的能见度都在五十到一百米，像今天这样能见度不到十米的情况也属实罕见。说不定是为了欢迎你的到来呢。”李君对我露出了一个微笑，嘴唇后依然是被烟熏得焦黄的一口烂牙。我也破涕为笑，用一个笑容回应了他。

不知不觉间，我们似乎已经走出了车站，周围再看不到候车厅的柱子和长椅。也直到这时我才意识到这个车站是个简陋的开放结构，只有一个顶棚和顶棚下摆着的几把长椅，可能连一个像样的出口都没有。

我叹了一口气：雾都的车站尚且如此，全国其他地方的状况可想而知。

或许是出了车站的缘故，我感觉雾气好像变淡了一些，现在我能看清前方的盲道和盲道周围的土地了。盲道的尽头停着一辆越野车，几个持枪的士兵和戴着肩章的军官正在那等着我们。他们向李君敬了个礼，上了旁边的两辆随从车。我和李君坐到车上，司机熟练地打着了火，沿着我看不清楚的道路缓慢而坚定地向前驶去。

“我们先去政府大楼，我现在也住在那，要是不嫌弃的话就先在我的房间坐一下吧，你的房间刚刚腾出来，得等到晚上才能收拾好。你可以先放下行李休息一会儿，简单吃点午饭，晚上再参加给你举行的接风宴。总统外出执行公务了，你也得到晚上才能采访他和其他几个政府要员，所以这个下午你可以好好放松放松，享受一下国内难得的足浴和按摩，相信我，水平不比战前那些顶级按摩店差！”

“不用了，真的不用了，我下午就想出去走走，看看雾都的状况。而且我已经不习惯这些奢侈的享受了。”我自嘲地笑了笑。

战争爆发后，我毅然决然地做了战地记者。家里人自然是强烈地反对，但我不在乎。我这条命只是因为一个幸运的偶然才留了下来，我本应和报社里的其他同事一起葬身火海。既然死神无意中漏了我这一条命，那我就得让这条命活得有价值些。

八年来，我始终活跃在战争的第一线，和艰苦的战士们同吃同住，也曾多次直面过死亡的威胁。不过我的运气实在是好，我亲眼见证了成千上万人的死亡，自己却奇迹般地活了下来，还成了全国最出名的战地记者。现在我虽然从前线归来，带着新的任务踏上雾都的土地，处在全国最安全的地方，但我真的已经不习惯战前那回想起来有如梦境般的美好生活了，只有与粗糙的地面接触的感觉才能使我安心。

“那行，就猜到你会这么说。你先好好吃顿饭，到时候我带你去雾都的城中心逛逛。”李君还是这么没有架子，我一时甚至怀疑他的高升也只是一个传闻罢了，眼前这个人和八年前的李处长又有什么区别呢？

“那敢情好，李处长亲自当我的向导可真是让我不胜荣幸。”我们相对而笑。

雾都的地形崎岖不平，到处是小山小丘，一路上车子不断在起起伏伏、上坡下坡。但最让我在意的还是周围出奇的寂静：一路上没有看见一辆汽车和一个行人，一种诡异的寂静如同雾气一样弥漫在我们周围，除了汽车发动机的低鸣，没有任何外界的声音在雾气中回荡。

我向李君说明了我的不安，他轻轻叹了口气。“这里是郊区，战前就没有多少人。在迁都的头一年敌人的飞机把城里炸了个遍，房子没了，路也断了，所有人都集中在城

罗烜 / 摄
2022　渝北区

—— 入围奖　∧

区地下的防空洞里，郊区也就成了无人之地。后来我们也一直在重建城市，但要修的太多，进度一直很慢，到现在也就基本修复了城区的几条主干道和市中心，所以你在这看不到人，我们接下来的路也这么烂，还请你暂且忍耐一下。”我摆摆手表示没有关系。

雾明显不像我刚到时那样浓了，能见度提高到了大约五十米，道路两旁的风景也变得可以辨认。我看向道路两边，悲哀地发现正如李君所言，这里和我在前线见过的无数城市一样，不是路两旁都是废墟，而是遍地的废墟中有一条路。这些废墟看着也有了些年头，色泽褪去，尘埃落定，与脚下的大地一样不起眼，唯一能给人一丝安慰的是从里头冒出的郁郁青青的草本植物。不过也有零星几栋未倒的建筑点缀在偌大的废墟间，虽然看着年久失修，颜色也褪成了单调的黑白灰，但它们仍然稳稳地立在那里，立在废墟的中央，立在起伏的山地间，立在阴沉的天空下。雾气模糊了它们锐利的轮廓，但它们坚毅的身影时刻透露出刚强不屈的精神，

罗烜 / 摄
2021　渝中区牛角沱轻轨站

—— 入围奖　V

国立图书馆雄伟的身影占据了我视野的中央，鲜红的油漆就如同它倒下那天沐浴的烈火一般耀眼，穿透浓厚的雾气直射入我的眼帘——在这片灰白色的世界里，只有它是鲜红的。

可能就像这座城市，就像这座城市里的人。

这时车转了个弯，从一栋少有的完整的六层房屋的阴影中驶出，然后那栋只应存在于我记忆中的建筑突然出现在我面前。

国立图书馆雄伟的身影占据了我视野的中央，鲜红的油漆就如同它倒下那天沐浴的烈火一般耀眼，穿透浓厚的雾气直射入我的眼帘——在这片灰白色的世界里，只有它是鲜红的。厚重的底座牢牢扎根在土地中，楼身倾斜的角度就像一张翻开的书页，顶层的钟楼直插云霄，从目力不可及处俯视着脚下的三百万人民。和我记忆中的样子一模一样。

刚开始我以为自己睡着了。但它的存在是如此真实，以至于我不得不用力捏了一下自己的脸。不是梦。

车不断往前行驶，它的身形也变得越来越大。

我差点从座位上跳起来。

“停车！停车！”我难以自控地大声喊了出来。

李君可能早就预料到我的反应，没有阻拦我，只是打了个手势。于是旁边两辆车就停了下来，我们的车也跟着停了。不等车完全停稳我就跳下车，一路朝那栋顶天立地的建筑狂奔。我很快发现国立图书馆并不在路边，只是它的巨大身形掩盖了我对它前面一片建筑群的注意。我的面前是一扇狭小的灰色大门，门上的牌子用正楷白纸黑字地写着“国立中央大学”。门后是一条狭窄的土路，大约有十几幢低矮的茅草屋和瓦屋散落在路两边，路的尽头消失在图书馆面前的迷雾中。

李君不知何时也来到了我的身边。“没错，我们重建了国立图书馆。一模一样。”他在我身边轻轻道。

我不知道我花了多久从震惊中恢复过来，我只记得我回过神来想起的第一件事是掏出速记本和笔，想要把这个重大发现写成报道让全国人民知道，但我的大脑却一时和眼前的纸一样空白，巨大的震惊、惊喜和激动竟让我无从下笔。

“李君，先跟我讲讲详细情况吧。”我抬起头决定让自己先平静下心情。

“没问题，我知道你会是这个反应。”李君搭着我的肩膀，用慈爱的眼神直视我的双眼，努力帮助我平静下来。

“雾都在抗战的艰苦时期也没有忘记国家的文化教育事业。五年前空袭停止以后，我们就在全国范围内开展了大规模的文献书籍收集整理工作，从全国各地抢救出的珍贵纸质资料都被秘密转移进雾都，最开始在政府机关的办公楼里腾出地方存放，后来资料越来越多，我们只能开始把新转移来的资料堆放在地下防空洞里，但防空洞的环境条件不适合长期存放纸质资料，于是我们萌发了建一个图书馆的念头。后来我们又想：既然要建，不妨建大一点。于是我们决定在这里重建国立图书馆，等着有一天向世界宣告：我国的文化血脉没有断绝，敌人杀不尽我们的人民，同样杀不尽我们的文化！之后我们又依托新的国立图书馆重新组建了国立中央大学，就在新图书馆的脚下，即使在战争期间，教育科研事业也没有停止。”

我飞速地记下李君的话，脑子逐渐清醒，眼泪却打湿了面前的纸页。敌人的燃烧弹没有烧掉我们的文化，文明的基因依旧在这山城的雾中延续。没有什么比这更能慰藉那些在大学城的烈火中的死难者了。

我擦干眼泪，由衷地对李君和他身边的人说：“你们是真正伟大的人，请允许我向你们表达由衷的、崇高的敬意！”

令我惊讶的是，李君的眼睛里闪过一丝阴翳，他第一次主动避开了我的目光。“其实也没什么，我们只是做了自己该做的。而且，你也应该知道，越是伟大的功绩，背后就藏着越是巨大的阴影，‘一将功成万骨枯’啊。”

我一时不敢确定李君这番话是何含义，直觉告诉我这和雾都的雾之谜有关，但这样的情景下也不方便直接提问，我尴尬地立在原地不知所措。

“上车吧。”还是李君打破了沉默。

我们重新坐上车，加快速度向政府大楼赶去。剩下的路途中，李君的兴致一直不高，没有再主动开过口，我也不敢再向他提问。和蔼的笑容从他脸上消失了，取而代之的表情与其说是忧郁不如说是一种掺杂了忧郁的迷惘。他一直看着窗外，但眼神表明他没有在看任何具体的景物，就只是看着而已，或者说他的眼神就像雾一样四散缥缈。

驶入主城区后路明显好走了很多，我隐约能看出部分路段甚至是新铺的沥青，我们的速度再一次加快，很快就到了政府总办公楼——俗称的政府大楼门前。

说实话，我一开始并没有意识到已经到目的地了——政府大楼的样子实在太普通了。这个六年以来全国的政治中心，抗战的指挥中心，决定国家命运的决策中心，看上去和一栋战前随处可见的普通六层居民楼一模一样。颜色也是呆板破旧的灰色，楼顶上也没挂招牌，实在毫无特点可言。

车停在了楼下，我依旧望着这栋平平无奇的建筑，不知该如何让全国的民众相信这就是战争期间他们精神信仰的源泉。

“李君，你们的风格很是简朴嘛。这楼建得让人认都不好认。”我尝试重新跟李君搭上话。

李君的思绪则好像突然从某个遥远的地方被拉回来，看了看面前的大楼，转身重新对我露出了笑容：“我们是故意弄成这样的。想藏一棵树，最好的地方是森林；想藏一滴水，最好的地方是大海。要想避免敌人的针对性打击，就得让他们认不出来。这本来就是一栋普通居民楼，因为这一片是市区的住宅密集区，这样的楼到处都是，所以我们就随便挑了一所还算完好的当作政府大楼了。张君，这道理你应该明白吧？你可也是从前线回来的。”

我看得出来，这次他的笑容里，带上了太多强颜欢笑的成分。

“你这么一说，道理我倒是都懂，就是这情感上一时还有点难以接受啊。”

“那你慢慢接受好了，来，我们先进去吧。”

李君带着我穿过人声鼎沸的大厅和迷宫般盘曲的走廊，先到餐厅吃了一顿简易的午饭，然后在一个僻静的角落，我们走进了他的房间。随从人员帮我把行李提进来后就退了出去，关门的声响消散后，房间里只剩下我、李君和正在落地的灰尘。

这是个一室一厅的小居室，比李君原来的公寓还要小一圈，装修和家具也异常简朴，真不像一个政府高官的住所。

一进门，我的视线就被客厅中间柜子上摆在正中央的一张照片吸引住了——那是李君的全家福。照片上的三个人都是我熟悉的模样：李君眯着眼慈祥亲切，李夫人温柔和蔼，小旭活泼大方，三个人都露着最开心的笑容。其实也不奇怪，因为这是一件旧物了，之前就摆在李君在京城的那栋公寓里，我曾经也看过不下百遍了。

在京城和李君家来往的那段记忆再度浸没了我的大脑，恍惚中我仿佛回到了八年前某个在李君家度过的祥和的下午，李君坐在我对面边看报纸边抽烟，不时还被呛两下，李夫人给我续上新的茶水后又消失在厨房里，小旭则又从卧室里冲出来要拉着我问问题……

我猛地一拍脑袋，心里暗暗咒骂自己真是个笨蛋，竟然忘了如此重要的事情，连李君的家人都没想起来问一下。

事到如今，只能厚着脸皮亡羊补牢。“李君，那个，你的家人都还好吗？”

“嗯，都还算好吧。”

“那他们现在在哪呢？你看——”。我打开挎包，拿出一台崭新锃亮的相机，“这是我给小旭准备的礼物，外国捐赠的国际最新款最先进的相机，又轻又好用，我都没舍得用一次就带过来了，小旭一定会很喜欢的，他一直说要当记者拍照来着！我已经迫不及待地想给他了！还有李夫人，和李君你，我都准备了礼物的！你看我这记性，到现在才想起来给你。”

“啊，那个……小旭和他妈都有事出去了，暂时回不来，你先不用拿出来了，我的之后你一并给我就行了。你等一下。”

李君起身进了卧室，很快拿着一摞照片出来交到我手上。“这是他们的近照，你先看看吧。”我一张一张地仔细翻起来，很明显最开始几张都是在流亡途中拍的，李君一家三口人的脸上总是蒙着灰尘，清晰度堪忧，保存度也不甚完好。后面的照片应该就是在雾都拍的了，李夫人依然光彩照人，小旭也一直开心地笑着，不过李君的照片没有了，我猜测大概是职务的原因。翻到最后一张照片，我愣了：照片上的小旭依旧露着大大的笑容，只不过，他穿的是军装。

“小旭，参军了？”

“六年前的事了。”李君把一支烟屁股摁进烟灰缸，“那是刚迁来雾都的时候，他一直在看你的报道，早就闹着要像你一样为国家做贡献。我和他妈一直都不同意，结果他在来雾都的路上偷偷跑去征兵办公室，等我们重新见到他，已经穿上军装了。后来他还参加了敌军对雾都发动的最后一场水陆攻击的反击战，真是拦也拦不住。”

李君脸上的阴郁更深了。我早该注意到的。从我问起他的家人开始，李君的脸上就笼罩了深重的阴霾，我却只顾沉浸在回忆里。我知道一定有什么事情不对。会和雾都的雾有关系吗？

我最终还是鼓起勇气点破这一层：“李君，请问，李夫人和小旭现在到底在哪里？”

李君转头望着窗外。“他们在雾里。”

许久的沉默。

“能解释得清楚一点吗？”

李君想点上一支烟，双手却不住地剧烈颤抖，烟好不容易叼到嘴里，火却怎么也打不着。

我拿出速记本和笔，发现自己的手也同样地在抖动。

“如果你不想说，或者没有权限说也没关系的，我可以等晚上采访总统先生的时候再仔细问。”我突然感到一种恐惧，一种对真相的恐惧，在这关键时刻让我萌生了退意。

李君摇了摇头，打断了我最后的退路。“不，告诉你真相就是我最大的责任。”他脸上挂着我见过最深沉的悲哀，我曾多次在失去亲人的军人家属脸上看到过类似的表情，但李君的表情更加沉重，也更加复杂。

我咽了口口水。“那，我洗耳恭听。”

李君发出一声长叹，那是认命的叹息，既是痛苦亦是解脱。又过了一阵他才开口，声音平静而清晰，是最理想的陈述事实的声音：

“传言是真的。雾都的雾确实不只是自然现象，我们一直在人工造雾。原因正如你所知，雾都自然的雾虽然可以给敌军造成很大的麻烦，但并不足以让他们彻底放弃轰炸雾都的念头。而且每年的夏季是无雾期，三个月的时间足以让敌军把雾都炸为废墟。自然雾根本无法形成有效的庇护。”

“所以我们一开始就想到了人工造雾，并进行了很多尝试。我们集

王祥 / 摄
2020.7.22

—— 入围奖 ∨

结了国内最顶尖的化学家，试图找出一种能廉价高效地快速产生雾气的方法，但我们失败了。要么是成本太过高昂，要么是效率太低，要么是生成物有毒性，总之我们失败了。后来敌军的一颗燃烧弹把实验室连同里面的人员、资料化为了灰烬，我们的希望也彻底破灭了。”

“但转机也很快出现了。我们得到了一种全新的技术，可以以人为原料高效地产生大量符合我们预期的雾气，”李君盯着柜子上的全家福，“他们俩，就是实验的先行者之一。”

我的笔掉到了地上。

“李君，你，你说什么？我是不是听错了什么？”

“你没听错。雾都的雾是人造的，用人制造的。我们的科学家估计，你现在看到的雾有 91.8% 都是这么造出来的。小旭和他母亲就是原料的一分子。”

我此刻的心情恐怕无人能够体会。我有上百个问题和上千句话想一并对李君吼出来，但巨大的震惊让整个身体都麻木了。我看着坐在对面的李君的脸，第一次怀疑：他真的还是我认识的那个李君吗？

“李君，你怎么能干出这种事？你怎么能亲手杀了你的家人！”

“为了战争的胜利，必要的牺牲是少不了的，你应该比我清楚，他们两个的命不比雾都的其他三百万人更高贵。我们一共用了三十万人，全都是自愿或者随机抽取的，全过程都非常公平。”

“雾都一共三百万人你们就杀了三十万？你们这和敌人有什么区别！你们到底守护了些什么啊！你们根本不配坐在这里对别人发号施令！”

“雾都的重要性你该是知道的，到了这里我们根本已无路可退，为了守住这战争胜利的最后希望，任何必要的手段都是可以接受的。”

“我知道，我全知道！但我更知道无论什么情况你们都没权力这样做！”

“你根本什么都不懂。”李君轻轻回答。

他站起身整理了一下衣冠：“我现在带你去一个地方，想知道更多真相的话就跟我来。”

与愤怒而悲伤的我相比，李君似乎已经从刚才深沉的悲哀中解脱出来，脸上不再有阴霾，步伐也前所未有地轻盈。

我忍住怒火，抹去眼泪，跟在李君身后走了一段长长的路，拐了几个弯，最后坐着一部电梯好像下到了地下很深的地方。电梯门打开后，一扇厚重的钢铁大门矗立在我眼前，门口似乎有重兵把守。离门最近的两个士兵向李君敬了个礼，费力拉开了大门，而大门后的景象再次让我不知所措。

几十架飞机的残骸陈列在一个偌大的洞厅里。

李君带着我走进去，在一架架残骸之间流转。我集中精力仔细辨认，很快认出这些都是敌军的飞机。大致统计了一下飞机的型号和数量后，我不自觉地僵滞在原地。

李君点点头：“你果然发现了。没错，这些就是敌人最新公开的机密文件里所说的，在雾都上空离奇失踪的几十架飞机。除了三架烧成灰的，其他的全在这里了。这也正是他们停止空袭的真正原因，不然他们早就用无差别的地毯式轰炸荡平雾都的市中心了。”

“不可思议……这些飞机的失踪果然都是你们干的吗？可是这和你们造的雾又有什么关系？”

“准确地说，这些其实不是我们干的，正是你在外面看到的雾干的。”

“敌军的飞行员可不会傻到一连几十个在这失手！”

巨大的震惊让整个身体都麻木了。我看着坐在对面的李君的脸，第一次怀疑：他真的还是我认识的那个李君吗？

“但我们的雾强大到可以让他们全部失手。”

我的思路一时堵塞：“这到底是怎么回事？”

“我们造出来的雾不是自然雾的简单复制。从科学原理上解释，我们的技术把人转化成雾的过程不是通常的物理或化学变化，它的工作原理是在量子层面的。你虽然不是物理专业的，但我想你应该也听说过，在分子、原子之下，物质有着更为基本的组成单位，也就是量子。”我点点头。

“我们的机器可以把组成人体的物质分解为量子状态，同时保留人的意识——这正是奥秘所在。原先组成人体的量子依然在那个人的意识掌控之下。不过从理论上说，量子状态的物质无法用我们已有的任何手段探测到，只能用概率来表述它存在于某处的可能，而且呈有规律的发散，在无观察者的情况下理论上会平均扩散到宇宙的每一个角落。

“但变成量子态的人的自我观察可以使组成他们身体的量子重新坍缩为实体，但其过程和原理已是我们无法想象的了。通过调节自我观察，他们可以用自己的量子重新组合成各种物质，当然也可以变成雾。虽然这听起来匪夷所思，甚至在理论上也存在大量空白，但事实就是如此，外面的雾和你眼前的战机就是最好的证明。”

我重新打量那些残骸，李君的声音继续在耳边回响：

“他们既然可以自由控制量子组成物质，就可以以各种我们难以想象的手段战斗。那些战机都是在接触到雾都的雾后立刻发生了故障，无线电通信被完全阻断，激光制导和地形匹配制导的巡航导弹也全都失效，任何现有的技术手段都无法解释原因。同理，他们甚至能直接杀人，但他们只杀死了敌军的飞行员，却没有对你或我或雾都其他的三百万人这么干。我同样不能相信这一切只是巧合。”

我一天之中第三次感受到巨大的震惊：我刚才竟然在一片能杀人的雾中走了一遭吗?

“你说得对，这实在太匪夷所思了。我依然无法相信。这样的技术听起来简直像神话一样。”

李君叹了口气：“具体的原理我也没法向你解释清楚，毕竟我不是什么科学专家。我确实是这个项目的最高负责人，但也仅此而已，对细节知道的远没有真正操作的人多。”

又一个传言成真了。我的脑海里闪过李君家三个人的全家福，一股怒火重新从心底燃烧起来：“难道说，你就是为了爬到这个位置，才把你的孩子和夫人都献祭出去邀功了吗？”

“不是的。”李君又露出了那种没有在看任何事物的眼神，思绪似乎飘到了遥远的过去。

“其实，小旭他，在保卫雾都的那最后一场战役中，两条腿都被炸断了。”我紧握着的拳头悬停在了空中，那张小旭穿军装的照片又在我脑海中浮现。“他很幸运地被从战场上拖了回来，在医院里保住了命，但那之后那么爱笑的孩子就再也没笑过了。”我在脑海中仔细回想，全是小旭笑着的一幕一幕，我怎么也没法想象出他不笑的样子。

“从医院回来后他就一直躺在卧室里，不说话也不吭声，就是在没人的时候总试着要重新站起来，每次我们打开门都能看到他趴在地上偷偷地哭。后来他终于不再尝试站起来了，但又开始发脾气，在房间里没日没夜地大喊大叫，饭也不吃水也不喝，屎尿全拉在床上，他妈每次去给他换床单他还要闹一通，甚至咬她的手。他妈为他愁得头发全白了。

“当时人造雾的项目已经开始，最初我们用尸体做实验，事实证明果然不行，转化成的量子无法坍缩成雾。但当时我们对是否用活人依然有争议，我一直不想背上这杀人的罪名，就把进行活人实验的议题拖了再拖。结果小旭不知怎么就知道了这件事，那天下午我下班回家后他主动提出要见我。我进去的时候他安静地坐在床上，看见我进来没哭也没闹，两只大眼睛直视着我说：‘爸爸，我想当第一个实验对象。’

“我死活都不同意，他就耐心地跟我讲：‘爸，你看我现在这样，往后余生再也没法为国家做贡献了，反倒会成为大家的拖油瓶，这样子活着又有什么意思呢？我的心里永远不会好受起来的。不如让我最后发挥一下价值，为战争的胜利做最后一份贡献。你看大哥哥都还坚持在前线报道呢，我不能就这么躺在这里袖手旁观。让我做第一个实验对象，说不定我的名字还能流传下去，被后人记住呢，你说对不对，

爸？'

“我看着他的眼睛，里头透露的是我从未见过的坚定。也就是那时我明白了这个项目的意义。最终我还是点了头。

“之后他变得很配合我们，开始正常地吃饭喝水上厕所，积极地做各项身体检查。不过最令我欣慰的是，笑容回到了他的脸上。

“做实验那天，他穿着白色的实验服躺在担架上，实验人员在周围忙忙碌碌，他却是一脸平静。他妈握着他的手大半天不肯松开，最后我只能好说歹说地把她拉回了操作室。

“最后五分钟，我问他还有没有什么愿望，他问我：‘实验成功后，我真的可以继续上战场保家卫国吗？’我用力点了点头。

“‘那还有最后一个问题：疼吗？’

“‘不疼。别怕。’我用力握了下他的手。他笑了。”

“之后我回到操作室，看着小旭带着那个笑容被推到机器入口。我转身抹了把眼泪，再回头的时候他已经被推进机器了。几秒后，一缕白色的雾气就从机器的另一端冒出，沿着准备好的通风口缓缓上升，一直上升到我看不见的地方……”

不知不觉间，我已经泪流满面。紧握的拳头放松下来，在挎包里笨拙地翻找着纸巾。李君的脸上也多了两条泪痕。

“小旭，这孩子怎么这么傻，怎么就不知道好死不如赖活着啊，他这样以后就再也没机会用相机记录世界了啊，活着总会有奇迹发生的，我这不就把相机带过来了嘛……”

“看来你还是没明白。”李君收回目光，语气突然严肃起来。

“这是小旭自己的意愿，也是他在维护自己最后的尊严，我没有理由拒绝他。难道你忘了敌人在京城制造的那场大屠杀吗？三十万同胞像猪狗一样一个个被侮辱至死，身体被践踏，精神被摧残，尸体堆积在水沟里等着慢慢发臭被蛆吃掉，死得毫无尊严。这样的结局难道会比变成雾继续守护雾都更好吗？雾都要是被攻下了，你以为这样的悲剧就不会再发生了吗？

“我们没有强迫任何人，我们只是给了他们另一种选择。我自己就亲眼见证了成千上万人化身为雾的时刻。小旭之后，最开始我们只在重伤的伤员中征求志愿者，结果回应远比我们预想的热烈，我看着他们一个个笑着被推进机器，就知道他们的想法跟小旭是一样的啊！

“后来我们又把范围扩大到所有伤员乃至所有军人，但和我们计算得出的三十万人的最低数量相比还是相差甚远。于是我们告诉雾都所有市民，现在有一个办法可以保证雾都的安全，但需要有人牺牲生命，并让他们自己决定是否通过抽签的方式选出剩下的二十八万三千一百五十四人，最后投票以绝对多数通过了。

“抽过签后，我们给了所有人相当长的时间，告诉他们不用着急，但还是有很多人早早来了。最先来的是老人，他们颤颤巍巍地拄着拐杖大老远跑来，有的甚至带着所有剩下的家底要来捐给我们；然后是有兄弟的成年男人，后来还有带着孩子的单亲母亲，更有在雾都生活的千百个普通民众。但无论什么人，在得知真相后，没有一个人反悔。我知道他们其实和小旭想的也是一样的。

“也就是那段时期，小旭他妈病倒了。其实已经是老病了，一直靠吃药维持着。之前小旭的事情让她身体一下子承受不了，但为了小旭她还是硬撑着，后来终于是撑不住了。我知道这次是留不住她了。

“那天她躺在病床上，我照常握着她的手打盹，她突然清醒过来能说话了。我知道是时间快到了，就问她还有什么遗愿，她说她想和小旭继续在一起。我当即答应了她，立刻把她从医院带到了实验室，看着她沿着小旭走过的那条路飘向天空……”

我早已泣不成声。李君擦了擦眼泪，开始转身往回走：“还有一个你必须要去的地方，走吧，我们得赶在天黑之前回来。”

走了大约半小时的路，我才终于止住了哭泣，不觉间政府大楼的身影已淹没在身后的浓雾中。我环视周围看起来普普通通的雾气，心中泛起了一种敬畏、恐惧、亲切混合在一起的奇特感受。当我意识到自己正在呼吸时甚至感到一阵恐慌，让我又花费了几分钟使自己平静下来。

这次我们没有坐车，也没有任何随从人员，李君在前面默不作声地领着路，看到我终于擦干了泪痕，久违地表现出一份关切：“心里好受一点了吗？”我点点头。

我环视周围看起来普普通通的雾气，心中泛起了一种敬畏、恐惧、亲切混合在一起的奇特感受。

罗烜 / 摄
2020　渝中区

—— 入围奖　>

“那就好。现在你该明白了吧：攻击我们的做法，就是在攻击小旭和其他三十万人的选择。这不是最好的做法，却是我们唯一能做的。”我听到李君的一声叹息。

我点点头，鼻头又开始泛酸：“但是……这实在太残酷了，理智上能接受，心里却不能不难受啊。”

“其实，如果你认真听了我刚才讲的原理，你就应该明白从某种角度上说，他们并没有死。他们的意识依然存在，依然能操控原来属于自己身体的量子，甚至他们可能正在看着我们，还能听到我们讲话，跟着我们一起前进。”

“但同样按照你的解释，这一切都没办法证明。我们没有任何手段能跟他们联系。”

李君的眼光黯淡下去：“是的，但我依然坚信这都是真的，你也见过那几十架飞机残骸了。但这样活

罗烜 / 摄
2021　渝北区

—— 入围奖　<

着又是另一种悲哀：这就是一种漫长的酷刑。他们只能看着熟悉的亲友在眼前继续生活却无法再跟他们说上一句话，人世间的车水马龙、烟火气息都将与他们不再有任何关系。他们看着熟悉的人和世界一点点离去，自己却只能在孤独中等待宇宙的终结，这样的活法也不是我们想看到的啊。”

我们都沉默了。

“真的没有办法了吗？”

“或许有吧，但我们是永远不可能知道了，因为……话说张君，你有想过这技术是怎么来的吗？”

“没有，因为这么神奇的技术已经超出了我的想象范围，它甚至不像是这个时代该有的产物。”

“你说对了，确实不是。这项技术，来自五十年后的未来。”

如果你一天内碰上四次同样的事，那无论是什么事都不会再引起你心里的巨大震动了。但我还是习惯性地说出那句：“这不可能。”

“但这是事实。一个从五十年后的未来穿越而来的人给我们带来了这项技术。他自称是五十年后的我国国民，为了保证这场战争的胜利穿越而来。他带来机器的图纸和关键部件，指导我们造出了完整的机器，原理也是他讲的，但我能听明白的也就那么多。可惜他早就走了，所以所有关于这项技术的谜题我们都不可能得到解答了。”

我还是摇着头：“不可能，这不可能。涉及时间旅行的话，问题就更复杂了，他们怎么能随意改变时间运行的轨迹？这不可能。”

“但这就是你要接受的事实。啊，我们到了。”李君停下脚步，伸手指着前面的一个方向。

雾气突然散了不少，能见度几乎恢复到正常水平。因此我清晰地看到在李君手指的方向坐落着一个棱柱形的碑状建筑，通身呈肃穆的灰白色，造型简单而庄严。占地不到半亩的底座上摆满了一层层五颜六色的鲜花，底座上的约三十米高的碑身静默地直指天空。这座碑不算高大，但给人一种奇异的庄重感。

“这是什么？”

“战争胜利纪念碑。纪念我们这场来之不易的胜利。它的底座上刻着化身为雾的全部三十万人的名字，五百年都不会销蚀。”

他停顿了一下：“这才是我们在雾都建造的最伟大的建筑，连新的国立图书馆也比不上。”

我庄严地注视着这座灰白的纪念碑，它的颜色正和周围的雾一样。

“这会成为后世有名的历史地标的。”

“不，不会的，至少五十年内不会。”

我疑惑地转头看向李君：“这是什么意思？”

“我们会封存这里的一切。你是第一个，也是最后一个到雾都采访的记者。之后我们会对外宣称雾都的雾是一种奇特的自然现象，而且这种现象出现了变异，使雾产生了毒性。接着我们会迁走这里所有的人，并将雾都及其周边五十公里的地区划为禁区，持续五十年。机器已经被拆解处理，有关未来科技的所有资料也将被销毁，其他文件都会被锁在新国立图书馆的保险库内，知道实情的人都将在政府的监视中度过余生。你知道，我们不得不这么做。这一切不能让现在的人知道。”

我沉重地点了下头：“我明白。但，为什么是我？”

这次是李君看向我：“这是什么意思？”

“既然你们已经决定隐藏这一切，为什么还要让我知道？为什么偏偏要我带着这样沉重的真相度过余生？这不公平。”

李君竟然笑了。短短一天，我竟觉得上次看到他的笑容已是很久以前。

“因为，那个从未来回来的人，就是你呀。”

真相终于被完整地揭开，我终于真切感受到了命运那戏剧性的无情安排。但我已不想有任何反应，所以我只是静静地站在那，看着纪念碑的方向，却又没在看任何东西。

“现在你应该全都明白了。没有什么改变时间的运行轨迹，这一切都是历史的闭环。你来到这里，带来胜利的希望，指导我们人工造雾，指定还只是个处级干部的我做最高负责人，都只是因为五十年后的历史书上就是这么写的。同样，也正是你在五十年后用一篇报道揭开了雾都的真相——这是历史交给你的责任。那将是你人生中最伟大的一篇报道。”

又是久久的沉默。我感到起风了，但周围的雾丝毫不为所动。

“那，这些人，会跟着一起走吗？”我绕着自己指了一圈。

“不知道，他们对我们而言是与世隔绝的孤岛。不过很早就作出了搬迁的决定，搬迁工作也已经在一个月前展开了，战争胜利也已经这么长时间了，但雾都的雾还是没有消散或转移的迹象，或许能说明他们是不肯走的吧。”

我收回目光，发现李君又恢复成那副我熟悉的慈祥模样：“张君啊，也该告诉你了，其实我的日子也不多了，是跟小旭他妈一样的病。现在还没啥大症状，未来的你也没告诉我，但我知道时间也快了。我想跟你说，很高兴能认识你并做了一场朋友，相信小旭和小旭他妈一定也是这么想的。不过你也别太伤感，虽然这可能是我最后一次见你了，但对你而言，五十年后还会再见我一次。要我说，五十年后的你，依然是个很棒的人呢。”

我也笑了。我们最后一次又或者是倒数第二次相对着哈哈大笑，笑声在雾气里久久回荡。

“我可以最后问你一个问题吗？”

“问吧。”

“未来的我，有没有跟你说过，五十年后的世界有没有更好？战争从地球上消失了吗？我们遭受过的苦难有没有继续殃及我们的子孙？”

“不知道，这个是真的不知道。就算有我也看不到那一天了。或许你也看不到，但是他们肯定能看到，”李君伸手指着周围，“他们的时间是无限的，如果真有那一天他们一定会看到的。也许他们就是在等待那一天。也许他们就是想在这偏僻的西南山区中守护这片布满战争疮痍的土地，守护这座代表战争曾存在过的纪念碑，直到永久的和平降临的那一天。那一天，雾都的雾一定会散去，和平的阳光一定会重新照亮这座废墟中的城市，照亮这座代表过去的纪念碑，照亮鲜花下那三十万人的名字，而他们的灵魂也将在这阳光中得到永恒的安宁。”

涂山迷雾

“百闻不如一见。要是能到那个历史时空中亲自考察一番，那些困扰你的难题就都迎刃而解了吧？”

文 / 董仁威

王凡 / 摄
2022.3.8　江北区三洞桥

—— 入围奖　V

1

在熟悉的人眼里，威威是个少年得志的“神童”，他今年只有十三岁，就已经是雾都大学少年班的学生，而且正在攻读博士学位。

威威还有个幸福的家庭。威威的爸爸是一名学术有成的考古学家，著名的巴蜀文化研究专家，而妈妈是一名数学研究所的研究员。他还有个小三岁的妹妹娅娅，不仅小小年纪就出落得楚楚动人，而且聪明伶俐，那双镶嵌在满月似的圆脸上的大眼睛眨一眨，就会冒出一个古灵精怪的念头来。

可是最近，威威似乎有些烦恼。

这不，这天放学回家后，他一脸愁容地坐在沙发上，长长地叹了口气。

娅娅刚练习完钢琴，从琴房里走出来，歪着头站在威威面前看了一会儿，故意拖长了声调说：“哟，这个少年，让我猜一猜，你是不是在学习古诗词呀？”

“什么古诗词，哪儿跟哪儿呀？”威威瞪了她一眼。

娅娅嘻嘻笑着说：“瞧你这模样，你是不是正在体验那句辛弃疾‘少年不识愁滋味’的意境呀——为赋新词强说愁？”

“幼稚！当然不是啦。”

“那么，请问这位少年，你嘟着个大嘴巴，把脸拉长得像个大苦瓜，是为什么呀？”

威威看了看妹妹：“看来我不跟你说，你一定不肯罢休。我最近正在准备写博士论文，题目叫《巴蜀与夏禹文化的纽结》。”

“原来是这样，看来我要提前恭喜某个人荣获博士学位呀！”娅娅吸了吸鼻子。

“恭喜什么呀，我正为这事头痛呢。两千多年前，巴蜀国被秦国所灭，受秦始皇‘焚书坑儒’国策影响，古巴国和古蜀国的文化基本被抹掉了。所以关于古蜀国、古巴国、大禹在巴蜀治水的史记，都太少了。只有一些古籍如《巴蜀国志》中有零星记载，不过那更多是一些道听途说的记录，传说与神话的成分太重，当不得正史，支撑不起一篇严谨的论文。”

娅娅非常体贴地点点头：“这确实有些不好办。秦始皇虽然一统中华，在中国历史上留下了永久的功绩，可也做了不少坏事儿。那你现在怎么办呢？”

“我这不正头痛吗？如果找不到那些遗失的史料，这篇论文就写不下去了。”威威有些故作夸张地用手揉着太阳穴，长吁短叹起来。

娅娅突然扬起脑袋，那双漂亮的眼珠子骨碌一转。“百闻不如一见。要是能到那个历史时空中亲自考察一番，那些困扰你的难题就都迎刃而解了吧？”

“这是当然呀。可是，超时空考察哪里能轻易做到呢？”

“你呀，最近只忙着自己的博士论文，很少跟妈妈聊天吧？”娅娅撇了撇嘴，“我前几天跟妈妈聊天，听到一件事——妈妈正在研究的信息发射车，快要成功了。”

威威的眼珠子顿时瞪大了，一股脑坐起身来：“你是说，那个可以将人体转化成某种信息，发射到特定时空中的‘时空穿梭器’？”

2

“没错！”娅娅点点头，一脸骄傲的神情，“我妈妈是世界著名的超弦理论专家，她主持研究了多年的信息发射车终于要成功了！”

“好，好！你妈妈有你这么聪明的女儿，当然会很厉害！正所谓有其女必有其母嘛！”威威笑嘻嘻地朝娅娅靠近过去。

“哎哟，有人的嘴巴甜得跟涂了蜂蜜一样，一定不怀好意！”娅娅撇撇嘴，“你在打什么歪主意，快快招来！”

“哈哈！我也没打什么歪主意呀，只是想让你带我去看看妈妈的那台信息发射车！”

“这可不行。”娅娅坚决地摇摇头，“信息发射车在妈妈的实验室，那可不是一般人能随便出入的。”

“一般人当然不能随便出入啦，不过你是妈妈的宝贝女儿，那就不一样啦。”威威嬉皮笑脸地说，“你只要想点招，就能进去了，对不对？”

娅娅的下巴扬起老高：“你让我偷偷摸摸把你带进去？这是坏孩子才会有的想法，我才不做呢！你应该光明正大地跟妈妈提出要求！”

威威的企图没有实现，只好无奈地点点头：“好吧，等妈妈晚上回家，我再跟她说。”

到了晚上，爸爸妈妈按时回家了。他们吃惊地发现，桌上已经摆好了丰盛的晚餐：干豇豆蒸肉、糯米丸子、红糖粉蒸肉、毛氏红烧肉、仔姜鸭、脆皮鱼、干锅牛蛙、双流兔头、四喜大骨汤……

“这是怎么回事？今天是什么特殊的日子？是谁弄了这么一桌子丰盛的晚餐呀？”妈妈吃惊地问。

这时，她看到从厨房走出来的威威和娅娅，威威的脸上横七竖八地沾了几道油烟，看起来像个大花脸。

“这是你们兄妹俩做的？”妈妈忍不住咽了咽口水。

“这是哥哥的功劳！他看妈妈您这些日子工作很辛苦，特地为您做的！”娅娅笑嘻嘻地朝威威挤挤眼。

“不是啦，我可做不出这么色香味俱全的菜。这是我用我的零花钱点的外卖。”威威老实承认，“不过，米饭是我煮的，给爸爸的油炸花生米是我做的。”

威威说着，不好意思地把装着花生米的盘子摆上桌，那些花生米被炸得有些过头，有一半变得焦黑了。

“不错不错，还有一半可以吃！”爸爸说着，伸手挑了一粒炸得金黄的花生米，扔进嘴里嚼了起来，“挺香的！”

妈妈意味深长地看看威威，又看看娅娅，然后在桌旁坐了下来，这才开口道：“说吧，你们兄妹俩在琢磨什么鬼主意？”

威威扭扭捏捏地开不了口。倒是娅娅心直口快：“妈妈，哥哥想参观你的信息发射车！”

娅娅噼里啪啦说了一通，把威威遇到的难题都说了出来。

听完她的讲述，妈妈看着威威：“恐怕你不只是想看看我的信息发射车吧？”

威威嘿嘿一笑：“真是知子莫若母呀。妈妈，听说信息发射车可以将人传送到不同时空，要是让我实验一次，去大禹的时代走一遭，不就可以用实际案例证明您的信息发射车研制成功了吗？”

妈妈的脸色变得严厉起来：“哪里有这么简单？而且，妈妈怎么能让你冒这个险？这事儿想都别想！”

听了妈妈的话，威威的眼里写满了失望。

这时，一直在闷头大吃的爸爸抬起头来：“娃儿他妈，我看这事也不是完全不可行。”

这天晚饭后，围绕威威的请求，爸爸妈妈进行了激烈的讨论。

威威本来想参与讨论，不过机灵的娅娅却使劲朝他使了几个眼色。威威心领神会，他知道这种时候最好不要轻易插手，否则可能弄巧成拙，还是让娅娅和爸爸帮忙去做妈妈的思想工作好了。

果真，半个多小时后，娅娅推开他的房门，兴高采烈地说：“成了！妈妈终于同意让你成为信息发射车的第一个实验者。你说你该怎么感谢我？”

“太好了！”威威兴奋地一跃而起，“这样吧，等我博士论文答辩通过，举行学位授予仪式时，我邀请你作为特别嘉宾出席！让大家看看我这个聪明、可爱又美丽、体贴的妹妹！”

“嘁！这算什么感谢呀？”娅娅撇撇嘴，不过眼里还是流露出一丝喜悦的神色，“不过，妈妈不放心让你一个人参加实验，就你这性子，万一跑到四千多年前回不来，那就麻烦大了。所以，明天我和妈妈会当你的护驾！”

“没问题！”威威很爽快地答应了。

3

第二天一大早，威威就起床了。等到一家人吃完早餐后，他和娅娅跟着妈妈出了门，坐上妈妈的无人驾驶飞行车，前往数学研究所。

半路上，他迫不及待地问妈妈：“妈妈，我们待会是不是要戴上一个什么眼罩，躺在传送舱里，然后信息发射仪一启动，就把我们传送到4000多年前？”

“儿子，你是看多了科幻电影吧？”妈妈笑着说，“待会到了你就知道，跟你想象的可不一样。”

等妈妈带着他们兄妹俩走进研究所的地下车库，威威才知道妈妈所言不假：出现在他面前的，是一辆挂有拖斗，车头呈子弹头形的特型车。这让威威有些奇怪，研究所里怎么藏了一台导弹发射车？

妈妈似乎看出了威威的疑惑，说道：“这是信息发射车，包括由几个系统组成的部件。第一个系统是人工智能驾驶系统。它的特点是可以和驾驶员进行意识链接，驾驶员就可以通过意念对它进行控制，而且采用了最先进的区块链控制技术，可以对驾驶员的意识指令进行实时判断，有选择性地执行指令。”

威威的脑子转得飞快，他说：“所以，要是这辆车被不法之徒控制了，想利用它去做坏事，比如制造交通事故等等，车辆的控制程序就会拒绝执行，对吗？”

“没错。”妈妈点点头。

这时，娅娅指着操作平台下方的一个类似发动机的装置，问道：“妈妈，这是这辆车的动力系统吗？”

“没错，这是一台微型核聚变反应堆，能够为发射车提供你无法想象的巨大能量。”

威威惊呼：“天啊！核聚变反应堆？也就是说，我们就坐在一枚氢弹上，太可怕了！”

妈妈说：“核聚变能是最清洁的能源，关键是难以控制。我们中国首先实现了可控核聚变，率先成功研发了核聚变发电站和微型核聚变发电机。”

妈妈用意念打开通向挂车的通道，他们进入挂车内部。挂车四壁都是电子屏，中间是一个床式的大型构件。

妈妈说：“现在，我向你们简要介绍这辆信息发射车的信息探测系统——信息探测仪。”

说着，她取出一个小巧怪异的仪器。

“目前，世界上最先进的信息探测仪，精度只在百年之内，而我们研制的这台信息探测仪，精度已达到一万年，远远超出其他国家。”

“这个东西怎么使用？是拿在手上四处挥动吗？”娅娅好奇地问。

妈妈摇摇头，又取出另一个奇怪的装置——看起来像一个风火轮。

威威大呼小叫地喊道：“妈妈，你怎么把哪吒的风火轮也研制出来啦！快给我试试！”

“这是喷气式个人飞行器。上面这个凹槽式结构，是用来把信息探测仪嵌套在其中的。这样一来，驾驶者只需要驱动飞行器，就可以日行万里，而信息探测仪可以自动探测信息。”

娅娅问：“妈妈，我不明白，远古的信息，就像一阵风，吹过就永远消失了，怎么还探测得到呢？”

我的城市我的家 ^

王祥 / 摄　2019.8.20

—— 入围奖

妈妈转头看看娅娅，耐心地解释："科学家的最新研究表明，大自然的一切，归根结底都是由信息组成的。"

"所以，我们人类也只是一堆信息的集合体吗？"

"对呀，人类也是一个信息集合体，微机的发明者比尔·盖茨说过，生命是什么，一堆0和1的数字而已。"

娅娅点点头："我明白了。世界上的一切物质，包括生命物质和非生命物质，都可以变成数字，转化成信息。"

"娅娅真了不起，一点就通。我们发明的信息收集器就是根据这个原理制造的。其实，整个宇宙，日月星辰，山川河流，生命体和非生命体，都在一个物联网中，用信息构建了一切。只要有办法提取出这些信息，你就能解开千古之谜。"

威威指着发射车上的一台人形仪器问："这是什么？"

妈妈微微一笑："这是最先进的大数据系统——超弦计算机呀。"

"超弦计算机就长这个模样吗？"威威吃惊地瞪大了眼睛。

"外形并不重要。"妈妈简略地回答，"它的原理才值得关注。科学界有一种假设认为，宇宙大爆炸以前，自然界中只有一种东西，那就是一种叫弦的信息。弦是构成自然界六十二种基本粒子的更加基本的粒子。这种弦是一种一维的能量线，它们以不同的方式振动着。不同的振动方式传递出不同的信息。弦的振动不是杂乱无章的，而是有秩序的。这种秩序是数字化的，最终可转化为由0和1构成的信息密码体系。制作超弦计算机，关键就是破译弦以超对称的方式进行振动的体系。很幸运，这种体系与我们祖先留下的《易经》竟不谋而合，在此基础上，我们制成了超弦计算机，为信息发射车制作成功奠定了基础。"

这时，娅娅留意到车厢中的一张床，很好奇地走过去："妈妈，这也不会是一张普通的床吧？"

"这是最关键的信息转化与发射系统——信息转化与发射器。它可以通过超弦计算机计算，将人变成信息，发射到某一个时空，在那里还原成人，参与到这一时空自然界的活动中去。不过，要通过虫洞发射到多维空间，需要巨大的能量，好在，我们的可控核聚变堆解决了这个难题。"

威威拍手道："这个发明太伟大了！我们快点开始实验吧，我想看看四千多年前的古蜀国到底发生了什么！"

"等一等！"娅娅突然开口，"要是我们被成功'发射'到了四千多年前，怎么回来呢？还有，我们要在那里待多久？要是太久都不能回来，可就麻烦了！"

"娅娅的担心很有道理。"妈妈赞赏地点点头，"不过，不用担心，这台信息转化和发射仪有限时功能，时间一到，就会启动反向程序，那时候，我们就能从那个历史时空中消失，回到现代。还有，这两个时空的时间流速也不同，那里的一年，只相当于这里的一个小时。所以，我们就算在那里待上几年，也只是相当于几个小时的短程出游。"

"那就定十个小时！"威威摩拳擦掌地说。

"那你在古蜀国就会待上十年呀，万一发生什么危险，就麻烦了。"娅娅提醒道。

"我们就将系统运行时间设定为一个小时吧。"妈妈说着，打开了一个全息操作屏。

"时间：四千二百年前；地点：禹穴沟。"威威连忙补充道。

弦的振动不是杂乱无章的，而是有秩序的。这种秩序是数字化的，最终可转化为由0和1构成的信息密码体系。

妈妈设定完毕，首先躺进信息发射床，威威、娅娅赶紧躺在她的左右。

发射床上方的全息屏上，出现了倒计时的数字:9、8、7、6、5、4、3、2、1、0！

威威感觉眼前一阵强光闪过，他不由自主地闭上了眼睛。

4

威威还没睁开眼，就感觉到四周一阵晃动。紧接着，一阵轰隆巨响传入他的耳朵，还伴随着嘈杂的呼喊声、哭泣声。

“地震！”伴随着这个念头，威威清醒了过来。

可他还没来得及多琢磨，就被一股巨大的力量甩了出去，狠狠地撞在一块大石头上。这阵撞击让他眼冒金星，差点晕了过去。

他强忍着身上剧烈的疼痛，扶着巨石边缘，歪歪扭扭地站起身来，探头朝四处张望。眼前所见的景象让他的心一阵阵下沉：整个大地都在抖动，地面似乎被一双恶魔的巨手撕裂了，不远处用茅草和石头垒成的屋子纷纷倒塌，破碎的石头、木头像下雨一样，向四面八方飞舞。许多人在四处惊慌奔走。

看到那些人，威威突然醒悟过来，自己暂时侥幸安全了，可妈妈和娅娅还不知道在哪里。

“妈妈！娅娅！你们在哪里？”他焦急地大声呼喊起来。但听不到妈妈和妹妹的回应。

幸好，没过太久，大地渐渐停止了激烈的抖动，暂时平静了。

威威赶紧离开躲避处，朝着不远处的一片废墟跑去。刚才他就是从那里出来的，这说明妈妈和妹妹有可能还在那里。

威威围着废墟大声呼喊:“妈妈，娅娅！你们听得到吗？”

他呼喊寻找了很久，也没有听到回应。就在他渐渐感到绝望时，废墟中的某个角落里传来一阵熟悉而微弱的声音：“威威哥哥！威威哥哥！”

“娅娅！”威威大喜过望。他四处搜寻了一番，捡起一个被丢弃的耒耜。这是一个用硬木削尖，呈犁头状，在犁头后部钻上一个孔，用麻绳绑上木棒的挖土工具。他握着木棍，用脚踩着横木，用尽全力，将耒耜踏入废墟中，一铲铲将碎石烂木挖出来。

随着碎石烂木被渐渐清理干净，他在一堵废墙下发现了一抹熟悉的红色，那是娅娅穿的红色连衣裙的一角。

“妈妈,娅娅！”威威扔掉耒耜，小心翼翼地用手清理杂物。

万幸的是，那堵墙倒塌时，和一旁的一块高地之间形成了一个中空的洞穴，帮妈妈和娅娅抵挡了来自其他方向的杂物。当威威把她们从洞穴中拽出来时，虽然她们灰头土脸，但安然无恙。

妈妈和娅娅连咳带呕地清理出塞满口腔、鼻腔的灰土，又躺在地上歇息了半天，这才渐渐恢复了精神。

“如果信息发射装置没出错的话，我们现在已经成功到达了四千多年前的龙门山禹穴沟，大禹家族夏后氏部落寨子的所在地！”威威虽然刚刚经历一场大难，却兴致高昂，急不可耐地说。

“现在地震还没结束，只是间歇期，我们还是先逃命要紧吧！”娅娅说道。她的脸色苍白，说话的声音也有些虚弱。

“娅娅说得没错，我们先离开这里。”妈妈在一旁说。

就在这时，一伙人从废墟后边

破碎的石头、木头像下雨一样，向四面八方飞舞。许多人在四处惊慌奔走。

罗烜 / 摄
2022　南岸区铜元局天桥

—— 入围奖　∧

转了出来，一边朝他们大声嚷嚷着，一边走了过来。

看到这伙面色严厉的陌生人，威威不由得有些紧张。不过，等他看清那伙人的后边还有人搀扶着几个受伤的老人和妇女，他马上意识到，这是在搜寻落难者的乡邻。

那伙人中领头的一个又朝他们大声说了一句什么。威威听了他的话，忍不住低声对妈妈和娅娅说："他们说的是什么鸟语呀？我一个字都没听懂。"

"我听懂了。他们在问，我们是谁，为什么以前没见过我们。"娅娅说道。

看到威威和妈妈惊讶的眼神，她又补充了一句："他们说的是一种古汉语，同我们时代的现代汉语差别很大。但我这个学期学习过古汉语课呀，虽然不能完全听懂，但能根据情境进行综合理解。"

"哇！想不到你居然有这招！你是不是瞎掰呀？"威威忍不住问道。

"你以为我就是个整天只会胡思乱想的小丫头片子，就你能读博士吗？"娅娅反驳道。然后，她朝那个头领说了一句话。

那个头领听了后，有些狐疑地打量了他们几遍，然后转头低声对身后的人说了句话。他身后走出一个十六七岁的少年，朝这边走了过来。这个少年看起来面色和善，威威稍稍放下了心。

“你对他们的头领说了什么？”他又问娅娅。

“我说，我们来自山那边的部落，我们的族人遭到坏人袭击，我们跟着剩下的族人一路逃亡，又遇到了地震，和族人们走散了。”

妈妈点点头：“他们听我们的口音一定也会觉得很奇怪，还有我们的装扮——幸亏这场地震让我们的衣服都破烂不堪，要不然他们会更加奇怪。你这么一说，他们倒是可能会相信我们是来自某个蛮夷部落。”

这时，那个少年走上前来。伸手指了指山谷前方，说了一句话。

“走吧，我们去那里。他说大禹正在那里接应各个部落的难民。”娅娅说着，从地上站起身来。

5

威威一家跟着那个少年，朝沟口走去。

一路上，他们都能看到陆陆续续汇聚过来的幸存者，还看到有些人趴在废墟上哭泣，那里面一定埋着他们的家人。

威威原本有些兴奋，看到这一幕，不由得心情沉重起来。娅娅更是眼角泛起了泪花。

妈妈看到了兄妹俩凝重的神情，安慰他们道：“远古时期的先民，生活非常艰难。但在大禹这样的英雄带领下，我们的祖先战胜了各种困难，我们的民族才能绵延到后来。你们不要只看到眼下他们的痛苦，更要看到他们是如何战胜痛苦，走出绝望。”

妈妈的话给了威威和娅娅极大的鼓励。娅娅偷偷伸手抹了抹眼角：“妈妈说得对，我们是这段苦难而悲壮的历史的见证者，这是多么难得的机会！”

威威使劲点点头：“我巴望能快点见到大禹，看看他到底是一个什么样的人！”

没过太久，威威就见到了大禹。

虽然威威早就从历史典籍中知道一些对大禹外貌的记载，但现在看着他就在自己眼前活动，威威还是忍不住吃了一惊：大禹就站在人群中央，他身材高大，因为身体精瘦，脖子显得很长，嘴巴凸而尖，看起来像鸟喙。

“难怪传说大禹长得丑！”威威忍不住低声对娅娅说。

娅娅噗嗤一笑：“也算不上丑呀，这叫天赋异禀！”

威威撇了撇嘴，不过，当他的目光在大禹身上停留得越久，他就越感觉到大禹身上似乎散发着一种领袖特有的魅力。

只见大禹摘下头上戴的斗笠，双手拿着耒耜当作拐杖支撑在身前，开口说了一通话。不过，威威虽然竖起耳朵听，也没听明白大禹说的是什么，只觉得他声如洪钟，语气中带着一股慑人的气息。

“他说什么？”威威悄悄问娅娅。

“他说：‘我们治得了水患，却对地震无可奈何。所以在跟族里长老讨论后，我决定，我们夏后氏家族顺水逃出龙门山，去下江讨生活！’”

聚集在四周的那些幸存者中间爆发了一阵激烈的讨论，但很快，大家都安静了下来，每个人都用满怀期待的目光看着大禹。

这时，在他们后方的龙门山深处传来一阵轰隆声。威威忍不住面色一变，刚开始他以为是地震又来了，但很快他发现，这声响不像是地震的巨响，更像是洪水汹涌而过时发出的波涛声。

大禹又开口了。娅娅把他的话翻译给威威和妈妈听：“受到地震的影响，山洪暴发了。根据我以往治水的经验，再过不了一日，洪峰就会到达这里，淹没一切。所以我们需要在洪峰到来前，建造足够多的独木舟，把能带的东西都装上去。洪峰一来，我们就要离开这里了。”

或许是因为想到从此就要离开故土，人群中出现了一阵长吁短叹，但大家还是纷纷散开，开始行动起来。一些汉子在收集地震中倒下的大树，他们用石斧砍下枝丫，刨平树身，又把树干中心掏空，制作成独木舟。威威之前在什邡博物馆看过这种用巨树制成的独木舟，结实宽大，能够远行。树木的数量不够，于是另一些汉子去周围的山林中砍伐。女人们在忙着收拾家细，把谷物装好，把逃散的鸡和猪等家禽抓回来。整个山谷间一片忙碌。

威威很快就和一个少年熟悉了，跟着他去帮忙制作独木舟。这可是他从来没有经历过的一番体验，他忙得满头大汗，但兴致勃勃。这让他很快得到了其他人的信任。而且，在和那些远古时代人们的交流中，他渐渐听得懂他们说的话了——

雾都大学少年班在读博士的称号，可不是白得的。

妈妈和娅娅则跟着族群里的女人们一起，赶猪抓鸡，也忙得不亦乐乎。

夜幕渐渐降临。人们围坐在篝火旁，吃了简单的晚餐后，纷纷散去。现在是地震之后，没人敢住进那些未倒塌的房子里，所以许多人钻到独木舟中去睡了，更多人则聚在篝火旁入眠。

威威和妈妈、娅娅一起，蜷在一堆篝火边上，身下垫着几片干燥的树叶。他仰头看着漫天星光，一想到自己现在看到的是四千多年前的星空，他的内心就禁不住浮想联翩。但很快，浓浓的睡意就袭了上来。

6

第二天一大早，威威就被四周的喧闹声吵醒了。原来，已经有最新的关于洪水的消息传来：再过一两个时辰，洪峰就会到达这里。人们都在收拾行装，准备远行。

威威和妈妈、娅娅赶紧起身，跟随着人群来到湔江边。这里已经摆满了独木舟。人们以家为单位，有秩序地将稻谷、鸡、猪，各种农作物和牲畜搬运到舟中。有些在地震中失去家庭的人，则聚在一起，那里已经给他们准备了十几艘单独的独木舟。威威和妈妈、娅娅也分到了一艘。

随着大禹一声令下，前方的独木舟率先行动，朝着湔江下游驶去。妈妈也解开缆绳，兄妹俩一左一右，荡起木桨，缓缓离开了江边，顺着起伏的波涛向前飞驰。

威威一边使劲划桨，一边放眼四顾，只见夏后氏部落的上万艘独木舟组成的船队，浩浩荡荡绵延十多公里，气势恢弘。他忍不住感慨起来：这可是一次即将改写历史的举族搬迁呀。

接下来的日子里，这支船队顺着湔江一路前行，穿过龙泉山金堂峡，进入沱江，经今简阳、资阳、资中、内江、自贡、富顺、泸州，最终进入长江。

这些日子里，威威身上发生了明显的变化，他变成了一个水性高超的水手，身体结实，动作矫健，经常裸露的上半身也被阳光和汗水打磨出了一层健康的古铜色。这让他看起来和夏后氏家族的少年们越来越像。

几个月后，船队来到了江州地面。这里的景象和之前沿途的旖旎风光截然不同：连续两个月的暴雨，加上三峡口狭小，上游洪水滔天，导致水位迅速上涨，淹没了一个个村庄，河中偶尔会看到一些动物和人类的浮尸。

这幕景象让威威觉得触目惊心，他巴望船队能快点离开这里。可这时，一个消息从前方传来：大禹要求大家停止前进。

威威满腹疑虑，妈妈和妹妹讨论了一阵子，也说不出缘由。他们只好跟随其他船只，朝大禹的船只停靠的河边高地驶去。那里已经停满了独木舟。威威和妈妈、娅娅一起，把独木舟停好，涉水上岸，朝众人聚集的地方走去。

大禹就站在高地的中央，他还跟以前一样，身材精瘦，双手有力地握着竖在身子前方的耒耜，目光炯炯有神地扫视着四周的众人，开口道：“大家都看到了，这里的民众正遭受水患，渴望得到上天的救援。我们不能弃之不顾，我们夏后氏的人心怀怜悯，他人之苦就是我们之苦。所以我决定留下来帮助他们。”

“说得好哟！”一声响亮的回应从高地后方的树林中传来。

众人吃惊地朝那边望去，只见树林中转出了一群人，每个人都手持器械，面色警惕。看他们的装扮，明显不是夏后氏部落的成员。

威威也在注视着那群来客。让他吃惊的是，走在那群人前方的是一个女性。

威威仔细一琢磨，这个时期离母系氏族社会阶段不远，有的部落仍然是女性首领掌权，这也不是什么奇怪的事。

那个女性首领看起来英姿飒爽：一头乌黑粗密的长发扎成髻盘在头上，手握一根被丝线缠绕的木棍。她的身后是一面简陋的旗帜，旗帜上绣着一只九尾狐。她威风凛凛地站在前面，朗声说道：“来的是啥子人？要做啥子事？”

“来人可是涂山氏部落女娇？”大禹回应道。

女性首领惊讶地打量着大禹，眼神里渐渐流露出惊喜的神色。“你是大禹哥哥？”

大禹点点头：“是我。女娇妹妹，我们一别已经很多年。”

看到两人相认，他们身后的人群中爆发出欢呼声。

那个女性首领看起来英姿飒爽：一头乌黑粗密的长发扎成髻盘在头上，手握一根被丝线缠绕的木棍。

接下来的日子里，在大禹和女娇的带领下，两个部落聚在一起，联手疏通三峡，治理水患。

威威和妈妈、娅娅一起参与到了那场战天斗地的斗争之中，他们亲眼目睹了水患的渐渐消退，也见证了大禹和女娇结为夫妻，过上了幸福的生活。

7

眨眼间，大半年时间过去了，水患最终消除了。但这时，一股不平静的气息在两个部落间悄悄酝酿。

威威每天生活在夏后氏部落和涂山氏部落之间，听到了许多风声。

杨大川 / 摄
2021.8.16　清水溪公园

—— 入围奖　∨

王祥 / 摄
2019.8.20

—— 入围奖 ∧

“东晋时常璩所著的《华阳国志》认为，涂山氏是古江州人，也就是现在的重庆人。他说，‘禹娶于涂山，今江州涂山是也，帝禹之庙铭存焉’。”

原来，夏后氏部落帮助涂山氏部落治理了水患，所以他们中的一些人理所当然要求在这里分到良田，在这里安家落户。但涂山氏部落中的一些人对此不同意，他们觉得虽然夏后氏部落对他们有恩，但他们已经竭尽全力为夏后氏部落提供了粮食和住所，已经回报了夏后氏部落。现在夏后氏部落还索要良田，有些得寸进尺。

就在矛盾逐渐累积时，大禹终于出面了。

这一天，在大禹的指令下，夏后氏部落举行了部落会议。

威威和妈妈、娅娅一起，在人群后边旁听。

大禹还是站在人群中央，不过他的身旁还站着另一个人，就是他的妻子女娇。

“这些日子里，在大家的共同努力下，水患解除了。在涂山氏部落的照顾下，我们夏后氏已经在这里安顿了很长一段时间。但我们不能忘了一件事：这里不是我们的家园！”

大禹说着，用威严的目光扫视着自己的族人。

“那我们就回家去，回到龙门山禹穴沟！”一个部落长老说。

“禹穴沟早就被大水淹没了！我们费尽周折，难道又回到那里，继续在地震和洪水制造的灾难中求生吗？那样的话，我们夏后氏只会走向没落！”

大禹声如洪钟，目光如炬。那些想回老家的人纷纷低下了头。

“我们要走出三峡，去中原，去开辟更广阔的天地，让我们夏后氏的后裔布满中原大地！”

短暂的沉默后，人群中爆发出一阵欢呼声。每个人的眼里都闪烁着希望的光芒。

一直沉默的女娇这时开口了，她的声音里带着几分凄切：“大禹哥哥，我不能抛下我的族人，跟随你去天涯。”

大禹握住了女娇的手。“女娇妹妹，我能理解。有一天我会回来看你的！”

威威目睹了这一幕，心里猛然一动，他心中的谜团终于解开了！

他想把这个好消息告诉妈妈和娅娅。可是当他转过头时，他吃惊地发现，妈妈和娅娅的身体正在发生变化，似乎被一团越来越稠密的光点覆盖。

“妈妈！娅娅！你们怎么啦？”他惊呼着朝她们伸出手去。

“你忘了吧，我们返回的时间到了呀！你看看你自己！”娅娅朝他一笑。

威威一低头，果真，自己身上也被一团光点覆盖。很快，一阵熟悉的强光在他眼前亮起。

8

这一天，在雾都大学空中教室，举行了隆重的博士论文答辩会。

威威除用幻灯片放映了论文全文外，还将信息探测仪搜集的远古证据用 VR+AR 机放映了一遍，引起在场的评委会教授和旁听的同学们一阵阵惊呼。

威威最后说：“我们通过对四千二百多年前龙门山大地震的穿越时空考察，可以确定，四千五百年至四千二百多年前，因为持续的灾难性地震，夏后氏家族死伤严重，经过了三百多年的坚持与奋争后，四千二百年前的一次 8.5 级特大地震，使夏后氏家族在龙门山没有了立锥之地。于是，当时的部落首领大禹率领部族东迁，走出难舍的故乡，去外地求生存，去开辟新的天地。东迁的路线是怎样的，以前的史料中没有明确记载。而我通过这次穿越时空的考察，找出了有力的证据。大禹部落，是顺着沱江，来到沱江与长江汇合处的重庆地区，又继续东迁，来到安徽蚌埠，在这里安家落户，受上古传说中的五帝之一——舜的委托治水，在浙江会稽会盟天下部落首领，共举大业，征服了洪水，为夏朝的建立奠定了基础。”

他的导师孔教授问：“你如何解释全国的三个涂山氏遗迹？”

威威说：“我认为，涂山氏不止一个。涂者，途也，路途中娶的妻子也。黄帝时代，一夫多妻制是社会习俗，黄帝有六十个妻子，舜也有娥皇、女英二位正妻。应该说，在汶川涂禹山的涂山氏是大禹的元妃，重庆的涂山氏是大禹夏后氏家族与重庆涂山氏家族联姻的结果，安徽的涂山氏才是大禹在淮河治水时三过家门而不入的那个妻子。”

孔教授问：“在中国的古文献中能找到证据吗？”

威威说：“能。东晋时常璩所著的《华阳国志》认为，涂山氏是古江州人，也就是现在的重庆人。他说，‘禹娶于涂山，今江州涂山是也，帝禹之庙铭存焉’。”

全场响起一片掌声，威威的博士论文以全票通过。

掌声停歇后，威威没有马上走下讲台，而是继续说道：“请大家稍等，为了感谢陪同我一起考察的妈妈和妹妹，我向校长提出了一个特别申请，那就是允许她们表演一个节目——登台献唱一首歌曲。这首歌的作词者就是我们曾经遇到的女娇，我妈妈给它重新编了曲。现在，有请演唱者——娅娅，也就是我的妹妹！”

随着一阵悠扬的音乐声，一个身着彩衣的少女款款走上来。她开口唱道：“候人兮猗……”

虽然歌词只有简单的一句，但歌声优美曼妙，又充满忧伤。

伴随着歌声的一遍遍响起，一幅全息场景出现在大家面前：滔滔江水奔流不息，江边的一块巨石上，一个长发女子怀抱幼儿，双眼凝望着远方的水天交接处，在那里，似乎有一艘独木舟正在浪涛中浮沉……

他站在一条粗大的管道里，仿佛置身于巨兽的喉管。浓浓的绿雾遮住管道两壁，腰以下都掩蔽在雾中，朝前后两个方向望去，更是什么都瞧不清楚。

文 / 郑军

梦　境　长　存

王祥 / 摄
2020.7.14

—— 入围奖　<

前　言

20XX 年 11 月 1 日，中国西南，一座赛博朋克风格的城市里发生了一件怪事。西岭镇碾子沟村村民林国政以监护人身份，控告该市某综合大学心理学院。称其对养子林权盛进行了长达半年的非法人体实验，导致该名儿童产生严重心理障碍。按照精神病院鉴定的损害程度，以及受害人终生收益推算额，要求心理学院赔付人民币一百五十万元整！

12 月 5 日，双方经过多轮谈判，达成庭外和解。心理学院赔付林权盛八十八万元。由于原被告双方都有意回避媒体，这个离奇的官司便被永无休止的新热点埋没。

没有记者跟进，很少有人知道，主持该实验的心理专家肖西光服毒自杀。他在这段时间心理压力极大，同事对他的死都不意外。公安人员在肖家发现了百忧解，说明他死前已经患上了严重的抑郁症。

肖西光没留下遗书。但在死前两小时，他和一位网友聊过天。这位网友将聊天记录提供给警方，发现其中有一句莫名其妙的话。

“我从没想当弗兰肯斯坦，却不由自主扮演了这个角色。”

鉴于聊天记录价值不大，警方并未关注此事，肖西光之死以“自杀”结案。从法律角度一点问题都没有，但是……

1

他站在一条粗大的管道里，仿佛置身于巨兽的喉管。浓浓的绿雾遮住管道两壁，腰以下都掩蔽在雾中，朝前后两个方向望去，更是什么都瞧不清楚。

视觉能给予他的线索就是这么少。但他完全能肯定自己正站在一段管道里，完全能知道管道侧壁在什么位置。没有什么理由，反正他就是能知道。

大雾浓密得像是实体，他最多只能看到自己伸出的手。但他丝毫觉不出紧张，也不怕脚下会遇到沟沟坎坎。他大踏步地往前走去，不怕碰壁，不怕踏空，仿佛长着一双“X 光眼”，或者一副声呐耳。他不知道自己为什么要往前走，一个不能用言语来解读的命令指挥着他：往前走，往前走！

这浓雾似乎也有气味，是淡淡的橡胶气味，夹杂着更为飘渺的金属气味。还有……电的气味。不对，电没有气味。但是，他确实能闻到电的气味。

迎面，一排栅栏出现在浓雾里。没有用，它挡不住我，栅栏的间隔太宽了！它不应该这么宽，这是错误的！

这位无所畏惧的步行者坚定地挤过栅栏，沿着肉眼不可见的管道往前走，直到一片亮光猛地出现在面前。

肖西光揉揉眼睛，从长沙发上慢慢坐起来。他知道自己现在的样子一定很糗：头发蓬乱，眼含红丝，嘴角还有一丝唾液。里间屋是应用心理实验室，助手陈晓康和李建洁都还在，因为他听到了他们的窃窃私语。

肖西光来到洗手间，草草地用水冲了一把脸，走进心理实验室，吩咐道：“小陈，把肌电描记仪[①]里面的变阻器拆下来，测一下电阻率。”

“哦……”实验助手陈晓康站起来，望着自己的指导老师，面带疑惑。

“这几次实验一直拿不到准确数据，是这段变阻器有问题！”肖西光解释着自己的命令。

“那可是从美国彭东公司进口的。他们的产品质量一向很好。”一旁，另一位实验助手李建洁也质疑道。

“不要多说了，快拆来做检验吧。”肖西光挥挥手，发着牢骚，“哼，学院就知道花钱买洋货，其实还不知道是在国内哪个地方贴牌产的呢。要是我当院长，这次一定得让彭东公司赔偿，耽误了咱们的实验进度，哼！”

在这座全国排名第三的心理学院当中，肖西光是七八个副教授中最年轻的一个。所以，当他申报科研课题时，没有同事愿意给他作助手，只好从实验心理专业研究生中挑了两个一年级新丁，课余时间来帮忙。两个助手对于这位面嫩的教授，也只是表面上尊重。彭东公司的仪器会有毛病？肖老师真想得出！分明是实验步骤设计不合理，肖老师在找借口。

两个助手揣着不解，机械地执行着命令。他们手脚麻利，很快就完成了检验。结果大出他们意料：变阻器的合金成分不过关，导致电阻低于实验要求的额定值。

“肖老师，您猜得真准啊！您是怎么发现问题的？”李建洁头一次觉得这位老师还有些地方值得佩服。

不知道是因为刚刚小睡，精力旺盛，还是一语中的，有些自得。肖西光微笑着，给了一个玄妙难解的回答：“我是怎么发现问题的？这件事本身还需要进一步去发现。”

2

谁说福无双至？下午刚解决完实验中困扰许久的难题，晚上就有一位高中老同学宴请他。这位叫做王明杰的老同学突然来电话，邀请他到一家五星级酒店的餐厅。不由分说，鲍鱼，驼掌，黑鱼子酱，外加上千元的红酒一起招呼上桌。两人面前摆的美食要花掉肖西光一个月的工资。

“来吧，你帮了我大忙。我又没法付你咨询费，就这么报答你怎么样？”王明杰一边说，一边拦过服务生伸来的手，亲自给肖西光倒上酒。

“你请客我当然不会客气，但最好也先给个理由。”

① 肌电描记仪，测量肌电随时间发生变化的电生理仪器。

肖西光有些诚惶诚恐，“以后我也好知道怎么才能再赚这么一顿。”

“半年前，我还在恒海证券做业务经理。当时，现在这家恒北风投邀请我跳槽。我不知道怎么选择好。有一次我和你聊过这事。你说，遇到不能决定的事，干脆放在一边，从晚上做的梦中求解。人清楚时的思考能力有时候还不及做梦。结果怎么着，第二天我就做了个梦，梦到恒海证券老总突然被公安局抓走。梦里面那个警察还亲口对我说，你们老总涉嫌非法集资。第三天我就结账走人，到恒北风投公司当经理。”

“那你当初为什么不请我吃饭？”两人虽是老同学，但现在社会差距很大，接触也不算多。肖西光并不知道王明杰的去向。

“因为就在昨天，恒海证券老总真被抓了，真的涉嫌非法集资！”

肖西光面无表情。不是他善于掩饰自己，而是这消息过于震惊，他还来不及反应。

“其实，当初我一直在两个选择间犹犹豫豫。后来找你随便聊聊，不过是寻找个外力推我一把。所以当初没太在意。但昨天那事告诉我，那不是简单用心理安慰就能解释的。你告诉我，人真能在梦里算出自己的命运吗？”

微笑终于在肖西光的脸上绽开，他想到了下午实验室的例子。但这个例子涉及太多专业知识，讲给对方听，老同学未必能听明白。所以他就讲了其他一些轶事。

“怎么说呢，这个现象早就有人研究。开山祖师叫马丁·莱因，是美国杜克大学心理系院长。二战以前，他有一位朋友在远东做生意。1938年的一天，他突然梦见《纽约时报》首版登出新闻——日本人向美国开战！报纸印的日期是1941年。他马上撤资回国，避免了损失。”

“真有此事？”

“是的。莱因博士从此就开始研究梦对信息的有效加工。可惜从他开始到现在，在这个领域只不过是收集了一些奇闻怪事，并没有系统研究。专业人士一般不接受，当它是伪科学。”

“是不是……潜意识？”王明杰又起一块鹅肝，边吃边问。如今在知识阶层里，不管学不学心理学，“潜意识”这个词无人不晓。它成了万能钥匙，用于解释一切无法言明的现象。

肖西光没去更正，点点头。“就算是潜意识吧。拿你自己来说，你在恒海证券时，虽然不知道核心商业秘密，但平时财务往来肯定接触得不少，对账目中的漏洞心里隐约会有怀疑。白天你的理智压抑住这种怀疑，睡眠中，潜意识帮你整合得到的零散资料，得出了这个结论。”

“那你告诉我，怎么才能控制自己，经常去做这种有用的梦？我愿意给你十万元学费。真的，不是空口说白话，我很尊重知识产权的。”

“呵呵。就是你花一百万，我也无可奉告。梦境对信息的加工就像六脉神剑，时灵时不灵。要是能够有意识地天天做这种梦，我还挤在这所破高校里当个穷老师啊？”

两人高一时同桌，高二分科时一文一理。后来王明杰考上金融学院，肖西光考上心理学院，从此人生跨上两条路。同样年龄，王明杰的财富和阅历都远远超过肖西光。面对这位成功人士，后者总有些抬不起头来。这么多年头一次，老同学真的重视起自己的专业技能。

“以前没人研究，那你不会自己研究吗。”王明杰不以为然，“依我看，这课题比你研究什么θ波[①]要有用得多。”

是啊，当局者迷，旁观者清。难道这不是更有价值的课题吗？

但肖西光马上就想到，如果他把这个课题申报上去，学院院长魏教授会怎样作答：小肖啊，你已经走到了唯心主义的边缘上。搞心理学最容易滑到唯心主义，不得不防啊！

3

研究梦境会滑向唯心主义，可研究睡眠却是典型的唯物主义。肖西光平时的职务便是心理学院睡眠研究室的副主任。在那间屋子里，以特制的“感觉剥夺睡眠椅”[②]为中

① θ波，人在困倦状态下产生的脑电波，是中枢神经系统抑制状态的表现。
② 感觉剥夺睡眠椅，心理学实验装置，尽可能剥夺被试的视觉、听觉、触觉和温觉，以控制实验变量。

心，摆满了仪器设备。肖西光和他的同事们检测着睡眠者的脑波和肌电反应，绘出一张张非几年专业功夫不能读懂的图谱，再写出一份份非核心圈的同事不能看明白的实验报告。

这些研究有助于对睡眠生理机制的深入了解，有助于同事和自己评上高级职称，有助于过去的系主任、现在的学院院长官升一级。但这些都让肖西光打不起精神来，因为它们不过是在重复几代前辈留下的老课题。

过了几天，王明杰又打电话找肖西光。“哥们，光请一顿饭够不上答谢。我这里有个机会应该很适合你。”

“哦？”肖西光不大相信王明杰那儿会有适合自己的机会，“推销保险还是倒房地产？”

“放心，就用你的专业知识。最近生物股涨势很好。我们风险投资公司找到了一家很有潜力的企业，叫做绿色生命公司，专门研究生物制药。他们在研制安眠药的生物制剂……”

“真有研究这个课题的公司？”肖西光喜出望外。从利眠宁到氯硝安定，安眠药一向都是化学制剂，毒副作用大，会产生药物依赖。如果能研究出纯生物制剂来，市场前景可想而知。“他们的研究方向是什么？”

“我也不大懂。据说是从中非的几种植物里提取吧。我想你在那里有用武之地，怎么，你有没有更好的主意？”

“有！但在学院里根本申报不到课题经费。我马上去找你，你叫能拍板的人一起谈。”

当天晚上，他们就在恒北风险投资公司总部碰了头。肖西光打开笔记本电脑，展示PPT，连珠炮似的讲着自己的设想。看得出，这个设想在他心里孕育多年，此番像开闸之水一样滔滔不绝。

“最好的生物安眠药根本不用在外面寻找，我们自己体内就有。众所周知，胎儿在母体内一直处于深度睡眠中。以前心理学家认为，那是由于胎儿感觉系统被封闭，得不到足够的外界刺激。但现在学术界已经能用微型摄影机或者监听装置来探测子宫内环境，发现那里并不缺乏各种视听刺激。胎儿之所以熟睡到诞生，还因为母体分泌了某种可以催眠的生物递质。但是一直没有人来寻找过这种成分。”

“它很容易找到吗？”王明杰一开口便指向实际问题。

“不容易。但据我手头的资料显示，根本没人系统地寻找过它。所以也谈不上容易不容易。它应该存在于胎盘或者羊水中，原料很多。将来可能会研制出一种类似胎盘素的药物吧。”

“不错！”王明杰立刻从商业角度反应了过来，“以后，它将是面向精英人群的顶级安眠药。和化学制剂的普通安眠药区分开来，后者面向普通消费者。多好的市场细分啊，我甚至连广告词都想出来了：来吧，让你像胎儿那样甜睡！”

肖西光不懂什么市场细分。但只要能让这项梦寐以求的研究起步，他愿意认同任何梦想。

很快，肖西光向心理学院请了长假，来到位于两江交汇处的绿色生命药研公司。这些由风险投资公司资助的小型企业与其说是公司，不如说就是研发小组。发起人拿来一个课题，召集一批同道中人共同研究。大家一损俱损，一荣俱荣。

成果出来以前，这种企业只能烧钱，支撑大家的只有对未来的憧憬。投向这类企业的钱，十笔里也就有一笔能赚。但却足够赚出抵销那九笔投资的亏损。

在王明杰主持下，绿色生命药研公司以肖西光为主，又成立起一个课题组，专攻胎内催眠物质的寻找和提取。

4

一百年前，生理学家刚开始研究心理现象时，他们把一根根电极插入人的中枢或者外周神经系统，检测到的自然是生物电流。于是他们以为，“灵魂”便是神经细胞间奔腾的电流。这个观点不仅成为学界共识，也早就成了一般大众的常识。

公众不知道的是，后来又有一批化学家投入对“灵魂”的研究。他们认为，信息是通过化学物质在细胞间传来导去。沿着这个方向，种种“神经递质”被发现：苯丙胺、内啡肽、乙酰胆碱、儿茶酚胺、去甲肾上腺素……人体“神经递质”的家谱中居然列出了上千个成员。高峰时期，每月都有一种新递质被世界某个角落的学者发现。于是，在专家眼里，心理活动便从电子流动，变成了电流和化学反应的结合体。

而这上千种递质中，与睡眠相关的就有三十多种。为保证能一一提炼和检测这些神经递质，肖西光咬咬牙，开列了三千万元的初步预算。他平时要为争取十几万人民币经费死掉许多脑细胞，这笔钱已经达到了想象力的上限。

没想到，王明杰居然给他拨去六千万。“你一看就是穷惯的人。要知道，真能找到一种新药上市，一千万美元成本微不足道！我了解你的人品和能力，这些钱都由你安排吧！”

天助自助者。五个月后，这个团队在提炼过四十五吨孕妇尿液，七百公斤羊水，五百个胎盘，从实验室里扔掉一千五百只实验白鼠和四十只猴子的尸体后，肖西光课题小组检测到第十二种目标递质——

王凡 / 摄
2021.2.21　内环杨公桥立交

—— 入围奖　V

王祥 / 摄
2021.4.26

—— 入围奖 ∧

类环氧丙嘧啶，发现它就是促使胎儿睡眠的物质。这种物质不仅在男性体内全无，即便在女性体内，也只在孕期才会激增。距它被发现已经有二十年，这次才知道它的真实用途——催眠胎儿！

这天，肖西光小心翼翼地拿着一支试管，向王明杰汇报成绩。那里面装着十毫克类环氧丙嘧啶白色结晶体。不凑到近前，肉眼几乎看不到。那个时候肖西光想到居里夫妇。当年他们像农民工那样天天熬沥青。时代已经彻底不同。

“百分之九十九点五的实验数据都已经证明，它就是孕妇体内产生的催眠物质。”

“好的。根据事先签好的协议，这个发现的知识产权属于公司，你先不要把它发表在学术刊物上。”王明杰提醒道。

“没问题老朋友，我不图那些虚名。”

王明杰虽是金融专业出身，这段时间来天天浸淫于生物制药项目，竟也成了半个专家。“OK！不过，这只是万里长征第一步。发现这种递质的功能，不等于就可以制成药物投放市场。下面的临床实验周期更漫长。我们准备在这个项目上再砸一个亿，过临床实验的关。董事会决定仍然由你负责花这笔钱！”

5

“爸，我做了一个好长好长的梦。”儿子肖明揉着睡眼，把毛巾被踢开来。在他的枕边搁着一本简明英汉词典，还翻在昨晚读过的最后一页上。

“哦，讲给爸爸听听？”肖西光把炸卷圈放进烤箱，又去切蔬菜，洗水果。过了几年单身生活，如果举办单身汉家务比赛，肖西光能够保证进入前三名。

“嗯，我踩着滑板去上学，从咱们家门口立交桥工地里滑过去。在梦里那桥已经修好了，旁边那个大院里建了摩天大楼。我滑过大超市，人很多。前面还有新工地，也有许多人在干活。我怎么挤也挤不过去。好像我还带着把铁锨，路上有好多土堆，遇到滑不过去的地方，我就自己把土堆挖开。越挖越着急，怕耽误上课。爸爸，今天我这梦怎么记得这么清楚啊！”

“因为你刚醒过来，就马上进行回忆。”肖西光将沙拉酱拌入水果碎块中，一边用力搅着，一边给孩子讲关于梦的常识。“人对梦境的记忆消失得很快。你要是睡醒后过几分钟再回忆，就记不清了。你接着讲吧。”

“哦……”八岁的儿子仿佛很怕失掉刚才那个梦，马上追述起来，“我越怕迟到，越滑不过去。好像公路上又多了条河，还有桥，又有河……还有许多人在栽树。树栽得好密，也穿不过去……爸爸，我好像在梦里滑了一个多小时呢。其实走路到学校也就十分钟。”

肖西光把切好的蛋糕和一堆沙拉码放在大盘子里。现在，这顿中西合璧的早餐只差饮料。等儿子洗漱完毕，把牛奶放到微波炉里热一下就行。“你这梦够长的。”他一边忙一边回答。

“这么长的梦，我得做多少时间呀。一定是从半夜做梦到现在吧？”儿子已经半坐起身子，开始穿衣服。

“呵呵，真实时间没那么长。”肖西光坐到床头，抚摸着儿子的头发。从孩子记事起，他就经常讲一些心理学常识，儿子也很爱听。“人在梦里的时间知觉比真实时间要长许多。你这个梦最多不会超过五分钟！”

“啊，不会吧！我记得很清楚。在梦里，我从家出发时才六点半。至少赶了一个半小时路。好像学校老师还在天空中说，快快，八点了，要迟到了。”

“这就是梦的奇妙之处。”肖西光解释道，“你瞧，咱们周围到处都有钟表。电视里，电脑上，墙上的钟，都能报时。人在清醒状态下，时间知觉完全被这些报时系统左右。所以，你对时间的知觉和真实时间差不多。梦里可不是这样。我们只有关闭感觉通道才能做梦，所以在梦里没有客观参照物。总之你记住，梦中的时间比真实时间要长得多。”

虽然学院没给他一分钱研究梦境，但那份学者的好奇心还没有完全泯灭。肖西光平时很爱钻研梦的问题。

“那不就是说，‘现实方一日，梦中已千年’嘛。”

儿子一插嘴，让肖西光哑然失笑。自己用学术语言啰嗦半天，也没有孩子套的这句谚语贴切。如今这代孩子从小就能说会道，智商测验随便哪个都能过一百一十分，真不得了。

忽然，儿子不再谈论梦了。他发现爸爸今天穿得比以往正式得多。“哈哈，你是不是又要见女朋友啊。”

“你这家伙啥都知道，该知道的知道，不该知道的也知道！”肖西光轻轻拧一下儿子的鼻子。

“什么叫不该知道啊。你娶的老婆不就是我的后妈？我不该知道吗？”

“好好好，你该知道，该知道。今天有什么进展爸爸会向你汇报的，快吃饭吧！”

6

她的眼睛还像高中时那么大，那么明亮。只不过在大学校园里擦肩而过时，这双眼睛曾经让肖西光怦然心动。现在他再看到它，却感觉那种明亮后面空无一物。

当年，吴婷婷还是公认的校花，经常在各类文体活动中出任主持人，还在市电视台中露过脸。对肖西光这样灰头土脸的宅男来说，简直需仰视。

咖啡厅里，如今志得意满，神采焕发的肖西光向老校友递过名片。当然，心理学院教师不需要名片，上面印的是“绿色生命公司技术总监”。

“哇，生物制药公司？你下海了？”

“档案还在学院里，每年交十万元管理费就行。现在大部分精力在公司这边了。”

虽然这个公司还没有一分钱利润，甚至没有一分钱营业额，肖西光已经因为找到目标物质，领到一百万奖金。将来更有不知道价值几许的股票期权在等着他。个人生活也因为那几毫克神经递质而彻底改变。

吴婷婷的眼睛还是那样迷人。不过，肖西光第一次这么近地望着它，发现睫毛是假的。当年，肖西光虽然很迷恋这双眼睛和它的主人，却不敢表达一个字。每次想接近她，脑子里都闪过十个以上被拒绝的理由。

现在，两个人都结过婚，都离过婚，进入人生第二段感情周期。他们又在好心朋友的牵线下约到一起。肖西光和吴婷婷的地位也在此长彼消。

“嗯,你的名片呢？”他反问道。

“咳，我一个普通中学教师，印什么名片呀。”吴婷婷脸一红，把对方的名片收到漂亮的仿冒“Dior”手包里，“我正好有个梦，想请人解解。你一定是解梦专家喽？”

每个知道肖西光正在研究睡眠的人，都要问他会不会催眠，或者晓不晓得解梦。他早就习惯了，于是便点点头，不予纠正。

“这些天，我总梦到我们家贝贝……哦，是我的猫……趴在我身上，张开嘴，嘴角咧到后脑勺，血糊糊的好吓人。我查了许多书，弗洛伊德派和荣格派对这种梦的解释不一样。你说，这个梦意味着什么呢？”

“呵呵。”肖西光礼貌地笑了笑，从老同学的声音里闻到一股酸腐的味道，好像烂掉的蔬菜，“我们虽然研究梦，但不做那种玄学式的研究。我们只是测量快速眼动时间，或者测量睡眠时的脑波变量等等。纯客观的研究。”

“哦。”吴婷婷不算傻，听出了他话语里那份不屑。

“我们用科学实证方法研究睡眠和梦，严格控制实验变量，使用精确的仪器设备。解梦这种虚无缥缈的事我们从来不做。”

吴婷婷四处看看，每个座位上大家都在谈论自己的事情，没有谁会投来好奇的目光。肖西光感觉她在努力地寻找话题，他为她这种努力感到很悲哀。

“那，你现在研究什么样的……睡眠问题？”

公司的项目何时公开，公开到什么程度，完全由董事会决定，肖西光必须遵守保密条款。再说，即使把“类环氧丙嘧啶”讲给吴婷婷，这只绣花枕头听不明白，倒不如给她讲点有趣的事情。

“我们准备研究梦在信息加工过程中的作用。人的梦境表面上荒诞不经，实际上都有意义，一般都是对白天接收的信息进行再加工。”

“对对对，你说的这个我也懂。”女同学年过三十，经历婚变，再不像当年那么高傲。那份急切的样子让肖西光感觉可怜又可悲。她对这个问题肯定没兴趣，但又不得不表现出兴趣，好让这个老校友对自己感兴趣。

“嗯,记得好像是一个化学家吧，在梦里得出结论……是……是……”

“凯库勒，在睡梦中悟出苯的分子式。后来，学者们一直把这个例子当成重要证据，证明学者或者艺术家的思维和常人不同。其实根本不是这样。就是街头小贩，或者建筑工地上的民工，他们也会在梦中梳理出白天某些问题的答案，只不过没人记载他们的梦，人们只谈论名人的梦。”

“你说得太对了，这个问题我就有体验。一定是潜意识作用！潜意识嘛。我们学文艺理论的时候也讲过。”

肖西光呵呵一笑。对于这些文科生，他在骨子里一向不屑，也不想掩饰这种不屑。“其实，潜意识并不是科学心理学概念。人没有绝对的清醒意识，也没有绝对的潜意识，意识状态总在百分之百清醒和完全昏迷间滑动。比如，你的学生在考试中答卷。那时候的意识应该相当理性吧？但他们答完试卷后，如果你让他们回忆每一道题的全部思考过程，他们不可能都内省得到。那里面充满了直觉、灵感、想象、非自由的联想。所以说，相比之下，梦只是清醒程度比较差的意识而已。”

“哦……哦……”吴婷婷努力听着，礼貌地回应，同时把一双手并排放在餐桌上，仔细地看着指甲油的颜色和花纹。肖西光学过“身体语言学”[①]，完全知道这个动作的含义。但他现在已经沉浸在自己的思路里，不想为了照顾对方的面子离开这个话题。

“比如说，每天睡觉前，我就让儿子背一些需要机械识记的内容。英语单词啦，乘法口诀啦。这样，梦会帮助他进行加工，会比在其他时间去记忆效果更好。只是梦的时间太短，又不可控制……”

“哦。”

吴婷婷继续把注意力投在自己修长的指甲上，又“哦”了几次后，忽然发现肖西光不再唠叨他的“信息加工”。吴婷婷抬起头，发现老校友正直勾勾地望着桌上的托盘。

“怎么了？”

“没什么，我想起一件事。不好意思，我先失陪了。”

两人毕竟都进入中年早期。自感人生时光有限，处理感情问题也不再像少男少女那么举棋不定。既然话不投机，他们喝过咖啡，甚至没有开始那顿约定中的午餐，便心照不宣地从尴尬的气氛中逃开。

7

几小时后，在王明杰的办公室里，肖西光把脑子里的灵光一闪兜了出来：“对于类环氧丙嘧啶，我们已经做了十几例人体临床实验。实验中被试都出现了快速眼动时间加长的现象，睡醒以后都表示自己做了许多梦。”

“这个……对它作为药品上市会不会有影响？梦多了不太好吧。”不管肖西光提出什么，王明杰都从市场价值上去理解，“夜里梦多，睡醒后不都会很疲劳吗？”

“是的，被试醒后都表示有疲劳感。但我认为这正是它的一个主要作用。大自然制造一种这么复杂的物质，不会只让它承担一种功能。胎儿大脑神经在母体内要经历很长时间的发育，我想，类环氧丙嘧啶其实是个神经生长催化剂。只不过它在睡眠中起作用。这种作用和以往的安眠药完全不同。”

“啊！这可不好，绝不是好现象。”王明杰大吃一惊，“顾客做一晚上的梦，搞得白天无精打采，他们哪里会买这样一种药？我们要找的是没有副作用的安眠药啊。”

“但这很可能说明，我们找到了一种控制梦境长短的物质。它可以增加快速眼动时间，帮助人们在梦中进行信息加工。”

“老同学。你这些都是纯学术上的兴趣。”王明杰着急地拍着他的肩膀，像是要把他从幻想中拍醒，“顾客哪里会给这些虚无缥缈的用途付钱？他们要买到实实在在的效果！”

肖西光也清醒过来，头上冒出冷汗。如果临床实验不过关，类环氧丙嘧啶毫无药用价值，恒北创投作为绿色生命药研公司的绝对股东，可能会停掉这个项目！

肖西光马上加班加点，研究如何对付疲倦感这个大麻烦。但是，无论他如何稀释药物，减少用量，

这很可能说明，我们找到了一种控制梦境长短的物质。它可以增加快速眼动时间，帮助人们在梦中进行信息加工。

① 身体语言，在社会交往中以姿势、手势、表情等手段传达信息的现象。许多身体语言的产生并非自觉行为。

被试都报告会做许多梦，醒来无精打采。有人直接向肖西光说，要不是你花钱雇我当实验品，我才不受这个罪。

结果，肖西光又从波峰直摔到谷底。三个月后，恒北投资公司停止了这个在市场上无望的项目。

“对不起，让你们的钱白花了。”肖西光面对王明杰，手足无措。虽然钱不是王明杰自己的，他也完全本着严谨的科学态度完成了工作。但这会让老朋友在恒北创投的地位受很大影响。

“没关系。为什么叫风险投资？二十单里能成就一单就够我们赚的了。小意思。”王明杰努力做出轻松状，安慰着老同学，“你做了你应该做的，去领工作补贴吧。我又给你申请了五十万。”

“唔，我有个想法。可不可以用它来买类环氧丙嘧啶？加上上次你给我的一百万，我想买十克！”

现在，全世界只有这家公司出于研究目的，提炼了这种神奇物质，总共有一百克之多。其他实验室里或许也有，但微不足道。

“你还想拿它做实验？”

“嗯，不知道能不能买？”

“就卖给你吧！反正项目已经下马，这东西对公司来说就是废品，放在那里还要付保管费。保密条款已经解除，你可以去领诺贝尔奖了。”

现在，肖西光还没有想诺贝尔奖。和他可能将要做出的发现相比，“母体催眠物质”的发现都属于小巫。

8

肖西光又回到了气氛保守的心理学院。但这次他的处境已经大有好转。作为一个聊胜于无的步骤，绿色生命药研公司以企业名义发表了关于类环氧丙嘧啶功能机理的论文，来证明本公司的科研能力。肖西光作为该项目组负责人，大名列在首位。

虽然这远不及文体明星的一只脚有名，至少在专业圈子里，肖西光已经一战成名。他又找来陈晓康和李建洁。两位研究生已经对肖老师刮目相看。态度这么一变，他们也愿意听他讲任何一种奇思妙想。

“人类每夜平均做四到六个梦，每个梦平均十分钟。但睡醒以后极少有人记得这么多梦境。你们说这是为什么？”肖西光问道。

“唔……心理学实验表明，干扰是主要原因，后面的梦干扰了前面的梦。”陈晓康回答道。

“还有，大部分梦属于短时记忆……”李建洁补充，“短时记忆在睡眠中没有经过复习，就不能进入长时记忆。”

“对！现在，咱们手里有类环氧丙嘧啶。它可以保持快速眼动，我的记录是长达两小时。被试不仅做梦时间普遍延长，梦境记忆也清楚了许多。每夜我们都可以做极长极长的梦！”

“可是……”看到老师那眉飞色舞兴奋的样子，陈晓康搞不清他到底想做什么。他的思维被约束在教材里非常深，“人类要做那么多梦干什么？”

“信息加工！”肖西光猛一挥手，“人类一直在梦中进行信息加工，用隐喻、象征的方式。但绝大部分梦醒后被遗忘，这是浪费。即使不被遗忘，也不能有意识地控制这个过程。”

两个助手被他眼中炽热的火光所吸引，入神地听着。

“要知道，在梦中做信息加工有个巨大优势，你不会受到外界干扰！完全是你在独立思考，类似于精神反刍。把白天吸收的乱七八糟的信息重新排列组合，找到其中的意义。想想吧，现代社会里人们多么繁忙，上下班、开会、应酬，每天接触数十人。一个人在这种繁忙中，自主的时间，独立思考的时间越来越少。想想昨天、前天，你有几分钟时间能离开所有人去独处？很难有吧，恐怕只能是蹲厕所的时候，或者睡前清醒的片刻，才属于自己。结果，大家在不停地忙碌中变傻，变呆，变得机械化，变得人云亦云。看到许多，听到许多，但理解得很少。只有睡眠，才是一个完全属于你自己的时间！而且，一天七八个小时的睡眠，多么宝贵的独立思考时间。”

陈晓康和李建洁都还没有参加工作，体会不到肖西光说的那种“愚蠢的忙碌”是什么滋味。但如果能够自主地控制梦境，提高梦的回忆水平，至少从心理学角度来讲是个突破。

“您的想法太棒了。”陈晓康说道，“要是您组成了

王祥 / 摄
2018.8.2

—— 入围奖 ∧

课题组，我们一定参加！”

9

“哦，你为什么非要找一个孩子做被试呢？成年人做被试多简单？比如，从咱们系找几个研究生。”

坐在肖西光对面审查课题申请的，正是心理学院院长魏教授。他一向勤勤恳恳，任劳任怨，生活简朴。肖西光还在这里读书时，就和同学们一起学习魏老师的精神。三伏天，他守在实验室里二十四个小时，导致昏迷。这次英雄行为让他获得“先进工作者”称号。至于用这次昏迷换来的实验成果，几乎没人记得。

现在，院办公室里还张贴着魏主任被媒体报导的复印件。内容无外乎“生活简朴”“保持学者本分”“不受浮躁社会的诱惑”“一件外套穿了二十年”等等。

没本事的人才拿“勤奋”“简朴”作招牌。这一点肖西光看得很透。但是没有办法，课题申请总要过他这关。想到这里，肖西光打起精神，耐心解释。

“用儿童当被试，是考虑到他们的知识结构非常简单，便于测定学习效果。成人知识结构过于复杂，生活条件也比较多样化，变量太多，不好控制。”

如今，魏教授成了国内心理学

界权威。二十年来，魏教授和肖西光不是师生，就是上下级，坐到前辈面前，肖西光总是不能放松。而且，现在是手心向上去讨钱，当然更不自在。他曾向吴婷婷自豪地宣称，自己在从事严格遵循实证原则的科学研究。但他没有告诉对方，这要以大量金钱为前提。

“这样啊……”魏教授又摘下眼镜，眼睛里透出十几年一贯的居高临下，典型的老师对学生的目光，上级对下级的目光。

“这些新化学体有怎样的活性，副作用有多大，现在还很难说。往往十几年，几十年的临床结果积累出来，才能做判断。尤其是精神类药物，更不能随便投入人体实验。”

“不不，我亲自做过二十例人体实验，除了被试白天感觉疲倦以外，没有更多的副作用。您在做实验时不

王祥 / 摄
2020.7.14

—— 入围奖 ∧

也使用过肾上腺素嘛。两者副作用差不多的。”

“那怎么能相提并论。肾上腺素的功能全世界都知道，即使出了问题，我们的责任也不大。这个类环氧丙嘧啶的功能刚刚被测定，认识还很不全面。你怎么保证没有更多副作用？科学要求的就是严谨。你们这些年轻人就是太浮躁！用‘撞大运’的思想搞实验科学，根本不可能。”

一想到花了一百多万买来的药品将无用武之地，肖西光顾不上礼貌，直接把手伸到魏教授面前，翻动自己的申请书：“不不不，魏老师，您看，它的副作用报告我就附在后面，请您过目，真的不严重啊。”

“小肖呀，”魏教授根本没看那份附件，直视他的眼睛，“你要知道，你请假一年去外面搞创收，这在同事中间是很有意见的。虽然院里规定教师可以到外面创收，你也按规定交了管理费。但这笔钱不能堵住同事们对你的议论。他们说，你就像买彩票中了大奖。在公司那边得利，在学术界这里得名。这些舆论压力往往不在你身上，而是集中在我身上。我现在怎么好马上批复你的申请？”

10

马上就要进会场了。肖西光已经听到里面的掌声，隐约看到了闪光灯的白光。他就要跨上主席台，面对万众宣布自己的发现。

不过，自己的西装还没有扣好。怎么回事？现在的西装怎么改用了子母扣？而且，子扣那么大，母扣那么小。每个都是这样不配套！这叫我怎么扣嘛！

肖西光一边走向主席台，一边狼狈地扣着扣子，哪个都扣不上。搞得他汗流满面，尴尬不已。细节真的是魔鬼，这次这个魔鬼还很小。

十几位政界和学界显要坐在前排，聚光灯下，他看不清他们的脸，不知道他们是谁，但他知道，这些人要给他颁奖，要宣布他的成果。

这该死的子母扣。

肖西光突然停了下来。不对，西装前面不可能配子母扣！

更不合逻辑的是，自己不可能领什么奖，它们还轮不到他头上。

这是梦！

肖西光又一次从实验室外的长沙发上醒过来。他钻出了一个梦境。不过它并非荒诞不经，而是回答了自己思考多日的一个问题。现在，不管别人承认不承认梦的信息加工理论，肖西光每遇大事小事，都会听凭自己的梦来做决断。

第二天，肖西光再次坐到魏教授面前，看着他在自己连夜改过的课题申请报告上写下的初审结果。他知道，有魏教授的签名，后面的复审只不过走走程序，这个研究课题算是通过了！

作为交换，肖西光请魏教授担任这个课题的组长。研究如果有成绩，将属于伟大的魏院长，自己只是课题组成员中的一个名字。因为梦已经告诉他，地位和荣誉必须配套，他这颗“子扣”永远不应该大过“母扣”。

肖西光一醒过来，就知道了这个梦的含义。那天自己太着急了，光顾上和魏教授解释，多亏梦帮着他读懂了魏教授的潜在语言。

“小肖呀，当年，我像你这么大时，也是付出百分之一百二的努力，结果回报远远小于付出。”魏教授合上文件。有了那么一层隐蔽的利益关系，两个人的距离似乎拉近了一些。魏教授也想说几句推心置腹的话。

“……所以将来，你到了我这把年纪，也会轻松地获得一些东西。这是社会的正常规律，希望你能理解。”

肖西光频频点头。十年来，他第一次平视，甚至俯瞰面前这个人。这倒不仅仅是因为看出了德高望重背后的腐朽。不，他发现自己的眼光正在突变，变得敏锐、机智、深邃、富于洞察力。

这是做梦的结果吗?

连日来，不管课题申请结果如何，肖西光已经把自己当成被试，悄悄注射了稀释过的类环氧丙嘧啶。他的梦逐渐多起来，清晰起来，连贯起来，甚至现实起来！梦里的场面越来越接近他的真实生活，声、光、嗅、味、触，各种感觉越来越真切。有时候他坐在办公室里，甚至要怀疑地拍拍桌面、书本，或者敲敲脑袋，怕自己还在梦中。

这么多的梦，给肖西光造就出另一种生活，一个和白昼世界完全相关，但绝对私密的生活。每天，肖西光都要接触数不清的人，这些人的言谈举止，音容笑貌，他们手指的轻敲、声音的微扬、眼神的迷离，所有这些信息，以前他也都下意识地接收到，但无法对它们进行有效加工。现在，梦帮助他完成加工过程，帮助他看穿每个人的面具。

但是，肖西光能体会类环氧丙嘧啶的神奇功效，却不能把结果写在论文里。在心理学中，除了感知觉、机械记忆这样的低级心理过程外，主试和被试一定要分开，才能保证实验结果公正客观。

他得找合适的小孩子，价值不菲的类环氧丙嘧啶也要留给这个孩子使用。

11

“这个东西……”肖西光对面，一位三十来岁的主妇指点着文件上“类环氧丙嘧啶”六个字，怕读成白字，干脆就不读出来，“谁知道它是什么玩意，每天给孩子注射，谁能放心？”

“放心放心。这里有绿色生命药研公司的实验证明。这是发表在美国《科学》杂志上的文章，介绍它的功能，没有副作用。《科学》杂志是全世界最权威的专业刊物。”

肖西光相信这个主妇不懂什么生物制药，也不会知道《科学》杂志，只好尽可能找些大帽子来唬人。那女人不吃这套，微微一笑:“好呀，如果你愿意拿自己的儿子做实验，我儿子也可以送给你。”

肖西光离开那个家庭，失望地走回大街上。这是他游说的第十个家庭。孩子，认知心理学实验中最好的被试，他们心灵单纯、易检测、易控制，可现在要到哪里去找来作被试的孩子呢？谁家都是独生子女，谁肯让孩子做这么危险的实验。换成自己，都不会让肖明去作被试。再说，当被试一个月只有三千块补贴，对于大都市家庭来说根本没有诱惑力。

天无绝人之路。一个孩子，最符合肖西光实验构想的孩子恰好出现在他面前。那是一个农村男孩，看上去只有七八岁。他正坐在父亲的三轮车上，下面垫着高高的废纸壳。这里是城乡接合部，生活着一批拾荒为生的外地农村人。有的家庭干脆把孩子也带来了。

此时，肖西光也骑着电动车，于是便跟着那个满载而归的父亲，来到一处铁路路基旁边。那里有一片瓦楞铁搭建的临时棚户。周围是成山的废品堆。现在已经到了六月，这里气味刺鼻，苍蝇成群。

出乎肖西光的意料，这片临时建筑里居然还有电灯，有的家里还有电视。大大小小的孩子围在电视旁，怡然自得。还有人在过这种生活！二十多年来，他从一所学校进入另一所学校，并不熟悉人间百态。

此时，孩子的父亲已经注意到这个知识分子模样的人跟了他一路，打量了几下，走过来询问。肖西光大约用了十句话，讲清自己的来意。

“一个月三千块？”听到他报出的实验补贴，孩子父亲吃了一惊。

“是的。一共就两个月，六千块。另外，孩子要在实验室吃住。费用学校负担。”

这也是肖西光的实验计划。为尽可能控制实验变量，被试必须在他安排的环境里生活。

“能不能多来几个月？”

“哦，那太好了。”肖西光大喜过望。他设计两个月的实验期，只不过是因为要赶在暑假期间进行实验。开学后，得把人家的孩子送回去。眼前这个孩子根本就失了学，可以无限期地充任被试。

“那敢情好，盛儿这下子遇到贵人了！”

12

从此，这个叫林权盛的十岁孩子就成为课题组唯一的被试。由于营养不良，他显得比同龄城市儿童小一些。一双大眼睛让人们想到希望工程宣传照片上的那个女孩子。因为脸庞瘦削，眼睛自然显得很大。

一日三餐，林权盛都和肖西光等人在学校食堂里吃。晚上入寝前注射实验药物，然后睡在“感觉剥夺实验椅”上。肖西光和两个助手三天一倒班，轮流记录他的睡眠情况。

头几天，林权盛经常被噩梦惊醒，因为他的梦境太真实，而他的真实生活似乎又很可怕。肖西光让他追述梦境时，林权盛总是欲言又止。有时候，眼泪都围着眼圈在打转。

“他肯定做了噩梦，不肯说。”陈晓康猜测，“比如受人虐待，或者饿饭之类。他爸爸那个人我一看就不是善茬！”

“就是啊。这么早让孩子失学，有这样的父亲吗。”李建洁从女性的角度，对这个孩子多了一份同情，“他把孩子送来赚钱倒是很痛快。”

“我看倒没有那么严重，这孩子恐怕只是不熟悉咱们这里的环境。”肖西光觉得，这两个城里长大的学生恐怕误解了林权盛的境遇和他父亲的举动。现在，他们签了半年实验合同。林权盛可以为家里挣一万八千元补贴。在他的家乡，这能顶一个成年人，更何况，这半年还不用管孩子。

“他只上到小学二年级就失学了。一下子跑到大学里来，不适应的方面太多。”肖西光解释道。似乎印证了他的推测。一周以后，林权盛开始配合，回忆梦境变得连贯、通畅，有时候就像一篇口述的小记叙文。

而且，一直困扰着肖西光的醒后疲倦问题，在孩子身上根本不明显。开始两天稍有一些，过后便一点都没有了。这让肖西光再次感叹造物主的伟大。是啊，类环氧丙嘧啶被大自然创造出来，本来就是服务于胎儿。儿童还能够适应，成年人就难以消受。

可惜，儿童不需要吃什么安眠药。所以这东西天生不是做安眠药的材料。

接下来，实验进入了正式阶段。他们请学院里研究小学各科教法的老师，重新为林权盛开了小学全部课程。每隔一段时间再给他做一次智力测验。

为保证实验结果，肖西光担任了大部分夜班。到了白天，他如果不和小陈、小李在一起总结实验，就去找地方补一觉。而林权盛则一直是正常睡眠。所以，肖西光并不清楚他怎么度过白天。

慢慢地，林权盛不仅补上了以前落下的课程，而且开始学习超过他年纪的知识。智力测验成绩也有所提高。这说明，人类朝着控制梦的信息加工过程迈进了一大步。

在学术上一直有新发现，这让肖西光变得更自信。有时候，他会私下里讲出更为大胆的猜测：“我想，人类一切思维结果，小到写篇论文，设计个房屋，大到国家政策，

他的梦逐渐多起来，清晰起来，
连贯起来，甚至现实起来！

其实都是在梦里完成。只是在清醒状态下提取出来，追认一下罢了！”

怕这孩子精力过剩惹出事端，肖西光就和大学图书馆说明情况，给他办了一张特别阅览证，让孩子没事泡在图书馆里。

最初，林权盛只去给本校教师子女开办的少儿阅览室，翻翻卡通画。慢慢地，他读的书开始复杂起来，篇幅也长了许多。一天，数学系有位老师在食堂里遇到肖西光，问道：“经常泡图书馆的那个孩子是不是你的亲戚？”

“不是。怎么，他惹事了？”

“没有。你猜猜那孩子在看什么，在看《哈佛商学院 MBA 案例全书》！”

“呵呵，大概是书的封面花花绿绿，他被吸引了吧。”

人工睡眠能够提高信息加工水平，肖西光对此深信不疑。但他不会相信，这个拾荒者的孩子能够看懂 MBA 案例。

又有一次，林权盛问肖西光：“你们是拿我做心理学实验吗？心理学是什么？”肖西光笑了，因为手边正好有一本叫作《心理学是什么》的通俗读物。内容浅显，附了大量图片。他就借了一本给孩子看。

每天早上，肖西光都要面对那双大眼睛。它们虽然不像刚来的时候那么浑浊，但也远远谈不上睿智。

又有一次，陈晓康接班来到心理实验室，发现林权盛眼前摆着一本《心理测验通论》！他正低着头细细阅读。陈晓康惊讶地走到跟前。林权盛抬起头，给了他一个憨憨的笑容。

不，不会的，这肯定是肖老师或者李建洁刚才在读，这孩子只是被上面的图表吸引了。他没有及时把这个偶遇告诉肖西光。

李建洁也一样。有一天，她刚走进实验室，发现林权盛竟然坐在长椅上读着睡眠实验报告！那可不是整理出版的书，是一堆原始资料，充满了外行人无法理解的数据、符号和图表。

不，这孩子肯定读不懂它，只是看着好玩罢了。

另一个奇怪发现来自肖西光本人。周末，他带着孩子来学校。因为要整理材料，就把肖明介绍给林权盛。他觉得，两个同龄孩子肯定能玩到一起。

等肖西光办完事回来才发现，儿子怯生生地坐在一旁，林权盛自己看着书。在离开学校的路上他问儿子，为什么不喜欢和他玩？

“爸爸，您上次和我说过，有些人年龄很大，看上去还像孩子。那叫什么病？”

“哦，波卡切夫综合征，患者脑垂体有问题，到了成年身体还不发育。”

“实验室这个人我看就像。我觉得他和您差不多大！真的爸爸，我不想再看到他，我有点怕！”

13

半年后，因为用完了肖西光带来的所有类环氧丙嘧啶，实验暂时告一段落。按照验收程序，肖西光把林权盛带到市心理学会。在那里，两名来自其他科研院所的心理学家对林权盛进行了智力测验和人格测验。市教委也派人对孩子进行了学习评估。

又过了十天，心理学会完成了初步的研究报告。认为被试不仅补上了以往的课程，而且在半年内完成小学五年级课程的学习，成绩明显超过同龄人。被试人格发展水平也出现飞跃。他的智力测验从开始时的仅仅九十五分，提高到一百一十分。注意力、情感控制能力、意志品质等都超过实际年龄一到两年。

不过，这是睡眠中梦的信息加工作用，还是实验药物的直接作用，目前不清楚。验收专家宣布，该课题极有创造性，建议对此进行扩大和深入的研究。

接下来的十天里，课题组名义

王祥 / 摄
2022.8.23

—— 入围奖　>

果果 / 摄
2021.9.2

—— 入围奖 ∧

上的负责人魏院长东奔西走，参加各种学术研讨会，介绍自己如何去拟定这个“极有突破性的研究课题”。肖西光则埋头整理原始材料，准备拟定一个更大的，有十名儿童参加的实验。

这样一来，他不得不再向王明杰讨要那种奇药。自从离开公司，肖西光几乎没再和王明杰联系。虽然事出有因，但他对花掉别人那么多钱却没有回报，在感情上很不安。直到现在，实验结果告一段落，心情放松，他才敢和王明杰联系。

没想到，王明杰刚看了几段话，立刻打电话过来，直接问实验结果的细节。

“天啊，你怎么不早告诉我。”王明杰大喜过望，“我就知道，这东西不会没有商业价值。你想想，家长都望子成龙。现在有种货真价实的补脑药，又没有副作用。我们可以把这个市场上所有假货一扫光！就像伟哥把所有假壮阳药一扫光那样。”

肖西光不得不承认，老同学的商业头脑自己拍马也赶不上。一个拾荒者的孩子服了半年药，就胜过实验小学的优等生。单是广告效益就可想而知。

“这样。我马上在公司做报告，你们的实验结果我们买下来。反正靠那东西你也发不了财，无非是给专家们添虚名。”

肖西光感觉自己又从波谷缓慢升上波峰。

正欢喜间，突然，一纸律师函飞到心理学院。律师声称代表“不良心理实验受害人”林权盛，向法院起诉心理学院。

起诉书中声称，受害人长期接受恐怖的人体实验，被迫在刑具一样的椅子上睡眠，身上有许多注射针孔。在接受心理实验后，被试智力发生大幅衰减，并有严重的成瘾反应，已经影响到正常生活。目前求学无望，按照精神病院鉴定的损害程度，以及受害人终生收益的推算额，要求心理学院赔付人民币一百五十万元整！

“这怎么会？”肖西光大惊失色，直接找到律师，“那种药物根本不会导致这些反应。何况，他刚刚在市心理学会接受过智力测验，智力大幅度提高了。”

律师显然早有准备，拿出一份文件：“这是精神病院进行的司法精神病鉴定，孩子现在的智商只有八十九分。如此大起大落，说明智力受到严重损害。先生，你恐怕是对一种新药品的信心太强了吧。”

肖西光拿着鉴定结果的复印件，目瞪口呆：“这……这……这个实验是我设计的，被试是我找的。要赔我赔。不要连累我们学院。”

“算了吧。”律师并不理睬他的牺牲精神，“你多少年能挣这么多钱？实验合同上盖着你们学院大印，签字的是院长，法人代表，自然要学院赔。别哭穷，现在大学根本不穷，哪所大学不是一年能盖几幢楼。”

肖西光知道自己掉进一个陷阱，但这个阴谋是谁设计的？林权盛的父母——那对文盲拾荒者，还是这个律师？他难道会懂这么专业的心理学知识？

14

肖西光再次见到林权盛，已经不是在城市边缘的那个垃圾场，而是几百公里外他的老家。林权盛的父母正在翻修家里的房子。律师已经保证这场官司肯定能赢。即使庭外和解，也能拿到巨款。不然，强势的科研院所对弱势家庭的孩子进行恐怖实验，导致脑功能受损。这种新闻会有许多记者感兴趣。

所以，他们不在乎先借点钱将旧房翻新。看到肖西光找上门来，那对夫妻二话不说，招来周围的乡亲，几个壮汉把这位瘦弱的学者挡在路上。

“你做啥子？”林权盛的父亲断喝道。

“林权盛在吗？我想见见他。”肖西光望着眼前的矮个子，打死他也不相信，这个憨憨的庄稼人能搞懂那么复杂的法律程序，并且能组织起这次合法敲诈。

“不得行。律师说了，有啥子事，都法庭上见。再不走，莫怪我们不客气！”

肖西光知道自己讨不到好处，只好悻悻地走了。出了村头，忽然，那个憨憨的、如今又显几分神秘的孩子进入视线。林权盛正坐在村外河堤上，面对夕阳，背对着他，拿着一本书在读。

是他！没错！肖西光悄悄地摸到他的身后，突然跃过去，抢到孩子面前，一把将他从地上拉起来：“说，这些是不是你策划的？”

孩子手里的书掉在地上，封面上赫然印着《中小企业上市公司价值分析》！

肖西光来之前已经有充分的心理准备，但他仍然没意识到，半年里那无数次非凡的梦境，给孩子带来的不仅仅是智力飞升，也让他更老练，更镇定，甚至更狡猾，更凶狠。尽管被突然袭击，林权盛只是“哦”了一声，看清肖西光不过是一个人后，立刻镇定下来。两只眼睛里冒出不属于他这个年纪的老练。

“肖先生，有事吗？”

“实验期间，你隐瞒了很多梦境没汇报，对吗？”肖西光喝问。

林权盛点点头。“自省报告嘛，出现这类问题很正常！”

肖西光头皮发麻。一个心理学术语这么随便就从孩子嘴里蹦了出来。

“你是怎么应付智商测验的？你可以自己控制结果对不对？”

所谓智力测验，实际上是测量一个孩子和同龄人平均智力测验结果的比值。如果是一百分，说明他达到同龄人水平。如果一个八岁的孩子通过了十岁的智力测验，结果就是一百二十五分。能达到一百四十分以上的被称为天才，人间罕有。

人发展到一定年龄，智力将不再随年龄增加而增加。原则上智力测验仅对十八岁以下的儿童青少年实施。而站在肖西光面前的这个孩子，智力完全和成年相当。如果真实地完成一次智力测验，可能突破历史上最高的智力测验结果。

“这有什么难的。如果换你参加做智测，你不是也可以测出任何结果。”

是的，一个学了十年心理学的成年人，当然可以在智力测验中获得任何想要的结果。

出于恐怖，肖西光的手死拘住林权盛的肩膀。林权盛看看那只手，冷笑道：“肖老师，虽然乡下人不懂青少年保护条例，但他们看到你这么个男人欺负十岁的孩子，会不会激起天生的正义感？”

肖西光放开他，退后几步，呆在那里。那个孩子，或者说，那个藏在孩子躯壳里，用半年时间长成的大人打量着他，轻蔑地说：“看来你没有暗中佩带录音笔。我可以对你讲几句心里话。你对自己的实验很自信，甚至猜到了真相，只不过太晚了。”

“你从什么时候开始骗我们的？”

“记不清了，实验开始一两周吧。算不上骗，我从来没相信过你。一个拾荒孩子突然被请来好吃好喝，肯定不是为了我好。”

肖西光哑口无言。是啊，他为什么不把自己的孩子献给科学事业？还不是怕肖明受到潜在的副作用伤害，这个拾荒的孩子受不受伤害，他没有真正担心过！

“我读了许多心理学专著。你助手碰到过几次，他们没在意，以为我在看图片。你现在还不知道实验错在哪里？我能指点一个专业失误。你灌给我的那些识记材料，比如小学教材之类，我在睡眠中当然也在加工。但加工最多的是我自己的生活遭遇。平时听你们发议论，当着我的面谈社会问题，讲贫富差距，议论学院的领导，这些话题我才感兴趣，才真正和我有关。用心理学的术语就叫做‘意义识记’。我一个小学二年级就失学的孩子，读那些课本有什么用？我凭什么关心它们？这么简单的道理你都想不出，你还有资格后悔吗？”

“林……先生……”肖西光听到自己嘴里吐出这个词，更平添了几分恐怖感。但他已经不能不把对方当“先生”，“请你高抬贵手撤诉吧。我们学院不是企业单位，不可能赔付那么多。”肖西光一下子垮下来。

“其实，如果你们给到价位的八成，咱们就能庭外和解。”听到他的哀求，这位读过许多哈佛管理案例的孩子，这位读了许多伤害案例的原告，给了他一个不大的回旋余地。

“可是，你这样做，我的饭碗就丢了。”

“我不能再退步。”那孩子回过头，指指背后贫瘠的村庄，“这是我离开家乡的最好机会。再说，我已经停药二十天，再没有以前那种梦境，我至少要给自己留下买药的钱。这么阴险的世界，我还要更多的智慧才能对付。至于你——”

肖西光粲然一笑：“呵呵，我服了，但你下手太早了。你知道吗，世界上除了绿色生命公司，再没有别人批量加工这种东西。它还没有商业化。而公司已经邀请我重新进行人体实验。你就是最好的被试。我本来准备带你去绿色生命公司，继续一两年实验，看你的智力能达到什么程度。那样的话，你不仅有条件继续注射，而且还可以事后更大地敲一笔。一家创投企业可比一所学院有钱得多。”

“啊！”林权盛涨红了脸，然后又变得呆若木鸡。这让肖西光多少找回些心理平衡。智慧可以凭药物突飞猛进，修养可不行。这孩子还没有增生出和智慧相匹配的定力。

“现在，你只能停在这个智力水平了。”

肖西光转过身，逃离他创造的小怪物。

比起告别信，它更像是一首诗、一些不知所云的闲篇，似乎好心提醒你不要变得跟写信人一样。

王柏惟 / 摄
2022.7.6　九龙坡区谢家湾

—— 入围奖　∧

重庆
提喻法

文 / 段子期

重庆，已经不是原来的重庆了。

当我看到这句话的时候，我正在想该如何度过这糟糕的一天。传统媒体落幕的速度比大多数人想象得都快，《重庆快报》在最后一版刊登了一封言辞恳切的信，有点像不舍离开舞台的演员，唱出一个略带埋怨的尾音。我的记者生涯也就此告一段落。然而，在最后一天，电脑上弹出的信息，让这个告别日变得离奇起来。

这是一封奇怪的邮件，比起告别信，它更像是一首诗、一些不知所云的闲篇，似乎好心提醒你不要变得跟写信人一样。现实世界给你制造诸多困境，最明智的方法就是暂时远离这世界，特别是在像立体迷宫一样的重庆。

这是我从信中诸多华丽的比喻中解读出来的一小部分。

邮件最后一句，又有点像一篇侦探小说的开头——

他们都希望我死了，你也是吗?

他是谁?落款没有留下姓名。希望他死了的他们又是谁?最关键的是，这一切是如何跟我扯上关联的?

办公室的电器一个接一个被关掉，像是失去光亮的群星。直到头顶的灯光暗下来，我才意识到该走了。

编辑老李抱着箱子挤进电梯，问我也问其他人："接下来咋打算呢？"

顺其自然，似乎是最好的答案，大方得体且能终止对方的盘问。

跟他们不同的是，我还带走了一个谜，一个暂且看不到来路和去路的谜，在谢幕前的最后一秒，它以恩客的姿态从天而降。非要用比喻的话，它就像一个彩蛋或是一张地图，把我从暂时的伤感和沮丧中拽出来，随手抛给我下一个目标。

重庆的太阳明晃晃，压得人抬不起头。

天气炎热得能融化一切，空气潮湿而黏腻，像在皮肤裹上一层让人无法呼吸的膜。接下来的几天，我窝在房间跟空调相依为命。

我已经能把那封信背下来了，短短几百字，没有任何时间、地点、人物的提示，除了知道那人跟我生活的城市有密切关联之外，其余一无所获。

"你也是吗？"这句话像是"顺其自然"的一种变形，作为文章最末或对话结束时一个漂亮的收尾。我不知为何如此在意，或许，秘密，在平庸生活里总是稀缺的。

但很快，我又对自己的自作多情感到羞耻，这可能是一封发错地址的邮件，或仅仅是一个无聊的恶作剧。

我就这样跟夏棠僵持着，直到她再次联系我。我都快忘记了，自己是如何失去她的。

阿棠跟我是一年前分手的，那个夏天热得让人想哭。她寄给我一个包裹，里面全都是刊登过我文章的《重庆快报》，她在报纸缝隙上写道："我搬家了，无意间找到你的东西，就全部寄还给你，祝好。"她甚至都懒得用一张新的纸来写下这些话。

我重新翻看那些文章，似乎能在黑色铅字上找到她目光停留过的痕迹，有种跟她重新对视的错觉。

在 2017 年 10 月 8 日的报纸上，我看到一篇报道。三年前，我曾注意到一部在重庆拍摄的老电影，跑了好多资料馆才找到尘封的胶片。我花了几个月时间查资料、做研究，写了起码三万字的笔记和评论，提交给报社的文字报道也有两千多字。我当时认为这是个独家，那个电影男演员身上藏着一个不为人知的重庆，可最后报纸发出来只有一个豆腐块。

后来，我把关于这部电影的文章全都匿名放到网上，有不少人知道了他，这位民国时代的男演员、导演——封浪，名字里都带着一种江湖气质。他出生地不详，来自动荡的北平或是十里洋场，是国内第一批出国留学的知识分子，后来在战时来到重庆。

拍电影对他来说是一件机缘巧合的事，或者说是一种注定。

重庆，已经不是原来的重庆了。

这是一句台词，来自封浪拍摄于 1945 年的黑白默片《坍缩前夜》，片长 40 分钟。由于年代太过久远，破损的胶片中只留下 20 分钟左右的内容。《坍缩前夜》虽然没有对白和复杂场景，但我感觉它更像是一部带着喜剧色彩的科幻片。

封浪在电影里饰演一位科学家，前半部分是他在地下基地做实验的画面，墙上挂着一个巨大时钟，中间是

他出生地不详，来自动荡的北平或是十里洋场，是国内第一批出国留学的知识分子。

段美佳 / 摄
2020.12　鹅岭二厂

—— 入围奖　>

一个类似反应堆的装置。他摆弄着各种工具和图纸，动作夸张、表情滑稽。没多久，实验室进来了几位衣着破旧的难民，有母子、有夫妻。封浪让他们站到那个装置上，围成一圈。他按下一个按钮，一束强光从装置上方射下来，一瞬间，他们竟然全都消失了。

接着，几个日本兵闯进来，像是在找谁，封浪举起双手表示自己没看到。张牙舞爪的日本兵还是把他抓了起来，离开前，他盯着那个装置说了一句话，像是在自言自语。这句无声的台词在字幕上停留了整整十秒——“重庆，已经不是原来的重庆了”。

画面在这里突然而止，后半部分的胶片完全损坏了。我对故事结局有过不少猜想，科学家绝地反击，更多难民被拯救，战争提前结束……当然，是大圆满结局的可能性比较大，因为电影本该如此。

除了类型上的独特，最吸引我的还是封浪本人。他是这部电影的演员兼导演。当时，重庆正值大轰炸的紧张时期，一部喜剧科幻片显然有些不合时宜。不过，也可能是战时用于政治宣传，像1940年正处于战争阴霾的伦敦，每天都有空袭，城市满目疮痍，可比城市更残破的，是人心，电影成了人们唯一的心灵慰藉。在当时，英国资讯局电影部为了提升国家士气、安抚民心，拍摄了不少政治宣传电影，比如《敦刻尔克大撤退》。

封浪拍《坍缩前夜》时，西南边陲地区民风守旧、信息闭塞，科幻这种超越常识的概念对人们来说不亚于巫术。在战争结束前，他可能也想用这种幻想中的胜利来慰藉人心，思议不可思议之事，对饱受痛苦的人们来说，的确是一场精神疗愈。

《坍缩前夜》中的镜头大多都是远景和中景，几乎没有特写，让人看不清封浪的全貌，他脸上滑稽的胡子和宽大的眼镜，成了辨认他的最好方式。他似乎刻意为之，将身体语言变成整个画面的主角，晃动的姿势、步伐，表现情绪时不自主的小动作，都变成与观众交流的工具，想让我们从这些特征直接看到他的内心。

几年前，我费了不少劲找到看过《坍缩前夜》的观众，他们当年只有10岁左右，故事结局早已记不清，其中一个人说，封浪在那以后陆续又拍过一两部电影，可最后好像被特务暗杀了。

可那封邮件的结尾，否定了封浪已死的说法。如果他还活着，现在也有80多岁了。

“封浪……的确是死了，不过，他有不少追随者。”

“追随者？”

“有人认为电影里那种技术真的存在，能把人带走。”

“带去哪儿？”

“反正离开重庆吧，没有战争的地方，当时甚至有人偷偷缠着他呐，求他施法把自己带走……当然，也有人想要他死。”

“为什么？”

“因为，他是个好人。”

我重新研究那些笔记，他之后拍的电影《狂想曲》《幻化网》，都没有留下胶片。我对此也有过过度的猜想，“曲”与“网”不仅在字的形态上有些类似，意象上也同样有着广大、细密的感觉，容易让人联想到时间、命运之类玄乎其玄的东西。我想，这些电影存在的意义不只是安抚人心，或许，像是他的胡子和眼镜，他跟电影本就是一体，就成了一个标志、一个符号，代表着幻想本身。

而幻想，理应是每个怯懦时代最宝贵的意志。

谵妄的重叠景象消失于火焰，曾睥睨一切的国王消失于众生，这才是放逐。山与雨互为遮羞布，城之上还是城，城下住着逃兵，我像个逃不掉的孩子，重庆像是布景。

这些句子，让我想起毫不相干的从前。

在那个最应该逃走的年纪，我却被困在一个由自我打造的窠臼之中。十八九岁，我跟一个名字里带有“夏”的女孩反复恋爱和分手，在宿舍床上写着张牙舞爪的诗，在电影院做着张牙舞爪的梦，在火锅店制造比隔壁桌更张牙舞爪的嘈杂……我还常常故意把小说读到一半，然后放下，像是只谈了一半的恋爱，或是在只认识了一半的她们面前搬弄着文学典故，做任何能让别人对我刮目相看的事，却毫无意义。每个人的青春似乎都是这么过来的，仿佛布景一样被安排。

可很多时候，我想像电影里那样活得危险。

封浪的生活可能远比电影危险，我刷着论坛上关于他的旧文章，

山与雨互为遮羞布，城之上还是城，城下住着逃兵，我像个逃不掉的孩子，重庆像是布景。

突然很想再看一次《坍缩前夜》。几年前为了那篇报道，我拜托朋友从档案馆调来胶片，然后再去几千公里外的电影资料馆才找到机器播放。主编对我的执着不以为然，我半开玩笑跟他说，我们的独家精神已经失踪很久了。

我常常不告而别，像从前对阿棠那样。而这次，我对着空荡荡的房间，好像没有可以说再见的对象。电影胶片也早早跟这个时代悄无声息地告别，像报纸一样变成一种纪念品。

我鼓起极大的勇气挺身迈入重庆的夏天，为了再次看到那卷胶片上的电影，这是值得的。

很多人都以为这个城市的奇异之处，是那些纵横交错的路与桥；是你站在一栋大楼的顶部，发现自己实际上位于山的深谷；是穿过一条依稀可见的小径，马上就抵达繁华的城市腹地；或是穿行于随着地平线起落的建筑带，不时被湿漉漉的云雾掩埋。的确，它在如此压缩的区域中集结了自然界各种地形地势，让穿梭于其中的每一个人都能体会到多于其他地方的江湖感。

但这并不是全部。

那些车马纵深、摄人心魄的纷繁景观，只是重庆的一个注脚。在我眼里，她就像电影本身，每一栋建筑、每一座桥、每一条街的沟回与曲折，都跟情节、故事丝丝入扣地对应着。电影里标准的起承转合构成了这座城市的主体，赋予她生命力和镜头感，磅礴而又鲜活。这些彼此互文的元素，像天空一样横亘在城市之上，共同组成了一个标志、一个符号。

我从路的起点走到路的终点，站到更高处才发现，根本不存在起点和终点。我常常这样一个人走，上次经过一座桥，从长江大桥往上，又经过高架桥，萦回、漂移，在这个角度能环视所有楼宇，让我有种要飞上天的错觉。然后，再驶入另一条轨道继续下一个盘旋或攀升。重庆总是这样，容易让人想起那条咬住自己尾巴的蛇，开始和结束不过是个谬论。

接着，我往城市边缘行进，感觉内心开始变得空旷起来。繁密的城市群落消失于高速公路，我嗅到一种若有似无的危险，电影里的那种危险。再次闯入封浪的幻想世界，是我逃离目前平庸生活的唯一出口。不断倒退的路牌坐标告诉我，离那卷胶片越来越近了，我竟隐隐感到一阵兴奋。

那间档案馆位于重庆城郊，倚靠在一间历史纪念馆旁，里面保存的都是些古旧的文艺资料。我到达时已接近夜晚，这栋低矮的木楼如同对大自然卑躬屈膝的隐居者，一位老人刚巧走出来将门锁上。

“您好，请问……”

“明天再来吧。”老人双手背在身后，脚步轻盈，像个隐士。

“那……您知道附近哪儿有住的地方吗？”

“都没有。”老人缓缓抬起头，他瞳孔有些浑浊，单薄的身躯被一件深灰外套包裹着，声音却浑厚有力，“我看你是来找资料的吧，倒是可以到我家先住一晚。”

我欣然接受他的邀请，很奇怪，两个陌生人能在一两句对白后快速达成信任，或许跟炎热的天气有关。

他叫老姚，负责看守纪念馆，平时很少人来参观。他说，他一眼就看出我不是普通游客，是带着一件事情来的。不知为何，我对老姚也有同样的感觉，他也像是因为一件事而留在这个僻静之地，安心当个看守人，在等待谁或是保守着什么秘密。

不过现在，我心中的独家暂时只有一个。老姚家就在附近，房屋有些旧但很干净，晚餐后，我向他打听那卷胶片。

她就像电影本身，每一栋建筑、每一座桥、每一条街的沟回与曲折，都跟情节、故事丝丝入扣地对应着。

王柏惟 / 摄
2022.7.6 渝中区益建大厦

—— 入围奖 V

“那是很久之前的东西了，”老姚眯缝着眼睛努力回忆，“纪念馆曾经要修复一些老的影像资料，你说的那卷胶片因为时间太久远，没法儿弄。不过，现在有了一个放映厅，明天你可以看看复刻的胶片版本。”

“好，那部电影，您看过吗？”

“没有，你说的那个演员也没听过，我就是个看门的，这些东西不太懂。”老姚揉了揉眼睛，“你要是这么喜欢电影的话，不如……”

“不如什么？”

他没再说，起身回到自己房间，像是场景骤然暂停，接着跳至下一个，让刚刚的问题悬在半空。

陌生的床上有一股被阳光烤过的味道，我梦到了阿棠。

我承认自己不够爱她，甚至记不住她最爱的颜色，或许只是因为她不够危险。我曾经拉着她站在重庆的最高点，俯瞰着城市被无数灯光勾勒出的动人轮廓，两条来自不同源头的江水在半岛外相接，怎么看都像是一个紧紧的拥抱。

我看着黑暗中她的侧脸说……我好像说的是，我想变成奔马落入未来，我想等到下雨，我们困倦得像一对纸象，就可以继续烂在一起，我还想去做很多很多不可思议的事，最好变成不可思议本身。

等结束了，重新上路，你愿意陪我一起吗？

她没看我，嘴唇轻轻开合。我不记得她说了什么，只感觉那时她的声音同样悬在空中，像蜘蛛，结了网又飘散，我就站在最高点，看着那声音飘散。

我依然不善用比喻，所以她离开了，头也不回。

过去和未来是接通就烧毁的电路板，火光蔓延未及的地方，住着鳏寡与孤独。我幻想着变成他们的形体，练习飞行跟迫降，恒星的轨道开始变得扁长，北纬30度的重庆进入漫长黑夜。

胶片包装袋上印着封浪的名字，它就躺在黑暗的储藏室里，像是在等我打开封印。老姚把它拿到暗室，无数个24格被一一铺展开来，然后卷进古董般的放映机。这卷复刻版的《坍缩前夜》还是只有20多分钟，不过，我希望这20分钟足够漫长，就像黑夜。

我坐在最中间的位置，视线里除了大银幕没有其他，黑白画面开始跳动。此时此刻，我比以往任何时候都更容易体会到一种仪式感，跟第一次抱着目的来看不一样，这次更加纯粹，像是准备入侵他的思想，在那段被复刻的时空彻底坍缩之前。

几十年前的电影摄制技术只停留在视觉语言，粗糙程度可想而知。正因为如此，运动的图像承担起所有叙事功能，给到观众类似于纯文字一样的想象空间，屏幕上的世界存在于二维，而另一个维度在我们的脑子里。

《坍缩前夜》前20分钟的精彩程度不输任何电影，没有声音和色彩的介入，反而让封浪发明了用眼神和表情造句的技巧。他只用了短短几个镜头拼接，就成功把自己塑造成一个搞怪而神秘的科学家，他的胡子和眼镜，爆炸发型和宽松白大褂，都是这个形象之下的附属品，而不是这些元素去丰满了他的形象。

这20分钟的情节全都围绕一个母题——“时间”，即使不知道结局，我也能猜到，时间，是扭转局势的关键。

此刻，我作为银幕外的观众，也很快与其他角色产生了同频共振。这种暧昧的距离感，让我学会用一种悲悯的眼光来看待他们。

天空被黑灰色浓雾遮蔽，轰炸机咆哮着展开死神的披风，街道像一张被扭曲的黑白底片，有火光散落的地方就有尸体。空气在活下来的人耳边轰轰作响，他们弓着身子，不断涌入布满城区各处的防空洞。母亲把孩子抱在胸前，骗他说这声响只是摇篮曲；丈夫和妻子一同哭泣，为了刚刚失去的家和良田；还有那瘦骨嶙峋的老父亲，惦记着前线参军的儿子；更多的是陌生人与陌生人挤在一起，瑟瑟发抖，然后祈祷。

我们最好一起重复：小心翼翼地/我们随时失去生命/草木躬身地/我们原地等待奇迹。

导演会原谅我们以“我们”自居。他会在那个地下洞体安静地等待，扮演好一个拯救所有人的角色。

我能看出来封浪骨子里有一种英雄主义，在这个由他制造出来的困境里，紧接着又自己给出解决方法。及时的救赎，如同精准故事线里的第三幕高潮，对每分钟都在上演死亡的战争时代来说，这意味着神降。

于是，封浪把那个时间透镜反

应堆也变成了一个角色，一个奇迹的象征。在故事情节里，时间本身成为一种英雄式的反哺，作用于拯救者和被拯救者的身体与心灵。

电影比生活更伟大的地方在于，它允许任何幻想中的神来之笔，即使不符合当下的现实，只要故事需要，都没问题。

我把自己想象成一个闯入者，通过对银幕的凝视而钻进封浪的角色躯壳里，跟他一起，等待那个最危险时刻的到来。反应堆上方的光线收缩回去，那些难民消失得无影无踪，接着，我们被士兵抓走。最后，给观众留下悬在半空的一句话。

尽管我和封浪之间隔着时间与空间的鸿沟，但这个幻想故事却能让我远离自身的原点，抵达另一个无限接近自身的边缘，这就是电影的魔力。

我觉得这20分钟已经足够，只是，我还没参透“坍缩前夜”的意思。

当那句“重庆，已经不是原来的重庆了”再次出现在大银幕上，我感觉自己的人生也迎来了第三幕。

滔滔不绝的胶片向放映机冲进最后一格，这部电影在我面前画下一个潦草的句号。一切宣告结束，周围变得异常安静，燥热的空气也停止对我的侵袭。

老姚坐在最后一排陪我看完，我感觉他才是一个纯粹站在第四堵墙外的观众，看着我参与到故事其中，变成《坍缩前夜》的一部分，与这间母体似的暗室形成一种互文关系。

他缓缓起身，目光没有离开那行字幕。我努力从银幕里抽离，经过他身边时，他轻咳了一声，胡子牵动嘴唇，继而牵引着喉结上下滑动：“不如，你自己把剩下的电影拍完吧。”他依然没看我。

老姚的语气模糊不清，不像要求，更不像建议，可就是这句漫不经心的话，在我心中播撒下了一颗种子。这种子蠢蠢欲动，仿佛能孵化出《坍缩前夜》的完整命运。……

“可我要怎么拍？”

“有勇气就行。”

暗室外的光如同箭矢冲向全身，我闭上眼睛，数着开始变得灼热的呼吸，顺便掂量一下自己的勇气。比起现实生活，电影既超然物外又和光同尘，在观众生命里扮演着一种拯救与被拯救的暧昧角色。

我一直觉得，电影是更高维度世界卷曲在我们这个世界里的微观投影，那些创作者想要表达的，那些跋涉过自己和他人的自我意识，都被转换成另一种语言、幻想抑或谎言，婉转地讲述出来，最后都要直抵真相。

我不知哪儿来的勇气，竟然想要帮助封浪，或者说帮助我自己去完成《坍缩前夜》。

玫瑰的耳旁腾起一股喧嚣，花蕊早已干透，无法承受的美四处散落，只能借由别人的故事拯救自我。时间也已经干透，俶尔停滞，在这缝隙，我无处藏身，我，是最肮脏的空气，是最干净的灰尘。

老姚帮我准备了很多东西，一台摄影机、一台电脑，还有灯光和其他机器。我问他，还需要什么？

“你的意志。”他说。

我点点头。老姚不像是一个什么都不懂的人，相反，他什么都懂，可能只是在等待什么。

他把我带到一个地下防空洞，这附近有高山作屏障，有坚固的山体构造，又挨近乌江水源，整个洞体隐藏于金子山200多米深的地层。洞体外部坡陡林密，四季云遮雾绕，除了一根150米高的烟囱外，从外表看不出任何人工痕迹。

洞口看上去很平常，可进入到内部简直令人震惊。经过曲曲折折的石板路，最后到达有着二十多层楼高的人工洞体中心，老姚边带路边介绍，这儿以前是“国营建新化工机械厂”，曾是甘肃生产原子弹核装药的404厂的升级版。一个深处西北大漠，一个位于西南腹地，却因为共同的原因，成为了一段特殊的历史记忆。曾经在那场4000万人的大迁徙中，重庆涪陵聚集了6万人，随后，这个地名从地图上消失不见，就像地图上无法找到的404一样。再后来，这个洞体就被改造成了防空洞。

老姚停下脚步，回声也渐渐平息。我站在洞体中央，往上望去，最顶部有一处山体裂开的缝隙。周围的一切都被封藏太久，一股破旧、衰败的气味像一首发霉的歌钻入皮肤，但此刻，我却有种踏入圣殿的错觉。

不知来处的一束光像是计算过方向，在这方空间内铺撒下一张网，这熟悉的一幕宛若胶片自动卷入我的大脑，我一眼就认出，这儿是《坍缩前夜》的取景地。

防空洞，日，内。科学家、逃兵、难民、敌人。

顺着封浪的故事，我想象着后面的无数种可能性。在夜晚来临前，我开始将脑中的画面变成文字流淌到纸上，这是一种奇妙的创作体验，跟从前完全不一样。我写过很多篇新闻纪实稿件，见过很多人，当我的笔锋无限逼近眼前的现实，幻想的翅膀就会被重力向下拉扯，虽然我知道两者并不矛盾。

有的时候，我甚至觉得是键盘在牵引着我的手指，而不是我在操控它，这跟角色和创作者的关系一样，有时分不清楚到底是谁在拉着谁前进。

重庆日与夜的界线仿佛被悄悄抹了去，我像一把犁在桌上耕耘。故事很快写完，但手里的稿纸还只是半成品，唯有将它变成画面才有意义。

"有没有一种时间理论，能把两个不同空间连通的？"我像是在自言自语，盯着手里的分镜图，眼神落在虚空。

老姚在我背后，为晚餐忙碌着，漫不经心地说："我记得，美国曾经有一例时间透镜实验，能让时间产生间隙，那次吧，好像也是首例实现物体在空间和时间上同时隐形的实验。"

"你是怎么知道的？"

"看报纸。"

"这个实验能让《坍缩前夜》里的剧情实现吗？"

"你倒是可以这么写，反正不都是科学幻想吗？"

"嗯……"

接着，我查了所有关于"时间透镜"的理论。曾经有科学家采用相似的方法，在一个场域上产生了一个时间漏洞，尽管只是一瞬间的事，但时间停滞的效果持续约为每秒的 40 万亿分之一。

就像密不透风的宇宙被撕开一个小口。

这个小口透进来的光，让我重新生长出翅膀。望着布满黄色污渍的天花板，我开始想象，如果真的有一种设备能够将光线转向，让时间变慢，然后再加速，这样就可以在光束中产生一个缺口。这种情况下，发生于那一瞬间的事件将不会散射光线，看起来就好像……那件事从未发生过。

"探测器照射出一束激光束，然后激光束穿过一种名为'时间透镜'的设备。和传统的透镜能够在空间上将光线弯曲一样，时间透镜能够使光线出现非空间上的暂时分隔。"我盯着电脑屏幕，一字一句念出声，"在时间域中，这是一种能够真正控制光束属性的方法。"

封浪没有在电影里解释这种理论，但在后面的剧情中我觉得很有必要。

在我的理解中，他在戏里那个"时间透镜反应堆"的发明在某种程度上扩大了时间场域，让相对时间停滞的效果持续。或许，他能等到多年后战争结束，再把难民传送回来，而他们消失的真正时间却只有几秒。

可这也许会产生无数时间分支，而且每个时空都是极不稳定的。

"会不会出现悖论呢？"

"真正的未来是无法改变的，因为源头早就注定了，多出来的部分，就像是主路上突然出现的岔路吧。"老姚回答。

"嗯，有道理。"

老姚接着帮我找来几位邻居当演员，服装、道具都由他来制作，他还负责在摄影机后掌控开关机，而我则要扮演，或者说是继承封浪

电影比生活更伟大的地方在于，它允许任何幻想中的神来之笔，即使不符合当下的现实，只要故事需要，都没问题。

王柏惟 / 摄
2022.7.6　九龙坡区谢家湾

—— 入围奖　∧

那个角色。所有环节我都已经在脑海中预演过了，就等着画面像浪潮一样被卷入镜头。

我从前以为拍电影是人类发明的最消磨心智的一种工作，如今看来的确如此，不只是电影，只要跟自我表达与艺术创作有关的，都是。

按照他的思路，后续剧情我有颇多设计，"我"将会被日本兵带走拷问，然后与他们反复斡旋，上演逃离与追踪的戏码。而剩下的难民会安全抵达另一个时空，为了避免两个时空在能量交换后可能产生的裂缝，其中一位难民将会主动留下来，作为这一段时空的守护者。最后，他将继续维护那个反应堆的正常运转，再接着帮助"我"完成剩下的事，悄悄带更多人逃走。

比起我的阐述，镜头和画面组合起来会更有紧张感。

开机前夕，老姚准备了几道精致小菜，邀请我喝一杯。几口酒下肚，我问他，他的家人呢。他拿筷子的手停了一下，然后随便夹起一块什么塞进嘴里，含混不清地说，走了。

玫瑰的耳旁腾起一股喧嚣，花蕊早已干透，无法承受的美四处散落，只能借由别人的故事拯救自我。

我继续喝酒。

“不过,还会回来的,”他咽下去,接着说,“她……会回来,我都快想不起来她的样子了,但她肯定不会老,不会像我这样,呵呵。”

“嗯,她会回来的。”

后面几天,我们投入拍摄工作中,我感觉得心应手,台词和表演都尽量保持着封浪的风格。而在后面的叙述中,我加入了一些属于自己的精神碎片。

于是,故事里突然多了一位名字带有“棠”的女孩,她是整部黑白电影里唯一的亮色。浪漫爱情在乱世里总是可贵的,英雄气概也需要一些绕指柔来作为调和。阿棠在戏里是一名单纯少女,一直默默帮助着他,她是他见过最无所畏惧的女孩,他是她见过最善良的科学家。她会在他的墓前献上一束鲜花,当然也会献上眼泪。

一周的拍摄很顺利,我们把最后的重头戏放在时间透镜反应堆的场景。老姚跟演员们提前把地方收拾好,一切准备就绪,我们一起等待最后那个魔幻时刻的到来。

在这个地下洞体孜孜不倦,反而容易让人活在一种身不在场的状态中。我们的声音回荡在空腔石壁,像是轮船触礁,坟墓与子宫的意象接连不断拍打着我的脑门,这里什么都有可能发生,只要我想。

当“我”再次站在摄影机后,镜头开机,我仿佛看到一只来自宇宙深处的眼睛,正温柔地凝视着这一切。

直到洞顶的一束阳光透过缝隙垂直照射下来,尘埃开始起舞,触礁的光晕似水纹荡漾开去。此刻,空腔内壁好似发出微微共振,我们一起抬头,目光虔诚。即使黑白影像不能完全呈现光和这方空间交缠的神奇,但我们依然把那光当作集体入戏的隐喻。在故事结束之后,只需用一些剪辑切换的技巧,就能让科幻这件事变得令人信服。

电影里的时空之门即将开启,这一刻,戏剧和现实的边界被轻轻擦除,就像两个时空之间产生了细微裂缝,对我来说,这缝隙意味着全部。

棠站在反应堆中央,光仿佛一层薄纱降落在她肩上,接着完全包裹住她,像一只柔和之手在她身上来回漫游、摩挲。我从摄影机后移步到一旁,眼神追着那光,甚至能看到她皮肤上的细微绒毛在翩翩起舞。

在最接近结局的时刻,她被升华成一个象征,一个符号,用来歌颂自由、缅怀牺牲。

我只差一个对“坍缩前夜”的解释,一个大圆满结局。

越是想要说什么,喉咙就变成一口干涸的井。时间成了第二颗心脏,微弱跳动着,伴随着想要赌一把的勇气。每一秒和每一寸变得难分难解,最后一段胶片被长久的沉默浇筑。电影,是灵魂的暂住证。

杀青来得比想象更早,我留了一段空白胶片在结尾,在彻底填满它之前,我会先把上下两部重新剪辑在一起。

老姚忙着收拾剧组在地下洞体留下的痕迹,我特意找了一个机会,单独去跟扮演棠的女孩告别。她是一位单纯的大学生,短发齐肩,身上有股淡淡的柠檬香味,私下里跟面对镜头时是一种相近的状态,谈话间总爱把侧脸留给我。我没什么能送给她的,就用一段复刻的胶片做了一张书签。

送她离开前,我们正好看到山那边的夕阳变成一团沸腾的糖浆。“谢谢你……”,她说。她的睫毛也沾上了一抹暖黄,像是从天边偷来的。

“我应该谢谢你。”这一刻有点像刻意重复,让我想起站在重庆最高点的那个夜晚。现在,我和她同样站得很高,同样看得很远,面对着同样的魔幻时刻,我们彼此道谢。

“谢谢你的电影。”她笑了笑。

我回以微笑,脑子想的却是那一套艰涩的时间理论,如果此刻,我们都身不在场,我们会像奔马一样落入另一个未来吗?

所以只能是电影,让我相信有些幻想会有成为真实的可能性,特别是在我幻想了一个跟她拥抱告别的场景之后。在未来的日子里,我一定分辨不出来,那个拥抱到底存不存在。

太阳全部隐匿了下去,带着一丝羞涩,但若有似无的光线已经不再是先前撞击着她胸膛的那道光线了。我呆呆看着她的背影,在黑夜降临之前,我成了一只手足无措的飞蛾,急切地追逐着最后一缕微光。

剪辑和后期的工作相当枯燥,老姚已经腾出两间房间给我当工作室。杀青后，我的胡须越长越密，干脆就留起来。某次我对镜自照，发现嘴上这抹弯曲的造物，竟然跟封浪那会说话的胡子越来越像，不过，比起他，我还差一个英雄目标。

谁都不知道，在那段历史中他到底扮演了一个怎样的角色，绝不粉饰太平的慈悲导演或是真正的斗士，而他的电影和生活又是如何互相影响、互为注脚的。我猜测，他也有过一段没有结果的感情，在那个时代，满溢的才华会让人变成一个靶子，连同周围的人一起。他始终没有足够的能力保护好所有人，除非，时间真的能产生裂缝。

所以，我在下半部分的戏中加入了棠这个角色，当作是一种伟大而又自私的补偿。让他这部剩下一半的电影，不再像是只谈了一半的恋爱。

关于结局，我决定在《坍缩前夜》牺牲自我，为了那女孩，也为了战争赢得胜利，这对“我”来说的确是一种双重救赎。最后的最后，再留下一点悬念，关于“我”的死会有颇多解读空间，开放式结局又何尝不是一种大圆满。

在定剪之前，我准备去地下洞体拍摄最后一段素材。

今天比往常更加炎热，老姚告诉我他还有别的事，就不陪我了，如果我需要拍摄反应堆的戏份，把摄影机架在对面的石壁中央，那个角度最好。太阳高照，我眯着眼睛，点头。

其实，老姚你很有演戏的天分，你演的难民，动作、神情，整个状态都太真实了。

也许我真的是呢，呵呵。他笑着说，露出所剩无几的牙齿。今天就杀青是吧，对啊，也到时间了，快结束了呢。他接着说。

我扛起机器再次闯入这个洞体，它就像一个巨大的母体，洞口诱人的清凉空气使我加快脚步。走下一段迷宫般相接的楼宇通道，需要几次弯腰侧身的回转，才能进到洞体中心。我按照分镜的构图调整好摄影机，除了几个意象化的空镜，还剩下角色表演的部分镜头。

当我站在时间透镜反应堆中央时，阳光正好在头顶铺开。我已经设计好了一组寓意着自我牺牲的蒙太奇，按下开机键，显示屏上的红点亮起，一切都那么完美，连打破寂静的方式也令人感到惬意，就像用柔和之手轻轻唤醒石穴巨兽。

但似乎有一个声音在提醒我，它可能从未沉睡过。

接下来发生的一切，一如电影中悬而未决的高潮部分，似乎封浪此前的所有作品都在为这一刻暗中铺垫。

我开始明白，他虽然不在场，却是整出戏无可置疑的导演，而我，则像个傀儡。

机械启动的声音在这方空间显得尤为刺耳，如同触礁的涟漪。我不知道是什么触发了时间透镜反应堆的开关，光线位置、反应物质量、DNA 远程识别、时间预置或是别的什么。在此之前，所有人都把这儿当作一个虚假的布景。

实际却是一个极具耐心的塞壬女妖。

声音越来越大，连空气都轰轰作响，我像一个失去重心的水手，正要被这个巨大的母体渐渐吞没。轰鸣引起了不小的共振，反应堆周围的石体开始显露出机械化的一面，石壁次第向内收缩，脚下的土地也分裂开来，一圈蓝色的等离子光束垂直伸向空中，将我团团围住，像是海面上聚拢来的发光水母。

在我做出任何反应之前，周围仿佛被抽成真空，任凭双手和双脚在空中呈现出滑稽的姿态。

接着，是坠落，永无止境的坠落。

这口通往世界尽头的干涸之井，是封浪身上藏着的那个不为人知的重庆。

老姚的朗读声犹如山谷回音，他提前对我宣读过时间的荒诞与不确定性——

“博物馆有时会利用激光束扫描来保护艺术珍品，探测器的激光束不断来回扫描，如果某种设备能够让一部分激光束加速，一部分激光束减速，这样就会出现瞬间无激光束的情况。此时，探测器就发现不了相同位置发生的任何事。”

或许是我特有的命运在召唤，而每当我试着聆听，它却改用我无法理解的语言在说话。

“有人利用这种方法，通过改变激光束的频率与波长，从而使其以不同的速率传播，这样就能产生一种时间间隙。然后，时间漏洞的另一侧还有第二束脉冲激光，这束脉冲激光的作用，便是从相反方向改变激光束的属性，从而让激光束恢复到原有属性。在实验中，发生于时间漏洞之中的事件，都可以逃避探测器的探测。”

王柏惟 / 摄
2022.7.8　洪崖洞

—— 入围奖　∧

现实世界就像是这样一个探测器，我成了漏洞中的“我”。

这一切跟《坍缩前夜》的剧情无缝黏合，我还不敢去猜，真正的导演可能正是戏中那位科学家，他发明了那种装置，之后又拍摄电影，两种身份完美地契合，接着又互换。封浪，以一种身不在场的方式，跨越几十年的时间尺度，将真实与虚幻的边界轻轻擦除，最终完成了这部伟大的电影。

但是，他却让我觉得自己像一位英雄，从逃离生活，到重新坠入其中的折返跑，然后守着坍缩前夜的前来，与他完成了某种意义上的交接仪式。

最后，写诗、拍电影或者别的，留下些什么当作路标，用骨与血，用记忆与虚妄。我抬起布道者的脚，奔入未来，一掌推开看不见的星群，给她留下无数影子作为抵押。

可此时此刻，我在哪儿？

我在混沌的虚空里，在时间的缝隙里，其中自有一个宇宙在膨胀与坍缩。我仿佛成为了另一个觉照之人，透过无数摄影机的镜头看见我自己。

从前的影像和话语无数次浮现，将虚空填满，接着，我看到不同的时空图景像 24 格胶片一样在眼前滔滔不绝，如同在第三维度上增加了一个时间的变量。我看到不停有人坠入那个反应堆，我看到重庆的战争，看到无数生死在上演，我看到不规则的时空拼图随意排列组合，拼凑成全然不同的人生，有过去的过去，也有未来的未来。

时间不过是一种持续不断的幻觉，就像电影和爱情，前半句来自爱因斯坦。

他们都希望我死了，你也是吗?

我不确定在我刚刚消失的那个时空里，是否有人发觉此事。可能没人主观地希望我死了，或者，是死是活无关紧要，就像那只科学家饲养的猫。

如果我稍加注意，会在老姚的话里找到答案。他是难民，如果是真的，联想起我现在的混沌处境，那《坍缩前夜》的剧情全都是真实发生过的。封浪并没有虚构什么，他只是用电影复刻出那些真实的事物。

舌根传来的一阵苦涩味道，让我想起了开机前夕的酒，想起老姚的妻子。如果时间场域真的被改变，他妻子作为难民顺利逃离，那个集体消失的时空只存在几秒，而选择留下的老姚却在这里独自经历了一生。

“她会回来的，但她不会老……”我嗫嗫嚅嚅，在这缝隙里。

而我是谁，我没告诉过任何人我的名字，我也许可以被叫做封浪。在无数个裂开的时空之中往返跑，只为了那些悲悯的拯救。

是啊，关于时间的荒诞性，我也是身陷其中才知道。

1944年5月10日，时间透镜技术第一次实验前，重庆。

我几乎是下意识地张嘴说话，在虚空中自言自语。

语音似乎触发了一道指令，指令直接返送给了不知在何处的时间透镜反应堆，也许是源自量子级别的超距作用，谁知道。

我还在下坠抑或扬升，时空裂缝渐渐出现混沌外的秩序，而秩序，来自我的意志。

我通过一扇门进入一个场景，那是封浪的实验室，坐落在校园外的某处空地，里面放满了精巧的仪器和装置，里面正在进行的小型实验似乎远远超过那个时代应有的科技水平。他穿着修身西装，一副圆形眼镜架在鼻梁，似乎刚从国外回到十里洋场，然后又来到战时的重庆。

有人敲门，是一位年轻姑娘，她一头短发，面容姣好，看上去十七八岁的模样。

“你真的决定了吗？”她说。

“嗯，我必须这么做。”这个时空应该是一种复刻，此刻我钻进了封浪的身体，看着对面的她。

“你就不怕实验不成功? 这次回来，安心做一名老师不好吗，我们可以……”

“这不是实验，夏棠，这是一次拯救行动，你看，重庆已经不是当年的重庆了……战争短时间内是不会停止的。”

她叫夏棠，名字里同时带有“夏”和“棠”。

“我还是不明白，你为什么又要……”

“拍电影？”

“你不觉得电影这件事，在这个时代无异于戏法吗? 没有人会懂你的意图……”夏棠微微踮起脚尖，双手想要触碰什么，却又收回。

“在之后的时空，一定会有人懂的。必须有人，我是说……”封浪，或者说是我，侧过身躲避她的眼神，“我不知如何跟你解释，能量在不同时空里发生置换，需要维持相对性的平衡。根据质能方程式，时间可以进行物质和能量之间的相互转换，我们可以将三维的空间与时间进行一种等同转换的换算，这样的话，时空就会分出岔路口……因此，必须有人做出牺牲，在N时空需要一个守护者，保护那个反应堆装置。然后在N+1时空需要一个跳跃者，他就像一根线，穿起所有针的线，跳跃者会不断往前跃迁，直到……而电影，只是一个比喻！为了找到那个跳跃者。”

夏棠拿起桌上的稿纸，研究上面密密麻麻的图形符号能比交谈更快走入封浪的世界，她的指节发白：“直到什么？”

“直到原始时空的我，找到让时间停止分裂的方法。”

“这太冒险了！对他们来说，只有几秒，可对你就是……你真的确定吗？”

封浪只是看着她的眼睛，不说话。

夏棠忽然意识到什么，捂住嘴：“所以，跳跃者是……你？”

封浪抱住她，把头埋进她的瘦弱肩膀。“无数个我。”我闻到一股淡淡的、忧伤的柠檬香味，我不由自主闭上眼睛，开口说话，和封浪的声音重叠在一起，“无论如何，

他的电影被当权者、叛国者、入侵者当做传播巫术的巫术，可那些饱受战争折磨的人却认为他是英雄。

这是值得的，所有难民都会被拯救，他们会安然无恙，在战争结束后，再回来。”

她哭了，很轻。她知道，他想要变得危险，任谁都阻止不了。

我不知道在混沌中呆了多久，我不断被推着往前往后走下去，直到穷尽所有可能性。那个原始时空的时间透镜反应堆上，一定有什么，和我身体里的某个部位紧紧相连。

路过一个岔路口，我选择回到一切开始时的原始时空。

彼时彼刻，轰炸正酣，封浪没了之前的儒雅，穿上粗麻布衣，跟所有人一样。地下洞体收容了数不清的难民，那些眼睛湿润、低垂，夹杂着瑟瑟发抖的恐惧和希望。随后，一批又一批，他像个魔法师，变戏法一样将他们送走，一个没有战争的时空，探测器扫描不到的地方，即使只有几秒，他们在那里安然无恙。

《坍缩前夜》是他在轰炸间隙拍摄的。悲与喜不断交织，没人理解他。

我决定回到第一次见到夏棠的场景。

那是一所学堂，那时的封浪不过是个愣头青，却是她父亲最得意的学生。黄昏，天空低垂，光线争先恐后撞击着她的胸膛，睫毛上那一抹暖黄仿佛是从天边偷来的。

“听你爸爸说，你很爱看电影？”

“对啊！”

“那我知道毕业后要去哪儿了。”

“嗯？”

“法国，我要去学拍电影。”

“可是，你的时间透镜研究项目很快就要批下来了，而且正好有个防空洞可以给你做模拟实验场，你以后是要当科学家报效国家的！”

“两件事对我来说都一样，都是魔法……阿棠，你放心，我很快就会回来。”

世界逐渐缩减成一片无垠的星空，山城的风像没有明天似的叫嚣，他只听到胸腔里的狂热，和她的心跳。

就这样吧。我就最后停留一次吧，然后就回归到我该去的地方。

最后一次见到夏棠，是在《坍缩前夜》放映后不久。封浪被隐匿在重庆的特务抓了起来，被冠以各种罪名。除了他们，还有不少人想要他死，他的电影被当权者、叛国者、入侵者当做传播巫术的巫术，可那些饱受战争折磨的人却认为他是英雄，于是，他拼死保护住了那个防空洞和那卷胶片。

夏棠不顾父亲的阻止，执意去救他。她只能跟时间赛跑，循着那个危险的方向，尽管她相信封浪有足够的智慧和能力脱身，却还是奋不顾身。拯救行动要是没有封浪，就像宇宙没有造物主。

“我愿意跟他交换……”夏棠的胸膛起起伏伏，一团浓雾卡在她喉咙。

敌人发出哂笑，眼神转而露出令人胆寒的光，他们齐齐盯着夏棠，像饿狼盯上了羔羊。

“你快走！”他大喊。

“他们，不能……没有你……”

“我知道我知道，夏棠，你走啊，我有办法的！我有办法……”他哭了，像个丢了玩具的小孩。

“不，你不知道……你什么都不知道……”夏棠眼神低垂，看向脚尖，右手轻轻抚在腹部。

他还不懂那个下意识的手势意味着什么，只知道，夏棠，在数学公式里，不是一个变量，而是一个常量。在他们眼里，对方即是一切的源头。

等结束了，重新上路，你愿意陪我一起吗？封浪曾经问她。

好啊。她看着远方糖浆般的夕阳说。

时间，却是一个变量。封浪在实验室里早已参透，而无数个生命与无数重世界，不过是正弦波叠加出来的相，投影源永远都在那个原始时空，在那里，爱，是常量。

后来，没人知道封浪去了哪里，就像凭空从世界上消失了一样。如果，跳跃也是必要的使命，我相信他不会停下来。

重庆这座母体的庞大与虚无正在逐渐影响我的时间观，分钟和小时在这里渺小得无法计算，我不得不用世纪的观点来思考，百年不过钟声上的一嘀嗒而已。

刚刚上路，我从产生了无数次时空涟漪的原点启程，发现距离外在的原点越远，抵达自身的原点就越近，仿佛一个坚定的量子物理法则。

接着，我在这些时空的记忆像一根灯芯抽离灯盏，像转身就漏光的水桶。有什么开始褪色，重叠的时空和重庆的布景，亦渐渐填满了对方的隐喻，一层层，一重重。其实电影，也不过是个比喻，一种提喻手法，我和电影，仿若两面镜子

王柏惟 / 摄
2022.7.6　渝中区华安大厦

—— 入围奖　V

互相对照，于是衍射出无限个镜像，每一个都带着一些不同于本体的微微变形。

我拍了所有的电影，《坍缩前夜》《狂想曲》《幻化网》，还有很多，为了保护那些时空难民，我成了跟细胞一样必须不停分裂以维护平衡的跳跃者，重新在另一个时空裂缝以一个全新的身份活下去。直到我找到让其停止分裂的方法，也许，我在未来很快会找到，然后，像个盗取火种的英雄，把它送到原始时空里去，这样就不会……

夏棠在无数个重庆，一次次与我分离。

想起她的眼神和右手那个动作，后悔像若有若无的影子笼罩在我头顶，不过，转而又被无畏的阳光驱散。快结束了，时间裂缝快要清洗掉我所有的记忆，接着，牵引着我，一步步走进这个盛大的提喻法中，渊薮般的重庆。

不愿稍停，直到我被强烈的亮光刺得睁不开眼睛，那条地平线上摇晃的白线，是我和过去时空的最后一丝联系。

结束了，我纵身跃入梦寐以求的未来。

重庆很快就要进入雨季，我困倦得像一只纸象。

在坍缩前夜，我去看了一部电影，那是来自封浪导演的《你的电影，我的生活》，故事发生在过去的重庆。讲述了一位失业记者发现了一部老电影，他开始追寻那位导演的足迹，接着遇到一位守护者老人，被他引领到一个地下洞体。在那里，他鼓起勇气继续拍摄只剩一半的电影。

在今天，电影这种艺术有了更新的呈现方式，影像画面从二维屏幕跳脱出来，能全方位地与观众互动，甚至能让角色和我们上演一些额外的桥段。

这依然是一个发生在山与城的故事，带着些新浪潮的色彩。夏棠的出现，创造了全片的魔幻时刻。在她与男主角分离的场景，我忍不住代替他拥抱了她一下。

愿我们之间孤立的情爱，住进世上最拥挤的住宅。

这句话，并非来自那封邮件，是我想对夏棠说的，在再次忘掉她之前。

我看完那部电影，往回走，在暗蓝夜色的陪伴下走到重庆的最高点。在这里，一片倒悬的星空坦坦荡荡地连接到地平线之外的地方，像是世界尽头。我伫立良久，身下的城市正市声鼎沸，制造着层层叠叠的重庆式喧嚣。

我已经在不停地问，不停地找，那个方法……时间还没到，还不是这里，不过快了，我有种直觉，只用再跳跃几次，就能够结束这一切。

我一直走，从傍晚走到深夜，仿佛故意用脚去惩罚地面一样，直到看见月亮在黑暗中找到了自己的位置。我回到铺满虚拟晶屏的家中，AI 管家不知何时学会了猫的谄媚，音乐自动打开，空气里加入了精心调制的柠檬香味。

在躺下来之前，我感觉身体被一双巨手从背后拧上发条，似乎是一种被寄予厚望的交接仪式。于是，我又坐到电脑前，准备发出一封奇怪的邮件，开头便是——

重庆，已经不是原来的重庆了。

2019.4.30

红土地

黑暗顿时从四周如浓稠的岩浆一般涌了过来。我紧盯着老梁的电筒光照亮的地方，跟在他后面，亦步亦趋，不敢有丝毫的懈怠。

文 / 萧星寒

Fuji No. 1/ 摄
2022.6.8

—— 入围奖 >

1

“在地洞坍塌时死掉，并不可怕。岩石掉落下来，嘭，你惨叫着，身上一疼，眼前一黑，死了。死了就什么都不知道。不知道害怕，不知道饥饿，不知道黑暗。可怕的是，地洞坍塌了，你的同伴都死了，你却侥幸活着。也许受了伤，也可能没有，这不重要。你会觉得自己是幸运的。与死相比，至少你还有活下去的希望，不是吗？其实不是，真的。你在黑暗中挖掘，拼尽全力，挖呀掘呀，想要找一条出路。但你忘了一件重要的事情。”

“什么事情？”

“方向。在坍塌的地洞里，你根本不知道往哪一个方向挖才能回到红土地。”

“为什么？”问完我就知道我问了一个奇蠢无比的问题。

“为什么为什么，为什么不动动你的脑子？”果然，老梁的讥讽来得毫不留情，“你置身于一个坍塌的地洞里，空间很小，仅仅能容下你一个人的身体，也许连翻身都办不到。四周漆黑一片，没有一丝光可供你判断方向。你被岩石砸得头晕眼花，你甚至不知道哪边是上，哪边是下，你要如何判断往哪个方向挖才能逃出生天？”

但是在那种情况下，除了找个方向拼命挖，我还能干什么呢？难道躺在原处等死吗？我一边思忖一边用电筒指向前方的地洞。昏黄的光在漆黑的地洞里射得并不远，我听见在遥远的电筒光照射不到的某个地方，有水滴持续掉落的声音。“老梁，警戒线到了。”我伺机转换话题，“往回走吗？”

老梁也不说话，用行动回答了我的问题，我赶紧转身跟上。两束电筒光在地洞四处来回扫射，伴着我们匆匆的脚步和细微的喘息声。

走了一段路，老梁说：“把电筒关了，节约用电。”

我依言关了电筒，挂到腰间的皮带上。黑暗顿时从四周如浓稠的岩浆一般涌了过来。我紧盯着老梁的电筒光照亮的地方，跟在他后面，亦步亦趋，不敢有丝毫的懈怠。这里的地洞不比红土地那边的主洞，只是草草挖好，没有经过打磨，地下和洞壁一样凹凸不平。部分地方还有深浅不一的积水，一不小心就会踩上，跌倒。

回去的路还有很远，我向老梁提出问题："我们巡逻是为了鼠族。可鼠族到底长什么样儿？我还没有见过。"我忽然发现这句话有漏洞，赶紧补上，"我是说，没有见过活着的鼠族，只在保安队的宣传栏里见过他们的画像。"

"你这孩子的好奇心还挺重啊。"

"我不是孩子了。"我辩解道，"我已经十八岁。"

"十八岁，很大吗？"老梁毫无顾忌地哈哈大笑，语意中有某种揶揄，或者说暗示，"你没有见过的东西多了。"

我觉得脸皮发烫，仿佛被火灼烧一般。这大概就是书上说的害羞吧。按照书上的说法，这个时候我的脸应该红得像苹果。虽然我从没见过真的苹果，只从书上和大人嘴里得知，那是一种挂在树上、颜色艳丽、滋味鲜美的水果。吃过它的人都啧啧赞叹，然而我出生在红土地，还没有机会品尝苹果的滋味。但我为什么会脸皮发烫呢？是因为那揶揄让我想到了什么不该想到的东西吗？

为了化解尴尬，我定了定神，转而说道："听说几天前保安队在离红土地不远的地洞里发现了一个鼠族部落，就把他们全部歼灭了。"

"你听谁说的？"

我忽然紧张起来："大家都在说。"

老梁重重地叹了口气，把滑落胸前的长发挪到脑后。"你这孩子还真是审慎。不过要在这地下世界继续活下去，不审慎是不行的。"他摇了摇头，"你说的那个消息，是真的。"

老梁的儿子梁清扬在保安队里任职，可能有一些内部消息。我赶紧追问："这么大的事儿，怎么没有见到宣传栏报道啊？"

"那个鼠族部落有七十多个成员，工鼠就有四五十个。为了歼灭他们，保安队也折损了三十多个人。"

"啊，一半的保安队没了！"我轻轻感叹了一声，继而压低声音问，"那梁大哥……没事儿吧？"

"受了点儿轻伤，没什么大事。我叫他别当什么保安，有危险，他偏不听。唉。儿子大了，不听话呀。"老梁晃晃电筒，似乎要把这不愉快给晃掉，"赵市长非常生气，不认为这是胜利，而是巨大的耻辱，所以就没有报道。今天让数十个巡逻小组外出，并且严令要到最远的警戒线，就是因为保安队人手不够。"

鼠族。我抬眼环顾，他们似乎就在身后的黑暗里潜伏着，默然不语，伺机扑出，撕咬并吞食我的肉和骨头。危险的感觉如同雪地里呜咽的风在我心间萦绕。不，不是萦绕，而是堆积，堆积成高高的山。我下意识地捏紧了手里的工兵铲，似乎这样就能把危险铲除干净。但没有用，那感觉还在，像无数条毒蛇盘踞在我的心窝里，死活不肯离开。

2

"我们走了多久？"看到前方出现了红土地的亮光，我问。

老梁抬起手腕，拿电筒光照了照那块机械表。"从出发到现在，四个多小时。怎么，累了？"

我轻嗯一声。脚后跟疼得厉害，小腿肚也有要抽筋的感觉。"那表不会出错吧？"

"哪会？"老梁关掉电筒，"前两天我才去十号站台的大钟那里对过，不会错。"

在红土地，有表的人不多，拥有一块地上世界制造的机械表，是身份和地位的象征，哪怕它走得不准也是如此。"我还以为走了七八个小时呢。"我感叹道。

"在黑暗中走路，人的感觉会出错，本来是很短的一段时间，感觉上却非常漫长。"老梁说着，已经走出了黑暗的地洞。

我眨眨眼睛，手里握紧工兵铲，跟着他走进了红土地的光里。

"红土地"是地下世界的中心。整个地下世界，只有这里最为宽阔，也只有这里永远是灯火通明。无数的彩灯铺展在各处，将这里照得像光的天堂。据老一辈讲，这里数十年前是一座叫"红土地"的地铁站，包括了六号线和十号线两个线路，前者距离地面六十多米，后者距离地面九十多米。现在我和老梁到的地方，就是红土地十号线的站台。

虽然对于什么叫地铁、什么叫地铁站、什么叫六号线和十号线，年轻一辈都不甚了然，但我们至少知道，在千阳之战中，地上世界被彻底毁灭，红土地则因为距离地面甚远，侥幸保存下来，并成为幸存者聚居之地。

我听老一辈讲过战争发生之前，红土地地铁站人潮涌动的样子。但那是我无法想象的画面。因为在多数时间里，红土地都像此时此刻一样，空空荡荡，没有多少人在活动。

“我去保安队那里报到，然后就直接回家。”老梁说，“蘑菇房就交给你了。”

“放心吧。”我努力露出真诚的笑脸。

“把工兵铲拿好，千万别掉了。”老梁挥挥手，自顾自地从一个地洞离开。我恨不得立刻躺下，但还是拖着疲惫的身子，往前走了几步，转向一条长长的金属步道（有人叫它扶梯，但我不知道它为什么叫这么一个古怪的名字），缓步上去，再拐弯，向上，拐弯，向上，抵达红土地六号线站台，蘑菇房就在这里了。

金属包裹的木质大门上，挂着一把生锈的锁。借着外面的灯光，我拿钥匙把锁捅开，取下锁，推开门，一股浓浓的蘑菇味儿扑面而来。这味儿我闻了至少八年，有时觉得欣喜，有时却因为太过熟悉而觉得厌恶，当然，大多数时间里，蘑菇味儿就是蘑菇味儿，不代表什么。

我打开日光灯，看向屋内。这屋子原本是一家小型超市，现在货架上整整齐齐摆放的，是一个个鼓鼓囊囊的塑料袋。袋口那里，一堆堆蘑菇正争先恐后地挤出来，长势良好，看来用不了几天，就又可以采摘了。

我把工兵铲放回工具箱，又把电筒的充电头插上。蘑菇房是红土地稳定的食物来源之一，其重要性，用蘑菇房创建者老梁的话讲，“略低于市长办公室，但与配电房、养鸡场、保安队等部门基本持平”，所以可以肆无忌惮地用电。

我把灯关了，一心只想睡觉。在货架旁边，有一张折叠床，在长时间行走之后，一头倒在床上的感觉简直就像坠入天堂。

然而我刚闭上眼睛，耳朵里就传来一个诡异的声音。有人来偷蘑菇呢？我心中一惊，一边盘算着怎样用最快的速度去拿工兵铲，一边厉声问道：“谁？谁在那里？”

无人回答。

我翻身而起，几步跨到工具箱边，拔出了工兵铲——那是屋里唯一可以称之为武器的东西。那声音还在，窸窸窣窣，仿佛某种啮齿动物在啃咬木头。难道是老鼠？在地下世界，老鼠可比人活得滋润。如果是老鼠，那就没什么可怕的了，反而可能是一顿肉食……我已经走到电筒充电的地方，顺手抽出电筒，猛地打开，亮光直指发出声音的地方。

没有看见老鼠，我只看见一个赤裸的小孩蜷缩在货架边，嘤嘤哭泣。“你是谁？你怎么进来的？”我习惯性地问。以前确实有人饿得受不了，进来偷蘑菇，这样的事情已经发生过好几次了。但这次，似乎有些不同。

那是一个瘦削的孩子，浑身不着寸缕，脑袋光滑如卵石。在电筒光的照射下，他皱巴巴的小眼睛忽闪着畏惧与渴求的光芒。我心中一动。八年前，我的父母在一次地洞坍塌事故中丧生，举目无亲的我也

整个地下世界，只有这里最为宽阔，也只有这里永远是灯火通明。无数的彩灯铺展在各处，将这里照得像光的天堂。

曾有这样的经历……

我把手伸向他。他迟疑着，也伸出手。在接触我手的一瞬间，我以为他会闪电般地缩回去，然后转头逃走。但他没有。虽然仍旧哆哆嗦嗦，他却在片刻的迟疑之后稳稳地握住了我的手。好冷。握着我的手，仿佛是一块冻结了千年的寒冰。我不由得打了一个寒战。

“我去给你拿衣服。”我说，“你不能光着身子到处跑。”

我松开那孩子的手，去到门外，将几天前挂在那里透气的衣服取下来，又回到屋里交给那孩子。他茫然地看着我，似乎不知道该怎么办。“穿上。”衣服又旧又破，我解释说，“没有多的，只有将就了。总比不穿要强。”我没有说假话。老一辈说，地上世界人人都能穿花花绿绿的各种款式的衣服，但在红土地，衣服是奢侈品，每个人的衣服来来去去就那么一两件，穿旧穿破，直到穿烂。

那孩子直起身子。他比我想象的要高，只比我矮半个头。也就是说，他的年龄很可能比我预估的要大。他拿起衣服，还是不知道该怎么办。我只好上前，帮他穿。

“所有不为下一顿着想的人，都已经死了。”这是小时候我爸爸告诉我的。

王柏惟 / 摄
2022.7.6　渝中区益建大厦

—— 入围奖　<

“没有穿过衣服吗？”

他不说话，好奇地牵着衣领看。

“叫什么名字？”我又问。

他定定地看着我，好像不明白我的意思。

“就是称呼，就是别人怎么叫你。”我开始担心这少年的智力。红土地的人大部分我都认识。不认识他的唯一原因只可能是他是从别的地下世界过来的。在红土地之外，也有其他的人类幸存者在生活。我听说，从其他地下世界来的人，因为太长时间一个人在黑暗里摸索，不但失了明，失去了说话能力，而且智力上也大大受损，几乎与白痴无异。“老鼠都比他们聪明。”芭比酒吧冯老板这样评价。

少年努力张开嘴，吐出了两个模糊的字音。

“你说什么？”

他又说了一遍。这次我勉强听清楚了：“你叫罗飞？”他忙不迭地点头。我又问：“今年几岁？”罗飞摇头。“不知道，还是不肯说？”他继续摇头。“你从哪里来？”他还是摇头。我有些不耐烦：“饿吗？”“饿。”这个回答的声音响亮又清晰。

我还有一些粮食储备。没有犹豫，我径直去取了两块豆饼，给了罗飞。看着他把豆饼囫囵吞下，我的胃也有些熟悉的抽动。巡逻回来，我也没有吃东西，但只能强忍着，因为食物有限，饿一顿，饱一顿是经常的事情。“所有不为下一顿着想的人，都已经死了。”这是小时候我爸爸告诉我的，在我饿得不行，偷吃了一块薯片的时候。

我咽了咽唾沫，用手掌抵住胃所在的位置，这样，它的抽动也没有那么剧烈了。这是我很小就发现的秘密。“我去睡了。”我张大嘴巴，打了一个大大的呵欠。睡觉，也是抵御饥饿的好方法。我走到折叠床边，躺了上去。“不想走的话，就在那边的大床去睡吧。大床是老梁的，别弄脏了。弄脏了他要骂人的。”我把薄薄的被子拉到下巴边，“还有，明天我得去保安队，报告你的存在，这样，可以多分我一份口粮。”

我闭上眼睛，很快睡着了。

也不知道过了多久，我隐隐约约察觉，有人躺到了我的身边。我没有睁开眼睛，心底已然明了，那是罗飞。他的手和脚都是冷的，整个身体都是冷的。靠上来的时候，他浑身剧烈地颤抖着，我能感受到他的寒冷，还有恐惧。我没有吱声，只是往旁边挪了挪。折叠床发出咯吱咯吱的声音。他靠了上来，伸手揽住了我的手臂。我没有尖叫，照说我该尖叫的，但不知为何，那个时候我觉得无所谓了，便任由那手带来的寒意在我的体侧徘徊。

也许是因为我太累了，不想说话，不想睁开眼睛，也不想动一下脑子？

罗飞那只手，还有他的身体，渐渐变得温热。

我闭着眼睛，继续酣睡。

3

一声浑厚而持续的军号声在远处嘹亮地响起，然后陆陆续续有人开始活动。各种声音，不受阻碍地涌进耳朵里，我闭着眼睛勉强又睡了一会儿，但终究睡不着了，只得翻身坐起来。罗飞还在梦里，光秃秃的脑袋没有一丝毛发，泛着某种诱人的潮红。我一时兴起，拿指尖摸了摸他的额头。暖暖的，不似昨天那样冷，皮肤非常细腻，不像我这般粗糙。

我的触摸惊醒了他。罗飞睁开眼睛，斜乜了我一眼，一句话不说，又闭上了眼睛继续睡。

我下了床，左右无事，于是决定去保安处。刚才那阵军号声就是从保安处发出来的。地下世界本无所谓白天黑夜，但老一辈总觉得不按照白天黑夜来过，那日子就不正常。

路过宣传栏的时候，我停下来，仔细看了一会儿。我能识字全拜我爸爸所赐。出生后不久，爸爸就固执地教我认字，到他死的时候，我已经能独立阅读了。在他死之后，阅读成了我极为重要的消磨时光的方式。今天的宣传栏，大半都在讲前几天的鼠族歼灭战。看来赵市长也知道这事儿瞒不过去，还不如公开的好。

过程很详细，战事很惨烈。并非事先规划好的战斗，而是由一次计划之外的遭遇引发的。在战斗中，保安队队长刘海龙勇敢地用突击步枪干掉了至少六只工鼠。鼠族用尖牙还有利爪进行还击。他们的双臂经常挖洞，极其有力，爪子比砍刀还要锋利，刺破人的肚子就像砍刀刺破塑料桶那样容易。在刘队长打死鼠族女王之后，所有工鼠变得无比疯狂，给保安队造成了极大的威胁。文章提到了好几位牺牲者的名字，有的是在与鼠族的正面作战中死去，有的是为了从鼠族嘴里拯救同伴而死，有的死在了鼠族制造的地洞塌陷之中。文章最后，号召红土地的全体居民团结起来，保卫我们共同的家园。“干死鼠族！！！”以三个惊叹号结束了全文。

正文后边附上了鼠族的资料图。这张资料图是很久以前绘制的，隔一段时间就会张贴出来。对它我已经非常熟悉了。有画，有文字。鼠族的肖像图画得很潦草，勉强可以看出与人有几分相似，个子矮小，长相猥琐，光秃秃的脑袋上非常别扭地长了几根长长的头发。文字也很简洁，大意是说，鼠族是女王制，社会分成三个等级：女王是他们的最高领袖，往下是七八只雄鼠，再往下，是五六十只甚至上百只没有雌雄之分的工鼠。

“还没有看够吗？”一个声音传来，“这些资料早就过时了。”那人从宣传栏另一边转了出来，是保安队的宣传干事孟楼。他比我大好几岁，我曾经找他借过书看，也算是熟人。他长了一张白净的脸，头发和胡子都精心修剪过，在红土地，算是喜欢收拾打扮的头号人物了。

“孟哥，你参加了这次对鼠族的歼灭战？”我问，“鼠族长什么样？跟我说说嘛。”

“至少比这儿画的要高大、丰满一些。”孟楼伸出手指在鼠族女王画像的胸前敲击了两下。画上的所有鼠族都是赤身裸体，女王也不例外，胸前那对乳房跟她矮小的身材比起来，格外惹眼。他的手指又从女王下方的几只雄鼠画像上划过。那些雄鼠的胯下用寥寥几笔，夸张地勾勒出某种器官。“女王还要负责生孩子，不停地生。”孟楼说，“雄鼠最幸福。什么也不用做，每天只需要和女王相亲相爱，就一切都好。所有的工作，都归下边这些工鼠。相亲相爱，你知道那是什么意思吗？”

“我当然知道。不就是那什么嘛。”我不甘示弱，但那几个词在嘴边徘徊，终究说不出口。

“到底是啥？”孟楼嘿嘿笑着，促狭之意非常明显。见我不回答，孟楼推了我一把。“小艾，让开，再让开。”

我挪了两下位置。孟楼取出一张纸条，寻思了一会儿，把纸条贴在了宣传栏的边沿上。纸条上的信息很简单，任命梁清扬为保安队副队长，并号召16岁以上的居民加入保安队，为保卫红土地作出自己的贡献。

梁大哥高升了。看来我得准备一份礼物去恭喜他。孟楼贴好纸条，正要离开，我伸手拦住了他。他是宣传干事，人口登记也归他管。我把罗飞的事儿给他大略说了一下。“新人？”孟楼瞪大了眼睛，怔怔地看着我，似乎想说出拒绝的话，但最后说出口的，却是欢迎，“也好，正缺人手。刘队长正为这事儿犯愁。多大？十二三岁？太小了，太小了。要不这样？你教他种蘑菇，他会了然后你到保安队这边来干宣传工作？你认识字嘛。”

这事儿孟楼之前提过一两回，我没有同意。“刘队长离不开你啊孟哥。”我说，“况且，我也不能夺你的位置啊。”

“你来搞宣传，我可以向刘队长申请，去管分配粮食嘛。就这么定了，好不？”

我含糊地应诺了一声，孟楼高兴地拍拍我的肩膀。“一会儿去领口粮的时候，你可以多领一份。还有，想看什么书，到我那儿去借，哥的书架，随时为你开放着。”

我转回蘑菇房。在离房门不远的地方，我看见蘑菇房里的日光灯亮着，听见屋里传出一连串的声音，心中大骇。不得不承认，把一

有的是在与鼠族的正面作战中死去，有的是为了从鼠族嘴里拯救同伴而死，有的死在了鼠族制造的地洞塌陷之中。

个刚认识不久、只知道名字的人单独留在蘑菇房，是非常不审慎的行为。我肯定是脑子抽了，才会这么做。要是罗飞干了什么蠢事，等待我的只有死路一条。我三步并作两步，撞开房门，高喊着“你干什么”，冲进屋里。

罗飞站在货架中间，一手拿着一把白嫩嫩的蘑菇，另一只手捏着收割蘑菇用的一把小刀，愣愣地看着我，一脸无辜的样子。他脚边的塑料桶里，已经装了大半桶刚摘下的蘑菇。

“还没有成熟，你收什么！”我怒吼道。

“熟了。”罗飞说，声音介于幼稚与成熟之间，莫名地好听。他扬起手中的蘑菇给我看。我瞄了一眼，根据我的经验，那蘑菇确实已经成熟，可以收割了。可是，睡觉之前我不是查看过吗？当时那些蘑菇至少还要三天才能完全成熟啊。

“还真是熟了。”我狐疑地打量着罗飞。他只是浅浅地笑了笑，把手中的蘑菇放进塑料水桶，然后继续收割。我去工具箱里取出另一把小刀，也欢快地收起蘑菇来。判断一朵蘑菇是否成熟，再用小刀将它割下来，在这方面我已经干了八年，几乎闭着眼睛也能完成。罗飞的动作本来很慢，但他凝神看我收蘑菇，又问了几个细节，之后他收蘑菇的速度很快赶上我了。

“挺能干的嘛。”我直起身子，在收蘑菇的间隙，这样说道。也许在不久的将来，他就能取代我，管理好蘑菇房的一切，而我……难道我真的想去保安队当宣传干事？

罗飞隔着货架，给了我一个甜甜的微笑。那微笑里，羞涩与骄傲并存，骄傲的成分似乎还多一点。笑完，他立刻低下头，继续收蘑菇。我顺眼望去，正好看到一滴血掉落到白蘑菇上，分外夺目。“你受伤了！”我惊呼着，跨过货架，来到罗飞身边。

此刻，罗飞把右手举到眼前，好奇地端详着。右手食指上，被小刀割开的伤口正往外涌着红色的液体。他似乎不明白发生了什么。“你被小刀割伤了，你不知道吗？”我责备道。罗飞摇着头:“不知道。”“不疼吗？”“不疼。”“你这个傻孩子。”血还在往外渗，我顾不得许多，低下头，张开嘴，把罗飞的食指包进嘴里。一丝温热带着咸味的感觉在口腔里扩散，旋即消失。这是我妈妈教给我的对付小伤口的办法。“没有创可贴，只能这样了。”妈妈在吮吸我受伤的手指时，曾经这样对我说。

“谢谢你。”罗飞说。

听着这话，我的心感觉一阵莫名的悸动。

这时，房门被推开了，老梁的身影出现在那里。

4

我赶紧吐出罗飞的食指，尴尬地叫了一声：“老梁，你来啦。”

老梁在门口站了一小会儿，挪步进来。脚步有几分踉跄，面色有几分潮红，这说明他已经去过芭比酒吧了。“你不用解释。”他嘟囔着说，“我什么都没有看见。你们继续，继续。”

我丢了一个眼神给罗飞，让他赶紧收蘑菇。但他没有动。我正要开口说话，却见他薄薄的嘴唇翕动几下。虽然没有发出声音，我立刻猜出他的意思：塑料桶已经装满了，再收，就不知道把蘑菇往哪里放了。看着老梁走到他那张大床边，我凑近罗飞，悄声问道：“蘑菇房里多了一个人，老梁好像并不奇怪啊？”罗飞抿嘴回答：“你出去的时候，梁大叔已经来过了。”所以老梁才有空闲去芭比酒吧吧？我这么想着，忽然嗅到一丝淡淡的香气。房间里本来充斥着蘑菇的气味，但这一丝香气居然突破了蘑菇味儿的包围，进到我的鼻腔里。它那么柔弱，那么甜美，那么令人心旷神怡，一种莫名的情愫在心中升腾。我贪婪地深吸了一下，那香气却又泯然无踪，就像之前的感受完全是错觉。

我错愕又惊讶，但罗飞停留在嘴角那抹淡淡的笑意似乎知道我的感受。我心中惶惑，撇开罗飞，走向老梁：“恭喜你啊老梁，梁大哥当上保安队副队长了。”

老梁躺在床上，看也不看我一眼。“那又怎么样？不就是个副队长嘛。又不能离开这个耗子洞。”

“怎么？在芭比酒吧里又听到了什么坏消息？”我问。如果说宣传栏是官方机构发布命令的地方，那芭比酒吧就是红土地的地下消息中转站。两者的区别无比明显：宣传栏里总是好消息，而芭比酒吧传出来的，基本上都是坏消息。

“参加地面探险队的一个志愿者

王柏惟 / 摄
2022.7.10　铜元之光观景台

—— 入围奖 ∧

告诉我，他们刚到洞口，还没有出去，盖革计数器就嗡嗡地乱响。队长吓坏了，怕外边的核辐射太厉害，于是宣布放弃外出探险，就这么一无所获地打道回府了。我觉得，他们根本就不想出去。”

“嗡嗡乱响，嗡嗡乱响，说不定是盖革计数器坏掉了呢？”我替老梁把话说完，又皱起了眉头，“不对啊，我怎么记得前两天的宣传栏才说，志愿者报名结束，正在组建地面探险队。这探险队怎么就回来了呢？”

“你这日子也是过得糊涂。组建探险队至少是半个月之前的事情了。”

“哦？”我用怀疑的目光看着老梁。不可能啊，我怎么记得是两天前呢？难道这半个月的记忆都丢失了？

老梁腾地坐起来，怒气冲冲，转眼之间又叹了口气，躺了回去：“年年都说今年就能出洞，就能回到地面，沐浴在阳光下，奔跑在微风里，结果年年都失望。我已经老了，不知道还能不能活到出去的那一天。”

离开红土地，回到地上，一直是老梁的心愿。梁大哥却不支持他，就因为这个，老梁经常和儿子吵架。两人的关系一直不好。我有一些怀疑，这事与我有关。我父母过世后，很多人照顾过我，但老梁是照顾时间最久的。他几乎算是我的养父，虽然我向来没心没肺地叫他老梁。梁大哥很少正眼看我，似乎嫌我夺走了父亲对他的爱，但他从来没有明说，我也就无从判断自己的揣测是正确还是错误。此刻，听到老梁灰心丧气地这样说，我正踌躇着要如何安慰他，罗飞忽然插嘴问道："为什么一定要出去呢？"

老梁望着面前的空气，喃喃自语道："你们这些在耗子洞里出生的孩子啊，没有见过阳光，没有见过月亮，没有见过蓝天和白云，没有见过河流山川，甚至没有痛痛快快洗过一次热水澡，当然不知道外面有多美好。你们呀，等见过地上世界的老家伙都死光了，你们大概就不会想着出去，只会一心一意在这耗子洞里待上千年万年了。"

我在一本书上读过这样一句话：人一老就变成哲学家了。我在这句话后边补充一句：人一喝酒就变成万能哲学家了。老梁现在就是这个样子。他说的什么阳光什么雨露我统统没有见过，无从去想象，更无从去体会他此刻极度的失落与怅惘。

"既然地上世界那么美好，你们又是怎么失去它的呢？"罗飞问。

这问题十分尖锐，我有些嗔怪罗飞不懂事，却又望着老梁，期待他的回答。

"我怎么知道！又不是我干的。"老梁气呼呼地说。他似乎从来没有思考过这个问题，罗飞问起，促使他想了好一会儿。"要怪就怪那些当官的，为了保住权位，他们下了命令。小老百姓，多可怜啊！跟着倒霉。还要怪那些科学家，发明什么不好，要去发明核武器！然后，轰，轰，轰，世界就毁灭了。一帮蠢货。"

这时，响起了敲门声。门本来开着，有个娇小的身影站在门边，用敲门的动作宣告她的到来与礼貌。"梁大叔，"燕子姐说，"梁队长叫我给您送这一周的口粮，顺便把新收的蘑菇带回仓库。"

我赶紧过去，接下燕子姐手里拎着的塑料桶，沉沉的，比上次重多了。不过，上次还是我自己送蘑菇过去，再把我和老梁的口粮领回来，而这一次，燕子姐主动送上门，倒是破天荒头一次。显然，这一转变，关键全在梁（副）队长身上。不过，这么说燕子姐似乎有失公平。红土地的人都知道，燕子姐为人热情，待人诚恳，对谁都礼貌有加，连我这样不起眼的小角色都经常受到她的照顾。在背后说她趋炎附势，是不对的。

罗飞很知趣，主动把装满蘑菇的塑料桶提到了燕子姐跟前。

"你就是那个新来的吧？挺俊秀的。这个光头尤其可爱。"燕子姐伸出手，想要刮罗飞的鼻梁，但罗飞很快地退后半步，避开了与燕子姐的身体接触，整张脸，甚至光光的后脑勺，都泛起一片潮红。"哟呦哟，害羞了。"燕子姐哈哈大笑，弯腰拎起塑料桶，"这次蘑菇房收成不错，应该记上一功。你们知道吗？养鸡场那边出事儿，鸡又被咬死了两只，以后再想吃鸡蛋，可就难上加难啰。"

我问："谁干的？鼠族吗？"

"不是鼠族，是老鼠，真正的老鼠。"

"抓到老鼠，就有肉吃了。"

"天还没有黑，你就开始做梦啦。"燕子姐保持着脸上的笑容，"梁大叔，您家里那份口粮，梁队长已经帮您领了。您放心。我先走了。再见。"

她礼貌地冲我和罗飞挥挥手，提着塑料桶走了。因为塑料桶太重，她双手提得很吃力，几乎要半弓着身子，时不时地还要停下来休息，揉揉因为用力过多而酸痛的手指。我有些想过去帮她，但到底没有付诸行动。

我掀开燕子姐送来的水桶盖子，里面有米，有盐，有一把豆芽，有一个拳头大的土豆。有半包豆饼和薯片，四瓶矿泉水，还有两个鸡蛋。"哇，好丰盛。"我惊叹道，"今天终于又可以吃饱了。"上一次吃饱是什么时候的事情呢？是上一次领口粮的时候吗？我不记得了。

"井底之蛙。"对我的惊叹，老梁评价道。

"那咬死的鸡到哪儿去了呢？"罗飞在思考别的问题。

"还用问，当然是市长和保安队队长享用了。"老梁回答。

我很想问，那保安队副队长有没有分享美味呢？但我到底忍住了，没有问出这样的蠢问题。谁料，罗飞忽然问道："你们说的那个市长，是红土地的最高领导人吧？他生了几个孩子？"

"一个。"我回答。

"两个。"老梁说，"市长本来有两个孩子，大的那个死于当年的鼠族叛乱。现在这个，是后来生的。”

“两个？”罗飞犹豫了一下，“这么少，他是怎么当上市长的？”

我瞪了他一眼，很奇怪他会问出这么奇怪的问题。生孩子的数量，跟当市长之间，有什么必然的联系吗？

“鼠族，还有鼠族叛乱是怎么一回事呢？”罗飞继续问。

“鼠族这个鼠字，可不是老鼠的鼠，而是裸鼹鼠的鼠。”老梁说。

“裸鼹鼠？那是什么？”我和罗飞异口同声地问。这种意料之外的同步让我有几分尴尬，斜眼去看罗飞，他却没有在意，只是专心地看着老梁，期待他的答案。

“一种浑身光溜溜的小动物，生活在非洲的地底下，视力很差，几乎是瞎子，但有立体听觉和立体嗅觉，在完全无光的地洞里，也行动自如。奇怪的是，它们的触觉超级发达，却没有痛觉，被割伤了也不知道疼。还有它们是哺乳动物，血却是冷的，和蛇虾鱼一样。最叫人意外的是，裸鼹鼠的社会是女王制，这在整个动物界都是极其罕见的。有人曾经非常详细地告诉过我……”说到这里，老梁忽然意味深长地看了我一眼，似乎有什么话想对我说，却又自行止住，说道：“算了，不说这些了，做饭做饭。在芭比酒吧里光喝酒了，什么都没有吃，早就饿得前胸贴后背了。”

老梁抱出电饭锅和电炒锅，我和罗飞在一旁打下手，花了两个小时，终于做好了一桌美味。三个人酣畅淋漓地饱餐了一顿。吃饭的时候，我刻意说起裸鼹鼠，但老梁没有兴趣继续讲，支支吾吾让人疑惑，却不能强迫他说，就只好先不了了之。

饭后，老梁躺上大床，不久就鼾声如雷。“午休”，他是这样说的。“早上”“中午”“下午”“黄昏”“半夜”，他总是看着他的那块表，陈述着时间的流逝，并且严格按照时间安排自己的作息。

长期跟着老梁，我也习惯了，何时吃饭，何时睡觉，何时工作，都有一个定数。我躺上折叠床，罗飞跟着过来。我想了想，没有拒绝。开始有些莫名的兴奋，怎么也睡不

视力很差，几乎是瞎子，但有立体听觉和立体嗅觉，在完全无光的地洞里，也行动自如。

王祥 / 摄
2022.8.11

—— 入围奖 ∧

着，后来一丝香气飘进我的脑海里。我感到难以描述的温暖，很快进入无梦的酣睡之中，如同一只全身无毛的小动物。

5

不照顾蘑菇的时候，我带着罗飞四处瞎逛。我给罗飞介绍红土地的每一条山洞，每一条隧道。每一个见到罗飞的人都对他光溜溜的脑袋感兴趣。他不但没有头发，也没有眉毛和胡子，干净得像被什么仔细剃过一样，跟缺少工具，须发潦草的其他人比起来，他是如此与众不同。开始他还很羞赧，拒绝任何人的触摸，多认识一些日子，他也学着用脆脆的声音回应那些玩笑，然而还是拒绝任何人的触摸。不过，我是个例外。每次我摸他的光头时，他都轻言浅笑，从不躲避。我问过罗飞是从什么地方逃过来的，他似乎不愿意回忆在那里的生活，每一次都闪烁其词。多问几次，他甚至有些生气，我也就不再追问了。毕竟，每一个人都可以拥有自己的秘

张道芳 / 摄
2022.5.20
弹子石老街王家大院

—— 入围奖 <

密。谁又能说，他能够毫无顾忌地把所有的秘密都袒露出来呢？

有一次，在远离红土地的一处人工开掘的坑道里，罗飞发现了一行字。“写的什么？”他指着那里问。

和其他年轻人一样，罗飞不认识字。在这件事上，我又是个例外。

我蹲下，用电筒光照着那行字，一边对没有电筒也能发现那里有字的罗飞表示佩服，一边仔细辨别，一字一顿地读了出来：“在冷战最高峰的时候，我们没有死于核战；当我们以为核战不可能发生的时候，核战发生了。”

这句没头没脑的话，歪歪扭扭地刻在墙壁靠近地面的地方。我模拟了一下，发现只有躺到地上，才能把字刻在那儿。也就是说，刻字的人即使不是快死了，至少也是身受重伤。

罗飞躺到我身边：“什么意思，这话？”

“不知道。”我说着伸出手去摸摸刻字的岩石，莫名地想象这些石

在冷战最高峰的时候，我们没有死于核战；当我们以为核战不可能发生的时候，核战发生了。

头坍塌下来的情形，“老梁告诉我，要是山洞坍塌，没有在第一时间里死掉，他也会因为迷失方向，找不到出路而死掉。”

“为什么会迷失方向呢？”罗飞很奇怪地看着我，“找到方向不是很容易的事情吗？”

起初我有几分疑惑，但想到罗飞曾经从很远的地方逃过来，总得有点儿特殊的本领才行吧，心里也就释然了。“嗯，对你来说，找到方向很容易。然而对大多数人来说，不是这样。”我说，“很多人在没有坍塌的地洞里也会迷路。这样的事情已经发生过很多次。对他们来说，红土地和它周边的隧道，已经是一个迷宫般复杂的存在了。”

但罗飞的表情依然是难以置信。“你呢？你的方向感如何？”

“只能说一般吧。”我说，“我迷过好几次路，有一次差点没走回红土地，死在一条地洞的尽头了。”

“下一次我跟你一块儿去，保证你不会迷路。”

“嗯。”我高兴地点头答应。

有事情可做的日子过得飞快。转眼间，又一批蘑菇收获了。燕子姐来取蘑菇的时候，罗飞提出了一个意外的要求，要一桶干净水。干净水在红土地可是稀罕玩意儿，比大米还要珍贵。燕子姐犹豫了片刻，最终还是答应了。我问罗飞，要水来干什么。他笑而不语，说不久我就会知道，然后他乐呵呵地跟着燕子姐提水去了。

十号站台那边传来连续的铃声。这是市长大人要开会的意思。我赶过去的时候，十号站台已经来了数十个人，有的站，有的坐，三三两两，议论纷纷。保安们戴着褪色的红袖章，手持警棍，也有拿着砍刀和钢叉的，在四处巡逻，维持秩序。其中有十多个保安，大约是新招的，手里什么都没有拿，就四处转悠着。梁副队长笔直地站在宣传栏旁边，肩上挂着一支步枪，腰间绑着匕首，看上去煞是威风。我想过去打一声招呼，却被宣传干事孟楼拉住了手臂。

“嘿嘿，往哪儿跑？”孟楼说，“上次给你说的事情，你到底办没有？”

“起码等我把罗飞教会了嘛。你知道的，红土地的人，都等着吃蘑菇了。”我辩解道。实际上，种蘑菇、照顾蘑菇、收割蘑菇，都不是什么难事，罗飞早就学会了。只是这段时间里，我根本没有想起孟楼要我去保安队当宣传干事的事儿。

孟楼没有松手。“你那小友挺漂亮的，舍不得走啊！”这样的玩笑话最近我已经听得太多。我推开孟楼的手，尽量控制自己的怒意：“别瞎说。”孟楼急切地说：“刘队长已经答应我了。你赶紧的，到保安队来报名。”

这时，我看见老梁在人群中冲我招手，我急忙撇下孟楼，急匆匆地跑到他跟前。“孟楼跟你说什么呢？”老梁劈头问。他脸色不好看，多半遇到了什么不顺心的事情。我可不敢说实话，于是含糊地回答：“就是打了声招呼，让我去他那儿借书。”老梁说：“以后离孟楼远点儿，别看他表面斯斯文文，背地里却坏得头顶流脓、脚下生疮。”我嗯嗯点头，然后把话题扯到其他地方。

越来越多的人从四处地洞里钻出来，十号站台渐渐装不下了。有人抱怨着，要离开，却被保安队拦住了。双方先是在语言上发生冲突，然后是在肢体上发生冲突。要离开的人骂骂咧咧，最终还是回到人群之中，继续等待市长的大驾。

当站台上那台大钟的数字显示为10的时候，赵市长终于粉墨登场。他穿着整套笔挺的灰色西装，打着领带，头发也精心修剪过，只可惜皮鞋皱皱巴巴，鞋尖全都塌陷了。保安队队长刘海龙陪在赵市长身后，戴着发亮的钢盔。他在之前的鼠族歼灭战中受了伤，右手臂上还缠着几圈扎眼的绷带。

赵市长走到红土地十号站台的一处台阶上，挥手示意在场的数百人安静。一开始还很闹，刘海龙怒吼了几声，威胁要把不肯闭嘴的人砍死，现场这才安静下来。我指着刘海龙的手臂轻声问：“那是什么？”老梁答道：“文身。文的是一条张牙舞爪的龙。”我正想再问，赵市长拿出无线话筒，声音从广播中持续扩出来，与亲耳听赵市长说话相比，这声音有种莫名的不真实感：

“我知道，在场的各位父老乡亲，兄弟姐妹，你们的日子都过得很苦。你们当中的很多人，都想离开红土地，离开这个地下世界，回到地上那个阳光灿烂的世界去。我也想。和大家一样，我也是在地上出生的人，怎么可能不想回到地上啊！可是，外面的世界太危险了，到处都是可怕的核辐射。核辐射有多危险，在场的各位父老乡亲，兄弟姐妹，你们不是不知道。它无孔不入，即使穿上全套防护服，它也会杀死你。被核辐射辐射过的人，肉从骨头上一块一块往下掉，肉掉完了你只剩下骨架，也就死了。即使当时不死，几个月后，几年之后，你也会得上癌症，撑上几个月，慢慢地极其痛苦地死去。以我们现在的状况，根本出不去。所以呢，请大家再忍忍，明年，明年我们再组织地面探险队，再想办法出去。”

赵市长话音刚落，立刻有人喊道：“你就是不想出去。”

这人姓王，长得极为敦实，是个电工，大家都叫他王电工。王电工对红土地的重要性不言而喻。平日里，大家都说：“红土地可以没有赵市长，但不可以没有王电工。”这是彻彻底底的实话，没有王电工的精心维护，红土地的电力系统，包括发电机在内的一切设备，早就报废了，而没有电力系统的红土地，将永远陷于黑暗之中。王电工为人朴素，甚至有些木讷，不怎么爱说话，但一开口，不管说什么，都会得到大家的认可。此时，他说出了反对意见，一石激起千层浪，现场立即呈现出群情激愤、波翻浪涌之态。各种反对意见宛如雀跃的浪花一般，在人海中起伏跳荡。

“光会说漂亮话。”

“口惠而实不至。”

“留在这里他还能继续享受特殊待遇。”

“当官的都是这样想的。”

这一回，刘海龙队长声嘶力竭地吼了好几次，才让现场再次安静下来。不得不承认，刘队长天生一副好嗓门，你以为他的声音只能这么大了，下一声又大了许多。当然，现场安静下来，也得归功于数十名保安的勤奋工作。

赵市长继续侃侃而谈：“别忘了还有鼠族。鼠族是我们天生的仇敌，与我们不共戴天。二十年前，鼠族发动叛乱，杀死了我们数万人。在场的父老乡亲、兄弟姐妹。你们都有亲人或者朋友死于那场叛乱。我的儿子，我的第一个孩子就死于那场鼠族叛乱。这个血海深仇，我，我们不能忘，也不敢忘。然而，无数的事实告诉我们，单独的一个人，是一粒沙子，一缕微风，一滴跌落的水，没有丝毫力量可言，只有团结起来，将无数的沙子、微风和水滴团结成一个整体，我们才能获得沙尘暴一般横扫一切的力量，到那个时候，我们就能彻底打败鼠族，过上真正幸福的日子。”

“鼠族不是被歼灭了吗？”问话的是芭比酒吧的冯老板。

“被歼灭的只是鼠族的一个部落。从这段时间的巡逻情况来看，我们周围至少还潜伏着八个鼠族部落，上千个鼠族成员在暗地里虎视眈眈，随时可能对红土地发动袭击。”

这话又在人群里激起波澜，但这一回大家都低声议论，脸上写满了恐惧。老梁在我背后轻声说：“罗飞问，市长靠什么维持他的统治。我现在知道答案了。”“是什么？”“希望和恐惧。”我心中一下子豁然开朗。是的，就是这样。有一天出洞，是希望；鼠族来袭，是恐惧。

老梁大声说道：“鼠族还不是赵市长你一手缔造成的。”

周围一下子安静了。各种目光都投射到老梁身上，有疑惑，有愤怒，有赞许，也有幸灾乐祸。

“老梁，你没有喝醉吧？”赵市长悻悻地说，转而大声道，“这是谣言。我已经在多个公开场合，拍着胸脯，用我的人格我的良知还有我的儿子保证，我与鼠族，没有任何关系。谁再敢说鼠族是我制造出来的，我就会对谁不客气。”

刘海龙站出来，大声喊着散会散会。人群就由各个地洞溪水一般流走了。我转身看着老梁，本来想要问问他那话到底是什么意思，但梁清扬过来，把老梁拉走了。看样子，他们父子俩会有一番动情的促膝长谈。

回到蘑菇房，罗飞迎了出来。“已经准备好了。”他说。“什么？什么准备好了？”我不解地问。他的回答很肯定：“洗澡。”我心下惊喜。罗飞向燕子姐要水的时候，我曾经猜过他的用途，但没有敢往洗澡这个方向想。“会不会太奢侈呢？这可是市长级的待遇。”我问。罗飞已经反手把门关上，笑嘻嘻地指着电饭锅的方向。我过去把锅里的水倒进水桶，又提着水桶来到厕所，脱下衣裤，开始洗澡。

最初的感觉并不特别好，但随着热水的浸润与污垢的减少，我逐渐体会到洗澡的妙处。罗飞坐在床边，静静地又似乎热切地看着。“你洗过了吗？”我想起了这个问题。“洗过了。”他说，又重复了一次。

水并不多，节约着洗，也只能说勉勉强强洗了个全身。但用某本书上的描写“就像换了个人似的”，来描述我此时的状态，丝毫不夸张。

水用完了，我擦干净水渍，正要穿裤子，却被人按住了肩膀。扭头一看，是罗飞。“你干吗……”我话刚出口，立刻停住，目瞪口呆。

罗飞站在那儿，一丝不挂，身体的线条非常柔美。这不是关键，关键是他（或者她？）的胸前有明显的两处小丘一般的隆起。我再白痴我也知道那是什么。那是女性的乳房啊！

“你你……你是女的？”我结结巴巴地说。

罗飞没有说话，只是定定地看着我，眼睛里燃烧着某种渴望。我踌躇着，不知该如何应对，生理上的反应却是直接而昂扬。他（或者是她？）浅浅一笑，眼波流转间，抓住了我的手，把我导引到她的胸前。

我的手触到她的乳房，心中一阵狂跳。那颗脆弱又坚强的心脏，

张道芳 / 摄
2022.7.11　南岸区谦泰路

—— 入围奖 ∧

他说出了反对意见，一石激起千层浪，现场立即呈现出群情激愤、波翻浪涌之态。

似乎要从胸腔里跳出来，一口气跳进空气里。她的乳房小巧而结实，柔软而富有弹性。我忍不住捏了又捏。她低吟一声，张开双臂，抱住了我。我感觉她浑身燥热，宛如一团炽热的野火，要将周遭的一切烧尽。我的每一寸肌肤都变得敏感，随随便便的触碰，都能蹭出无数耀目的火花。

“不，这不对。”我的声音在唇齿间游荡。

“没有什么不对。”她说，“亲我。”

我低下头，亲吻她的脸颊和脖颈，笨拙而又盲目。

嘤咛之声从她的唇齿里次第溢出，在蘑菇房里轻轻回荡。

她骤然伸手，嬉笑着，将我推倒在折叠床上。在我抗议之前，她已经跨坐到我身上，俨然一位不可一世的女王。我身体的一部分毫无阻滞地进入到她的身体，刹那间从未体验过的温暖死死地包裹住了我。我咬紧牙关，不让自己叫出声来，旋即伸手扶住她结实的正在上上下下的臀，用手势告诉她不能操之过急。但她并没有听从，而是握住我的手腕，将我的手移开，同时身体的起伏更加剧烈。我仰望着她赤裸的身子，小小的乳房有节奏地跳荡，急促而低沉的嗯呃一声更甚一声，顿觉浑身炽热，如同被扔到岸上的鱼儿一般，不受控制地挺动，让自己更深更猛地进入她的身体。于是，一切都变得不可遏制因而更加妙不可言与淋漓尽致。

事后，我揽着她的腰肢，轻声唤她的名字：“罗飞？”

“嗯。”她侧身躺着。

“我们认识多久了？”

“不知道。”

“我记得第一次见你的时候，你就是光着身子的。”

“是啊。要不是你，我可能早就死了。”

“可我记得，你当时胸部是平的，跟男人一样。”

“怎么？不喜欢我现在的样子？”

“不是……”

“自己白痴。每天和我睡在一起，都没有注意到我身体的变化。”

我抚弄了一下她的乳房：“这发育也太快了吧？”

“蠢货。”她笑着骂道，“难道你见过其他女人的发育？”

这个问题的答案显然是否定的。然而……我忽然间明白过来：“罗飞，罗菲？你是草字头的菲，不是飞翔的飞！”

我感觉她的脑袋动了动。“这两个字有什么区别吗？”

“草字头的菲指花草等茂盛芳香。”

“那我就用这个菲字。”

“你今年多大？”

“不知道。很重要吗？”

并不重要，我这样想，在这个地下世界里，很多曾经重要的东西都已经不再重要。那现在最为重要的东西是什么呢？这时，罗菲坐起身来，抿嘴笑道：“要不要再来一次？”

6

红土地不光指红土地六号地铁站和十号地铁站，还包括天然溶洞、地下车库、隧道、防空洞、地下停车场、地下超市等在内的地下世界。据老一辈讲，红土地所在的城市以大山夹大江著称，由于地形和历史的原因，有比别的城市多得多的地下建筑。现在从红土地出发，可以抵达的大部分地方，是千阳之战前用先进的工程机械挖掘出来的，剩下的一小部分是战后逃到地下世界的幸存者在数十年时间里千辛万苦挖出来的。

在红土地，有一个地方很特别，那就是芭比酒吧。所有生活必需品都由赵市长和他领导的分配小组集中管理，只有酒例外。芭比酒吧的老板姓冯，不知怎么找到了大量的酒，然后开了酒吧，让大家用自己的生活必需品换酒来喝。传说冯老板找到了一个很大的酒窖，但他从来没有承认，每次提及酒的来源就呵呵一笑。酒吧本来没有名字，赵市长也没有批准它开业，只因为它的门上张贴了一幅画，画上是一个娇小秀美的金发女孩，却长着成年女人才会有的硕大乳房，老一辈人说她是芭比女郎，于是酒吧就顺理成章地被叫做芭比酒吧。

我带罗菲去过芭比酒吧后，她就迷恋上了那里。有事儿没事儿，都往那里跑。说来奇怪，罗飞变成罗菲之后，几乎没有人质疑，就毫无芥蒂地接受了这件事，仿佛之前他们都知道，只有我这个白痴蒙在鼓里。燕子姐特意送了两条珍藏的漂亮裙子过来，并在最短的时间里认罗菲为妹妹。“啊小艾，你也是有福之人，要记得珍惜。”她也没有忘记打趣我。

在芭比酒吧里，能遇见各种人，也能听见各种事。老话说，“酒后吐真言”，虽不全对，但你至少能在芭比酒吧里听到滔滔不绝的话语。有对地上生活的回忆（蓝蓝的天上白云飘，白云下面马儿跑），有对丑恶过去的痛诉（既然我们已经按下了核弹发射键，那就证明我们是一个失败的物种，没有任何资格要求重回地面），有对现实生活的抨击（你们知道赵光庭，我们亲爱的市长大人，今天吃了什么吗？小鸡炖蘑菇，还放了味精），有深入的哲学思辨（人类有一种迷思，认为我们该对地球上发生的一切负责。这实在是一种前所未有的自大），有对美好生活的向往（回到地面，我要做的第一件事就是跳进清凌凌的河里，痛痛快快地洗一个澡，哪怕马上就核辐射死掉），诸如此类，无法一一列举。

初听还颇为感动，多听几次就麻木了。所有的控诉与指摘，都停留在语言上，从来没有落实到行动中去。久而久之，我也就不再热衷于到芭比酒吧听他们海阔天空地吹牛了。罗菲不一样。她乐此不疲，每一次单独去了酒吧，她都收获满满的样子。我问她，她也不作正面回答。我注意到，这段时间里，她似乎换了一个人，以前的羞赧全都消失，现在的她，能够与每一个人谈笑风生。这到底是好事还是坏事，我不敢肯定。

蘑菇收获的日子又到了。老梁已经连着好几天都没有到蘑菇房，我没有看见罗菲，就到芭比酒吧去找她。

酒吧的门关着，芭比女郎在画里俯视着每一个过往的人。我敲了敲门，里面有人透过小窗看了我一眼，就放我进了屋。酒吧里目前没有几个人，所以我一眼就看见罗菲，她穿着燕子姐送她的那条浅蓝色裙子，光光的脑袋，在彩灯的照射下，有着难以描述的美。还有孟楼。孟楼的手明明白白地钩在罗菲脖子上。他似乎说了一句什么笑话，罗菲咯咯地笑着，宛如乱颤的花枝，又好像欢快的乳鸽。

我怒从心起，一种原始的本能抓住了我，我用尽最大的力气才克制住动手的冲动，低低地吼了一声：“罗菲！”

罗菲转过头，看向我：“你来啦。孟楼讲了一个故事，笑死我了。”

这时，孟楼已经缩回钩住罗菲脖子的手。“就是个老笑话。”他说。

“葡萄架，哈哈哈。”罗菲说着，笑得前仰后合。

我不知道葡萄架有什么好笑的，快步走向吧台。“来一杯。”我对冯老板说。冯老板大腹便便、笑容可掬：“这杯我请客。”他把一杯啤酒交到我手上。我端着杯子，看了一小会儿杯子里汩汩冒着的气泡，然后举起杯子，让那带着凉意的啤酒顺着喉管一路向下，冲进空荡荡的胃里。

“艾星雨，你是不是准备打他？”罗菲指着孟楼说，脸上的笑意勾魂摄魄，“我看出来了，你在嫉妒。不不不，不是嫉妒，我用错词了。应该说，你的占有欲在燃烧，燃烧，对了，就是这个词。你觉得我是你的，别的男人就不该碰我，是吗？”

我看着她，眼神迷离，似乎不认识她。她变得极其……陌生。

“别呀，我没有说你做错了。燃烧，让你的愤怒之火燃烧得更剧烈吧。”罗菲把头转向孟楼，“上。”

孟楼闻言，放下杯子，走向我。这个头顶流脓、脚底生疮的混蛋！怒火彻底控制了我，猛地一拳，打在了他脸上。孟楼没有后退，一拳

红土地不光指红土地六号地铁站和十号地铁站，还包括天然溶洞、地下车库、隧道、防空洞、地下停车场、地下超市等在内的地下世界。

怒火彻底控制了我，猛地一拳，打在了他脸上。孟楼没有后退，一拳擂在我的胸前。

刘真 / 摄
2022.7.14　江北长安厂旧厂房

—— 入围奖　V

擂在我的胸前。我顿觉肋下火烧火燎一样疼。我咬牙还击，我想我龇牙咧嘴的样子一定很可怕。孟楼胆怯地后退两步，酒吧里的人发出哄笑，似乎楼顶都会被这声浪掀翻。王电工劝孟楼放弃，冯老板笑着鼓励孟楼继续，还有一个不知道名字的家伙冲我比画“杀”的手势。

孟楼犹豫了片刻，扑上来抱住了我。这并非什么打斗的标准动作。我一时半会儿没有挣脱他的束缚，而他的本意是把我掀翻在地，我挪动脚步不让他得逞。我们两个就像两条相互撕咬的狗一样，围着对方转圈。我力气稍大一点儿，多转两圈之后，我瞅住一个空当，双手用力，分开孟楼抱住我的手，并在两个人身体分开的瞬间，一脚踢出，正中他的腹部。他惨叫着倒退几步，捂住自己的肚子倒在了地上。

冯老板跳出吧台，到孟楼边上查看了一番，得出结论：“没事儿，死不了。喝一杯就好。”围观的人逐渐散去。我喘了几口粗气，看着冯老板把孟楼扶起来。孟楼低着头，表情深沉，难以描述。之前他来找过我，谈起去保安队的事儿，被我一口拒绝，当时他就是这样一副死鱼一般的表情。

罗菲过来，亲热地挽住我的手臂。“真棒。”她说，“我们回去吧。”

一路上，罗菲就挂在我的肩膀上，仿佛她是我身体的一部分。我也乐得她这样向所有人宣示她与我的关系。刚进蘑菇房房门，罗菲就迫不及待地说：“我要你，现在就要，要你的全部。”她松开挽住我的手臂，满脸堆笑，后退着走向属于老梁的那张大床。一边退，一边脱掉淡蓝色连衣裙，等她退到大床时，已经一丝不挂了。

她粉色的身体如此光洁亮丽，就连胯下也没有一丝毛发。我狠狠地吞了一口唾沫，全身的欲念都集中在一点上，坚硬如铁。

她爬上床，双手支撑着身体，像条小狗一样趴在床上。这条“小狗”有着颀长的双腿和丰盈而不夸张、大小正合适的乳房。她将高高翘起的臀部对着我，调皮地晃了两晃，同时偏头斜视着我，酡红的脸上写满真切的渴望。

我还能怎么办？我只能响应女王的召唤。

高潮来得毫无悬念。我在罗菲高高低低的吟唱声里，猛烈地释放自己，一次又一次。

片刻的欢愉之后，我从精神到肉体都委顿下来。我喘着粗气，离开罗菲，坐到床边。罗菲从背后抱住我。“你是魔鬼吗？”她在我耳边说。这也是我想问她的问题。我咕哝了一声，聊作回答。

这时，响起了敲门声。我有些庆幸刚才进门时顺手关了门，不然被人看见刚才的一幕，不知多尴尬。我穿上衣服，看着罗菲也穿上了，这才开门。

保安队新任副队长梁清扬站在门前，面色深沉如水。孟楼在他旁边，脸上还有我留下的拳印。另外还有四个拿着警棍的保安在他们身后。

“怎么？”我说，“浩浩荡荡来替孟楼报仇？”

“不是。有其他事情。”梁清扬说，“你被捕了，还有罗菲。”

“为什么？我们干了什么？”

梁清扬没有回答，挥一挥手，两名保安挤过来，就往屋里闯。我张开手臂，护住大门，同时喊道：“罗菲，快跑！他们要抓你！”

刚刚喊完，我肚子上挨了一棍，脑袋上又挨了一棍，旋即眼前一黑，跌倒在地。

7

醒来之后的第一感觉是头疼，仿佛那警棍还嵌在后脑勺上。

我勉力睁眼，可周围还是一片漆黑，下一秒，光线才潮水般涌入我的眼帘。太过猛烈，我不得不再次闭上眼睛。隐隐约约中，我看见拿电筒照我脸的人是孟楼。

“把电筒关了。”一个声音说。

察觉眼前的光芒消失，我再次睁开眼睛，随即有人猛力揪着我的头发，强迫我坐了起来。这间小屋子没有亮灯，外间大屋子的灯光从梁清扬的背后照进来，使我只能看到他的轮廓，看不清他的面目。我发现我坐在一张铁椅子上，两只手被分别用绳子绑在椅子的把手上，脚也是如此。我和梁清扬隔着一张长桌子。揪我头发的年轻保安松开手，退到了一边。我舔舔干裂的嘴唇，清清淤塞的喉咙，说：“我要喝水。”

孟楼说：“你要搞清楚，你现在是犯罪嫌疑人。不老实交代问题，当心我们打死你。”

梁清扬喝住孟楼：“我们是红土地的保安。”他非常刻意地扬了扬手，我勉强看见他右手捏着一把小刀，左手握着一个比拳头略小的圆滚滚的东西。他叫了我的名字，然后问道：“吃过苹果吗？”

原来那个圆滚滚的东西就是传说中的苹果。“没有。”我回答。

梁清扬说：“别说喝水，给你吃你从来没有吃过的苹果都可以。只要你把你知道的，一五一十告诉我，没有任何问题。”

梁清扬用拇指和食指捏紧小刀，小心翼翼地划破苹果的表皮，又调整位置，让左手里的苹果旋转起来，小刀与之配合，于是一条细长的苹果皮就与苹果分离开来。一种从未闻过的甜香在空气中弥漫。这就是苹果的味道吗？“梁大哥，你想要我说什么？”我忍着胃的抽动，问道。

“不要叫我梁大哥。这里是保安队，没有什么大哥。”梁清扬说，“罗菲。我想知道罗菲的一切。”

“她？她怎么啦？她干什么啦？她的事，你们不是都知道吗？”

“别装……”

“孟干事！”梁副队长继续削苹果，“告诉小艾，你的怀疑，你怀疑

察觉眼前的光芒消失，我再次睁开眼睛，随即有人猛力揪着我的头发，强迫我坐了起来。

罗菲是什么。”

孟楼说：“罗菲刚出现的时候，我就对她有所怀疑。当她从男孩变成女孩的时候，我的怀疑就更深了。就在不久之前，在芭比酒吧，我终于敢肯定我的怀疑是正确的。”

“你怀疑什么？孟楼，别唧唧歪歪的，把话说清楚。”我说，“梁副队长，孟楼想要我到保安队当宣传干事，他好去当仓库保管，分管粮食，被我严词拒绝。他怀恨在心，就对我打击报复，诬告我。谁都知道，粮食分配是个肥差，现在归你管，他是要抢你的权啊。”

“这事我知道。”梁副队长停了一下，将削下的苹果皮整齐地码放在桌子中间，然后继续削苹果，“孟楼，你继续说。”

“我怀疑罗菲是……不，我肯定罗菲是鼠族的成员，一只工鼠。”

“那不可能！孟楼你血口喷人！”我大叫起来，心底的愤怒与恐慌齐齐涌动，排山倒海一般，“罗菲，怎么可能是鼠族？她和宣传栏里的鼠族完全不同！”

孟楼说：“我告诉过你，宣传栏上的鼠族资料大部分是错误的。至于为什么要用错误的资料进行宣传，我并不知道。那份资料是我前任的前任编写的。他为什么要这么做，是真不知道，还是刻意篡改，已经无从考证。根据我的研究，鼠族在样貌上与人类的差距并不大。罗菲就是典型例子。”

“为什么说罗菲是鼠族？”我抓住问题的关键问。

“在芭比酒吧里，为了罗菲，我和你打了一架。也可以美其名曰：决斗。你还记得吧？可是，像我这样理性的人，怎么会为了一个女人而与人打架呢？事后，我反复回忆当时的情景。其他都很正常，只有在罗菲对我说‘上’的时候，我脑子突然蒙了，别的什么想法都没有，满脑子的念头只有一个，那就是把你的脑浆打出来。为什么会这样？想来想去，结论只有一个：我被操控了。”

孟楼说的感受当时我也有。可是，为了女人，男

一种从未闻过的甜香在空气中弥漫。这就是苹果的味道吗？

Fuji No. 1/ 摄

—— 入围奖 ∧

人，甚至所有的雄性，不都是要竞争一番的吗？这怎么能说是受了操控呢？“酒喝多了吧？”我问。

“事实上，当时我只喝了半杯酒。”孟楼继续说，“我怀疑罗菲是鼠族，自然有我的理由。我知道你们都不知道的资料。还记得我说过的鼠族社会构成吗？”

“记得。”我说，“女王高高在上，七八只雄鼠作为她的后宫，只管交配，下面是数十只工鼠，一心一意工作，全心全力侍奉女王和她的后宫。工鼠没有雌雄之分，也就没有生育能力，可你刚才说罗菲是工鼠？”

孟楼点头说道：“说工鼠没有雌雄之分并不准确，更准确的说法是，工鼠永远处于未成年的童稚状态，就像青春期之前的孩子。工鼠的发育被鼠族女王分泌的某种外激素给压制住了。但，如果鼠族女王去世，这些工鼠被压制的发育就会迅速重启动。想必这一个过程，你已经亲眼见到了。更令人匪夷所思的是，工鼠的性别实际上是处于待定状态，变成雄性，还是雌性，取决于它在发育时遇到的是雄性，还是雌性。也就是说，罗菲，可能是男的，也可能是女的，只是因为遇到你，才变成女的。”

“这不可能！你骗人！”我竭力否认。可是，一些曲曲折折的往事纷纷跳上心头：冰冷的手；异样的香气；迅速隆起的胸部；黑暗中“看”得见东西；割伤却不知道疼痛的手指……没有前因后果，只有最惊悚最离奇最可怖的片段。有些当初就觉得疑惑，有些现在才想起那是疑点，如今都串接在一起，向我有力地证明，孟楼没有说假话。

“没有什么不可能。以前的人们还认为自己可以永远在地面耀武扬威呢。现在呢？”孟楼微微一笑，得意地说，“保安队最近不是歼灭了一支鼠族部落吗？我猜，罗菲就是那支鼠族部落的一只工鼠，侥幸逃脱，然后遇见了你，它就变成了她，成为下一任鼠族女王。鼠族女王活着的唯一目的，就是找男人交配，生下成百上千的小鼠，重建她消失的鼠族部落。与这个宏伟目标相匹配的，是鼠族女王能分泌一种特殊的外激素，让男人乖乖地俯首称臣。我在芭比酒吧的所作所为，尤其是和你打的那一架，就是罗菲操控的结果。我还好，虽然被你踢的那一脚现在还疼得厉害，但也仅仅是打了一架。你不同。哈哈，我很想知道，和一只老鼠上床是什么样的感受呢？”

我想生气，想把拳头印到他那张斯文的脸上，可绳子束缚着我。我也恨，恨得牙根直痒，但恨谁呢？罗菲，还是我自己？我曾经在罗菲身上闻过某种异样的香气，那就是某种外激素吗？我和罗菲不管不顾，抵死缠绵，是外激素在起作用吗？我现在的一切言行，都是被罗菲的外激素操控的结果吗？

梁清扬将削好的苹果一分为二，二分为四，然后取了一瓣儿，递给孟楼。“很好。从小艾的表情看，你说的都是真的。辛苦了。”他说，“你可以把这件事告诉赵市长和刘队长，并且告诉他们，我一定会把罗菲逮捕归案的。”

孟楼拿着那四分之一个苹果，伸出舌头舔了一下，一边露出志得意满的笑容，一边意味深长地看着我，带着明显的挑衅，然后转身，脚步轻快地走了出去。

“你也是。”梁清扬对我身后那个保安说，“吃瓣儿苹果，去做先前安排的事情。”那个保安很年轻，应该是最近才加入保安队的。刚才揪我的头发，用的劲儿真大。从梁副队长手里接过苹果后，他丢进嘴里，一个囫囵，吞了下去，旋即小跑着出了这间小屋子。

“就剩下我们两个了。”梁清扬没有看我，而是看着手里的半个苹果。

我吞了一口唾沫，饥渴的感觉愈加强烈：“照你刚才的说法，你们没有抓住罗菲？”

“确实没有。她比你厉害，打伤了我两个人，强行跳出窗子，跑了。”梁清扬取下四分之一个苹果，塞进自己嘴里。只听得一声脆响，汁液四溅，甜香散逸出来，我深吸一口，就跟随着那丝丝缕缕的香气，盘旋着飘上了天空……“想吃吗？”梁清扬的话打断了我的幻想，“很好吃的。”

我低下头，不去看梁清扬和他的苹果。这不重要，至少不是现在最重要的事情。

一阵咯吱咯吱的声音之后，梁清扬终于开口说话：“说句实话，你想让我抓住罗菲吗？这不是一件很难的事情。”我茫茫然不知如何回答。但显然，他一开始就没有打算听我的说法。“对于这个问题，我的答案比你肯定得多。抓住罗菲，不过能够再一次证明，我是一个能干实事儿的。但对于红土地目前的格局没有丝毫改变。”他说着，用食指敲了敲桌子，“我不想做这样的事情。”

8

我思忖了片刻。这是一个逃生的机会，但也可能是一个致命的陷阱。然而我还有别的选择吗？“你想做什么事？”我问。

梁清扬没有回答我的问题。“我知道一些孟楼和你们所有人都不知道的事情，比如鼠族的真正来历。”

“鼠族到底是怎么来的？”我很配合地问道。

“鼠族的鼠，指的是裸鼹鼠，不是老鼠。”梁清扬说，“鼠族之母，那个一手制造出鼠族的人，名字早已成为禁忌，为多数人所遗忘。唯一可以肯定的是她的性别，女性，所以，在下面的故事里我将称呼她为女博士。”

千阳之战中，这座以山多而著名的城市至少挨了四枚核弹的攻击。最初涌进红土地的幸存者到底有多少，早就无法统计，有人说两万，也有人说五万，甚至有人说十万。据说幸存者中有个副市长，是最大的官，顺理成章地当上了红土地的最高领导人。不管红土地人口有多少，把最高领导人称为市长，就是从那个时候固定下来的。当时的境遇虽然悲惨，但擦干眼泪和血迹之后，绝大多数幸存者都相信，用不了多久，他们就能离开这个拥挤不堪的地方，重返地面。“最多八年”，他们相互传着这句话。为什么是八年呢？谁也没有解释。

女博士是最早意识到地下生活可能要持续很久的人之一。她本是一所大学的教授，主要研究表观遗传学的应用。事有凑巧，女博士的实验室建在一个古老的防空洞里，与红土地地铁站只有一墙之隔。时年，女博士三十多岁，正是年富力强、最有创造力的时候。战前，表观遗传学是新兴的热门学科，她正在为一系列研究课题忙得不可开交，突如其来的战争，打乱了她的一切。来到红土地，她非常焦虑，比她周围的所有人加起来都要焦虑。

有一天，在一条拥挤不堪的地洞里，女博士小心翼翼地在人海里穿行。有个提着笼子的人几乎与她撞在一起。相互说过“对不起”后，女博士注意到笼子里有五六只红扑扑、光秃秃、龇着两瓣儿大牙的小动物。

“那是什么？”女博士问，“某种变异的老鼠吗？”

“不是，是裸鼹鼠。”那个带笼子的人说，“裸鼹形鼠才是科学的称呼。只是，大家都习惯叫它裸鼹鼠了。”

带着宠物躲到地下世界的人可不多见，现在又听见这种较真的说法，女博士不由得会心一笑。“好丑的小家伙。”女博士仔细看着笼子里的裸鼹鼠。

“丑得有滋有味嘛。”养裸鼹鼠的人并不为忤，“你可别小瞧了它们，本事可大着哩。”

在女博士提问之前，他已经开始滔滔不绝地讲起来。

“它们在缺氧的环境下也能存活很久。完全没有氧气的情况，能够屏住呼吸长达 18 分钟。

“裸鼹鼠体内含有高分子量的透明质酸，其含量是人类或其他鼠类的 5 倍以上。这种透明质酸又称玻尿酸，能够抑制癌细胞的疯狂复制。

“裸鼹鼠的 DNA 修复能力极强，而且伴侣蛋白含量高，这种蛋白能避免其他蛋白出现折叠错误。因此，

孟楼拿着那四分之一个苹果，伸出舌头舔了一下，一边露出志得意满的笑容，一边意味深长地看着我。

裸鼹鼠不会随年龄增长而出现身体机能退化。它们不会衰老，即使年龄很大了，外貌和大脑组织都能保持年轻的状态，并且终生拥有繁殖能力。

“它们的平均寿命是多数鼠类的10倍，最长的可以活过30年。等比例换算成人类的话，就是人均700岁，个别人能活到1000岁。”

女博士总结道：“不怕缺氧、不得癌症、不会衰老、寿命还长，堪称超级怪物啊。”

养裸鼹鼠的人说：“这些都不算什么，裸鼹鼠还是世界上罕见的真社会性哺乳动物。”

女博士知道什么是真社会性动物，像蜜蜂蚂蚁白蚁，都是，社会分工在基因上就决定了的，然而哺乳动物…… “具体说说。”女博士兴致盎然。

养鼹鼠的人侧过身子，让另外几个人从他旁边挤过去，嘴里继续唠叨着：“裸鼹鼠的社会分为三个等级：一只女王，几只雄鼠，数十到数百只工鼠。裸鼹鼠执行严格的女王制，在动物中是非常罕见的。你可以把它们的女王看作是武则天、叶卡捷琳娜或者克里奥佩特拉，但显而易见，后者对属下的掌控能力远远不及前者。整个裸鼹鼠部落只有女王有生育能力，一次能生七八只，并且很快就能进行下一次生育，充分保证了裸鼹鼠的繁殖速率。而且，生下来的小裸鼹鼠，是具有繁殖能力的雄鼠，还是没有繁殖能力、只知道工作的工鼠，是由女王分泌的乳汁决定的。显然，雄鼠和工鼠的数量有一个基本固定的比值。”

“嗯，确实和蜜蜂相似。”女博士想了想，又问：“可为什么会是女王制呢？”

那个人说：“裸鼹鼠生活在东非的地底下，以各种植物的地下块茎和根为主食。它们用巨大的门牙和锋利的前爪挖掘隧道，它们的隧道四通八达，可以长达十几公里。相比它们的体形，这些地下隧道的规模就好比我们建造的超级地下城市。”

女博士点点头，思绪有些飘飞。很多人从她身边匆匆走过，她无视他们的存在。

“地下洞穴的广阔与不可预知性，使裸鼹鼠很难找到交配的对象。一旦找到，它们就要终身在一起。这也是它们建立女王制的重要原因。同时，在地下，块茎和根都可遇而不可求，单靠一只裸鼹鼠或者几只裸鼹鼠，挖洞去找，很可能洞还没有挖好，就已经先饿死了。挖洞可是个体力活，所耗费的能量比行走耗费高出3500倍之多。一群裸鼹鼠去挖洞，找到食物的可能性就大得多。在分配食物方面，它们执行严格的共享制度。虽然不能保证每一次每一只裸鼹鼠都能吃得饱饱的，但至少不会在孤单中轻易饿死。”

“这能解释群居行为，可不能解释女王制。”女博士指出漏洞。

“演化也有偶然性，尤其是生物的行为和社会构成模式。对裸鼹鼠而言，为了生存下去，它们以群体为单位进行自然选择，所有个体都选择了群体利益最大化，因为在地下这个极端环境下，群体内部竞争获得的利益，远不如群体与群体之间竞争获得的利益大。也许裸鼹鼠们尝试过别的社群结构，也许一开始它们就选择的是女王制，这个问题的答案已经淹没在历史的灰烬里，无从考证。但我相信一点，能够存活繁衍至今，起码说明这种生活方式与社会结构有可取之处。”

女博士惊奇地望着那人，被他的这一席话所震撼。

那人继续说，语气越来越有所敬畏：“女王用一种外激素使雄鼠服服帖帖，用另一种外激素压制工鼠的发育，使它们的生殖器永远停留在童稚状态，不会起什么反抗之心。很可怕，是吧？然而，用人的伦理和道德来看待动物的行为，毫无意义。女王制保证了裸鼹鼠种群的生

张道芳 / 摄
2022.2.24　慈云寺故宫南迁博物馆

—— 入围奖　<

它们的隧道四通八达，可以长达十几公里。相比它们的体形，这些地下隧道的规模就好比我们建造的超级地下城市。

以裸鼹鼠的生理结构、行为模式与社会制度为蓝本，用基因驱动技术，对现存人类进行全方位的改造。这被称为“裸鼹鼠计划”。

存与繁衍，是自然演化的结果，没什么不好。你说是吗？”

那个人说着，忽然停下来，眼望四周，感慨了一句：“裸鼹鼠可比现在的我们，更适合地下生活。”

就是最后一句话，点燃了女博士的冲动。她为自己的焦虑和人类的未来找到了一条全新的出路，那就是以裸鼹鼠的生理结构、行为模式与社会制度为蓝本，用基因驱动技术，对现存人类进行全方位的改造。这被称为“裸鼹鼠计划”。

女博士回到几近荒废的实验室，重新开始研究。她从幸存者中招募了助手和志愿者。她对这些人说：“人类从树上下来，从古猿演化为类猿人再进一步演化为人类，并不是自愿的，更不是谁事先计划好的。恰恰相反。真实情况是，当时世界气候骤变，导致东非的森林消失，古猿不得不从生活了数千万年的树上下来。下了树，到了地上，猿就不是猿，而是人了。现在，另一场人为制造的灾难导致我们离开地表，来到这暗无天日的地下。在地洞里想要完全延续地上生活是不可能的了。而裸鼹鼠，为我们的未来提供了榜样。

“与第一批下树的猿相比，我们有两点优势。第一，我们至少知道，裸鼹鼠的身体结构、生活方式与社会制度是适合在地底生活的。我们可以少走很多弯路。裸鼹鼠与人类93%的基因相同，这使得裸鼹鼠计划天然就具备可行性。第二，借助表观遗传学和基因驱动技术，将使人类在一两代人的时间里，完全适应地下生活，而不需要花费数百万年的漫长岁月去慢慢演化。这是人工演化的效率，也是科技的力量。是的，我始终相信，是科技的力量摧毁了地上世界，但能拯救人类，使人类能够继续生存的，也唯有科技。”

9

讲到这里，梁清扬忽然停住了：“你相信女博士的这种说法吗？”

“什么？”我一时没有反应过来。

“女博士对科技的看法。”

“我不知道。实际上，我没有想过这个问题。她说的也许是对的，也许是错的。谁知道呢？”

“你燕子姐姐说你心重，什么都想得太多，还真是。”

“你说的这些，有些我了解，但有不少我都不知道。什么是表观遗传学？什么是基因驱动技术？”

“我也不知道。我只是在复述我爸爸的话，还有查到的历史资料。”

“好吧。无知的人不止我一个。”

我微微叹了一口气，“后来怎么样呢？”

梁清扬说：“因为有之前的数个课题作为底子，研究进展十分顺利，三个月后就出成果了。从裸鼹鼠身上提取的基因片段被复制到一种针剂里，这种针剂自带基因驱动药物。这种药物原本是一种叫埃博拉的烈性病毒，经过一番精心改造，病毒只剩下了极强的传染力，致病性完全消失了。注射进人体后，埃博拉病毒迅速将基因片段传染到全身的每一个细胞，替换掉细胞里原来的基因片段，于是裸鼹鼠与人类的混血种就诞生了。”

我有些茫然地望着梁清扬。

“不要看我，我也不知道这段话是什么意思。资料上说，这是表观遗传学与基因驱动技术的完美结合。”梁清扬说。

“就跟听天书一样。”

“也可以说是魔法。”梁清扬说，“过程虽然难懂，结果却很容易理解。虽然裸鼹鼠计划有失败的案例，但最终，有十二个参与实验的志愿者成功地转化为鼠族。”

“把带病毒的针剂注射进自己的血管，还是需要莫大的勇气吧。”

“只要有足够多的好处就行。”梁清扬说，“根据研究日志，注射针剂后，志愿者的新陈代谢迅速下降到原来的30%。如此一来，他们只需要吃一点点食物，就能维持很久的生存。饥饿的感觉从此与他们没有什么关系了。”

这确实是一个巨大的好处，尤其是在缺少食物的地下世界。是的，即使在物资丰富的地面，也有很多人因为种种原因而做出愚蠢至极的选择。我从书上读到过很多这样的故事。那么，到了一切秩序土崩瓦解的地下，为了能够生存下去，无论多么危险的事情都会有人愿意去做！何况变成鼠族后还有那么多诱人的好处！“你的故事还没有讲完。”我说，“在女博士制造出混血鼠族之后，又发生了什么事情。”

“一场灾难。”梁清扬说。

女博士制造出鼠族的消息不胫而走，在红土地悄然而极其迅速地流传。一部分人对于成为鼠族，充满了期望。仅仅是一点点东西就能吃饱肚子，这一条就足以让人动心。不会得癌症，就足以使很多人下定决心变成鼠族。当时，因为核辐射，癌症的发病率超过正常值的几十倍，而地下世界又没有相应的医疗设备和合格的医护人员。近乎所有的癌症患者都只是在活着等死。至于女王制度，至于从基因上决定一个鼠族的社会阶层，这些都是可以接受的代价。当然啦，无需解释，大部分男人都想当雄鼠，而成为永远长不大的工鼠，其实也不是那么可怕的事情。“没有性的觉醒，就没有性的困扰与烦恼。整天嘻嘻哈哈，忙忙碌碌，不也是很好吗？比现在这个要死不活的憋屈样子，不是好多了吗？”有人这样说。

然而，还是有很大一部分人持怀疑态度。成为老鼠？光想想这几个字，就让他们心惊胆战。不管怎么跟他们解释，裸鼹鼠和老鼠不是一回事情，但他们依然固执地用老鼠来描述鼠族人。“我们是人，不是什么老鼠。人，懂吗？有人的尊严，人的执念，人的气质，人的文化。老鼠有吗？但凡还有一丁点儿人的骄傲，就不可能去转化成为老鼠！”他们四处宣扬自己的观点，并疯狂攻击裸鼹鼠计划的支持者。他们认为，有一个阴谋正在发生，那就是有人要蓄意消灭所有幸存者，“亡国灭种，用鼠族取而代之”。

红土地的核战幸存者很快分为三派：支持派，反对派，还有观望派。三方势力争论不休，但大体还停留在口头辩论上，没有诉诸武力。这在拥挤不堪又缺衣少食的地下世界里，其实是非常难得的事情。然而一句谣言的出现，打破了这个微妙的平衡。“市长下令，在所有人的食物中悄悄添加鼠药，要把大家都变成听话的鼠族。”这个谣言或者说未经证实的消息引发了大面积的恐慌。即便是那些鼠族支持者，忽然间得知自己已经吃过“鼠药”，就要变成“鼠人”了，也心下大骇，乱了方寸。

地下世界蓄积已久的紧张、仇恨、怨愤一下子爆发出来。谁也不知道是谁最先动的手。从争吵到动手到厮杀到所有人都卷入这场暴乱之中，不过短短几分钟的时间。结果却是非常明确，基因实验室被彻底砸毁，数千人死于这场暴乱。

“死者中包括女博士吗？”我问。

“女博士和七个鼠族死于动乱之中。”

“也就是说，当时有五个鼠族逃出去了。就是这逃出去的五个鼠族创建了我们现在看到的鼠族部落？”

梁清扬点点头。“其实，现在到底有多少个鼠族部落，各个部落的规模有多大，我们并不清楚。当时，鼠族暴乱中，就有很多人，因为害怕屠杀，也跟着鼠族逃了。而鼠族和人类之间，据我所知，还没有生殖隔离。”

“鼠族暴乱，哪有什么鼠族暴乱？”我把注意力集中在眼前的对话上，尽量不去想别的事情，“明明是那条谣言引发的。”

“是的，那条谣言。我问过那场暴乱的幸存者，他们都不知道是谁散布的那条消息。最后是我爸爸告诉我，是现任市长赵光庭。当时，赵光庭是市长的常务秘书，以善于写官样文章著名。我父亲说，他亲耳听见赵光庭偷偷传播那条谣言。以赵光庭的身份，他说出的话，很多人会相信，不加任何思考，毫不犹豫地就接受了。”

“赵光庭为什么要这么做？”

“你看他在暴乱之后得到了什么就知道为什么了。前任市长死于暴乱。赵光庭在暴乱中组织有力，表现出卓越的领导才能，被推举为新一任市长，一直做到现在。”

“我记得老梁说过，赵光庭是鼠族的制造者。”

“女博士开始研究裸鼹鼠的时候，曾经去找当时的市长寻求支持。接待她的是常务秘书赵光庭。听说了女博士的裸鼹鼠计划后，赵光庭

张道芳 / 摄
2021.12.23
重庆江北国际机场

—— 入围奖 <

表示出极大的兴趣。他尽力说服了市长，并在此后的一段时间里，对女博士的研究极为关心，从人力到物力，提供了大量的不可替代的帮助。我爸爸说，没有他的支持，裸鼹鼠计划就不可能成功，说他一手缔造了鼠族，不算太过夸张。”

“然而，后来又是他，用一则简简单单的谣言，彻底摧毁了裸鼹鼠计划。”我说，“他是真的坏，还是真的认为裸鼹鼠计划有害？”

“我不知道。”梁清扬说。

这时，我的肚子很不争气地响了起来。梁清扬站起身，绕过桌子，来到我跟前。他把最后那四分之一的苹果塞进了我嘴里。我狼狈地囫囵吞下，全然不觉得吃了什么了不起的东西。

一旦离开红土地，他的统治将土崩瓦解，不会再有任何人听他的。权力亦如毒品，啜饮过它的滋味的人，都不舍得放弃。

“还记得最近出去的那支地面探险队吗？”梁清扬开启了新的话题。

“走到洞口就退回来的那支？我记得。”

“我就是那支探险队的队长。”梁清扬说，“正如你猜测的那样，盖革计数器是坏的，一工作就嗡嗡乱叫，不管有没有核辐射。出发之前，赵市长找到我，要我弄坏盖革计数器。”

“为什么？他为什么要这么做？”

“你没有听说过吗，那些关于赵光庭的谣言？大部分是真的。尤其是关于他舍不得放弃权力的那一部分。他知道，一旦离开红土地，他的统治将土崩瓦解，不会再有任何人听他的。权力亦如毒品，啜饮过它的滋味的人，都不舍得放弃。所以我打算做一件事情。”

“什么事？”我问。

“我要推翻赵光庭的统治，我要告诉大家真相，我要带领所有人走出红土地，回到地面，开始全新的生活。”梁清扬目光灼灼，伸手掌住我的肩膀，“你愿意站在我这边吗？你愿意帮助我完成我的使命吗？”

“我愿意。”我答道，没有丝毫的犹豫。

梁清扬嘿嘿一笑：“很好。天虹，你可以进来了。”

刚才出去的那个年轻保安端着餐盘走进来。他将餐盘放到我面前，又将捆住我的绳子一一解开。摆脱束缚后，我立刻扑到餐盘上，狼吞虎咽。

短短几分钟，餐盘里的饭菜大半进了我的肚子，我吃饭的动作慢下来。一个念头跳进我的脑海：罗菲这个时候在做什么？吃饱饭了吗？“我有一个疑惑。先前孟楼说，罗菲操控了他的行动，那你怎么知道我现在的言行不是受了罗菲的操控，随时可能背叛你？”

梁清扬说：“鼠族女王用外激素统御雄鼠和工鼠，而外激素的作用范围和时间都是有限的。我相信你此时此刻并没有受到罗菲的影响。”

我心中微微一跳。我此时此刻对罗菲的思念是出自我自个儿的真实想法？我把餐盘里的最后几粒饭夹进嘴里，然后把餐盘轻轻推开。“说吧，要我做什么？”

“在那之前，我想先告诉你一个秘密。刚才的故事里，有一个养裸鼹鼠的人。你知道这个人吗？”

我摇摇头，表示不知道。

梁清扬说：“他是你的父亲。”

我无声地张大了嘴巴。我的惊讶难以言表。

“而且，”他继续说，“我有充分的证据表明，你父母的死与赵光庭有直接联系。”

10

十号站台的铃声持续响起。陆陆续续有人从四面八方的隧洞钻出来，汇集到十号站台的四处。我手里握着梁清扬给我的无线话筒，藏身在一堆彩灯后面，看着人群越聚越多。

“谁？谁在乱摁铃？”刘海龙骂骂咧咧地从治安室跳了出来，手臂上还缠着绷带。好几个保安提着警棍跟了出来，但数量比预计的少得多，机会难得。

我清了清嗓子，对着话筒吹了一口气：“我。”

广播系统把我的声音轻松地传递到十号站台每一个人的耳朵里。

“你是谁？”刘海龙四处张望，同时示意他的手下，四下搜索。

我的位置很高，能够轻松看见下面的一举一动。我看见梁清扬的人摆着维持秩序的架势走进人群之中。我表演的时间到了。

“还有人记得千阳之战吗？就是那场把我们从地面驱赶到地下的战争？是谁最先摁下核弹按钮的呢？已经没有人说得清楚了，然而牵一发而动全身，第一枚核弹射出之后，世界各地立刻作出激烈的反应。那些深埋地下的核导弹基地打开了发射井，在公路和铁路上驰骋的机动核导弹发射车竖起了发射架，在空中翱翔的战略轰炸机输入了核武器发射密码，在大海深处游弋的战略核潜艇点燃了潜射核导弹的发动机，都一股脑地把核导弹按照预定方案发射出去。所以说，这不是什么意外，而是一场蓄谋已久的自戕，毫不夸张。”

人群开始还有些纷纷扰扰，我多说几句之后，都安静下来。虽然还有茫然之色，但心底的某种情绪，已经被我调动起来了。市长赵光庭出现在刘海龙身边，刘海龙低头向他解释着什么。我继续说：

“然而，一切并没有因为千阳之战的结束而结束，被迫来到地下的我们并没有停止自戕行为。二十年前的那场被认为是鼠族引发的暴乱，大家还记得吗？没有人知道是谁最先动的手，已经无从查证，但结果是如此残酷与赤裸裸。一开始，还有明确的派系之分，裸鼹鼠计划的支持者，反对者，还有中间派。谁支持，谁反对，谁观望，在之前的大辩论已然悄然分裂。支持者杀反对者，反对者杀支持者，中间派杀支持者也杀反对者，也同时被支持者和反对者杀。然后，随着暴乱的继续，派系界限逐渐泯灭，本派系中那些不够坚定不够积极不够狂热的人，也成为屠杀对象。到最后阶段，在暴怒、仇恨和恐惧支持下，屠杀向身边的每一个人蔓延。没有核弹，我们用砍刀、木棍、石块、拳头和牙齿，照样彼此杀了个痛快。二十年前，在红土地，就在这里，惨叫，追逐，混战，血肉横飞，核战的幸存者纷纷倒下。整个红土地的人口锐减了至少70%。70%啊！”

说到这里，我停住了，好让听众们消化刚才提到的海量信息。

赵光庭在下边大喊：“我知道你是谁，你是那个种蘑菇的。我不知道你要干什么，但我要你马上滚出来，别在背地里装神弄鬼。你不自己出来，等我的人把你抓出来，我要你好看！”

“我们把那场暴乱叫做鼠族暴乱，说得好像是鼠族干的。其实不是，鼠族只是借口。他们也是暴乱的受害者，而所有的屠杀，都是人干的。赵光庭赵市长，”按照梁清扬的计划，我继续说，“有一个问题我想问你。所有的证据都指向一个事情，你是二十年前那场暴乱的始作俑者，你用了一个彻头彻尾的谣言，引发了那场暴乱。你说市长悄悄地把鼠药放进食物里，要在所有人都不知情的情况下，把所有人都变成鼠族。大家听了这个谣言，相信了，害怕了，然后就失去控制，发生暴乱了。我想问的是，为什么？为什么你要编造那个谣言？”

“为什么？我为什么要回答你的问题？”

“就是这场暴乱，形成了现在红土地的生活格局与社会秩序。我，还有在场的每一个人，都有资格问一个为什么。”我不由得加重了语气。梁清扬说：“要狠，态度要坚决，语气要不容置疑，要充分相信，真理和正义还有良知站在我们这边。”我继续讲：“赵市长，请你回答刚才这个问题。连回答问题的勇气都没有，你还有什么资格做这个所谓的市长？”

下边有人跟着鼓噪起来。也许是梁清扬安排的，也许不是，就是几个爱起哄，平时对赵市长又有所不满的人。王电工站在人群的边上，一脸高深的微笑，倒让人意外。刘海龙干号了几嗓子，现场才稍微安静了些。赵市长阴沉着脸，大声说：“我儿子就死于那场鼠族暴乱，我至今伤心欲绝。我是暴乱的受害者。而在场的各位父老乡亲，兄弟姐妹，你们其实都是那场暴乱的受益者。你们没有资格，更没有权利指责我。”

对这个回答我颇为意外，就没有打断赵市长的自我辩护。

“二十年前，我是市长的常务秘书，负责分配食物，在很多人眼里，那是个美差。但我其实非常痛苦。真的。因为我在分配食物的过程中，知道一个巨大的秘密。当时的食物储备只能供所有人再吃五天，即使削减每一个人的口粮，削减到最低水平，也最多够坚持十五天。我能想到的办法就是削减人口，大量削减。所以我有意识地引发了那场暴乱，鼠族只是由头，只是引线，只是导火索。肯定有人会说我残忍，我承认。但人都是要死的，或早或晚，不是死于暴乱，就是死于饥饿，有什么区别吗？”

“怎么没有区别？”我愤怒地问。

“事实上，在行动之前，我向当时的市长汇报粮食的情况。那个老奸巨猾的家伙，他暗示我可以想办法削减人口。我一时冲动，说出了那个计划，老家伙没有明确指示，没有说可以，也没有说不可以，只是转身离开，把一个烂摊子留给了我。那个老混蛋，他为什么不阻止我，不反对我，不把我抓起来以免我去干坏事？除了照计划进行，我还能怎么办？在当时的情况，没有我，也会有其他人来执行这个计划。”

我一时语塞。

“还有，老有人造谣，说我是鼠族的制造者，这完全是污蔑。我是去实验室参观过，但那是我作为领导的职责。有人在红土地搞非法试验，我不该去看看吗？裸鼹鼠计划，是叫这个名字吧？跳过了动物试验阶段，说是客观条件不允许，直接进入人体试验阶段，这真的对吗？尽管有无数的志愿者，争先恐后地参与。但这真的对吗？

“还有，你们都看到了成功的案例，但你们没有看到失败的案例，我看见了。那些失败者，没有变成

谁支持，谁反对，谁观望，在之前的大辩论已然悄然分裂。

张道芳 / 摄
2022.8.4　南岸区南滨路

—— 入围奖　∧

裸鼹鼠，反而感染上了埃博拉病毒，在很短的时间内，所有的内脏器官都变成赤红色的液体，最后在剧烈的呕吐中死去。死状极惨。失败率高达 40%。你们以为裸鼹鼠计划可以拯救你们吗？你凭什么认为你会成为那成功的 60%？失败的可能性永远存在！

“我说在场的各位都是那场暴乱的受益者可不是假话。你们之中，一半经历过那场暴乱，对于当时粮食缺乏的情况，你们应该深有体会。你们有别的解决方案吗？去冒 40% 的死亡风险，转化为裸鼹鼠吗？说句实话，没有暴乱，你们活不到现在。你们之中的另一半，包括现在拿着话筒，在暗地里唧唧歪歪搞阴谋论的那位，都是暴乱之后出生在红土地的，你们有什么资格品评你们未曾经历的事情？同样的，没有那场暴乱，也不会有你们的存在。”

赵光庭市长不愧为老资格的政

黄凯丰 / 摄
2022.5　华新街

—— 入围奖　∧

客，这一段演讲下来，虽然其中的话语并非毫无破绽，强词夺理与偷换概念之处甚多，但与我的高谈阔论相比，似乎更贴近现场诸人的心声。他说完后现场异常安静。可以看出端倪。局势正在往有利于赵市长的方向发展。我略为思忖，推开遮蔽我的彩灯，从藏身之处走了出来。“说得真好，”我讥讽道，“千阳之战，你是受害者。鼠族暴乱，你也是受害者。你能活到现在，还真不容易啊。”

“终于现身了，种蘑菇的。”赵市长说，“就凭你，搞不出这么大的动静，说，在幕后指使你的人是谁。”

“赵光庭，我还有一个问题要问你。”我怒目圆睁，语气格外狰狞，“你，八年前，为什么要杀死我的父母？”

“那是意外！”赵光庭脸上显出一丝恐慌，“抓住他。”他向刘海龙发布命令，后者立刻气势汹汹地冲我奔过来，却忽然摔倒在地，跌了个狗啃泥。刘海龙骂骂咧咧地爬起来，一支步枪抵在了他的腰眼上。“听小艾把话说完。”步枪的主人梁清扬一字一顿地说。刘海龙顿时不敢做声。

喧哗瞬间席卷了整个现场，刹那间又归于平静。众人注视着我，等待我的进一步行动。我好整以暇，缓步走向赵市长。“不要以为我当时只有十岁，就什么都不知道。虽然当时我只看到一些片段，有些事情还不理解，但我长大了，知道了更多的事情，把一切碎片拼接在一起，就了解了事情的全貌。你，赵光庭赵市长，觊觎我母亲的美貌，本想利用你的权势得到她，却被我母亲严词拒绝。你恼羞成怒，意图强奸，又被我父亲撞见，归于失败。最后，在你的指使下，刘海龙刘队长安排手下，制造了那场意外。我的父亲和母亲，死在了那个坍塌的地洞里。你说，我说的是不是真的？”

“你瞎说。”赵市长声嘶力竭地说，“你有什么证据？再瞎说，我打死你。”

我倒不怕赵市长的威胁。天虹早就悄悄站在了赵市长的身边，这个时候拿砍刀在他脖子附近比画了一下，赵市长立刻缩了脖子，不再说话。

“刘海龙，你说。”梁清扬大声问道，“不说实话，我一枪打死你。”

刘海龙眼珠子转了两圈，似乎在求助。看见手下都离得远远的，他叹了口气，说：“是，是市长下的令。我，我也是被逼无奈啊。”

我已经走到市长跟前，站在他不足一米远的地方。我从未在如此近的地方看过市长，只见此时的市长，满脸发白，直冒冷汗。没有爪牙和帮凶，他也不过是一个被岁月碾压过的老头子。我曾经在他身上感受到的权威如今已经荡然无存。他就像毒蛇蜕下的皮，苍白，瑟缩，令人恶心。

天虹把他手里的砍刀递到了我手里。那意思再明白不过了。杀了他！杀了赵光庭！杀了这个害死我父母的元凶！“血亲复仇。你是第一受害人，最有资格这样做。”梁清扬在行动之前这样对我说，“台下的那些人，对千阳之战的起因和经过不感兴趣，对鼠族暴乱的真相不感兴趣，但对血亲复仇一定感兴趣。”

我握紧砍刀，手指因为用力而微微痉挛。“杀了他。”天虹在我耳边低语。我还在犹疑，不知道如何出手，毕竟我没有受过这样的训练。这时，天虹从后方将我的手肘一推，那砍刀立刻前冲，深深地扎进了赵市长的胸腹之间。

11

赵市长倒退两步，以不敢相信的目光瞅瞅我，又瞅瞅胸前的刀柄，这才惨叫着倒下，倒在台阶上。一时半会儿还死不了，鲜血伴随着他的哀号和抽搐，先是喷射，后是汩汩流出，最终他躺在那里，不再动弹。两只浑浊的眼睛半睁着，好像仍不相信自己辛辛苦苦经营这么多年，怎么忽然间一切就土崩瓦解了呢。

“为什么？”我总算清醒过来，转向天虹，“事先不是说好，解除他的市长职务就行了吗？”

“除恶务尽，不留后患。”天虹这样回应，“梁队长说的。”

一股愤怒混杂着恐惧在我胸中涌起。我的目光越过不知所措的人群，望向数步之外的整件事的主谋。梁清扬依然平端着步枪指向刘海龙，刘海龙的嚣张跋扈早已不知踪影，只剩一个颤巍巍的躯壳。他胳膊上文的那条面目狰狞的龙，此刻显得特别可笑。

人群中不知道是谁大喊了一句：“杀人啦，艾星雨把赵市长杀死啦！”这霹雳一般的喊叫顿时将现场不知所措的人群唤醒，刚才他们还是面面相觑，宛如只有脑袋能动的雕像，现在忽然间活过来，走动，奔跑，回避，号叫，啼哭，议论，谩骂，疑惑……一时之间，整个现场宛如一锅沸腾的水，一片涌动的海。

梁队长大喊着什么。隔得太远，周围又闹，我只能猜测是“安静”两个字。他连续喊了好几次，没人照着他说的做。然后他扣动了扳机，枪声骤起，在红土地四处回荡。刘海龙应声倒下。子弹从正面击中了他，削掉了他的大半个脑袋，血肉、碎骨与脑浆喷溅了一地。这下子，闹嚷嚷的现场立时安静下来。

“我说——安静！”后面两个字格外清晰，环顾四周，梁清扬又命令道，“给我话筒。”

天虹从我手中拿过话筒，走向梁清扬。看着天虹离去的背影，我有种深深的屈辱感。我被利用了，我被抛弃了，我成了一枚任人利用的棋子。

梁清扬拿过话筒：“赵光庭死有余辜，有什么大惊小怪的。你们早就想干掉他，不是吗？只是不敢动手罢了。你们之中，有谁，背地里没有骂过赵光庭，现在就可以站出来，指着所有人的鼻子，骂一声叛徒？”

没有哪个蠢货会在这个时候站出来。

“赵光庭坏事做尽，他的死是咎由自取。”下了这个结论之后，梁清扬清了清嗓子，继续说，“他死了，他的帮凶刘海龙也死了，一了百了。而我们这些还活着的人，还要继续在这暗无天日的红土地生活，你们愿意吗？我想没有人愿意。我将带领大家离开这里，回到阳光灿烂的……”

就在这时，燕子姐慌慌张张从人群背后跑过来。在距离梁清扬七八步远的地方，就听见她气喘吁吁地喊道："孟楼带着一队保安，占领了食品仓库！"这突如其来的消息打断了梁清扬的演讲。他愣了小半晌，捏着话筒没有说话，直到燕子姐跨步向前，牵住了他的手，恰如其分地宣示了自己与他不一般的关系，他才说道："慌什么？天虹，你带几个人过去看看，到底发生了什么事情。"

天虹点了四名保安的名字，都是些刚刚加入保安队的新人。梁清扬又在天虹耳边叮嘱了几句，我猜是"一定要不惜一切代价夺回粮食仓库"之类的话。我很清楚，所有人都清楚，粮食仓库对于红土地的重要性。粮食仓库堪称红土地的战略枢纽，谁控制了粮食仓库，谁就可以控制整个红土地。然而，孟楼是怎么想到此时去占领粮食仓库的？难道他知道今天我们会行动？护卫赵光庭和刘海龙的保安比平时要少，我算是知道他们去了哪里了。

天虹带着四名保安匆匆离开十号站台。梁清扬松开燕子姐抓住他的手，继续演讲。燕子姐满脸凄惶地站在梁清扬背后，摇摇欲坠。我知道有些事在我的视野之外悄然发生过了，然而我……我不得不收敛心神，将注意力集中到梁清扬的演讲上。之前我已经听他讲过，此刻听来却格外空泛。不外乎他不会享用特权，会公平地对待每一个人，他希望带领大家走出这个阴森可怖的地下世界，回到渴望已久的地面，我们梦寐以求的故乡，这是所有人不约而同的梦想……

广场边上忽然传来喧哗声。我极目远眺，看见那条隧道入口，有一群人正鱼贯而出。前几名都是手持警棍和砍刀的保安，第六个人是脸庞白净的孟楼，刚刚出去的天虹跟在他的身后。谁都看得出天虹的立场发生了转变。"螳螂捕蝉，黄雀在后"，孟楼此刻的笑意正好诠释了这个成语的全部内涵与外延。

"天虹，你过来！"梁清扬脸色有些难堪。

天虹摇着头，不说话。他的背叛，显然不是现在，而是在很久以前。那孟楼趁我们对付赵光庭和刘海龙的时候，带人占领粮食仓库的行动就可以解释了。

"不要以为梁清扬是什么千载难逢的好人。我也告诉大家一个秘密吧。"孟楼走进人群之中，边走边说，"梁清扬在带领地面探险队回红土地的途中，遇到鼠族部落的围攻。他派人求救，保安队与鼠族一场血战，虽然歼灭了整个鼠族，但保安队也折损了大半。这个事情相信大家都记忆犹新吧。然而，这事儿从一开始就是阴谋。探险队遭遇鼠族部落，根本不是巧合，而是梁清扬事先知道那里有鼠族部落，刻意把探险队带过去的。目的很简单，借鼠族之手，干掉一半保安队，削弱赵市长的实力，为他今天搞政变创造了必要条件。"

我惊讶地"哦"了一声，周围也是一片讶异惊叹之声。地面考察与歼灭鼠族原本是独立的两件事，现在却如此血腥地联系在了一起，的确出乎意料。然而冥冥之中我又似乎觉得，这样一个结果也不是特别意外。

梁清扬说："孟楼，你血口喷人。你说这些，有证据吗？"

"这话听上去有几分熟悉。"这时，孟楼已经走到了梁清扬的跟前。他的十来个手下站到了他的身后，呈扇形拱卫着他。他志得意满地笑笑，"对喔，先前艾星雨说，赵光庭害死了他的父母，赵光庭要证据，他才肯去死。现在，轮到你说，要我拿出证据，你才肯去死。可笑。局势变化怎么就这么快呢？"

燕子姐勒着梁清扬的胳膊，惊惶的表情难以言表。事情确实变化得太快。由于天虹的背叛，梁清扬不知道他的手下还有几个是可靠的。我猜他此刻孤家寡人的感受一定非常强烈。

"我一定会带领大家回到地面！"梁清扬说。

这句没头没脑没滋没味的话引发了孟楼的大笑。他笑得前仰后合，眼泪都快掉下来了。良久，他才止住笑。"回地面干吗？去接受核辐射吗？我们还回得去吗？"

梁清扬脸色惨白，勉力说道："地面的核辐射早就没了。毕竟千阳之战已经过去了三十多年。地面早就安全了。这些年里，赵光庭欺骗了所有人。"

"也只是可能。你并不能证明，地面已经安全了。"孟楼说，"最关键的是，我们为什么要出去冒险？这里有吃有喝，条件确实艰苦点儿，但毕竟活得好好的啊。为什么要去冒险？就为了你那酒鬼老爹虚无缥缈的地上之梦？在我看来，这里，此时此地，就是最好的，根本没有必要去冒险。大家说是不是啊？"

孟楼“这里就是最好”的说法让我震惊。这里，红土地，明明有诸多不好的地方，他为什么认为这里就是最好的呢？然而，我看见周围包括天虹在内有不少人点起了头，说明支持孟楼这种说法的人不在少数。

我大声说：“不对，孟楼你说得不对。这里，并不好。连洗个热水澡都办不到，你能把这样的生活叫做好吗？”

“小艾，艾星雨，”孟楼看着我，语重心长地说，“你让梁清扬利用了，你不知道吗？你父母的事情是我告诉梁清扬的，没想到这个阴谋家居然利用你去对付赵光庭市长。”

“赵光庭死有余辜。”我把先前梁清扬说过的话重复了一遍。

“我不和你讨论这事儿。”孟楼转向梁清扬，“眼下的局势已经很明显了，梁清扬，你要么降，要么死，没有别的路可选。投降，我保证不杀你，还有你老婆。别看你有枪，可枪里有多少发子弹呢？多到能把在场的每一个人都打死，就像你打死刘海龙一样？”

梁清扬的脸色变得极其难看，一阵红，一阵黑，一阵白，显出心潮难平。“下不了决心吗？”孟楼不耐烦地说，“那我帮你下好了。”他把手举到半空，挥了挥，就像指挥千军万马的将军一般，向跃跃欲试的保安们指出了进攻的方向……

就在这时，某个地方传来难以形容的呜呜。在我分辨出这呜呜是什么之前，站台的所有灯全部熄灭，整个红土地顿时陷入全面的黑暗之中。枪声响起，有人惨叫，又有人大呼“打死他”，纷乱的脚步在四周回荡。突如其来的黑暗让我无所适从。我后退两步，靠到墙上。奔涌的人群从我身边杂沓而过。如果不是我闪避得及时，很可能已经被踩死。我的心儿怦怦跳，惊惧笼罩着我的全副身心。

黑暗中，有一只手捉住了我的胳膊，我急忙甩开，然而没有甩掉。那只手很冷，但抓得很稳，很紧。一个熟悉又陌生的声音对我说：“跟我来。”

那是罗菲的手，那是罗菲的声音。

12

黑暗中，仓惶中，混乱的人群中，我的脚步踉跄，一路跌跌撞撞。但抓着我的那只手一直没有松开。我在罗菲的牵引下奔逃，时而快，时而慢，时而上，时而下。不时有人在近旁跌倒，惨叫与惊呼之声不绝于耳。

也不知道踉跄了多久，周围都安静下来，我想我们已经奔逃到远离红土地的地方，四周只剩下我和罗菲的脚步声——不，只有我一个人沉重的脚步声与呼吸声。罗菲脚步轻捷，犹如小猫，根本没有声音。又奔逃了一段时间，罗菲才停下来：“星雨，这里安全了。你先藏在这里。”她按着我的肩膀，示意我坐下。

我不肯，倔强地站着，同时抓住她的手不放：“你要去哪里？”

她说：“去找人。”

“这么黑，你看得见？”

“不，我看不见。但我听得见，嗅得见，比眼睛看到的，更为清晰。”

“立体听觉，立体嗅觉。这么说，孟楼说的都是真的呢？”我的心往下沉，缓缓松开了握住罗菲的手。

“什么？孟楼说什么呢？”

“他说你原本是鼠族的一员，一只工鼠，没有雌雄之分。你的部落被保安队歼灭，你逃出来，遇到我，然后才发育……发育成你现在的样子。”我揉了揉太阳穴，就地坐下，

他把手举到半空，挥了挥，就像指挥千军万马的将军一般，向跃跃欲试的保安们指出了进攻的方向……

以解放我酸软无力的腿。

“按照你们的说法，确实是这样。但从鼠族的角度来讲，却是另外一回事。”我感觉到罗菲在我身旁坐下，但她没有继续往下说。“怎么？不出去了？”沉默良久，我终于提出了一个问题。罗菲答道：“十号站台的电力已经恢复，没有黑暗的掩护，我出去只会被抓住，干不了别的事情。”我不知道这里距离站台有多远，也不知道罗菲是怎么知道站台电力恢复了，我也不想知道。我想知道另外的事情：“那么……”我舔了舔干涸的嘴唇，“好吧，你说，说说鼠族的事。”

罗菲说，声音前所未有地愤怒又压抑：“我们部落的主巢穴遇到意外，坍塌了。女王下令，长途迁徙，寻找新的主巢穴。途中，我们停下来休息。就在我们睡得正香的时候，你们的人，保安队来了。他们先杀死了我们设在外围的哨兵，摸进了女王所在的寝宫。女王第一个被杀死，这引发了整个部落的混乱与疯狂，还有彻底的崩溃。如果女王在，以鼠族的团结一致，被歼灭的一定是保安队，然而，然而……我只身逃出，但我永远记得那些保安可怖的面容。我们什么都没有做，只是在那儿睡觉！”

我记得在宣传栏上读到的内容，现在又从另一个角度了解了事情的经过。谁对谁错？谁是谁非？在这个故事里，我又扮演了什么样的角色？罗菲呢？我想回答这些问题，但脑子钝化，宛如岩石。浓稠的倦意从脊椎蔓延至全身，眼睛在合上又睁开几次之后，我躺平身子。“我累了。”我嘀咕着，“我睡了。”地下冰冷而坚硬，但并没有阻止我向睡神投降。

在睁开眼睛之前，我已经醒了很久。这种半睡半醒的状态持续了多久，无法知晓。也不知道过了多久，我心生厌倦，便睁开了眼睛。四周仍是一片驱不散的坚固的黑暗。罗菲睡在我身后，靠得很紧，一只手搭在我的腰间，就像在蘑菇房的折叠床上一样。我翻了个身，面对着罗菲。她稍稍调整了一下位置，没有醒，也可能是在装睡。我不在乎，试探着伸出手去摸她的鼻梁和脸颊。黑暗中，她的脑袋忽然动了一下，下一秒我的手指就被她的牙齿轻轻咬住。

“你的味道很特别。”罗菲慢慢地说，斟酌着字词，“甜，很平和的甜，不腻不浓，然而非常持久。甜里略微带一点酸，不多不少，恰到好处，没有喧宾夺主，抢过甜的风头。尝过之后，又有一点点苦涩隐藏其中，令人回味无穷。”

被人这么描述，我不禁扑哧一声笑了。“说得我像个苹果似的。”我说着，从侧面抱住了罗菲，“你这个妖孽。”她乖乖地躺在我的臂弯里，被我轻轻抱着，没有说话，也没有别的动作。我觉得周围的空气都变得香甜，那无边无际的黑暗也变得可爱。我享受着这一刻的宁静与温馨。沉醉其中，不愿醒来。

一丝欲念在我心中生起。我抚摸着罗菲光滑的后背，在她耳边说：“我喜欢你。我爱你。”罗菲轻声回答，声音之轻，几不可闻：“我也是。”一种浓浓的暖意从我心底漾起，闪

佚名 / 摄
金沙天街

—— 入围奖 ∧

电般传遍全身，使每一个细胞都在温热的海洋里欢唱。

“又用外激素对付我？”

“没有啦。”罗菲俏皮地说，“明明是你，浑身散发着诱人的香气。”

我的手指在罗菲的肌肤上游走。我看不见，但能感受到她身体的变化。她的身体如此敏感，就像真是水做的一般。不过，这水又藏着火，温热而宜人。她抬起靠近我的那条腿，搁在我的腰上，使我得以轻松地进入她的身体。

整个过程，缓慢而悠长，同时安静、甜蜜又芬芳。直到最后一刻迸发之时，我才允许自己喊叫：“我爱你，爱你。”

我们拥抱在一起，很久很久。真希望就这样继续下去，世界末日来了我也不在乎。但一个新的疑惑又在我脑海里现形：为什么我对罗菲如此迷恋？难道是因为……因为我也是鼠族？毕竟，毕竟我爸爸是启发了女博士的那一个人啊。

我刚想说话，罗菲的脑袋忽然扬起。“有人过来了。”她补充了一句，“不是我的人。”然后，她起身，离开了我。

我坐起身，失落与惆怅同时撞击了我。

我知道我知道，我知道，所有的温馨与浪漫都将消失无踪。残酷的现实会把我刚才体验的一切磨成齑粉。我不想知道在我睡着的这段时间里，红土地发生了些什么；不想知道有多少人死于黑暗中的屠杀；不想知道孟楼和梁清扬，哪一方从这场暴乱中胜出：我不想知道这些问题的答案。最为关键的是，罗菲的真实身份已经暴露，接下来会发生些什么？我更不想知道。

“在这里等我，艾星雨。”罗菲的声音从不远处传来，“我爱你，永远爱你。”

远处传来纷乱的脚步声和说话声，几束电筒光在黑暗中乱刺。至少有六个人，其中一个是天虹，那个背叛了梁清扬加入孟楼阵营的年轻人。“仔细搜。”天虹的声音冷漠又严厉，“必须抓住鼠族女王，还有那个种蘑菇的。要是他们逃了，会生出一支鼠族部落来祸害我们。”

我在地上摸索了一番，找到了一块拳头大小的石头，拿着站了起来。“我在这里。”我高声喊道，“来啊，过来抓我啊。”

电筒光纷纷朝我这边射过来。我眯缝着眼睛，把刚才的话又大喊了一遍。我希望在他们抓住我的时候，罗菲可以趁机逃跑。突然，前方出现了罗菲的身影。她挡在了那群保安和我之间。所有的电筒光都照射着她，她不着寸缕，皮肤发着粉红的光，将一切的秘密呈现在空气与众人的目光里。

我震惊地看见她脚步轻捷，修长的大腿有力地踏动，浑圆的臀部与完美的腰身随之扭动。丰腴的乳房颤得人心脏狂跳。“妖女，你要干什么？”一个保安喊道。罗菲轻舒双臂，上下扇动，摆了一个飞翔的姿势。她已经走进六名保安的队形之中。

“抓住她。”天虹说，“不要被她迷惑了。”

“我爱你们。”罗菲咯咯地笑着，“我爱你们所有人。”

变故就在这个时候发生了。一名保安突然举起警棍敲打在前方那名保安的脖子上。“你干什么？”后者怒喝一声，毫不犹豫地将手里的钢叉刺向同伴的肚子。天虹退后半步，避开了面前那名保安突然挥出的拳头，却被一把电筒砸中了额头。他狂吼了一句，挥动砍刀，削中了拿电筒砸他的那名保安的脖子。砍刀卡在了那人的脖子里，红艳艳的血喷射而出。天虹试着拔出砍刀，另一名保安从背后用钢叉刺中了他。他惨叫着倒下，偷袭他的保安没有停手，扑上去继续刺，直到一根警棍准确而疯狂地敲在他的后脑勺上。旋即警棍被丢弃，它的主人喘着粗气，轰然倒下，肚子上有一个拳头大的血窟窿。

我目瞪口呆地看着。几把电筒在混战中各有去处，有的坏掉了，有的则躺在地上，照射着曾经的主人。六个人，或者说，六具尸体，以各种不正常的姿势，堆叠交缠码放在一起。从变故发生，到一切结束，不到十秒的时间。赤裸的罗菲站在尸体中间，脸上露出了甚是满意的微笑。

这微笑却叫我心生寒意。“你干了什么？”刚说完我就意识到自己问了一个蠢问题。因为我知道问题的答案。能让一群男人忽然之间自相残杀，除了鼠族女王的某种外激素，还能是什么？

电筒光熄灭，世界重回黑暗。

好黑，好冷。

13

“接下来你打算做什么？”

“去芭比酒吧，有几个人在那里等我。我的人。”

“然后呢？”

“离开这里，去寻找宜居的主巢穴，创建新的鼠族部落。这是我铭刻在基因里的使命。”

“我呢？”

“你跟着我，一起去啊。”

“和众多雄鼠一起去吗？”

“是啊。”罗菲说，“跟我在一起，迟早有一天，你也会变成鼠族的一员。比起纯粹的人类，我们鼠族更适应地下生活。你会喜欢上这种生活的。”

对话进行到这里，已经无法再继续。我选择沉默。然后，趁罗菲去芭比酒吧的空当，我离开了她。逃跑，是的，我逃跑了。在保安的尸体上，我捡到了三支完好的电筒。这三支电筒可以支撑我走很远，远远地离开红土地，远远地离开所有人。我并不知道自己要去哪里，只是沿着一条山洞往前走，往前走。我脑子里一片空白，什么也不敢想，什么也不能想。遇到岔路，随便选一个。走，走就好。哪怕是在原地兜圈子，也不能停下来。

也不知道过了多久，我听见附近忽然传来密集的脚步声，赶紧熄了电筒，藏了起来。二十来个衣衫褴褛的人在电筒光的指引下，慢慢走了过来。队伍中有两副担架。梁清扬和燕子姐都在队伍里，一前一后走着。梁清扬肩上挂着那把步枪，额角上的伤口简单处理过。他的神情相当沮丧，一直低着头，看着自己不停前移的脚尖。

这时，抬第一副担架的人忽然脚下打滑，好不容易才稳住，没有将担架倾倒。梁清扬下令原地休息，自己跑到担架旁，蹲下，掀开床单看了看里面的人。啊，是老梁。他脸上没有一丝血色，显然受了很重的伤。我赶紧从藏身之处跑了出来，有人想拦我，但被燕子姐制止了。我奔到老梁跟前。他躺在担架里，闭着眼睛，似乎还有呼吸。我握住他的手，还有明显的温度。

“他是为了救我。”梁清扬有些哽咽。

“灯熄了之后，又发生了什么？”我问。

“我不想说。”梁清扬说完，转身离开。

燕子姐走过来。“小艾。”她叫我的昵称，神色比梁清扬平静，“孟楼获得了全面胜利。跟我们走的，就这些人了。”

也就是说，红土地将维持它原有的运转方式，除了市长从赵光庭换成了孟楼。“就这样？”

“就这样。”

黑暗中的屠杀，是谁也不愿意提及的话题。千阳之战到底是怎么一回事，我无从去想象，然而，黑暗中的屠杀，我是可以想象的。一幅画面闪过，带来一阵忙乱的心悸，我急忙止住。

老梁忽然动了动。“星雨？星雨来了吗？”他的声音苍老而又无力。

“是我，我来了。”我眼里噙着泪。

“星雨，我的儿子梁清扬利用你对付赵光庭，我代他说声对不起。我反对他的很多做法，然而这一次，我没有制止他。”

“没什么的。赵光庭死有余辜。”

“罗菲呢？你没有和罗菲在一起吗？”

我不知道如何回答这个问题，只好含糊地说：“在，在的。”

老梁说：“当年，我也是裸鼹鼠计划的志愿者之一。可最后关头，我退缩了。现在想起来，也不知道当初的选择是对还是错。女博士说，因为知道裸鼹鼠的存在，可以使我们的地下生活少走很多弯路。女博士虽然知识渊博，她却不知道，有些弯路是必须走的。不走过那些弯路，你不会知道那是弯路，走过了你才明了，哦，那是弯路。没有人能够代替你去走那些弯路。”

我点点头，压抑住想哭的冲动：“你的意思我明白。”然而我依然有疑惑：老梁的意思是地下生活是人

黑暗中的屠杀，是谁也不愿意提及的话题。千阳之战到底是怎么一回事，我无从去想象，然而，黑暗中的屠杀，我是可以想象的。

严禁堵塞
消防通道
铺盖面 碗杂面

类走的弯路吗？还是说，女博士设计并制造出鼠族是人类走的弯路？老梁继续说："星雨，你知道年轻最大的好处是什么吗？是你还可以选择，还有一个充满未知的未来在等着你。"

我并没有从这句话中得到安慰，但我还是点头，表示同意这种说法。"老梁，我有一个问题想问。"我说，"我是鼠族吗？我爸爸是给了鼠族之母灵感的那一个人。我，是鼠族吗？"

"不是。"老梁气若游丝，"你是在暴乱之后两年出生的。你妈妈不支持裸鼹鼠计划。"

这个答案让我略微有些安慰，却又有些遗憾。我不知道为什么会有这么复杂的情绪，照说不应该啊。我应该为我是纯粹的人而高兴才对。然而，我并没有真正的发自内心的高兴。

"我人生的最后一个希望。"老梁轻咳了两声，继续说，声音越来越低，需要凝神倾听，才能听见，"我出生在地面，我也希望死在那里。"

"不，不要说什么死不死的丧气话。"梁清扬抢道，"我会把你和大家都带回地面。"

"好啊。"老梁勉力露了一个笑脸，阖上了眼睛。

我大惊失色，正要问话，燕子姐却在一旁说："只是失血过多，暂时昏迷。"

"还是很危险啊。"

"没有办法，没有输血设备。"燕子姐为难地说。

"接下来你们打算怎么办？"

梁清扬再一次抢答："刚才不是说了吗，离开地下，回到地面。"

他曾经是地面探险队的队长，知道出去的路很正常，但是……"出去的洞口不是这个方向吧？"

"不是。"梁清扬肯定了我的结论，"我们要去的，是另外一个洞口。距离红土地有好几十公里，原本是另外一个地铁站的出口。几个月前，我外出探险，在隧道里迷失了方向，一直往前走，无意中发现的。知道这条路的人，应该只有我一个人。"

"外面安全吗？"

"还记得那苹果吗？是我出了洞口，在街边的树上摘下来的。当时摘了一口袋。你吃的是其中一个。"

这不但可以解释苹果的来历，或许还能解释另一个问题：梁清扬原本是反对回到地面的，为这，他和老梁吵了好几次，父子关系一直不好。然而，当他发现出去的洞口后，梁清扬完全改变想法了。同时用新鲜的苹果和外出的路来招揽手下，不失为一种有效的手段。尤其是对那些渴望离开红土地的人而言。这种做法，足以培养出自己的势力，并可能改变红土地的社会格局。

"可是，这并不能证明外面安全了。"我边思忖边说，"在地下生活得太久，我们并不知道正常的苹果是什么样子。"

"你说得对。我父亲就说那苹果比记忆中的要小得多，但他也说不清楚，这么小的苹果是因为核辐射变小了，还是因为这个品种的苹果就是这么小。"梁清扬指了指另外一副担架，王电工坐在担架旁边冲我憨厚地笑着，"所以我准备了一些仪器，盖革计数器，还有两套防辐射服，希望能派上用场。"

"跟我们一起走吧。"燕子姐在一旁发出邀请。

我正要答复，就听见有人惊呼："鼠族！"

14

梁清扬把肩上的步枪取下来，平端在手里。其他人也纷纷去抓武

陈钰旭 / 摄
2020.5.18　菜园坝立交桥下
—— 入围奖　<

这个答案让我略微有些安慰，却又有些遗憾。我不知道为什么会有这么复杂的情绪。

器，警棍、钢叉、砍刀、木棒、石块，有什么拿什么。所有的电筒齐齐指向发出声音的地方。

七八个人出现在那里，为首的是罗菲，还是裸着身子，一丝不挂，丰腴的乳房随着脚步上下跳荡。她身后跟着七个男人，粗粗剃掉头发，跟先前的形象形成鲜明对比。有我认识的，也有我不认识的，都因为裸着身子，显出强烈的陌生感，要盯着看好一会儿才会想起他的名字。芭比酒吧大腹便便的冯老板也在其中。这画面太过诡异，以至于这边的所有人，连同我在内，都变成了哑巴，没有发出一点儿声音。

梁清扬最先清醒过来，猛拍了一下步枪："站住，原地别动。再动我就开枪啦！"

罗菲没有停，健步向前，凝神望着梁清扬。"是你，就是你，指引保安队偷袭女王寝宫，杀死了我的女王，导致整个部落崩溃，数十名族人惨遭屠杀。"

"怎么，你要报仇吗？"梁清扬暴躁地回答。

罗菲没有答话，带着手下继续往前走。我周围的人都紧张起来，握紧了手中的武器。一场生死搏杀在所难免。虽然我们这边人多得多，但看过罗菲用一点点外激素就让六名保安自相残杀之后，我知道，这种数据上的优势毫无意义。

"罗菲，我是你燕子姐。你不记得我了吗？"燕子姐怯怯地喊了一声。

"记得。"罗菲说，"谢谢你的裙子，可惜我用不上了。"

"你是要把这里的所有人全部杀死你才甘心吗？"我吼道。

"不，不是的。"罗菲答道，"我只要他死。"

话音刚落，我就看见梁清扬脸颊变得扭曲，仿佛有双无形的手在揉搓。下一秒他调转步枪的枪口，对准自己的下巴，因为枪身太长而动作怪异。我知道他要干什么，猛扑过去，一掌劈在步枪上。这一劈力度之大，使得整个枪往下转了半圈。然而，梁清扬还是扣动了扳机，子弹击中他的左脚脚背。他惨叫着，想强力支撑，却没有成功，终究还是哀号着侧着身子倒下。

燕子姐急忙奔过来，检查梁清扬的伤情。她能做的有限，而我——我知道我必须救梁清扬，哪怕他设计了那么多阴谋。他是老梁的亲生儿子，还有，他知道出去的路。我对着罗菲怒目而视。"够了，住手，罗菲。有什么事情冲我来。我知道，我背叛了你，这让你很生气，不是吗？"

"艾星雨。"罗菲叫着我的名字，抬起赤裸的手臂，用食指稳稳地指向我，"你为什么逃走，我知道，无需过多的解释。循着你留下的气味，追到这里，是想告诉你一件事情。在我的一生里，你对我有着特别的意义。我爱你，毋庸置疑。"

我僵立在原处，浑身冻结一般，不知如何说话。

"我爱你，也爱他们。"她指了指她身后的那些男人，"我对你的爱，不会因为他们而有所减损；我对他们的爱，也不会因为你的存在而有所偏私。作为女王，我是绝对公平的。这一点，你们人类从来没有做到过。我也知道，这不符合你学到的伦理和道德，但那些在地面生活形成的规范已经不适应地下生活。坚持从两千年前的历史中寻找力量的人，终究会被历史所淘汰。世界已经改变。你必须作出改变，才能更好地在这地下生活下去。"

"是吗。"我强装淡定地说，内心却无比恐慌。罗菲说的话并非毫无道理，而且……而且这话听起来有种莫名的熟悉感与亲切感。在梁清扬讲的故事里，我的父亲，那个养裸鼹鼠的人，就对女博士，后来的鼠族之母，说过类似的话。那，如果我父亲在场，他会对我说些什么呢？他说，用人类的伦理道德去看待裸鼹鼠的行为是没有意义的，真的没有意义吗？那用裸鼹鼠的行为来指导和规范人类的生活又有意义吗？

"我找到你，是想再给你一个机会。"罗菲说，"跟我走，去地下深处，好好生活。不管你想要什么，我都可以满足。"她用手指在自己的小腹上——我曾经抚摸过的地方——画了一个大大的圈。"我会为你生一大堆孩子。"

我嗫嚅着，说不出话来。

"你想延续人类文明之光吗？没有问题，你认识字，你可以教孩子们，教我生下的所有孩子，读书认字，告诉他们人类是如何愚蠢地失去了地面。鼠族之母曾经说过，鼠族才是人类文明的延续。而你，可以为此作出重大的贡献，在鼠族历史上永远刻下你光辉灿烂的名字。"

鬼使神差一般，我朝着罗菲的方向迈了两步。

"小艾！"燕子姐叫我，我回头瞥了她一眼，看见她蹲在梁清扬身边，握着梁清扬的手，而梁清扬掌着她的肩膀。他中弹的脚还在往外面慢慢流血，即使不死，也会落下终身的残疾，但他脸上保持着某种会心而愉悦的笑。

我收回目光，也收敛心神，盯着自己的脚尖。

我想我明白了为什么在我知道我不是鼠族之后我会遗憾了。因为如果我是鼠族的话，会使我的选择变得容易。然而我是人，在人群中长大。老梁总是说我做事审慎，其实不是审慎，我只是很难做出选择而已。就像现在。

两条路摆在我面前。

一条路是跟着燕子姐和梁清扬，重返地面，去那未知之地，重建人类文明。

另一条路是跟着罗菲和她的雄鼠们，去往地底深处，像裸鼹鼠那样永永远远地生活在地下。

其实还有一条路，那就是回到红土地，回到孟楼"这里就是最好"的治理下，老老实实做个种蘑菇的，但不知为什么，我没有把这条路列入选项，予以考虑。我把它抹去了，就像抹去破碎的蜘蛛网。在我脑子里，只有两条路在竞争：回到地面，还是深入地下？

很久以前，老梁告诉我，在坍塌的地洞里，人难以找到正确的方向。你以为是正确的方向，却可能把你导向死路；你以为是错误的方向，却可能在峰回路转之后，导引你走上金光大道。我此时的感觉，就像置身于坍塌的地洞之中，无数的岩石和碎屑压在我身上，令我呼吸不能，动弹不得。千年万年，只要时间足够长，我就会变成坚硬的化石，供后世凭吊研究。

然而，此时此刻，留给我的时间并不多。不管多么艰难，我必须遵从我的内心，做出自己的选择。

此时此刻，留给我的时间并不多。不管多么艰难，我必须遵从我的内心，做出自己的选择。

宇宙尽头的重庆

在银幕玻璃前的刘一男往长江望去，只见两江交汇处波涛汹涌，热浪滚滚，映红了重庆的天空。

文 / 严庆安

1

从朝天门往寸滩方向望去，红彤彤的天空，像极了刚上市的石柱一号辣椒。一艘飞船紧贴着长江江面飞驰而来，降落在来福士广场上。

自从来福士广场被无限期征用为地球前哨后，偌大的广场只剩几名机器人战警在巡逻，早已没有往日人潮汹涌的繁华景象。两个身着制服的中年人从飞船上走下来，等候多时的前哨工作人员，将他们带到位于顶楼的指挥中心。

前哨指挥中心的最高长官刘一男，神情严峻地聆听来者的汇报。

“长江的水温已经连续上升二十五天，嘉陵江的水温也在同步上升，目前两条江的水温已经突破 20℃，而两江交汇处，更是高达 30℃。”长江水文研究所的王所长，用食指点了一下球形悬浮仪，两条红色河流悬浮在空中，温度指数在轻微跃动。

重庆不是个例，全球各地但凡有河流流经的城市，水温都在持续上升。根据银河水文联盟发来的资料显示，重庆是江水异样的始发地，也是最活跃地，所以主管水环境保护的副市长刘一男，成了前哨指挥中心的最高长官。

“江中的水生生物现在是什么状况？”刘一男问。

“长江重庆段四大家鱼相比以前更为活跃，底层的青鱼和中下层的草鱼集体往上层水域走，甚至出现攻击其他鱼类的现象。长江鲟、中华鲟、翘壳、胭脂鱼和圆口铜鱼，从昨天上午开始往两江交汇处集中，但在十分钟前，多频段声波回波图和卫星遥感监测变化影像，都没有探测到长江鲟和中华鲟的踪迹，它们一瞬间集体消失了！”渔政处张处长异常紧张，他从业三十余年，第一次出现如此重大神秘事件。

四大家鱼都没有消失，而恐龙时代就已经出现的长江鲟和中华鲟竟然集体消失了，长江究竟发生了什么神奇的自然现象，让重达六百公斤的“长江鱼王”中华鲟瞬间灭绝？站在银幕玻璃前的刘一男往长江望去，只见两江交汇处波涛汹涌，热浪滚滚，映红了重庆的天空。

前哨指挥中心空气凝结，一片安静。

刘一男突然转过身，对他的助理姚小恒说：“盐侦探在哪里？”

2

即使在 2077 年，重庆人对火锅的喜好仍有增无减，重庆火锅店早已攻占中国大小城市，八大菜系日渐式微，趋于清淡的浙菜、粤菜几近失传。三十年前，海边捞火锅转让了它进入重庆的第一家门店，也是中国最后一家门店——重庆来福士店，而此前海边捞全国三万家门店，悉数被文一手火锅接手，不仅如此，重庆火锅 50 强无一幸免。

就在文一手火锅一家独霸重庆、独霸全球时，在钓鱼城科幻中心旁，一家不起眼的火锅店——猛火锅开业了，谁也没有见过老板，但江湖传闻老板是个蒙古人。

这家火锅店非常奇特，它的锅是用开普勒 22b 星球一种稀有物质制成，流体状的锅可以随着你的筷子游走，而不是规规矩矩的圆形或方形。你若想用九宫格，无需招呼虚拟伙计，只需用筷子在上方比画，九宫格就会自动从锅底浮出，想要几宫格就划几宫格。用此锅烫煮食材，沸而不烫，久煮不烂，更神奇的是，只要你一开烫，不管烫八秒还是八百秒，入口时都是你最喜欢的口感。

除此之外，这家小小的火锅店还有三绝，让宇宙饕餮食客络绎不绝。

一绝是蓝超肥牛，来自参宿七的蓝超牛通过银河物流运抵重庆后，先喂养三周的月球玫瑰，两周的大角星系超级薄荷，一周的大陵五深坑矿泉才能出栏，酥脆、甘美。一片下肚，苏醒身体。两片下肚，苏醒大脑。一盘下肚，苏醒人生。

二绝是百褶蘸料，采自三椒星球无人区的野生三椒树，这种树五年只开一季花，结成的果实无论是外形还是味道，都酷似地球的海椒，剥开后里面是酷似花椒和胡椒的籽。一树三味，层次丰富，百褶不退，所以被最早发现的重庆籍宇航员命名为三椒树。

三绝是青梅爆破液，全程按照《银河系搭车客指南》酿作，最后加入十升第 21 代青梅酒，以及老板祖传的秘方，才调制出全宇宙最佳饮品“泛银河系青梅爆破液”。

文一手火锅创始人闻讯后，在他家火锅店连吃三天，然后召集银河食材中心高管开会，准备赶赴各星球把这些奇食异材揽至重庆，可是一番折腾后，发现不仅一头蓝超牛、一片超级薄荷、一棵三椒树都无法采购，甚至连青梅酒都被独家垄断。

不到一年的时间，文一手火锅旗下八万多家直营店，悉数流转到蒙古人手上，最高的一天，一万一千家直营店同时转让，打破文一手火锅万店同开的吉尼斯宇宙记录。

当姚小恒找到盐侦探时，他正坐在钓鱼城科幻中心创始店的角落位置，桌上清一色的蓝超肥牛和百褶蘸料，以及一打“泛银河系青梅爆破液”。

三十出头的盐侦探，阳刚、帅气、干练，他并非什么私家侦探，只是一位美食爱好者，喜欢研究银河系各种食材，特别是火锅食材，而且对它们背后的起源故事、大宗交易、各种势力角逐等信手拈来，凭借些许气味，快速断定其产自哪个星球，进化到第几代，适合主宰或搭配何种食材。

盐侦探出生于开普勒 7a 第 7 区，本姓盐，所以银河系人称“盐侦探”。

盐侦探的日常就是驾驶“探吃号”脑能量飞船，穿梭银河系各大星球探索美食。盐侦探最喜欢的城市是“银河系美食之都”重庆，只要重庆又出现啥好吃的，无论身处哪个星球，他都第一时间赶过来。后来盐侦探索性常居重庆，常年为星球政府和大财阀做顾问，调停了不少的星球珍稀食材纷争。

姚小恒刚要张嘴，盐侦探把爆破液推到她面前。姚小恒也不推辞，一仰头，一瓶爆破液几秒内见底。一颗颗青梅开始在她体内连环爆破，让她想起初见盐侦探那春风沉醉的一夜。

“跟我走！”盐侦探压低声音，将姚小恒拉回现实。来不及多想多问的姚小恒，赶紧跟在盐侦探身后，与他一同闪入喧嚣的人群中。

3

虽是午夜时分，钓鱼城内依旧熙熙攘攘，大小不一、颜色各异的猛火锅数字招牌，悬浮在钓鱼城上空，每家火锅店都排满了虚拟人像，只有轮到自己就餐时，本尊才会从城内各处进入店内。

盐侦探远远跟在一个高大魁梧的中年人后面，中年人的肩膀上反站着一只数据流老鹰，老鹰正朝着盐侦探的方向扫描，搜索可疑人物。盐侦探佩戴的反侦手表，早已将他和姚小恒转化成人畜无害的数字头像，而且每隔一段距离就会自动跳转成另一组数字头像。

中年人出了东新门，往马鞍山的蒙哥瞭望台方向走去。蒙哥瞭望台原址修建了一个高约九米的蒙哥汗造像，意气风发的蒙哥骑着高头大马，右手勒缰，左手挥鞭向前，只不过手中的鞭被折断了，造像基座上刻着“上帝折鞭处”五个大字。

八百多年前，西征欧亚非四十余国的蒙古，兵分三路进攻南宋，蒙哥亲率一路大军入蜀，一路攻打至重庆合川钓鱼城，蒙哥狂言“不出一个月，我将踏平钓鱼城”。战无不胜的蒙古大军，却被三面临江，开势陡绝的小小钓鱼城挡住去路。

由于“炮矢不可及”“梯部不可接”，蒙哥从 1259 年 2 月一直攻到 7 月，不仅打不下钓鱼城，反倒把元帅先锋汪德臣赔了进去。恼羞成怒的蒙哥命部下在钓鱼城东门高地修筑高台，打算用飞车窥探城中情况。在攻打钓鱼城期间，武艺了得，厨艺更了得的蒙哥，开创了巴蜀大地食材的新吃法——架起铜锅倒入油，加上当地产的花椒、辣椒一起煮，把随身携带的风干牛肉切片，沸腾时再涮几下，然后蘸点麻辣酱料，异常爽脆。

蒙哥早就吃腻了用牛膀胱装着的风干牛肉和风干奶酪，他发现用现宰的牛肉和内脏来涮煮，味道更鲜，结果钓鱼城方圆百里的牛几乎被蒙哥吃光了。有次酒足饭饱后，蒙哥半玩笑地对他的新先锋说：“用蒙古战马征服世界，不如用蒙古牛肉征服世界。”

瞭望台修好时，正好蒙哥吃完最后一片涮牛肉。他美美地打了一个饱嗝，心满意足地坐进飞车，升台瞭望。殊不知钓鱼城主将王坚的炮弹早已埋伏多时，在一阵狂风暴雨式的精准打击下，瞭望台被毁，负责筑台架车的蒙军士兵死伤者众，蒙哥也被飞石击中，不久死于北碚温泉寺。蒙哥偶然发明的新吃法，也随他而去。多年后，才重现于朝天门码头。

欧洲史学家认为蒙古大军西征欧洲，是上帝派来惩罚欧洲的。幸好钓鱼城挡住蒙古大军的铁蹄，并把一代枭雄蒙哥汗击杀于此，导致蒙古国群龙无首，蒙古贵族

刘松林 / 摄
2019.6.7　黄桷湾立交桥
—— 入围奖　∧

由于“炮矢不可及”“梯部不可接”，蒙哥从 1259 年 2 月一直攻到 7 月，不仅打不下钓鱼城，反倒把元帅先锋汪德臣赔了进去。

无心征伐，连征服埃及帝国的旭烈兀都赶回来争夺汗位。蒙哥之死，改变了欧洲和整个世界的进程，所以钓鱼城被称为“上帝折鞭处”，被编入银河历史百科指南。

中年人面向蒙哥汗，毕恭毕敬地行了个蒙古礼，口中念念有词。突然，蒙哥汗手中折断的马鞭，瞬间变直。蒙哥汗造像开始闪烁、抖动，中年人环顾了一下四周，确认无人后钻了进去。

躲在暗处的姚小恒张大嘴巴，这蒙哥汗造像是任意门，还是平行门入口？为何这个地方连她都不知道？因为任意门、平行门、穿梭门等都要在泛银河系时空旅行委员会报备，她作为刘一男的助手，地球上的任何一个时空旅行入口她都知晓，特别是重庆有几个，通向哪里，她更是了如指掌。她就经常通过洪崖洞某个隐蔽的穿梭门，往返星球友好城市商谈。

约莫三分钟后，盐侦探走上前去，正对着蒙哥汗造像，行了一个蒙古礼，口中连说三遍：“塔赛奴，蒙哥大汗！”蒙哥汗造像又开始闪烁、抖动，盐侦探钻了进去。姚小恒又惊呆了，再次张大嘴巴。盐侦探折返出来，把姚小恒拽了进去。

在短暂的视觉适应后，姚小恒

郭昌禄 / 摄
2022.8.24

—— 入围奖 ∧

整个重庆的建筑都是红色系，但城市中的植物还是其本色，南山山脉还是绿色，来福士观景台种的蓝楹花也没有变成红楹花。

心里嘟囔着，这不是返回钓鱼城东新门方向的路嘛，看来这不是什么任意门或平行门，只是另一条通往钓鱼城内的捷径而已。

盐侦探和姚小恒一前一后走在城墙上，百无聊赖的姚小恒用手划了一下城墙，发觉城墙有点软滑，手指好像沾了什么东西。姚小恒用拇指和食指一捻，想把这玩意甩掉，一股淡淡的火锅味钻进鼻子。“有人竟然把火锅底料往城墙上抹，太讨厌,太没公德了！”姚小恒气得不行，才用克赛亚星海底暗黑物质做的指甲，废了。

离钓鱼城中心的泛银河夜市越来越近，人也越来越多。在穿越泛银河夜市时，姚小恒发现到处都是蒙古人与欧洲各国的混血儿。“莫非今晚又要搞大型走秀活动？”姚小恒有些疑惑，若不是有任务在身，她早就留下来狂欢一番了。

盐侦探在钓鱼城科幻中心大门前停了下来，抬头往上看。姚小恒记得大门上方有一头巨大的蓝色狮子，凝视着星辰大海。不知何时，这头巨大的狮子变成红色，几束数字灯光打到狮子身上时，姚小恒发现，原来这头红色的狮子，是用火锅底料激光雕刻出来的。

盐侦探用手抠了一下大门，用大拇指和食指捻了捻，然后放到鼻子下嗅了嗅。姚小恒这才意识到，刚才她用手摸到的城墙，也是用火锅底料激光雕刻出来的。这是川美的大型城市装置毕业展吗？但现在已是九月，毕业展早就开过了。

盐侦探启动了一台悬浮在门口的狮头花椒战车，车头设计成狮头，车身画着一颗硕大的花椒，后面是红色的火焰，忽闪忽闪。姚小恒坐上去，用手一刮，还好不是用火锅底料做的。

“我们去哪？”姚小恒紧紧地搂着盐侦探，大声地问。

“前哨！”盐侦探启动引擎，花椒火焰从前部向尾部快速聚拢，冷焰变热焰。

“正好刘一男长官在那里等着你！”姚小恒话音刚落，隐形防护罩在战车四周生成。

“我不是要去见他。”盐侦探冷冷地说。

“你不见他，见谁？”姚小恒好奇地问。

盐侦探没有回答，轰了几下油门，狮头花椒战车快速启动，朝着前哨来福士广场方向驶去，在夜空中留下一道炫丽的拖影。

4

抵达来福士广场观景台时，天刚刚亮。水晶连廊上挤满了人，连廊端头的悬挑透明玻璃观景台也是人满为患。重庆的魔幻地形和奇幻天际，已是全银河系的共识，不然重庆不会入选“泛银河系十大魔幻城市”。

姚小恒往千厮门大桥方向望去，她惊奇地发现，整座千厮门大桥变得红彤彤的。原来只是桥身和斜拉索是红色，现在连菱形的桥塔也变成了暗红色，整个千厮门大桥成了一个红色系作品。

再往洪崖洞看去，它也变得红彤彤的。不仅仅是千厮门大桥和洪崖洞，就连对面的大剧院以及整个嘉陵江岸线的建筑，都成了用红色系勾勒出来的建筑群，大红、朱红、桃红、粉红、勃艮第酒红……

姚小恒再左右环顾，东水门大桥、朝天门大桥、千厮门大桥成了一个红桥系列。来福士广场的八座塔楼也由大红、桃红、铁锈红、枣红、深红等红色系主打。“扬帆远航”的来福士广场，彻底成了“红帆远航”。来福士广场背后的超高摩天大楼中国ONE，红得就像刚煮沸的火锅汤色，好纯，好正。

整个重庆的建筑都是红色系，但城市中的植物还是其本色，南山山脉还是绿色，来福士观景台种的蓝楹花也没有变成红楹花。姚小恒百思不得其解，难道是距离地球二十光年的撒野座艺术家，跑到重庆来搞恶作剧创作？他们每年都要到地球来创作，包括很久很久以前的麦田怪圈，但都是小打小闹，没有把整座城市搞得一片狼藉。

姚小恒突然想起什么，赶紧低头四下看，嘉陵江和长江不再翻腾，两江交汇处也平缓无奇。究竟一夜之间发生了什么？前哨不见了，刘一男长官也没在这里，他们去哪里了，为何她没有接到任何信息？

姚小恒疑惑地看着盐侦探，就在她诧异于重庆为何变成一座红色城市时，盐侦探悄悄放飞他的“好吃蜂”小分队，飞向重庆的高楼大厦和大街小巷。姚小恒看向盐侦探时，正好看到最后一只“好吃蜂”归队。

“是不是撒野座的艺术家，又跑到重庆来恶搞了？”姚小恒压低声音问盐侦探。

“这是平行重庆。”盐侦探平静地说。

“平行重庆，不可能！”关于平行重庆的故事，姚小恒听过各种版本，但这些都是捕风捉影。再说这么魔幻的平行重庆，姚小恒怎能不知道。如果这真的是平行重庆，那这个城市的操控者太可怕了，这个巨无霸级别的平行城市，如何做到一点信息都没有对外透露？

平行重庆的人为何秘而不宣，盐侦探跟踪的中年蒙古人是谁，他在平行重庆是什么角色，重庆和全球各地出现异样，是否和平行重庆有关？一个个问号印在姚小恒的脸上，但盐侦探依然冷峻少语，感觉就像个城市观光客。

“既然来都来了，我们去吃顿火锅再走吧。”正当姚小恒心生不悦，盐侦探突然提议。

“这个时候你还吃得下火锅啊！”显然盐侦探的提议姚小恒并不买账。

“你是自己去汇报，还是等我吃完再汇报？”盐侦探冷冷地说。

“你……”姚小恒本想呛他一顿，但碍于此重庆非彼重庆，只好把话吞下。

盐侦探召来拉风的狮头花椒战车，两人朝长江对岸的南山方向飞去。

红色的老君洞、红色的涂山寺、红色的一棵树景区、红色的杜月笙别墅旧址……姚小恒从空中俯瞰南山，没想到连南山上的标志建筑物和文物古迹等，全变成了红色。

重庆的大金鹰，平行重庆的大红鹰附近，有一处别致的吊脚楼商业，猛火锅数字招牌异常亮眼，盐侦探把狮头花椒战车停在火锅店前。

虚拟服务员把二人领到顶楼开满鲜花的超大露台，这儿除了开普勒 22b 星球稀有物质制成的流体锅，还有两把根据人体坐姿而自动调整造型的流体椅，盐侦探一口气点了十五盘蓝超肥牛，一打泛银河系青梅爆破液，然后惬意地往后躺。

姚小恒随意点了几样大角星系时蔬，一声不吭地望着盐侦探，心想你盐侦探也酷了这么久，这么爆炸性的重大发现，总该发表些观点和意见吧。

可没想到盐侦探，慵懒地仰躺在流体椅上，两眼微合，专心等着他的蓝超肥牛和泛银河系青梅爆破液上桌。姚小恒顾不上那么多，她打开加密的裸眼投影仪，准备向刘一男长官汇报重大发现，可无论她怎么操作，信息都无法发送。

正当姚小恒懊恼不已时，貌似睡着的盐侦探猛然起身，朝着大红鹰方向指去。姚小恒定睛一看，大红鹰观景台站着一个人，而那个人就是他们之前一路跟踪的中年蒙古男子。

他为何在这，难道重庆灾变真的和他有关？

5

全球主要流域持续升温，江河的生物多样性受到严重破坏。一夜之间，各国奇异的突发事件接踵而来——纽约的自由女神像，变成中国红。巴黎的埃菲尔铁塔，变成勃艮第酒红。横滨的巨型元祖高达，变成粉红。重庆的洪崖洞，变成火锅红……

欣喜的年轻人挥舞着各种刀具和餐具，冲向这些红色建筑，因为他们发现这不是混凝土，而是火锅混凝土，味道和猛火锅一模一样，无论你怎么刮，怎么切，怎么挖，它都能瞬间再生。

前哨指挥中心的会议室，各国代表围坐在一起，就在会议开始前，来福士广场已经局部火锅底料化，估计还没有等会议结束，这里将彻底变成火锅底料版的来福士广场。

“莱茵河是欧洲文明的源头，我们必须要拯救她！”德国代表几近咆哮。

“自由女神已经彻底变成火锅底料雕塑，我们马上就要变成火锅纽约、火锅美国了。”美国代表先是自嘲一番，然后话锋一转，“这是不是贵国的文化渗透战略？”

“印度人都不吃咖喱，改吃火锅了，这种渗透太可怕了！”印度代表附和美国代表。

“这里没有阴谋，只有阳谋！”刘一男环视一下会场，“我们面临同样的困境，嘉陵江和长江在持续升温，中华鲟、长江鲟等珍稀物种集体消失，重庆正在变成火锅重庆。”

“我们要放弃成见，真诚合作，阳谋人类共同的命运和共同的文明如何延续。阻止火锅中国、火锅美国、火锅德国的发生，否则地球将变成火锅地球。”刘一男话音刚落，各国代表开始点头认可。

“我们的老朋友盐侦探，有重大的发现。”刘一男转向坐在身边的盐侦探。

“这个蒙古人，是造成今天这一切的幕后操控人。”盐侦探站起来，手一挥，一群“好吃蜂”飞到会议桌上空，投放出一张头像，会场一片哗然。

“他不是已经死了，而且后人也没什么作为！”美国代表发出质疑。

“蒙哥是死在重庆钓鱼城，但平行重庆的蒙哥，1259 年没有登上瞭望台，而是在攻下钓鱼城后，让位于其弟忽必烈。”盐侦探话音一落，会场又一片哗然。

“平行重庆的蒙哥有一次喝多了，在野外嘘嘘时意外发现平行门。他进去后，正好撞上另一个蒙哥被钓鱼城守将王坚的炮弹击中。平行蒙哥以为是梦，后来才明白这是另一个世界发生的事情。平行蒙哥认为这是长生天在提点他，所以他返回平行重庆后，就开始思考用什么方式征服欧洲，征服世界。”除了刘一男和姚小恒，各国代表都被盐侦探的发言震惊了。

“平行蒙哥找到他的弟弟平行忽必烈，兄弟俩密谋一番后，制定出一条决策——平行忽必烈执行‘用蒙古战马征服世界’战略，平行蒙哥隐秘执行‘用蒙古牛肉征服世界’

战略。后来元朝只存在不到一百年，而蒙古牛肉起起伏伏，一直延续至今。”盐侦探停了停，继续说，“至于重庆，平行蒙哥认为只有在最合适的时机，启动蒙古牛肉战略征服重庆，这样代价最小，收益最大。”

“在平行蒙哥的诸多后代中，此人最为出色。”盐侦探投放出一张照片，“为了便于区分，我把他叫做平行哈日查盖，他一手打造的猛火锅，成了第一个突破千万家门店的火锅品牌，成功征服平行重庆和平行欧洲。”

“一个月前，平行哈日查盖认为征服重庆的时机到了，于是他找到重庆的哈日查盖，想和他携手征服重庆，征服欧洲。”各国代表听得目瞪口呆，他们没想到地球上的第一个平行城市入口，竟然在重庆，而且率先被一个古代人发现。

“重庆哈日查盖拒绝了，为了蒙哥的宏图霸业，平行哈日查盖决定把他软禁起来。我和姚小恒今天在平行重庆大红鹰雕塑看到的哈日查盖，就是被软禁的那个。哈日查盖是一个星球考古学家，喜欢美食，我和他相识多年。平行哈日查盖一人分饰两个角色，往返两地，秘密执行他的计划。”盐侦探道。

“盐侦探，请问重庆和各地江水升温，是怎么回事？”刘一男问。

“今年是平行重庆创建猛火锅品牌100周年，平行哈日查盖决定举办一个前所未有的庆祝仪式，就是在全球各地的河流，特别是两江交汇地，举办天然火锅Party。后来这个疯狂项目被平行地球的最高长官叫停，因为这将对平行地球造成不可估量的灾变。”盐侦探用手拨动几

刘松林 / 摄
2020.1.28

—— 入围奖 V

刘松林 / 摄
2019.12.8

—— 入围奖 ∧

三千双七曜筷，在朝天门上空穿梭飞行，像极执行任务完毕回归母舰，或者是离开母舰执行任务的飞行器，蔚为壮观。

下，更新“好吃蜂”收集到的视频资料。

平行哈日查盖的百年庆团队在平行重庆的两江交汇处，参加了一场天然火锅 Party。开普勒 22b 星球稀有物质制成的超级流体锅，悬浮在两江交汇处。特别邀请的三千宾客，围着超级流体锅坐成一圈。猛火锅为每位宾客准备了其最喜欢的火锅食材，蓝超肥牛自然必不可少。用日月火水木金土七个星球的稀有物质制成的七曜筷，将宾客喜欢的食材夹起，飞到超级流体锅中上下涮烫，再到百褶蘸料中翻滚一番，最后送至宾客嘴中。

三千双七曜筷，在朝天门上空穿梭飞行，像极执行任务完毕回归母舰，或者是离开母舰执行任务的飞行器，蔚为壮观。

狂欢过后，一片狼藉。从朝天门到望江段的长江，滚滚江水已经变成凝固的红油，十余艘邮轮被封在红油中，一条中华鲟还没来得及完全跃出江面，就已经被油封。两岸的黄桷树、银杏、小叶榕等树木，早无生气。

“平行哈日查盖借助家族势力，迫使最高层同意在地球执行这个盛大 Party 计划，但有两个前提，一是要具备瞬间接管地球的能力，二是要将对地球的灾变降到最低。”盐侦探刚一说完，又是一片哗然。

“平行重庆的建筑物，为什么都是火锅底料建成的？”姚小恒把她的疑惑抛了出来。

“平行哈日查盖的梦想是把猛火锅开到全球、全宇宙，实现先祖平行蒙哥的宏图霸业。他从父亲的手中接过猛火锅时，它还是平行重庆一家不起眼的街边店，差点就被文一手火锅给端了。他觉得一家店、一百家店、一千家店、一万家店的方式太慢了，他一直在寻找一种更快的商业捷径。直到十年前，平行哈日查盖在哈萨星球寻找珍稀食材时，发现一种神奇植物——红皇后，与它融合的物体可以快速再生。”盐侦探道。

盐侦探放大神奇植物的图片，只见它植株主体呈心形，两个红色花蕊恰似人的眼睛，所以称之为红皇后。它的果实结在植株末梢，每个果实的红色都深浅不一，而且采摘不绝。

“平行哈日查盖把它带回平行重庆，悉心种植。后来他把红皇后加入火锅调料中，发现它还具有千人千味的特殊功能，漫威白皇后的超能力是读心术，哈萨星球红皇后的超能力就是读蕾术。比如姚小恒你喜欢吃可乐味火锅，它就自动给你调节成可乐味。路易斯你喜欢吃微辣火锅，它就自动给你调节成微辣火锅。在座各位一起吃火锅，它也能给你调成不同的口味。”盐侦探道。

“怪不得滴辣不沾的同事，也喜欢他家的火锅。”姚小恒恍然大悟。

“平行哈日查盖平时喜欢用火锅底料做成各种城市模型，他把红皇后的果实加入其中，想试验它的速生超能力，没想到大大出乎他的意料。打个比方，我们把这种火锅底料做成一幢摩天大楼，无论你从哪个方向切割它，或者是同时切割，摩天大楼都能瞬间再生，永不垮塌。

用它做成的建筑可以抵御各种极致灾难环境，还能根据不同的环境，自动调节搭配不同的红色，而且价格极其便宜。当然，它还有一个好处，就是你想吃火锅的时候，随时随地都可以切一块来吃，而且完美符合你的口味。”盐侦探继续道。

“红皇后帮助平行哈日查盖开创了一个火锅帝国。他先是在平行重庆的钓鱼城科幻中心打造了一个巨大的超级辣椒，邀请网络大V和媒体前来内测猛火锅，得到一致好评后，平行哈日查盖乘胜追击，全球直播光波拆除来福士广场，又在全球瞩目下，三十分钟再造一座火锅版来福士广场，十分钟在观景台开出平行重庆第一家猛火锅旗舰店，主打蓝超肥牛、百褶蘸料和青梅爆破液，生意非常火爆。不到半年时间，平行重庆的超级地标，全部被红皇后攻陷。一年后，历史古迹相继惨遭毒手。五年后，猛火锅在全球开出五百万家直营店，现在已经突破一千万家。全球各地的超级地标、人文古迹、城市建筑等等，都变成了火锅底料，平行哈日查盖称之为火锅美学城市。”盐侦探抽丝剥茧，各国代表乌云压顶。

“MR.盐，请问他为什么要造火锅城市，火锅店不是更简单？”美国代表路易斯问。

“火锅美学城市本来不在平行哈日查盖的计划中，但意外发现的红皇后非常神奇，它可以完美实现蒙哥汗的霸业。火锅店征服的只是消费者，而火锅城市征服的却是这座城市，每年可以给平行哈日查盖家族带来源源不断的财富以及权力，不费一兵一卒就能征服地球上的任何一个城市，比他的先祖平行蒙哥和平行忽必烈更高明。”盐侦探回答道。

“自由女神像、洪崖洞、埃菲尔铁塔等，都是平行哈日查盖的杰作吗？”路易斯问。

“平行哈日查盖已经和银河帝国政府的背后势力达成协议，一旦宣布发现平行地球，立即由平行重庆行使最高权力，掌控、管理整个平行地球以及地球，平行哈日查盖将出任最高长官。我手中掌握的数据显示，地球一共有十七个平行地球入口，这些出口已经隐蔽打开，等待银河帝国政府官宣，”盐侦探皱了皱眉说，“平行哈日查盖没有想到的是，红皇后具有对称反噬后果，平行重庆已经彻底火锅化，而重庆无需经历漫长的过程，红皇后将加速重庆火锅化。目前平行地球入口只打开七个，所以它只是局部反噬，一旦全部打开，将瞬间反噬各国，反噬地球。”

“太可怕了！”英国代表说。

“一定要阻止平行哈日查盖！”美国代表狠狠拍了拍桌子。

“各位，这还不是最糟糕的。”盐侦探一句话，让会场瞬间安静了下来，“更糟糕的是，红皇后具有万筑物联的能力，把平行地球所有的火锅建筑都连接起来，直接对它们发号施令。一旦这些火锅建筑集体熔化，将变成人间炼狱。”

“我以后再也不吃猛火锅了。”日本代表哭丧着脸。

“我以后再也吃不到猛火锅了。”美国代表自嘲道。

“盐侦探，你有什么良策？”刘一男问。

江上突然传来一阵阵低沉的巨响，众人赶紧走到环幕玻璃窗前，往江上俯瞰。只见由开普勒22b星球稀有物质制成的超级流体锅，从两江交汇处缓缓浮起，稀有物质沿着两江交汇处游走，形成前所未见的超级流体鸳鸯锅，各种鱼儿在流体锅中飞跃。

观景台和水晶连廊上的人群，开始欢呼起来，他们并未意识到这是一场灾变。

重庆上空不知何时乌云密布，难道平行重庆带来的灾变，真的无法逆转？

6

南山的最高峰叫老鹰山，雄踞着一只高五十米，重千余吨，耗近两吨黄金制作的大金鹰雕塑。此刻，平行哈日查盖就站在大金鹰头部，重庆方圆数十里尽收眼底。

重庆是全球火锅之都，猛火锅总部就设立在超高摩天大楼中国ONE，这座全球最高建筑是平行哈日查盖的家族产业。南山上的大金鹰雕塑，成了平行哈日查盖的冥想决策地。

平行哈日查盖端着一杯三角星系黑葡萄爆破液，面朝朝天门广场方向，欣赏他的最新作品——已经变成红帆远航的来福士广场，中国ONE、洪崖洞、大剧院、千厮门大桥也陆续变红。不出一周，重庆的超级地标、人文古迹、城市建筑等等，将变成层次丰富的红色。在媒体的推波助澜下，平行重庆、平行北京、平行伦敦等平行门将被一一官宣。

四十出头的平行哈日查盖，坚韧果敢，谋定速动，他不甘做一只草原雄鹰，要做征服世界的宇宙雄鹰。在平行哈日查盖看来，征服世界易，征服万物难，但只要抓住人心和人胃，万物皆可征服。为此，他历经千辛万苦，甚至差点命丧哈萨星球，才找到最后一株红皇后。普通的红皇后只有一个雌蕊头，可千人千味，而这株红皇后则有雌雄两个蕊头，雄蕊头能万筑物联。

作为古斯塔夫·勒庞的忠实读者，平行哈日查盖奉《乌合之众》为金科玉律，来创造他的火锅美学城市文明：

一、文明向来只由少数知识贵族阶级而非群体来创造。

二、身为领袖，如果想要让自己创立的宗教或政治信条站住脚，就必须成功地激起群众想入非非的感情。

三、当个人融入群体之后，会产生一段莫名的兴奋期，既为自己的归属感感到欣喜，也为那种潮水般汹涌的口号、宏大的仪式与场面所感动。

平行哈日查盖将以平行重庆最高长官的身份，邀请重庆的各界代表、主流媒体、网络大V参观平行重庆，向大众传递火锅美学城市是一种更高级、更先进的人类文明，而重庆目前正在发生的奇异现象，正是向更高级、更先进的人类文明城市进化。

重庆和平行重庆将联手举办猛火锅100周年庆，全球地标建筑将投放100周年庆广告，滚动投放十七个平行城市的火锅城市美学。全球江河浮现的超级流体锅、一千万家猛火锅直营店将无限量供应宇宙稀缺食材、各式爆破液等，让大家尽情狂欢。泛银河系十大明星也将一一现身重庆，与猛火锅粉丝一起狂欢。

红皇后是平行哈日查盖征服两个世界的秘密武器，为了防止哈萨星球最后一株红皇后被对手铲除，他把红皇后的雌蕊头，藏在平行重庆大红鹰之心，而把雄蕊头，藏在重庆大金鹰之心。

当重庆这座超级城市完全火锅化时，雌雄蕊头合体，两个世界万筑物联，红皇后将成这个星球上杀伤力最强的武器，它可以让两个世界的任何一栋建筑变成武器，可以瞬间熔化吞噬里面的人，也可以瞬间凝固冰封里面的人。

平行哈日查盖希望哈日查盖与他一起征服世界，但被哈日查盖一口回绝。哈日查盖随后秘密联系盐侦探，准备挫败这惊天大阴谋，可惜平行哈日查盖早一步截下他，将他永久冰封在大红鹰里。

盐侦探是他的下一个目标，并非永久冰封，而是瞬间熔化，冰封尚有一救，熔化绝无生机。平行哈日查盖料到盐侦探必先到大红鹰解救哈日查盖，再夺走雌蕊头，所以他早就埋下伏兵，只等盐侦探自投罗网。

正当前哨指挥中心的各国代表乱作一团时，盐侦探朝刘一男致了个礼，悄无声息离开指挥中心，骑着他的狮头花椒战车，往大金鹰方向飞去。他必须赶在平行哈日查盖前，终结这一切，因为一旦平行重庆和重庆万筑物联，红皇后将变得不可战胜。

就在盐侦探即将靠近大金鹰时，三十余米高的大金鹰雕塑突然剧烈摇晃，紧接着翅膀开始抖动，景区游客和工作人员吓得四处逃散。大金鹰猛地扭过头，死死盯着盐侦探。还没等盐侦探靠近，大金鹰尖叫几声，挥动翅膀飞到空中，张开锋利的双爪朝盐侦探冲过来。早有准备的盐侦探车头一甩，往长江边上飞去，大金鹰紧追不舍。长江两

全球江河浮现的超级流体锅、一千万家猛火锅直营店将无限量供应宇宙稀缺食材、各式爆破液等，让大家尽情狂欢。

蓝色冰焰喷到已经火锅化的千厮门大桥上，整座大桥从中心往两边冰化，开满了大小不一的冰凌花。

周悦 / 摄

—— 入围奖 ∧

岸的路人纷纷抬头观望这场前所未见的狮鹰空中大战。

盐侦探在空中上下摇摆，左右迂回，还是无法摆脱大金鹰。狮头花椒战车朝着观景台飞过来，大金鹰紧追不舍。眼看就要撞上观景台，盐侦探将车头向上拉起。大金鹰也跟着往上飞，大金鹰翅展约六十米，巨大的翅膀把观景台边缘撞碎，人群惊叫逃散。不一会儿，大金鹰的翅膀突然从前哨指挥中心的玻璃幕墙前掠过，美国代表吓得手一抖，把手中的水撒到印度代表身上。

狮头花椒战车在空中花式俯冲，盐侦探用手拍了拍狮头：“好吃蜂，看你们的了！”

一群好吃蜂从狮头花椒战车的狮子嘴巴中飞出，迅速在空中排成针形，朝大金鹰飞去，躲闪不及的大金鹰浑身抖动，尖声厉叫，发疯似的张开双爪朝盐侦探冲过去。一股蓝色冰焰在大金鹰体内形成，大金鹰张大嘴巴用力一喷，盐侦探从千厮门大桥下穿过去，躲开这蓝色冰焰。

蓝色冰焰喷到已经火锅化的千厮门大桥上，整座大桥从中心往两边冰化，开满了大小不一的冰凌花。幸好大桥开始火锅化时，空中骑警将大桥两头拦截，不让车辆过往，不然桥上的车辆和游客将大难临头。

气急败坏的大金鹰又张嘴用力一喷，盐侦探往右一闪，躲了过去，蓝色火焰喷到嘉陵江面上，江面及货船迅速冰封，变成了一个大型火锅冰雕。正当大金鹰蓄足能量准备再次喷射蓝色火焰时，好吃蜂控制了大金鹰体内的数字中枢，突然失去动力的大金鹰重重跌落在春森彼岸星悦荟停车场上，巨大的惯性使得大金鹰撞飞了十多辆无人驾驶汽车后，才停止滑动。

数字中枢操作台旁的过道上，停放着一排冷冻休眠舱，其中的一个已经变成红色，里面正是哈日查盖，和参宿七的蓝超牛油、重庆的干辣椒、郫县的豆瓣、广西的八角等冰封在一起，他伸出右手像是要抓住什么东西。顺着哈日查盖右手的方向看去，数字中枢操作台的上方，悬浮着一个六棱水晶体，里面装着的正是红皇后的雌蕊头。

撂倒大金鹰后，一只只好吃蜂扑到红色的冷冻休眠舱上，伸出长长的喙管，直接钻穿舱门，将冰封哈日查盖的火锅底料吸食一空，再往舱内释放蓝色气体。完成任务的好吃蜂，像蜂鸟蛾一样把喙管收起。蓝色气体飘进哈日查盖的鼻腔，被冰封的哈日查盖，眼睫毛微微动了几下。

盐侦探将狮头花椒战车停在大金鹰旁边，大金鹰的左翅徐徐抬起，一道门从里面打开，好吃蜂依次飞了出来，钻进狮头里。最后一个出来的是哈日查盖，他举起手中的六棱水晶体，朝盐侦探挥手示意。

盐侦探把狮头花椒战车驶进大金鹰体内。就在大金鹰的翅膀即将收起时，一个人跑了进来，伸出舌头朝盐侦探做了个鬼脸。

“大红鹰已经出了平行门，正从钓鱼城往朝天门飞来！”姚小恒收起鬼脸，神情严肃。

盐侦探冲到数字中枢操作台前，紧急启动大金鹰。大金鹰从地上摇摇晃晃站起，扇动巨大的翅膀，从春森彼岸上空掠过，往朝天门方向飞去。

7

大金鹰和大红鹰将在朝天门殊死一搏，前哨指挥中心已经疏散了两江四岸高楼建筑、跨江大桥、旅游景区、商业街区、来往船舶的人群。大金鹰站在朝天门门洞上方，目视着钓鱼城方向。远处传来阵阵鹰叫声，大金鹰扇动翅膀朝大剧院飞去。

大红鹰和大金鹰在大剧院上方相遇，双方厮杀起来。大金鹰扑到大红鹰背上，用坚硬的鹰嘴猛啄大红鹰的头部。大红鹰掉转头，身体朝下，双爪朝上反击大金鹰。两只巨鹰撕咬在一起，重重摔到大剧院侧门广场上，双双滚落护栏，沿着边坡一路滚到江边。

大红鹰顺势飞向长江边停靠的船舶，抓起一艘小货轮对准大金鹰狠狠地砸了过去。躲闪不及的大金鹰被砸中背部，踉踉跄跄，差点一头栽进长江里。大红鹰又抓起一艘货轮，朝大金鹰扔去。

大金鹰喷出蓝色火焰，货轮在空中瞬间被冰封，掉到江边乱石堆中碎成一团。大红鹰摇摇晃晃地站了起来，朝天门广场上不知何时挤满了人，人群齐声高呼：“大金鹰，雄起！重庆，雄起！”

大金鹰沿着江边一边小跑，一边张开翅膀，双翅惊险地掠过江面，最终还是稳稳飞了起来。朝天门广场上一片欢呼声，前哨指挥中心也响起了欢呼声。

大金鹰向长江飞去，平行哈日查盖操控着大红鹰在后面紧紧追击。大金鹰刚飞过朝天门长江大桥，大红鹰的红色火焰就往桥上喷，大桥中部瞬间熔化，拱桥轰然倒入长江中。

大金鹰飞到大佛寺长江大桥前折返，飞过长嘉汇，又往朝天门飞去。此时超级流体锅已经完全浮出水面，悬浮在两江交汇处。大金鹰停在超级流体锅上，张开双翅，好吃蜂从两侧飞出，快速组合成一根巨型针。

大金鹰双翅用力往前一扇，三千双七曜筷齐嗖嗖向大红鹰飞去，好吃蜂组成的巨型针也在其中。大红鹰喷出红色火焰，三千双七曜筷纷纷被熔化。提前感知危险的好吃蜂改变飞行方向，绕到大红鹰后上方，狠狠地朝大红鹰的头部刺去。

大红鹰摇头晃脑，厉声尖叫，数字中枢控制台冒出几缕烟雾，平行哈日查盖打开六棱水晶体，雄蕊头迅速吸住离它最近的一只好吃蜂，它拼命挣扎想逃脱，但花瓣“嗖”地把它紧紧裹住，等雄蕊头打开花瓣时，这只好吃蜂已经蜷缩成一团，其他正在攻击雄蕊头的好吃蜂，也瞬间蜷缩成一团，掉落在地。

摆脱危险的大红鹰朝大金鹰喷射红色火焰，大金鹰随即喷射蓝色火焰，两股火焰在空中相碰，此消彼长，一度形成两江交汇的形状。大金鹰纵身一飞，又往嘉陵江方向飞去，杀红了眼的大红鹰紧随其后。

从空中俯瞰嘉陵江两岸，渝中、江北火焰四起、浓烟滚滚，一些建筑或被冰封，或被熔化，一辆从临江门驶来的轻轨，被冰封在曾家岩站前，而对面鎏嘉码头的大半建筑则被熔化了，红色液体流入嘉陵江中，像极了宇宙尽头的重庆。

“盐侦探，我们现在怎么办？”姚小恒紧张地看着盐侦探。

“我们是不是该用B计划了？”哈日查盖问。

“B计划？”姚小恒疑惑地问，随之补了一句，“好没创意，不如叫猎鹰计划。”

“猎鹰计划正式开始！”盐侦探手一挥。

两支好吃蜂小分队从大金鹰飞出，一队飞到超级流体锅红汤处，一队飞到清汤处。好吃蜂齐刷刷举起尾针，将正反两种物质，注射进超级流体锅。

两只巨鹰在洪崖洞前厮打起来，大红鹰扑棱着翅膀，双爪紧紧踩住大金鹰，不停地啄撕。大金鹰羽毛被撕掉好几片，吊脚楼也被大红鹰扑棱的翅膀打落好几处。大金鹰抓起一辆牧马人越野车，狠狠朝大红鹰头部砸去。趁着大红鹰双爪松开之机，大金鹰展翅飞往朝天门。

就在大金鹰快飞到超级流体锅时，从后面追上的大红鹰又喷出一股红色火焰，躲闪不及的大金鹰全身着火，一头扎进超级流体锅的清汤格里，水花四溅。朝天门广场上的人群一阵阵骚动，很快大家又齐声高呼:“大金鹰，雄起！重庆，雄起！”

就在大金鹰即将跌落进超级流体锅时，狮头花椒战车从大金鹰里面飞了出来，盐侦探驾驶，哈日查盖坐在后面，姚小恒坐在盐侦探前。

大红鹰停落在超级流体锅红汤格边缘，狠狠地朝清汤格喷射火焰。朝天门广场上的人群一片死寂，前哨指挥中心一片死寂，江面上也是一片死寂。

大红鹰张开翅膀，仰天长啸，向前哨指挥中心、向重庆宣告它才是胜利者、主宰者。

平行哈日查盖端着一杯三角星系黑葡萄爆破液，对着大屏幕里的前哨指挥中心举杯示意:“从现在开始，我，哈日查盖，正式接管前哨，接管重庆，Cheers！”

各国代表慌成一团，大厅阵阵骚动，大家纷纷望向刘一男。

“我吃火锅，你吃火锅底料。”刘一男嘴角轻轻扬起，哼起久违的“洗脑神曲”。

刘一男充满挑衅的回应，让平行哈日查盖怒火中烧，他要把刘一男，把前哨指挥中心彻底熔化。就在大红鹰准备飞向来福士广场时，超级流体锅微微抖动，清汤格中江水四漾，大红鹰回头一看，大金鹰从江里冲了出来，伸出双爪抓向它。

大金鹰双爪死死抓住大红鹰的翅膀，用力一拉，大红鹰跌入红汤格中。大金鹰也因用力过猛，跌入清汤格中。大红鹰怒不可遏，朝清汤格喷射红色火焰，不甘示弱的大金鹰，也朝红汤格喷射蓝色火焰。

就在两只巨鹰战得难舍难分时，超级流体锅开始旋转，清汤格往顺时针方向旋转，红汤格往逆时针旋转，而且越转越快。两只巨鹰也在里面一正一反旋转，待平行哈日查盖察觉不妙时，他已经无法控制大红鹰，从这正反物质粒子旋涡中逃脱。

“盐侦探，你的B计划也太厉害了。”姚小恒张大嘴巴。

“这是哈日查盖在太空考古时，意外发现的正反粒子。”盐侦探道。

“开普勒22b星球的流体物质，加速了正反粒子的碰撞速度。”哈日查盖补充道。

超级流体锅超速旋转、碰撞，两江之水也被卷入其中，长江、嘉陵江河道剧烈漾动，江水拍打两江四岸，溅起的水花足足两层楼高。

“兄弟伙，你说红汤老鹰好吃些，还是清汤老鹰好吃些？”朝天门广场的肥看客问。

“勒两种味道,我都想搞一哈[①]。”瘦看客舔了舔嘴巴。

红金两只巨鹰、红白两股火焰在两江水中纠缠、撕咬、碰撞，越旋越高，直至朝天门江面上出现一个巨大的水龙卷。随后，只听见一声巨响，水龙卷瞬间消散，水花飞溅，溅向围观人群。

“清汤寡水，啥子味道都没得！”肥看客舔了舔溅到脸上的水花。

两只巨鹰消失了，超级流体锅也消失了，两江交汇处逐渐平静下来。人们惊奇地发现，脚下的来福士广场开始恢复原状，再往左右两边看去，洪崖洞、千厮门大桥、大剧院等，红色逐渐褪去，恢复了往日风采。倒塌在江中的朝天门长江大桥，也神奇地恢复原样，仿佛一切未曾发生。

前哨指挥中心一片欢腾，各国代表开心相拥，刘一男往南山望去，只见大金鹰雕塑处空空如也，悬着的心，这才放了下来。

朝天门广场上也是一片欢腾，盐侦探回头看了看欢呼的人群，脸上露出久违的笑容。

“走，我们吃火锅去。”盐侦探提议。

① 重庆话，试一下的意思。

刘松林 / 摄
2020.11.13

—— 入围奖 ∧

"蓝超肥牛怕是吃不到了吧？"姚小恒嘟着嘴。

"我晓得有家老火锅店，他家的肥牛黑霸道[①]。"哈日查盖道。

狮头花椒战车、凤头海椒战车和牛头麻椒战车，并排向江北方向驶去。

哈萨星球上，满目疮痍，由于过度开采，这个美丽的星球已经一片荒芜，风沙肆虐，遮天蔽日。远处的荒漠上，几艘巨大的飞船残骸，为这个星球增添几分苍凉。

深不可测的地缝边缘，一金一红两只巨鹰雕塑倒落在地，残破不堪，大红鹰的一只翅膀已不知去向。六棱水晶体还在两只巨鹰体内，沙泥半掩，但水晶体里空无一物。

在幽暗的地缝深处，闪现着暗淡的红光，原来是一株幼小的红皇后，正破土而出……

---

① 重庆话，很厉害很好吃。